Weitel

JENNIFER B. WIND

DIE MASKE DER GEWALT

EIN RICHARD-SCHWARZ-THRILLER

EDITION M

Deutsche Erstveröffentlichung bei
Edition M, Amazon Media EU S.à r.l.
38, avenue John F. Kennedy, L-1855 Luxembourg
Juni 2019

Umschlaggestaltung: zero-media.net, München
Umschlagmotiv: © Noll / Alamy Stock Photo; © ahupepo / Shutterstock
Entwicklungslektorat: Kanut Kirches
2. Lektorat: Media-Agentur Gaby Hoffmann, www.profi-lektorat.com
Gedruckt durch:
Amazon Distribution GmbH, Amazonstraße 1, 04347 Leipzig /
Canon Deutschland Business Services GmbH, Ferdinand-Jühlke-Str. 7,
99095 Erfurt /
CPI books GmbH, Birkstraße 10, 25917 Leck

ISBN: 978-2-91980-413-9

www.edition-m-verlag.de

Für meine beste Freundin Martina,

die auch in den schwierigsten Zeiten
immer für mich da ist
und jedes meiner Bücher liest,
obwohl sie danach nicht schlafen kann.
Du bist die Beste!
Dieses Buch ist für dich.

Präludium

Damals

Kalt.

Hunger.

Mein Magen grummelt. Im Bauch zieht es.

Laut.

Komische Geräusche.

Ich presse die Hände auf meine Ohren. Der gruselig aussehende Mann mit Zottelbart ist da. Er ist öfter bei Mama. Durch den Vorhang kann ich die Umrisse der Körper sehen. Mama liegt auf dem Rücken. Der Mann kniet zwischen ihren Beinen, grunzt, wippt vor und zurück. Die Schatten hinter dem Vorhang bewegen sich immer schneller. Mama flüstert etwas, das ich nicht verstehe. Worte, die sie oft verwendet, auch bei den anderen Männern. Der Zottelbart grunzt lauter, nennt Mama eine Schlampe und dreht sie auf den Bauch.

Nicht mehr zusehen.

Nichts mehr hören.

Musik.

Ich singe das einzige Lied, das ich kenne.

Hänschen klein, geht allein …

Ich suche Hänschen. Mein einziger Lego-Mann ist unters Sofa gerutscht, hängt zwischen Spinnweben, ich schaffe es nicht, ihn zu befreien.

… in die weite Welt hinein …

Im Topf auf dem Herd brodelt es. Eine leere Verpackung liegt daneben. Die kenne ich. Spaghetti. Essen wir jeden zweiten Tag. An den anderen Tagen gibt es gekochte Kartoffeln mit Buttermilch. Ich lecke mir die Lippen. Stecke einen Finger in die rote Soße, die verlockend in einem kleinen Topf neben dem Herd duftet.

Tomaten.

Salzig.

Noch kalt. Mama hat sie vor drei Tagen gekocht und heute aus dem Kühlschrank genommen.

Gierig lecke ich sie trotzdem vom Finger. Tauche erneut ein. Lecker. Aber macht nicht satt.

Der Mann ist schuld, dass ich jetzt Hunger habe und die Soße noch kalt ist. Vorhin ist er einfach hereingelaufen und hat Mama auf das Bett geworfen.

Hunger.

Nudeln.

Jetzt.

… Stock und Hut, steh'n ihm gut, ist gar wohlgemut …

Ich blinzle zum Vorhang. Mama und der Mann wippen. Sie werden es gar nicht bemerken, ich will nur ein paar Nudeln essen. Wie von selbst greifen meine Hände nach dem Topf, ziehen ihn. Viel zu hoch, um hineinzusehen. Muss ihn kippen. Nein. Ich kann den Topf nicht halten. Zu schnell. Dann platscht es.

Heiß!

Feuer!

Schmerz!

Mein Gesicht glüht, das Wasser rinnt über mein T-Shirt, in meine Hose, in die Hausschuhe hinein. Es brennt. Ich zerre am nassen Stoff, schlage um mich, kreische und bin mir gleichzeitig nicht sicher, ob man mich hören kann. Werfe mich auf den Boden. Der Topf liegt inmitten der Nudeln auf den Fliesen und starrt mich an. Mein Schrei klingt wie in einem dieser Filme, die meine Mama manchmal sieht.

Jede Bewegung tut weh. Ich liege starr vor Leid und Furcht. Wimmere am Boden. Mutter reißt den Vorhang beiseite, erkennt die Lage, sieht die Angst in meinen Augen. Den Schmerz. Oh Gott, was für eine Folter!

Sie windet sich unter dem Mann, brüllt ihn an, sie will zu mir. Schreit. Lass mich zu meinem Sohn! Ich muss ins Krankenhaus mit ihm. Siehst du nicht, dass er sich verbrüht hat?

Er hält sie fest, ohrfeigt sie. Schlampe! Ich bin noch nicht fertig! Ich hab für eine Stunde bezahlt! Der Bengel ist selbst schuld.

Mama weint und hebt die Hände. Bitte nicht, du bekommst das Geld zurück!

... aber Mutter weinte sehr, hat ja nun kein Hänschen mehr ...

Der Zottelbart schüttelt den Kopf und herrscht sie an. Bevor ich nicht fertig bin, wirst du hierbleiben!

Tränen laufen über ihre Wangen.

Ich betrachte ihre zusammengepressten Lippen. Ich hab Angst. Schreie wieder.

Mama richtet sich auf, schlägt auf den Mann ein. Lass mich raus!

Er drückt sie in die Laken. Du Schlampe gehst nirgendwo hin!

Mama tritt nach ihm. Er setzt sich auf ihre Beine und dreht ihr die Arme nach oben und blickt an sich herunter. Du Miststück! Jetzt hat er den Geist aufgegeben. Scheißhure! Er lässt sie los und starrt mich an. Seine Augen funkeln. Ich bring den Bengel um!

Nein! Bitte! Mama fleht, greift dem Mann zwischen die Beine, lächelt ihn schief an und versucht, ihn wieder zu sich zu ziehen.

Er schlägt ihre Hand weg und fängt an zu brüllen. Das wirst du mir büßen! Dann legt er die Hände um ihren Hals und drückt zu.

Die Augen meiner Mama quellen hervor, die Zunge hängt zwischen ihren Lippen.

Blut.

Hände am Vorhang.

Ratsch!

Der Stoff reißt ab. Ich kann alles sehen. Den Speichelfaden, der aus ihrem Mundwinkel rinnt.

Rote Augen.

Rotz aus der Nase.

Ihr Blick sagt mir, dass sie mich liebt.

Immer.

Trotz allem.

… wünsch dir Glück, sagt ihr Blick …

Ich liebe sie auch. Doch ich kann es nicht aussprechen, es würde wie ein Abschied klingen. Ich kann sie nicht retten. Mein Schrei ist längst verstummt, einem verzweifelten Schluchzen gewichen. Ich weiß nicht, was ich tun soll.

Der Mann liegt jetzt mit dem ganzen Körper auf Mama und bewegt sich wie zu Beginn.

Quietschen.

Mit den Händen hält der Mann ihren Hals umklammert. Mamas Arm erschlafft. Das Rund der Augen verschwindet hinter ihren Lidern. Die Finger geben den Stoff frei, den sie die ganze Zeit umklammert hat. Wie in Zeitlupe fällt er zu Boden. Blut tropft aus Mamas Nase auf das Weiß des Tülls.

Der Mann stöhnt laut auf, grunzt und fällt auf den reglosen Körper. Mama bewegt sich nicht. Der Mann richtet sich auf, schaut sie an, stutzt, schüttelt sie an den Schultern. Scheiße! Wach auf, Weib! Ich bin fertig.

Klatscht ihr ins Gesicht. Scheiße! Schüttelt ihren Arm, zwickt in ihren Schenkel. Reißt an ihren Haaren. Beweg dich, Schlampe! Er schreit und fährt sich durch die Haare. Danach reibt er mit den Händen über sein Gesicht, als würde er sich waschen. Er schiebt Mama zur Seite, springt aus dem Bett. Hüpft in die Jeans. Rafft sein Hemd zusammen.

Im Hinauslaufen kramt er in seiner Brieftasche. Holt einen Fünfziger hervor und wirft ihn auf den Esstisch. Denkt nach. Wirft einen zweiten Fünfziger daneben. Für die Umstände! Ich höre ihn murmeln, bevor er aus der Tür sprintet, ohne mich anzusehen. Lässt mich einfach liegen.

Vorsichtig schiebe ich mich über den Fliesenboden.

Kalt.

Nass.

Taub.

Die Haut auf meinem Arm gleicht einer Landkarte. Rote Ränder. Rosa bis Weiß in der Mitte. Die große Blase in meiner Handfläche sieht aus wie ein kleiner Luftballon. Ich kann die Hand nicht mehr schließen. Rot und feucht glänzt das Fleisch, das auf der Schulter zum Vorschein kommt. Wie es auf meinem Bein aussieht, kann ich nur erahnen. Ich spüre nichts mehr. Kein Brennen, keinen Schmerz. Einfach gar nichts. Als hätte ich keinen Körper mehr.

Stattdessen klappern meine Zähne, als würde ich im Schnee liegen. Die Kälte kommt irgendwie von innen. Eiswürfel in meinem Magen.

Als ich das Bett erreiche, ziehe ich mich am Arm meiner Mutter hoch. Ich gucke auf ihre Brust, denn ich weiß, dass sie sich bewegen muss. Bei Mama rührt sich nichts. Ich lege mein

Ohr auf ihre Brust. Kein Klopfen. Mit meiner Hand streiche ich ihr über die Wange. Ich schlucke. Rüttle an ihren Schultern und rufe. Mama, wach auf! Reiße an ihrem Haar. Mama, bitte! Trommle mit der Faust auf ihre Brust. Mama! Bitte! Beiße in ihren Oberarm. Fester. Nichts. Noch fester. Spucke das Blut aus. Mama, Krankenhaus! Sie antwortet nicht. Tief in meinem Bauch bläst sich ein schwerer Stein auf, wird größer und größer, füllt mich ganz aus, droht zu zerbersten. Und dann begreife ich.

Alles.

… kehr nur bald zurück …

Stumm nicke ich und formuliere ein Versprechen. Ich werde ihn finden, Mama. Er wird dafür bezahlen. Worte, die ich vor zwei Tagen in einem Western gehört habe. Dann erst vergrabe ich meine Finger in ihrem Haar und schreie.

1. AKT

Feuer und Asche

»Wo du Asche siehst, da war einst Feuer.«

»Eine Maske erzählt uns mehr als ein Gesicht.« (Oscar Wilde)

1

München

Sonntag

Sein Puls pochte ruhig und gleichmäßig. Der vertraute Geruch von Tierkot, Schweiß und Zuckerwatte stieg in seine Nase. Durch seine Maske hindurch blickte er in die Gesichter der Zuschauer. In der zweiten Reihe weinte ein Baby im blauen Strampler mit »Minions«-Aufdruck. Bei seinem Eintritt in die Manege hatten sich die Wangen der Frauen in der ersten Reihe gerötet. Sein Fanklub. Er wusste um seine Präsenz in der Arena. Seine Ausstrahlung. Hier war alles möglich. Hier konnte er alles sein, das verkörpern, wonach sich viele sehnten. Trat er durch den Vorhang, verstummte die Menge. Hielt den Atem an. Kaum jemand vermochte sich seiner Erscheinung zu entziehen. Das Kostüm unterstrich seine Männlichkeit, seine Stärke und Größe. Mit den geschmeidigen Bewegungen eines Panthers umkreiste er den Spiegelkasten, der auf dem Podest inmitten der Manege stand. Ein Versprechen der Illusion. Das größte Trugbild hier in der Manege war nicht der Spiegelkasten, waren nicht die Tricks und Täuschungsmanöver, sondern war er selbst. Da machte er sich nichts vor. Nicht mehr. Doch hie und da erwies er sich als der fleischgewordene Traum zahlreicher schlafloser Nächte seiner Fans. Der geheimnisvolle Mister Domino. Der Mann mit der Maske. Wie heute.

Effektvoll schwang er zur Schauermusik seinen Umhang um den Spiegelkasten. Dann ließ er Sarah in den Schrank steigen. Seine Schwester war es auch, die ihn verzweifelt angerufen hatte, als zwei ihrer besten Artisten ausgefallen waren, weil sie sich bei der Probe verletzt hatten. Da es sich bei der Darbietung um einen der beliebtesten Akte der ganzen Show handelte, brauchte sie Ersatz, der die Manege füllte, und dafür war er bekannt, auch wenn er offiziell schon lange nicht mehr zum Zirkus gehörte. Der Spiegelkasten drehte sich, die Musik wurde lauter, während die Manege in Dunkelheit getaucht wurde, bis auf einen hellen Fleck im Zentrum, den Spiegelkasten, aus dem nur noch Sarahs Kopf rausguckte. Mit einem lauten Knall fing der Kasten Feuer und begann gleichzeitig zu schweben. Ein Raunen ging durch das Zelt. Die Kinder hielten mit offenem Mund den Atem an. Nicht einmal das Rascheln einer Popcorntüte war zu hören. Auf einer Feuerkaskade schwebte seine Schwester im Spiegelkasten empor. Richard entledigte sich mit elegantem Schwung seines Umhangs. Darunter trug er sein Kostüm, das aus einer engen Lederhose und einem halben Shirt bestand. Seine linke obere Körperhälfte war nackt, die rechte bedeckte enger schwarzer Lycra-Stoff, der mit zahlreichen Swarovski-Kristallen bestickt war, vom Hals bis knapp über den Bauchnabel. Sein Sixpack war deutlich bis in die letzten Reihen sichtbar. Dafür hatte die Airbrushtechnik gesorgt, mit der er sich für seinen Auftritt immer schminkte. Sein rechter Arm war komplett vom Glitzerstoff umhüllt, einschließlich der Hand. Wie ein überdimensionaler Handschuh legten sich dessen Ausläufer wie eine Kette um den Hals, wobei die Enden mit einer Silberbrosche zusammengehalten wurden. Seine Füße steckten in Schaftstiefeln, die an die Zeiten der Tudors erinnerten. Seine falschen halblangen gelockten blonden Haare trug er glatt nach hinten gegelt. Die Maske in seinem Gesicht, schwarz mit kleinen leuchtenden Feuerzungen am Rand, die aus orangefarbenen und gelben Kristallsteinen bestanden, komplettierte das Ensemble, das er als seine Schutzrüstung bezeichnete. In dieser Kleidung fühlte er sich stark, schön, männlich und unbesiegbar. Lächelnd zündete er die Feuerringe an, die ihm eine Artistin in einem Hauch von Nichts überreichte. Raffiniert jonglierte er damit. Er war Perfektionist und einer der besten Jongleure Europas. Nach den Feuerringen fuhr er mit an den Spitzen angezündeten Riesenzauberstäben und mit Zylinderhüten fort. Einer der Hüte befand sich dabei auf seinem Kopf. Wann immer er den Hut am Kopf gegen einen anderen austauschte, flatterte eine weiße Taube aus dem Hut und setzte sich auf einen Ring, den die Assistentin hielt. Danach kamen die Keulen, hier war er sogar Weltmeister. Völlig im Dunklen ließ er die beleuchteten Keulen zu fetzigem Hip-Hop-Sound schwingen. Die Keulen wechselten ihre Farben im Takt der Musik. Zum Abschluss kam die berühmte Masken-Jonglage. Bis zu zwanzig Masken ließ er vor dem staunenden Publikum durch die Luft wirbeln. Und das alles, während seine Schwester oben im brennenden Glaskasten über den Köpfen der Zuschauer schwebte. Plötzlich wurde es wieder dunkel im Saal, es folgte ein Krachen und Blitzen, der Glaskasten explodierte. Die Menschen schrien auf. Die Manege wurde in rotes Licht getaucht. Richard umkreiste seinen Umhang, der am Boden lag. Wie von Geisterhand gezogen erhob sich dieser vom Sand. Mit einem Ruck zog Richard am Umhang und seine Schwester stand in der Manege, schön und lächelnd wie eh und je. Unter tosendem Applaus lief sie hinter den Vorhang und schob einen schwarzen Würfel herein. Richard ließ sich von Sarah fesseln, stieg in den Würfel, der von ihr wieder geschlossen wurde. Das Licht zitterte, die Trommelmusik schwoll an. Unbemerkt vom Publikum zwängte er sich durch einen Spalt im Würfel, verschwand im Schatten und lief hinter dem Vorhang hinaus. Als er an seinem Wohnwagen vorbeikam, hörte er sein Handy klingeln. Rasch griff er durch das offene Fenster auf den Tisch.

»Schwarz!«

»Hey, Richard. Paul hier.« Chefinspektor Paul Marek war am Apparat.

»Ich bin mitten in der Show.«

»Wieso hebst du dann ab?«

»Ich bin der verschwundene Mann, ich bin draußen und warte.«

»Trifft sich gut, du musst wirklich verschwinden. Wir haben einen Mord.«

»Wo?«

»In der WIG haben sie eine Frau gefunden. In der Hundelaufzone. Wie schnell kannst du hier sein? Die Tatortgruppe sammelt sich gerade.«

»Ich bin in München, brauche also mindestens vier Stunden bis Wien, je nach Verkehr!«

»Schneller geht's nicht?«

»Du weißt doch, dass ich mit Bess fahre. Zaubern kann ich nicht.«

»Ich hab gedacht, du bist der Mister Domino.«

»Sehr lustig.«

»Die Leiche wartet jedenfalls nicht. Servus!«

Es klickte. Richard blickte auf die Uhr. »Verdammt!« Rasch flitzte er ins Zelt und erkletterte die Tribünen von hinten.

Die Zuschauer flüsterten aufgeregt durcheinander. Keine Musik. Nur ein unheilvolles Trommeln war zu hören. Seine Schwester stand ratlos in der Manege, ihr Blick wanderte umher. Schon vor zwei Minuten hätte er wiederauftauchen sollen.

Von der obersten Balustrade, auf der normalerweise die Seiltänzer ihre Show starteten, winkte er.

Sarah rollte mit den Augen, wedelte mit den Armen und rief in die Menge: »Verehrtes Publikum, keine Aufregung, folgen Sie dem Licht zuuuuuuu Miiister Doooominoooo!«

Erneut startete die Musik, der Lichtkegel wanderte durch die Manege, bis er mit einem finalen Trommelschlag Richard einfing. Vor den Augen aller löste er eines der Seile, schwang sich wie der Held eines Mantel-und-Degenfilms elegant und geschmeidig in die Mitte der Manege, wo er beinahe lautlos aufsetzte.

Tosender Applaus und Jubelrufe empfingen ihn. Die Frauen seines Fanklubs in der ersten Reihe sprangen von ihren Sitzen, andere traten mit ihren Schuhen fest auf die Holzplanken, um ihm Beifall zu zollen.

Galant reichte er seiner Assistentin die Hand und drehte mit ihr eine Runde in der Manege, wobei sie sich in alle Richtungen verbeugten.

»Wir machen nun eine kurze Pause …«, tönte es blechern aus den Lautsprechern, »… genießen Sie die Erfrischungen, besuchen Sie unsere Fahrgeschäfte und reiten Sie auf unseren Ponys …«

Sarah zog ihn hinter die Bühne. »Wo zum Teufel warst du?«

»Anruf von Paul Marek!«

»Bist du verrückt, mitten in der Show an dein Telefon zu gehen?«

»Das bisschen Warterei hat den Effekt doch verstärkt.«

»Ich habe mir Sorgen gemacht. Du weißt doch, dass Freddy letztes Jahr spurlos verschwunden ist. Mitten in der Show. Wir wissen bis heute nicht, wo er steckt.«

Richard wickelte eine ihrer Haarsträhnen um seinen Zeigefinger. »Sorry, Rapunzel, ich tu es nie wieder!«

Er drückte sie an sich. »Jetzt muss ich leider nach Wien sausen, ein Mord in der WIG.«

»Was mache ich morgen? Ohne dich und die Brüder Smirnow schauen wir alt aus!«

»Wie wäre es, wenn du endlich deine Angst überwindest und dich wieder aufs Seil schwingst?«

Sarahs Augen wurden glasig. »Ich … kann nicht. Noch nicht.«

»Du weißt doch noch, was der Arzt gesagt hat?«

Keine Antwort.

»Mutter hatte das Aneurysma schon länger. Es hätte jederzeit platzen können. Es war ein Zufall, dass sie eine Woche zuvor vom Seil gefallen ist.«

»Das glaubst du doch nicht wirklich.« Schützend legte sie ihre Arme um ihren Oberkörper.

»Wenn es nicht in dieser Woche passiert wäre, dann vielleicht ein anderes Mal beim Schwimmen oder beim Tanzen. Oder einfach im Schlaf.«

Sarah fixierte den Schotterboden. Anscheinend war sie immer noch davon überzeugt, ihre Mutter sei durch den Sturz vom Seil gestorben.

»Wenn du Angst hast, dir könnte das auch passieren, dann lass dich durchchecken.«

Zaghaft hob sie die Schultern und sah dabei verwundbar wie ein kleines Mädchen aus.

Sie war noch nicht so weit. Er nickte, küsste ihre Stirn, umarmte sie noch einmal.

»Gib Aaron und Alice einen Kuss von mir und eine Umarmung.«

»Die werden traurig sein, sie haben sich so darauf gefreut, heute mit dir ins Kino zu gehen.«

»Sag ihnen, dass es mir leidtut. Ihr Lieblingsonkel muss leider arbeiten. Wir holen das nach. Richte ihnen aus, dass ich sie lieb habe.«

Sarah zuckte die Schultern. »Ist ja nicht das erste Mal, oder? Die Kinder werden schon klarkommen.«

»Ich ruf sie später an und sing ihnen ein Schlaflied vor. Okay?«

Sarah schmunzelte und rollte mit den Augen. »Wenn du das vergisst, ruf ich dich an und sing dir was vor.«

Wenn das keine Drohung war.

»Gott bewahre! Hilfe!«

Er verdrehte die Augen zum Himmel, lachte und stieg so, wie er war, in sein Wohnmobil.

2

Wien, Favoriten, Kurzentrum Oberlaa

Vier Stunden später

Die WIG war eine anlässlich der Wiener Gartenschau 1974 eröffnete, 860 000 Quadratmeter große, künstlich angelegte öffentliche Parkanlage am Südosthang des Laaer Berges bei Oberlaa im 10. Wiener Gemeindebezirk Favoriten.

Richard fuhr über die asphaltierte breite Hauptstraße direkt zu dem von Paul Marek beschriebenen Platz, parkte Bess neben einer Gartenbank und verließ sie rasch. Nach der langen Fahrt, die er ohne Pausen bewältigt hatte, war er froh, seinen Körper wieder ausstrecken und bewegen zu können. Sein Kollege winkte ihm zu, was Richard erwiderte.

Der 1,85 Meter große, durchtrainierte Halbspanier sah natürlich wieder aus, als wäre er einer Telenovela entsprungen. Seine wilden schwarzen Locken wurden vom Wind nach allen Seiten gewirbelt und gaben hie und da den Blick auf seine blauen Augen frei. Obwohl sich Paul täglich rasierte, erkannte Richard Bartstoppeln, die ihm einen leicht verwegenen Touch á la Antonio Banderas verliehen. Wie immer trug er einen gut sitzenden Anzug – soweit Richard wusste, war das hellgrüne Hemd maßgefertigt. Der Chefinspektor genoss es, sich nicht in eine Uniform zwängen zu müssen. Schon sechs Jahre früher als Richard war er zum Kriminaldienst gewechselt. Und das vor allem aus Liebe zu seiner Frau und seinen Kindern, denn Paul war ein ehemaliges Mitglied der COBRA, einer Spezialeinheit der Polizei. Das tägliche harte Training hatte er beibehalten. Vermutlich konnte er gar nicht mehr ohne Sport leben, mutmaßte Richard.

Beim Tatort angekommen streckte Richard sogleich dem Arzt, der ihm den Rücken zuwendete, die Hand entgegen. »Schwarz.«

Der Arzt blieb am Boden hocken und sah nur kurz auf. »Heute sogar von Kopf bis Fuß.«

Paul deutete auf seinen Kopf. Mist, er war die ganze Strecke mit Kostüm und der Maske im Gesicht gefahren. So sehr hatte er sich an sie gewöhnt, dass sie sich wie ein Teil von ihm anfühlten. Er löste die Seidenbänder am Hinterkopf und nahm die Maske ab, dadurch ging auch die Perücke ab. Seine Kappe, die er stattdessen jetzt gern aufsetzen würde, war leider im Wohnmobil.

Als der Arzt schließlich aufstand, sich umdrehte und Richard anschaute, zuckte er zusammen. »Ich werde mich nie daran gewöhnen.«

»Tut mir leid«, erwiderte Richard, senkte den Kopf. Nein, auch Richard konnte sich an seine Reaktion nicht gewöhnen. Dieser Amtsarzt hatte schon des Öfteren mit ihnen zusammengearbeitet, stets erschrak er über Richards Anblick. Vielleicht sollte er im Dienst eine Maske tragen, überlegte er zum hundertsten Mal. Immer wieder kam es zu seltsamen Begegnungen oder Gesprächen aufgrund seines Aussehens. Er war es leid. An solchen Tagen verfluchte er sich selbst, an anderen bloß den Mann, der seine Mutter erbarmungslos erwürgt und ihm nicht geholfen hatte.

Paul klopfte ihm auf die Schulter und wandte sich an den Arzt. »Seltsam, dass Sie sich nicht an Richie gewöhnen können, aber beim Anblick der grausigen Leichen nicht einmal mit der Wimper zucken.«

Der Arzt stand auf, klopfte sich den Dreck von der Hose und streckte den beiden seine Hand entgegen, zwischen den Fingern hielt er etwas. »Das hab ich eben noch in der Erde gefunden. Ein Stück Kunstfingernagel. Das sollte man später in der Gerichtsmedizin noch einmal bei der Leiche kontrollieren, es ist mir vorher nicht aufgefallen, dass ein Nagelteil fehlen würde, aber man kann ja etwas übersehen. Ich fahr dann gleich mal.« Er beugte sich vertraulich zu Richards Ohr hinüber: »Ihr Kollege kann ja wirklich ewig reden. Dafür brauche ich heute die Zeitung nicht mehr aufzuschlagen. Ich bin über alles, was passiert ist, im Bilde.« Der Arzt lachte. »Vermutlich wollte er nicht alleine warten.«

Richard blickte sich um, außer Paul und dem Arzt war wirklich niemand mehr hier. Das Absperrband, das zwischen den Bäumen hervorleuchtete, war der einzige Hinweis, dass es sich um einen Tatort handelte.

»Die Leiche ist vor über einer Stunde in die Sensengasse gebracht worden«, erklärte Paul. »Die Tatortgruppe ist gerade erst gefahren, die waren fertig. Viel gibt es hier nicht mehr für dich zu sehen. Wir haben schon eine Fahndung inklusive Fotos von der Frau und ihren Kleidungsstücken rausgeschickt an alle internen Polizeistationen in Österreich sowie an die umliegenden Länder. Die Interpol hat auch Bescheid bekommen.«

Mit quietschenden Reifen hielt ein Opel Corsa an der Straße. Ein Mann im grünen Overall stieg aus, das Gesicht rot angelaufen, einen verkniffenen Ausdruck um den Mund. Er hüpfte über das Absperrband, rannte auf Richard zu. Noch im Laufen fing er an zu schreien: »Sind Sie wahnsinnig? Sie können doch nicht mit dem Wohnwagen da rauffahren!«

»Wieso nicht? Gärtnerei, Polizei, Rettung fahren ja auch da rauf. Und Sie ebenfalls.« Er deutete auf den Opel.

»Das ist etwas anderes. Ich hab nach dem Rechten schauen müssen!«

Richard musterte den Mann. Tiefe Furchen im Gesicht sowie zahlreiche Altersflecken ließen vermuten, dass er schon im letzten Lebensdrittel war.

»Na, da kommen Sie aber genau genommen zu spät. Sind Sie von der Verwaltung oder vom Magistrat?«

»Nein …« Der Opel-Fahrer schüttelte den Kopf.

»Sind Sie hier angestellt im Kurpark?«

»Nein, aber …«

Paul tippte dem Alten an die Brust. »Dann fahren Sie am besten wieder, bevor ich Sie anzeige.«

»Jetzt hören Sie einmal. Was zum Teufel …«

»Das hier ist Polizei-Sperrgebiet«, unterbrach ihn nun Richard. »Da haben Sie nichts verloren.« Er bugsierte den Mann in Richtung Absperrband.

»Was erlauben Sie sich!« Der Alte klopfte auf Richards Hand und zeigte auf das Wohnmobil. »Deshalb bin ich hier. Entfernen Sie dieses Ding, Sie Zigeuner, sonst ruf ich die Verwaltung an.«

»Machen Sie das ruhig«, mischte Paul sich ein. »Aber vorher werden Sie sich bei meinem Kollegen entschuldigen.«

»Welcher Kollege?«

Der Chefinspektor wies auf Richard. »Bei diesem hier. Dem Abteilungsinspektor Schwarz.«

»Du lieber Himmel!« Der Mann musterte Richard. »Aber Sie sehen wirklich eher wie ein Serienmörder aus, nicht wie ein Kiberer. Und wieso haben Sie diesen Glitzerfummel an?«

»Woher wissen Sie denn, wie ein Serienmörder ausschaut?« Richard schmunzelte. »Wer sind Sie überhaupt?«

»General Leopold Böckinger ist mein Name.«

»Sie sehen eher wie ein Gärtner aus.«

Leopold Böckinger blickte an seinem verdreckten Overall herunter. »Ja, weil ich in meinem Schrebergarten grad die Hütte ausbessere, das Dach ist löchrig und es regnet rein.«

»Herr Böckinger ist Stammgast auf den Polizeiinspektionen in Favoriten. Ich treffe ihn allerdings auch zum ersten Mal«, raunte Paul Richard zu, ohne auf Böckingers Erwiderung einzugehen.

»Aha, das ist *der* General?«

Paul nickte. »Herr Böckinger hat diese Bürgerwehr gegründet.«

»Na bravo!«

»Wenn die Polizei nichts tut, dann müssen wir Bürger aktiver werden«, mischte sich Böckinger nun ein, der anscheinend alles belauscht hatte. »Das kann nicht sein, dass die Einbrecherbanden hier wüten dürfen, wie sie wollen, und niemand was dagegen tut.«

»Wir tun durchaus etwas.«

»Erzählen Sie mir doch nix! Erst gestern war wieder ein Bruch in der Siedlung. Die sind doch längst weg, bis ihr loslegt.«

»Nach wem sollen wir denn fahnden? Wir können nur nach unbekannten Personen fahnden. Und wie gut da die Aufklärung sein kann, können Sie sich vorstellen. Haben Sie die Einbrecher beobachtet?«

»Die sind doch zu fünfundneunzig Prozent aus Rumänien, das weiß jedes Kind! Die fahren mit einem gestohlenen Auto rüber, die Kinder und Frauen betteln tagsüber und am Abend steigen die Männer dann noch wo ein. Beim Zurückfahren haben sie hinter der Grenze schon einen Typ stehen, der den Wagen neu lackiert, außerdem haben sie mehrere Nummerntafeln. Die findet niemand. Und das Zeug ist in null Komma nichts verkauft. Die Seriennummern werden gleich am Tatort zerkratzt.«

»Was Sie alles wissen … Als wären Sie schon einmal dabei gewesen.« Richard schnalzte mit der Zunge. »So ein Blödsinn!

Vermutlich haben Sie zu viele Krimis gesehen. Das ist alles sehr weit hergeholt.«

»Das weiß schließlich jeder. Wir hätten nie in die EU gehen dürfen, nie, das hab ich damals schon gesagt. Kein Wunder, dass die FPÖ und die Türkisen jetzt bei der Wahl haushoch gewonnen haben. Kein Wunder. Echt nicht!«

Richard lief es eiskalt den Rücken hinunter. In seiner Erinnerung sah er den Bizeps des Mörders seiner Mutter, auf dem ein Hakenkreuz-Tattoo geprangt hatte. Vielleicht hatte dieser Böckinger auch eines? Wundern täte es ihn nicht, bei diesen Reden, die er schwang. »Gut, dann hätten wir das auch besprochen. Wir müssen jetzt los und arbeiten.«

»Das geht nicht!« Böckinger baute sich vor den Beamten auf. »Sie müssen mir erst erzählen, was überhaupt passiert ist.«

»Wir müssen gar nichts.« Paul steuerte auf den Dienstwagen zu.

Böckinger lief ihm nach. »Ich hab in der Nacht von Freitag auf Samstag Frauenschreie gehört.«

Richard drehte sich um. »Sie haben was?«

»Eine Frau hat geschrien, erst hab ich geglaubt, dass es nur eine brünstige Katze wäre. Aber dann hat sie noch mal geschrien und das war richtig schaurig, also hab ich den Huber Julian und den Lechner Moritz angerufen, sie sollten nachschauen.«

»Wieso sind Sie nicht selber gegangen?«

»Ich war grad indisponiert.« Er blickte zu Boden. »Eine private Angelegenheit.«

»Wieso erzählen Sie uns das alles jetzt erst?«, hakte Richard nach.

»Hab ja nicht gewusst, dass wirklich was passiert ist.«

»Kommen Sie bitte mit oder machen Sie einen Termin aus, da können Sie uns dann alles berichten. Und informieren Sie diese beiden Kollegen, die Sie angeblich angerufen haben, wir brauchen auch deren Aussagen. Vielleicht haben die was gesehen.«

»Okay, ich fahr gleich rüber zum Stadtpolizeikommando und sag den anderen Bescheid.«

Richard hielt Böckinger zurück. »Was wollen Sie denn beim Stadtpolizeikommando?«

»Sind die nicht zuständig?«

»Nein, das sind ab sofort wir«, beschied ihn Paul.

Die Kollegen von der Außenstelle Süd waren zwar die ersten vor Ort gewesen, aber da es sich hier um ein Gewaltverbrechen handelte, war nun das LKA zuständig.

»Das ist ja wie im Sonntagskrimi!«

»Nur können wir dabei leider nicht gemütlich auf der Couch liegen.« Aus dem Augenwinkel registrierte Richard, wie Böckinger in der Erde wühlte. »Und fassen Sie bitte nichts an! Gehen Sie wieder hinter die Absperrung!«

»Ich will helfen, das ist mein Beruf.«

»Dachte, Sie sind in Pension.« Richard und Paul wechselten einen vielsagenden Blick. Dieser Böckinger ließ sich anscheinend nicht so leicht abschütteln. »Das kann ja heiter werden«, sagte er zu Paul und wandte sich wieder an den General, um dessen Personalien aufzunehmen und einen Termin mit ihm für die genauen Aussagen zu vereinbaren. Mitten im Gespräch guckte Böckinger hektisch auf seine Uhr und verabschiedete sich. Erleichtert blickten sie dem Opel nach.

»Der Böckinger war Berufssoldat, allerdings hat er da noch im Burgenland gewohnt«, wusste Paul.

»Der Kerl ist extrem anstrengend, meinen die Kollegen von der Streife.«

»Was glaubst du, warum sie den in Frühpension geschickt haben?«

»Vielleicht kann er uns in diesem Fall weiterhelfen. Immerhin hat er Schreie gehört. Jetzt können wir in Ruhe reden. Wie ist die Leiche gefunden worden und wie hat sie ausgesehen?«

»Es war eine Frau, weiß, dunkle Haare, braune Augen, zwischen dreißig und fünfzig Jahre alt, genau wird das nach der Obduktion feststehen.«

»Kein Ausweis?«

»Leider nicht. Wir wissen also noch nicht, wer sie ist. Sie war geschminkt, Ohrringe und Armreifen, lackierte Nägel, fein und sexy angezogen.«

»Wie für ein Rendezvous oder wie eine Professionelle?«

»Beides ist möglich, wenn sie eine Prostituierte war, dann eher im gehobenen Escortbereich.«

Bilder seiner Mutter und die letzten schrecklichen Minuten ihres Lebens tauchten in seinem Geiste auf.

»Wie lag sie da?« Richard blinzelte einmal fest, um die Bilder zu verscheuchen.

»In der Böschung, zugedeckt mit Blättern und Zweigen, nur den Kopf hat man gesehen.« Paul zeigte auf die genaue Stelle. »Aber nur, weil der Hund der Zeugin Roswitha Grünsteidl den aus Versehen ausgebuddelt hat, als er nach einer guten Pinkelstelle gesucht hat. Er hat dann auch gleich den Kopf markiert.« Er grinste. »Die Alte war fix und fertig, hat kaum mehr Luft bekommen, dann ist sie umgefallen: Kammerflimmern. Wir haben sie sofort mit der Rettung wegbringen müssen. Sie ist mittlerweile auf der Intensivstation. Richtig befragen konnten wir sie nicht.«

»Wie war die Frau zugerichtet, unter dem Laub?«

»Gar nicht so schlimm: Bluse offen, aber die Knöpfe nicht abgerissen. BH war auch offen, der Rock war ganz oben bei der Taille zusammengeschoben. Den Slip haben wir komischerweise nicht gefunden, aber vielleicht hat sie gar keinen angehabt. Außerdem war sie barfuß. Schuhe haben wir keine entdeckt.«

»Seltsam.«

»Genau, für eine Vergewaltigung zu vorbereitet. Eine leere Kondomverpackung haben wir im Gehege sichergestellt. Glaube nicht, dass wir da Spuren drauf sichten. Das Kondom haben wir nicht gefunden, hat er wohl mitgenommen. So blöd sind die Mörder ja auch nimmer. Jeder weiß Bescheid über DNA-Spuren und so.«

Richard nickte. »Also meinst du, der Sex war einvernehmlich und ist dann irgendwie entgleist?«

»Denkbar wäre auch ein Unfall, aber mit so vielen Stichwunden? Das wäre schon ein sehr bizarrer Sexunfall, aber was hat es nicht alles schon gegeben!«

Das stimmte. Richard erinnerte sich an das Pärchen, das sich gegenseitig Plastiksäcke über den Kopf gestülpt, sich am ganzen Körper mit Rasierklingen geritzt sowie mit heißem Wachs übergossen hatte. An dem Tag, an dem sie tot aufgefunden wurden, hatten sie die Plastiksäcke mit Klebeband am Hals fixiert und in der Hitze des Gefechts vermutlich nicht mehr runterbekommen. Oder der Mann, der sich beim Masturbieren ein Seil um den Hals gelegt und an die Türklinke gehängt hatte. Auch er starb an seiner bizarren Sexsucht.

»Es ist noch nicht gesichert, ob die Stichwunden zum Tod geführt haben. Der Arzt hat auch am Hals Spuren festgestellt, die eindeutig auf gewaltsames Ersticken hinweisen.«

»Hypoxyphilie?«

»Es lag kein Strick oder Beutel oder dergleichen herum. So was könnte der Täter aber auch mitgenommen haben. Ob die auf so bizarren Sex standen oder ob es Mord war, weiß man noch nicht.«

Richard dachte an die flehenden Augen seiner Mutter, als ihr Freier sie festhielt. »Vielleicht wollte sie aber auch ab einem bestimmten Punkt nicht mehr mitmachen und deswegen sind dem Typen die Sicherungen durchgebrannt.«

»Möglich, als es dann *passiert* ist, hat der Kerl Muffensausen bekommen, sie eingegraben und ist abgehauen.«

»Sind noch keine Vermisstenmeldungen eingegangen?«

»Nein, noch nichts, was auf unsere Tote passen würde.«

»Wenn der Schrei, den der Böckinger angeblich gehört hat, wirklich vom Opfer stammte, dann ist sie ja noch nicht lange tot und folglich vermisst sie noch keiner.«

»Seltsam ist allerdings, dass der Amtsarzt sich sofort sicher war, die Frau sei schon länger als zwölf Stunden tot.«

»Warten wir mal die Obduktion ab. Vielleicht irrt er sich.«

»Sonst noch Auffälligkeiten?«

»Ja, wir glauben, dass der Täter sie in die Böschung gezogen hat und sich der eigentliche Akt hier vorne abgespielt hat.«

»Im Ziegengehege?«

»Schaut so aus. Darum haben die Jungs von der Tatortgruppe auch sehr lange alles abgesucht.«

»Und wo sind die Ziegen?«

»Das Gehege haben wir von der Verwaltung vorher räumen lassen. Jedenfalls sind wir uns ziemlich sicher. Die Leiche war nämlich am Rücken und am Po mit Kot beschmiert. Dem Geruch nach kein Hundekot. Möglicherweise von den Ziegen.«

»Mahlzeit! Tja, es gibt Leute, die darauf stehen, an abartigen Plätzen Sex zu haben.«

»Na ja so abartig ist das ja nicht. Früher haben es die Leute oft im Stall getrieben. Und der Leonardo DiCaprio soll angeblich auf Sex im Affenkäfig abfahren. Das behauptet jedenfalls eine ehemalige Geliebte.«

»Wer glaubt schon, was diese Käseblätter schreiben! Können Ziegen eigentlich auch ein Trauma davontragen, wenn sie einen Mord mit ansehen müssen?«

»Frag mich etwas Leichteres. Ich hab keine Ahnung, jedenfalls taugen sie nicht als Zeugen.«

»Vielleicht würden sie den Täter aber wiedererkennen, davonlaufen oder laut meckern?«

»Auf solche Ideen kannst auch nur du kommen. Das hier sind schließlich keine Zirkusziegen!«

»Egal, Tiere sind sehr sensibel, egal, ob zahm, abgerichtet oder wild lebend. Gefahr erkennen sie jedenfalls sofort.«

»Du kannst sie ja befragen, wenn du willst.« Paul lachte schallend.

Mit einem Satz war er im Gehege und blickte sich um. Schnell fand er die Stelle, an der die Tat vermutlich verübt worden war. Die Erde war an einer Stelle aufgewühlt und eingedrückt. Von hier aus verliefen Schleifspuren bis zur asphaltierten Straße. Rund um den Tatort sah er Hufspuren und Kot. Der Geruch von Ziegenurin lag in der Luft und da war noch etwas: Sperma? Das wäre aber im Frühling nicht ungewöhnlich, da gerade Paarungszeit war. Und nicht nur Tiere, sondern auch so manch verliebtes Pärchen nutzte den Park.

»Hat die Tatortgruppe Erde eingesackt?«

»Natürlich. Und Kot, womöglich findet sich DNA vom Täter drauf.«

»Waren die Hunde auch mit?«

»Ja, die haben auch hier herumgestöbert, deswegen haben wir die Stelle im Ziegengehege erst bemerkt. Die Leiche lag ja nicht dort drin, aber die Hunde haben es gewittert.«

Richard ging zurück zur Böschung und lugte durch die Bäume hindurch. Dort befand sich die Laaer-Berg-Straße und gegenüber lag die Kleingartensiedlung »Frohsinn«, in der dieser Böckinger wohnte. Momentan konnte er sich nicht vorstellen, dass man von dort einen Schrei vernehmen konnte, denn der Lärm auf der Durchgangsstraße war ohrenbetäubend. Natürlich war in der Nacht weniger los. Allerdings verfügten Männer dieses Alters selten über ein derart gutes Gehör. Selbst Böckinger schien seinen Ohren nicht zu trauen, hatte er doch zugegeben, zuerst gedacht zu haben, es handele sich um eine Katze im Liebestaumel.

Richard würde zur Nachtzeit wieder vorbeikommen, um festzustellen, wie laut es tatsächlich war.

Paul klopfte ihm auf die Schulter. »Na, dein freies Wochenende hast du dir sicher anders ausgemalt. Lass uns ins Büro fahren, dann kannst du dieses Zeug endlich ausziehen.«

Richard blickte an sich hinunter. »Tja, kein Wunder, dass der Böckinger mich beschimpft hat. Der Fremdenhasser hat sicher auch was gegen Männer im Glitzerfummel.«

»Zur Regenbogenparade geht er bestimmt nicht.«

»Vermutlich macht er eher eine Gegenveranstaltung.«

Lachend stieg Richard in sein Wohnmobil.

»Fahr mir nach, ich stell meinen Fendt auf mein Grundstück, dann steige ich um und fahr mit dir mit ins Büro.«

Paul winkte. »Alles klar. Aber wann kaufst du dir endlich einen richtigen Wagen?«

Richard zuckte nur mit den Schultern. Seine Bess würde er niemals hergeben, sie war nach Wilhelmina Beatrice Houdini, kurz »Bess«, der Frau des berühmten Harry Houdini, benannt, den Richie verehrte, und ein Zeichen seiner Heimat und Herkunft.

3

Wien, Mauer

Dienstag

Grau.

Dunkel.

Bedrohlich.

Der Schatten im rechten Augenwinkel ließ Theres erzittern. War er seit gestern größer geworden? Mit der Hand verdeckte sie das linke Auge, blickte aus dem Fenster. Waren die Fassaden gegenüber gestern schon derart grau gewesen? Sie rollte mit den Augen.

Hinauf.

Hinunter.

Links.

Rechts. Dort war alles schwarz. Die Dunkelheit kam näher, um sie zu verschlingen. Wie lange würde es dauern, bis sie in ewiger Nacht leben musste? Ihr Herz raste. Ein Engegefühl in ihrer Brust. Sie keuchte. Keine Luft. Rasch entfernte sie die Hand und wechselte die Seiten. Die Häuser gegenüber wirkten nun heller, freundlicher, farbiger.

Das Grau wich zur Seite.

Der Schleier war vergessen.

Sie ließ den Arm sinken. Mit zitternden Fingern tippte sie auf die Eins der Kurzwahl, die wichtigste Nummer seit einem Jahr.

»Julia Fitz, bei Doktor Ehrlich, was kann ich für Sie tun?«, tönte es blechern aus dem Hörer.

»Lend Theres hier. Es ist schlimmer geworden. Am rechten Auge. Soll ich vorbeikommen?«

»Frau Doktor Lend?« Ein Rascheln. »Sie waren erst am Freitag hier. So schnell schreitet Ihre Krankheit nicht fort, das hat Ihnen der Arzt doch gesagt.«

»Der Schatten ist größer und es ist alles grauer als gestern.«

Ein Seufzen. »Waren Sie schon beim psychosozialen Dienst? Sie brauchen unbedingt eine Begleitung.«

Theres kratzte sich am Bauch. »Ich *bin* Psychiaterin.« Blut klebte unter ihren Fingernägeln. »Ich brauche einen Augenarzt!« Dieses Jucken plagte sie auch seit einem Jahr. Sie zog das T-Shirt wieder über den Bauch und wischte sich die Hand am Geschirrtuch sauber, das auf der Fensterbank lag.

»Frau Doktor Lend, es bringt nichts, wenn wir Sie alle zwei bis drei Tage untersuchen. Manchmal ist das Ergebnis auch tagesabhängig, unterliegt Schwankungen. Sie haben noch viele Jahre vor sich, glauben Sie uns endlich.«

Nichts glaubte sie. Ärzte konnten irren, sie waren auch nur Menschen. »Aber wenn Sie etwas übersehen?«

»Das können wir nicht, wenn Sie dreimal die Woche zu uns kommen …« Die Stimme brach. »Wie gesagt, es sollte sich auf einmal im Quartal beschränken, höchstens.« Der Tonfall war nun freundlicher. »Außer es ist akut. Die Krankenkasse hat schon nachgefragt.«

»Aber es *ist* akut.« Verstand die Ordinationshilfe nicht, was es bedeutete, jeden Tag mit dieser Angst schlafen zu gehen, am nächsten Tag weniger zu sehen als am Vorabend? Das Gefühl, eine Zeitbombe in sich zu tragen?

»Bitte.«

Atmen.

Schweigen.

Seufzen. »Meinetwegen, kommen Sie gegen zwölf Uhr, aber Sie müssen Wartezeit einplanen und ich bin mir sicher, dass es unnötig ist.« Es klickte.

Theres starrte auf das Display. »Vielen Dank auch.«

Sie schloss das Fenster, zupfte die Vorhänge zurecht, blickte auf die Uhr. Noch zwei Stunden. Hundertzwanzig Minuten, in denen sie wiederholt ein Auge abdecken würde, um nachzusehen, ob sich etwas verändert hatte.

Zwei Stunden Ungewissheit.

Zwei Stunden Atemlosigkeit.

Zwei Stunden Engegefühl in der Brust.

Sie musste sich ablenken. Lustlos blätterte sie durch die Tageszeitung. Die Buchstaben verschwammen. Es war so weit. Es ging los. Panisch betastete sie die Augen. Flüssigkeit blieb daran kleben. Nur Tränen. Mit dem Geschirrtuch wischte sie darüber. Langsam lüftete sich der Schleier. Zwei Finger auf ihr Handgelenk gedrückt, zählte sie die Pulsschläge. Ihr Herz raste. *Beruhige dich.* Aus dem Eisfach nahm sie zwei Coolpacks, wickelte sie in ein Geschirrtuch und legte ihre Handgelenke darauf. Sie zwang sich, ruhig zu atmen. Sämtliche Tipps, die sie ihren Patienten gab, halfen bei ihr selbst nicht. Die Panik war seit Monaten ihre ständige Begleiterin. Sie konnte die Nacht nicht mehr ertragen. Diese Schwärze, von der sie wusste, sie würde ihre Zukunft bestimmen.

In der Nacht hatte es vor zwei Jahren auch begonnen. Zum ersten Mal hatte sie Probleme bemerkt, als sie von einer Party nach Hause gefahren war. Irgendwie konnte sie die genaue Spur nicht mehr ausmachen, sobald die Beleuchtung spärlich wurde, was auf Bundesstraßen generell der Fall war. Damals gab sie der Müdigkeit die Schuld. Bald war ihr klar, dass es nichts mit mangelndem Schlaf zu tun hatte. Nachtblindheit. Damit konnte sie leben. Bis ihr vor wenigen Monaten auffiel, dass auch tagsüber etwas nicht stimmte. Am rechten Augenwinkel bemerkte sie zuerst nur einen Punkt, später einen Schatten, die Farben wurden blass. Viele Tage, zahlreiche Untersuchungen und etliche Verdachtsdiagnosen später fielen zum ersten Mal die Worte: Retinitis pigmentosa. Unheilbar. Sie würde erblinden, irgendwann, irgendwo, aber nicht plötzlich. Dennoch hatte sie Angst, binnen Sekunden das Augenlicht zu verlieren, oder über Nacht. Wer wusste schon, was sicher war, bei einer Krankheit, wo selbst den Ärzten die Hände gebunden waren? Vielleicht war es einfach eine weitere Fehldiagnose.

Sie entfernte die Coolpacks, betupfte sich damit das Gesicht, den Hals und die geschlossenen Augen. Dann legte sie alles fein säuberlich zusammen und überflog weiter die Zeitungsberichte. Zu einem Inlandsartikel blätterte sie hektisch zurück. Das durfte doch nicht wahr sein!

Frauenleiche in Kurpark gefunden

Im Erholungsgebiet Kurpark Oberlaa wurde am Sonntag die mit mehreren Stichwunden übersäte und vermutlich strangulierte Leiche einer Frau gefunden. Die Frau konnte noch nicht identifiziert werden. Sie ist 169 cm groß, schlank, hat dunkle überschulterlange Haare und braune Augen. Bekleidet war sie mit einem roten Minirock und einer weißen Bluse mit Blumenmuster. Für sachdienliche Hinweise wenden Sie sich bitte an jede Polizeidienststelle.

Eine Zeichnung ergänzte den Artikel. Als würde sie in einen Spiegel blicken. Die Tote sah ihr ähnlich. *Vermutlich* stranguliert.

Stichwunden. Am Sonntag. Das konnte doch kein Zufall sein? Gerade jetzt. Heute. Die Zahl auf dem Kalender blinkte förmlich: 20. Mai! Also war der Mord vermutlich am Samstag, dem 17. Mai, geschehen. Zufall? Schicksal? Oder Absicht?

Theres sprang vom Stuhl hoch, riss das Fenster erneut auf, sog die kühle Luft ein. Trotzdem lief es ihr heiß über den Rücken. Ihr Shirt klebte an ihrer Haut. Mein Gott, hoffentlich hatte sie keinen Fehler gemacht. Ihre Augen suchten die Umgebung ab. War er draußen? Wartete er auf sie? Was sollte sie tun, wenn er kam? »Justus«, flüsterte sie und schloss das Fenster, »hast du das getan?«

4

INTERMEZZO

Wie es riecht. Dir wird schwindelig. Gott sei Dank liegst du auf dem Sofa in deinem Wohnzimmer. Die Vorhänge sind zugezogen. Du inhalierst den Duft des Stoffes, augenblicklich kribbelt es zwischen deinen Beinen. Das Höschen drückt gegen deine Nase. Bist selig vor Glück, vor Ekstase, vor Sehnsucht und Rage. Alle Gefühle gleichzeitig strömen durch deinen Körper. Du beißt in den Stoff, genau an der Stelle, wo einst ihr Saft den Slip benetzte, und saugst daran. Gott! Beinahe wirst du ohnmächtig vor Verlangen. Lichtblitze erscheinen vor deinen Augen. Du musst dich berühren. Die Erinnerungen an die Nacht vor vier Tagen sind zu stark. Du schließt die Augen und siehst die Frau vor dir, wie sie daliegt, bäuchlings, wimmernd Erde frisst, dabei hustet und würgt. Einzelne Haarlocken kleben an ihrem Rücken. Im Rest sammelt sich Schmutz. Ameisen krabbeln in den verklebten Strähnen, die sternenförmig um ihren Kopf liegen, den du fest nach unten drückst. Ihre Finger krallen sich im Gras fest, rutschen ab. Ihr weißer Hintern wackelt, als du mit deiner anderen Hand darauf klatschst, wieder und wieder. Zu sanft. Du wechselst zum Gürtel. Rot löst das Weiß ab. Die Striemen bilden ein Muster. Schön. Bauchkribbeln. Hältst inne, um das Bild zu betrachten.

Dann riechst du ihre Pisse. Aus Angst hat sich ihre Blase entleert. Die Schönheit ist entweiht. Blöde Schlampe! Brüllend stößt du mit dem Ast zu, immer und immer wieder. Sie hat es verdient. Du drückst ihren Kopf tiefer in die Erde. Umklammerst mit der anderen Hand ihren Hals. Sie windet sich unter dir. Zuckt. Die Erinnerung daran lässt dich auch jetzt erzittern. Oh ja, schneller, schneller.

Dann liegt sie da. Rührt sich nicht mehr. Dein erstes Mal ist vollbracht. Es kommt dir hart, so, dass es beinahe brennt. Du beißt dir auf die Zunge, um nicht aufzustöhnen. Der gurgelnde Laut, der trotzdem aus deiner Kehle dringt, widert dich an. Du rollst dich vom Sofa auf den harten Boden, seitwärts. Reißt dir den Slip vom Gesicht, schaust zwischen deine Beine. Du betrachtest dich. Diesen Teil, der nicht zu dir zu gehören scheint und dich wieder verraten hat. Du siehst den letzten Zuckungen zu, ekelst dich vor diesem Hautfetzen, seiner Selbstständigkeit, seiner Macht über dich. Mit dem Pullover trocknest du dich ab. Tränen laufen über deine Wangen, du schlägst auf die Stelle zwischen deinen Beinen. »Ich hasse dich, ich hasse dich«, schreist du. Im nächsten Moment springst du auf. Wäschst dir das Gesicht mit eisigem Wasser. Was du im Spiegel siehst, entsetzt dich. Das bist nicht du. Schlägst mit der Faust auf das falsche Bild im Spiegel, einmal, zweimal, dreimal. Das entstehende Splittermuster lässt dich noch hässlicher erscheinen.

Wie ein abgestochenes Schwein heulst du auf und erbrichst deinen Mageninhalt ins Spülbecken. Warum hört es *nicht auf?*

5

Wien, LKA

Dienstag

Leopold Böckinger wartete nicht gern. Genaugenommen hasste er es. Dabei hatte er das Gefühl, bedeutungslos zu sein. Wichtige Leute ließ niemand warten. Die Queen musste bestimmt in keinem Wartezimmer verrotten. Barack Obama sicher auch nicht. Die Welt war komplett verkommen. Wenn ein Schwarzer mehr wert war als er, worauf durfte man da noch hoffen? Sogar Schwule waren Österreichs Aushängeschilder. Extra Ampeln hatten sie entworfen. Das hatte sechzigtausend Euro an Steuergeldern gekostet. Sein Geld steckte da drin. Nein, die Welt würde untergehen, wenn das so weiterlief. Und jetzt ließen ihn diese Bullen schon eine Stunde draußen lauern. Der Scheiß-Kaffeeautomat funktionierte nicht und Mars-Riegel hasste er. Dieses klebrige Zeug lockerte sein falsches Gebiss. Die Einsparungen bei der Polizei waren anscheinend schlimm. Der Schweiß rann ungehindert in Bächen an seinem Körper hinab. Klar, keine Klimaanlage. Er kannte viele Wachzimmer, bei denen das Ministerium eine Klimaanlage abgelehnt hatte, sogar bei Neubauten. Eine Schande war das. Aber für Schwuchtel-Ampeln war Geld da und für diesen Gesangswettbewerb.

Eurovision Song Contest. So eine Farce! Seit wann gehörte Australien zu Europa? Nicht dass er sich das Spektakel angesehen hätte. Aber Poldi wusste eben Bescheid. Man musste sich informieren, was im Land passierte. Österreich setzte tolle Prioritäten. Das würde ein böses Ende nehmen, gottlob würde er das nicht mehr erleben müssen. Seine Enkel würden in einem Sumpf aufwachsen. Ohne Rückhalt, ein Leben lang Steuern zahlen, bei Krankheit selbst blechen und dann nicht einmal eine anständige Pension kassieren dürfen. Er hatte es gerade noch geschafft. Sein monatliches Salär konnte sich sehen lassen. Aber er fühlte sich nicht, als würde er Almosen vom Staat erhalten. Jeden lausigen Cent hatte er verdient! Poldi betastete seinen Kopf. Sein Haar war immer noch dicht. Weiß zwar, aber dicht. Für sein Alter hatte er sich gut gehalten. Im Gegensatz zu seinen Freunden, die Leibesfülle mit T-Shirts kaschierten, die mit Sinnsprüchen wie »Hätte Gott gewollt, dass Männer keinen Bauch haben, hätte er das Bier nicht erfunden« bedruckt waren, war sein Bauch flach. Vermutlich, weil er lieber Wein trank. Er lachte. Was für ein dummer Gedanke! Sein letzter Arztbesuch lag Jahre zurück. Damals, als er im Kosovo angeschossen worden war, hatten sie ihm den Oberschenkel wieder zusammengeflickt. Vom Schmerzensgeld hatte er das Schrebergartenhaus von Tante Mitzi renoviert, ohne zu wissen, dass sie es ihm einmal vermachen würde. Seitdem hatte er keinen Fuß mehr in ein Krankenhaus gesetzt. Sein Garten würde ihn schon gesund halten. Viermal die Woche ging er in die Therme Wien, zog seine Längen im Sportpool und genoss die Sauna danach. Obwohl es nicht mehr so schön wie früher war, als es noch Therme Oberlaa hieß und nicht so überlaufen war. Am Vormittag hatte man in Ruhe die Sonne genießen können, bis die Kinder am Nachmittag eingetrudelt waren. Mittlerweile hatten sie das Areal ausgebaut, vergrößert und jetzt herrschte hier überhaupt keine Ruhe mehr. Inzwischen hatten auch die Japsen die

Therme entdeckt. Da trauten sich sogar die Erwachsenen nur mit dem Schwimmreifen in die Becken. So ein seltsames Volk, aber im Fotografieren waren sie Weltmeister.

Zweimal die Woche fuhr Poldi mit dem Rad bis nach Baden und wieder retour. Es gab Zwanzigjährige, die weniger fit waren als er. Kurvten mit diesen neuen Elektrobikes umher. Niemals würde er sich auf so ein Ding setzen. Seine Zeit beim Militär hatte Spuren hinterlassen, nicht alle waren gut, aber um seinen Körper musste er sich wenigstens nicht sorgen.

Nur diese Warterei hasste er wie die Pest.

Fluchend erhob er sich. Der Sessel knarrte. Er versetzte dem Kaffeeautomaten einen Fußtritt. Wie auf Kommando purzelte ein Kunststoffbecher aus der Verankerung. Es gurgelte.

»Na so etwas.« Er grinste. »Das ist ja wie beim Kottan.«

Ein Beamter steckte den Kopf zur Tür raus. »Was machen Sie denn für einen Lärm?«

»Der Automat hat einen Wackelkontakt. Auf Tritt funktioniert er.«

»Blödsinn, wir sind hier schließlich nicht beim Kottan.«

»Scheinbar doch.« Er zeigte auf den Becher in seiner Hand. »Und wie lange wollen Sie mich eigentlich noch warten lassen? Da bestellen Sie mich her, ich bin pünktlich, und dann das.«

Der Beamte sah verwirrt aus. »Wer hat Sie herbeordert?«

»Na, dieser entstellte Typ.«

»Abteilungsinspektor Schwarz?«

»Er hat gesagt, ich soll heute um elf Uhr zur Befragung kommen.«

»Der ist aber gar nicht hier, sondern in der Gerichtsmedizin.«

»Soll ich jetzt warten, bis er zurück ist?«

»Nein, der Chefinspektor Paul Marek ist da, einen Augenblick bitte.« Die Tür fiel zu.

Na super. Endstation Wartezimmer, schon wieder! Bloß war er nicht Marlon Brando. Und was bildete sich dieser

Elefantenmensch eigentlich ein, ihn herzubestellen und dann gar nicht da zu sein? Sauerei! Die Beamtenmoral war auch schon mal besser. Mehr Arbeit und weniger Leute, das war die Wirklichkeit, von der die Bevölkerung leider nichts mitbekam. Viele Wachzimmer waren in den letzten zwei Jahren geschlossen worden. Und dann hatten sie sogar Postler aufgenommen, die vom Fach gar nichts verstanden, und diese in die Wachzimmer gesetzt. So ein Chaos.

Die Tür ging wieder auf. Heraus kam der zweite Mann, der in der WIG mit ihm geredet hatte. Das musste dieser Marek sein.

»Grüß Sie, Herr Böckinger! Warum haben Sie denn nicht einfach geklopft?«

»Ich nahm an, dass Sie wissen, wen Sie wann herbestellen.«

»Abteilungsinspektor Schwarz hat Sie laut seinem Kalender erst für zwölf Uhr terminiert.«

»Wollen Sie damit behaupten, ich sei schwerhörig?«

»Regen Sie sich nicht auf. Abteilungsinspektor Schwarz hat leider noch zu tun. Ich mache mit Ihnen die Vernehmung.«

»Meinetwegen, aber eine Entschuldigung verlange ich schon von ihm, mich einfach zu vergessen.«

»Niemand hat Sie vergessen, Sie haben … Sagen wir mal, es war ein Missverständnis.«

»Mit uns Pensionisten kann man es ja machen. Aber ich hab auch was zu tun, glauben Sie mir.«

»Es tut mir leid. Wir sind alle im Stress und heiß ist es auch.«

Als sie ins Büro kamen, wies Chefinspektor Marek ihn an, sich zu setzen, und rollte dabei seinen Bürostuhl vor den Schreibtisch.

»Nehmen Sie meinen Stuhl, da haben Sie es bequemer.«

»Das ist jetzt schon egal.«

»Also, Sie sind der Herr Böckinger Leopold. Als Zeuge geladen.«

»Wenn ich der Täter wäre, wäre ich sicher nicht da.«

»Geboren am 23. Jänner 1948 in Salzburg.«

»Was Sie schon wissen, brauchen Sie mir nicht vorzulesen.«

»Sie wohnen in der Kleingartensiedlung ›Frohsinn‹ in Wien Favoriten. In der Kolowratgasse 5b. Ihr Haus steht gegenüber dem Tatort, getrennt durch die Laaer-Berg-Straße.«

»Können wir das nicht überspringen? Ich habe nicht den ganzen Tag Zeit.«

»Beruf: pensionierter Berufssoldat, Rang: General«, fuhr der Chefinspektor ungerührt fort. »Ihren Ausweis bitte.«

»Als wüssten Sie nicht, wer ich bin.« Böckinger überreichte ihm den Ausweis.

Der Beamte verglich die Daten und notierte die Ausweisnummer. »Jetzt verlese ich Ihre Rechte, dann können wir anfangen.«

»Ich weiß, wie das geht. Bin ja nicht zum ersten Mal bei der Polizei.«

»Ich folge nur dem erforderlichen Prozedere.«

»Jemanden so lange warten zu lassen, gehört seit Neuestem dazu?«

»Warum haben Sie denn nicht geklopft?«

Poldi Böckinger hatte keine Lust mehr zu diskutieren. Besser, er brachte es so schnell wie möglich hinter sich, damit er wieder nach Hause fahren konnte.

Der Chefinspektor nahm einen Schluck Kaffee und starrte auf den Bildschirm. »Sie haben also in der Nacht von Freitag auf Samstag einen Schrei gehört, den sie als Frauenschrei identifizieren konnten.«

»Das ist nicht ganz richtig. Beim ersten Schrei dachte ich noch, es wäre ein räudiger Kater. Um diese Zeit schreien die in der Nacht so laut, dass man denken könnte, hier sticht einer ein Baby ab.«

»Erster Schrei möglicherweise von einer Katze …«, flüsterte der Beamte beim Eintippen.

»Ich sagte, ich dachte das. Aber der zweite Schrei war kürzer, so, als würde jemand der Person schnell den Mund zuhalten. Deshalb denke ich mittlerweile, dass auch der erste Schrei ein Frauenschrei war.«

»Wann genau war das?«

»So gegen halb zwei Uhr früh, vielleicht auch ein bisserl früher oder später, aber definitiv nach ein Uhr und vor drei Uhr, das weiß ich genau, weil …« Er verstummte.

»Und was haben Sie getan, als Sie den Schrei hörten?«

»Nach dem zweiten Schrei hab ich den Lechner Moritz und den Huber Julian angerufen.«

»Wer sind die beiden Herren?«

»Sie sind aus meiner Bürgerwehr. Ich hab sie losgeschickt in die WIG, um nach dem Rechten zu sehen.«

»Wieso sind Sie nicht selbst gegangen?«

Poldi Böckinger rutschte auf dem Stuhl herum. »Das kann ich nicht sagen.«

»Aha, Sie wissen aber, dass Sie die Wahrheit und vollständig aussagen müssen? Warum Sie nicht die Polizei angerufen haben, können Sie das erklären?«

»Weil ich ja nicht genau gewusst hab, was da läuft. In unserer Nachbarschaft schreien öfter Frauen rum. Da gibt's ein paar Kerle, die ihre Frauen hart anfassen, und seit diesen Sadomaso-Büchern von der Hausfrau und dem Film weiß man ja nicht einmal mehr, ob die Frauen das nicht sogar selbst wollen. Da will man sich nicht einmischen.«

»Aber es war trotzdem wichtig genug, um die Kollegen von der Bürgerwehr mitten in der Nacht zu alarmieren?«

»Natürlich, wir haben den Anrainern versprochen, dass wir aufpassen.«

»Herr Böckinger, wo haben Sie sich zu dieser Zeit eigentlich genau befunden?«

»In meinem ... Schlafzimmer.«

»Kann das jemand bezeugen?«

»Ja, nein.«

»Was denn nun?«

»Warum geht es hier jetzt um mich?«

»Alles könnte von Bedeutung sein.«

»Ich bin Zeuge, kein Täter.«

»Das meinte ich nicht. Aber wenn wir schon beim Thema sind, wissen Sie, dass viele Täter ihre Mithilfe anbieten?«

»In Amerika vielleicht. Aber doch nicht bei uns.«

»Ich habe es erlebt, es war ein sehr bekannter österreichischer Straftäter, dem wir da auf den Leim gegangen sind. Und nicht nur wir, sondern fast ganz Österreich.«

»Und warum sollte ich dann eine Bürgerwehr gründen?«

»Als Tarnung?«

»Ich glaub, ich warte doch lieber auf den Typen aus der Geisterbahn.«

»Reden Sie nicht so von meinem Kollegen, sonst zeige ich Sie wegen Beamtenbeleidigung an.«

»Interessieren würd es mich schon, was mit ihm passiert ist. War er im Irak? Ich hab bei meinen Einsätzen im Golan ein paar Minenopfer gesehen, die haben teilweise schlimmer ausgeschaut.«

»Darum haben Sie nicht mal mit der Wimper gezuckt, als Sie ihn getroffen haben.«

»Tut das jemand?«

»Kommen wir wieder zum Sachverhalt. Haben die beiden Herren, die Sie informiert haben, etwas beobachtet?«

»Das weiß ich nicht, das müssen Sie die beiden fragen.«

»Haben die sich denn nicht abgemeldet oder so?«

»Nein, so was gibt's bei uns nicht, wir rufen uns nur gegenseitig an, wenn uns was auffällt.«

»Und die beiden Herren haben nicht mehr angerufen in der betreffenden Nacht?«

»Nein, haben sie nicht.«

»Kam Ihnen das nicht seltsam vor?«

»Eben nicht, hab mir gedacht, dass ich mich wohl geirrt habe oder dass es einfach ein Ehekrach war.«

»Was haben Sie in der Nacht noch gemacht?«

»Geschlafen natürlich.«

»Wieso sind Sie in der WIG aufgetaucht, als ich mit dem Kollegen am Tatort war? Woher wussten Sie, wo wir sind?«

»Das war ja nicht schwierig. Bei dem wahnsinnigen Polizeiaufgebot, die Rettung war dabei und der Wohnwagen war auch nicht zu übersehen. Erst da hab ich wieder über den Frauenschrei in der Nacht nachgedacht.«

»Warum sind Sie nicht sofort hinaufgefahren?«

»Ich musste erst noch was erledigen.«

»Wollen Sie mir nicht verraten, was?«

»Nein. Das ist privat, das geht Sie nichts an.«

»Es könnte für die Ermittlungen wichtig sein.«

»Glauben Sie mir, das ist es nicht.«

»Können Sie mir bitte die Adresse von Moritz Lechner und Julian Huber mitteilen? Und geben Sie mir die Telefonnummern.«

Böckinger nannte die Adressen und schrieb ihm die Nummern auf die Rückseite eines alten Einkaufszettels.

»Immerhin was.«

»Ich helfe gern.«

»Sie müssen sich die nächsten Tage bitte bereithalten; wir werden vermutlich noch einige Male auf Sie zukommen. Mein

Kollege und ich werden Sie heute noch zu Hause aufsuchen, um ein paar Tests zu machen.«

»Welche Tests?«

»Das werden Sie dann sehen. Bitte bleiben Sie heute zu Hause, ich kann Ihnen momentan nicht sagen, wann wir bei Ihnen vorbeikommen.«

»Bin ich jetzt fertig?«

»Vorerst ja, vielen Dank, Herr Böckinger.« Der Beamte druckte das Protokoll aus und legte es vor Poldi auf den Tisch. »Unterschreiben Sie bitte noch Ihre Aussagen.«

Als Poldi aufstand und sich verabschieden wollte, hörte er Hundegebell von draußen. Moment mal! Da war doch noch etwas.

Der Inspektor bemerkte sein Zögern.

»Sie können jetzt gehen.«

Poldi drehte sich um und runzelte die Stirn. »Ich glaube, mir ist eben noch etwas eingefallen.«

6

Gerichtsmedizin Wien, Sensengasse

Die Leiche der Frau lag längst nicht mehr auf dem Obduktionstisch, sondern wurde bereits in der Kühllade aufbewahrt. Doktor Emily McSand streifte gerade ihre Handschuhe ab und warf sie in den Müll. Danach wusch sie sich die schmalen Hände und steckte den Ring wieder an, den sie während der Obduktionen abzog und in einer Lade unter dem Waschbecken aufbewahrte. Richard sah ihr gerne dabei zu. Alles an ihren Bewegungen war anmutig und wirkte geradezu nobel. Mit Schwung löste sie das Haarband aus ihren roten Locken, wuschelte sie durch und strich einige Strähnen hinter die Ohren. Dann drehte sie sich um und lächelte Richard aus ihrem mit Sommersprossen übersäten Gesicht freundlich an.

»Wollen wir in mein Büro gehen?«

Richard nickte und schluckte. In ihrer Nähe fühlte er sich unsicherer als sonst. Sie war das genaue Gegenteil von ihm. Zart, schön, anmutig, mit einem ebenmäßigen Gesicht und feingliedrigen Armen. Ihre Haut war makellos. Neben ihr fühlte er sich noch deformierter. Während er Emily hinterherging, tastete er kurz seine vernarbte Gesichtshälfte ab. Auch in Emilys Büro deutete alles auf Perfektion hin. Jeder Gegenstand hatte seinen fixen Platz. Sie wies auf den bequemen Ledersessel gegenüber von ihrem Schreibtisch. Sie selbst setzte sich auf einen Pallone-Sitzballstuhl und streckte den Rücken durch.

»Wasser?«

»Gern.«

Aus einer Glaskaraffe, in der Limettenscheiben in klarem Wasser schwammen, schenkte sie sich und ihm ein. Er könnte ihr den ganzen Tag zusehen. Wieder wunderte er sich, wie so ein elfengleiches Wesen so einen schlimmen Job machen konnte. Emily füllte Flüssigkeit in ein Tongefäß, zündete das Teelicht an, das unter der Schale stand, und atmete tief durch. Vanilleduft durchflutete den Raum.

»Ich brauche das einfach nach einer Obduktion. Man bekommt den Gestank sonst ewig nicht aus der Nase.«

Das kannte er. Nach dem Auffinden von Leichen in sogenannten Messie-Wohnungen hatte er oft noch Tage später den Geruch in der Nase und in der Kleidung, selbst nach dem Waschen kam es ihm manchmal so vor.

Emily zückte eine Mappe mit Fotos und öffnete eine Datei auf ihrem Laptop.

»Also, wir haben es hier mit einer beinahe gewöhnlichen Gewalttat zu tun.«

In den Ohren von normalen Menschen musste das seltsam klingen, aber Richard wusste, was sie meinte.

»Weibliche Leiche, weiße Hautfarbe, ungefähr fünfunddreißig Jahre alt. Braune Haare und Augen. Strangulationsmale am Hals.«

Das hatte er schon im Kurpark erfahren. »Faseranalyse steht noch aus. Womit sie stranguliert wurde, wissen wir also noch nicht genau. Die Frau wurde definitiv sexuell penetriert. Spermaspuren stehen zwar aus, aber es gibt eindeutige Verletzungen im Schambereich. Und Holzspäne tief im Gebärmutterhals, was impliziert, dass ihr Gegenstände aus Holz eingeführt wurden«, sagte sie emotionslos. »Möglicherweise

Äste, die im Park herumliegen. Ob sie auch vom Täter vergewaltigt wurde, lässt sich nicht genau sagen. Eine Kondomhülle wurde sichergestellt, die muss aber nicht vom Mörder sein«, fuhr sie ungerührt fort. »Die könnte schon dort gelegen haben. Kondome selbst waren keine am Tatort, wie du weißt.«

»Ein Mörder?« Richard beugte sich vor. »Sicher männlich? Ich dachte, es gibt noch keine DNA-Auswertung?«

»Ja, natürlich kann man das nie genau wissen, die Analysen stehen noch aus, aber anhand des Gewaltakts tippe ich zu neunundneunzig Prozent auf einen Mann.«

Richard verabscheute Schubladisierungen und Klischees. Auch wenn Doktor Emily McSand eindeutig dem Klischee einer typischen Irin entsprach, die sie auch war. »Wir hatten schon mal einen Fall, wo eine Frau junge Mädchen mit Gegenständen penetriert und gefoltert hat, also würde ich mich hier noch nicht vorschnell festlegen«, brachte er deshalb als Einwand vor.

Emily bewegte sich auf dem Ballsessel hin und her. »Natürlich, aber generell würde eine Frau so eine Tat im, sagen wir, geschützteren Bereich begehen. Nicht in der Öffentlichkeit. Affekthandlungen dieser Art sind bei Frauen auch eher nicht an der Tagesordnung. Frauen planen normalerweise perfider als Männer, aber es gibt immer Ausnahmen. Du kannst ja einen Psychologen hinzuziehen, wenn du meinst.«

»Zuerst warte ich auf die DNA-Auswertung. Wir müssen auf das Budget achten.«

»Der Täter …«, sie pausierte und sah Richard in die Augen, »… oder die Täterin hat auf jeden Fall einen Hass auf das Opfer oder auf Frauen an sich. Das Gesicht war komplett mit Erde bedeckt, die Frau hat die Erde auch eingeatmet, ich fand Partikel in der Lunge.«

»Der Abdruck am Boden war sehr tief. Sie dürfte fest mit dem Gesicht in den Dreck gedrückt worden sein.«

»Exakt, sie sollte den Mörder dabei nicht ansehen. Das ist ziemlich ungewöhnlich, denn die meisten, die sexuelle Gewalt anwenden, weiden sich regelrecht an der Angst in den Augen der Opfer.«

»Nicht, wenn es eine Täterin ist.« Richard grinste.

»Der Mörder könnte auch einfach ein Problem mit seinem Gesicht haben.« Ihr Blick streifte Richards vernarbte Gesichtshälfte. »Tut mir leid. Ich wollte nicht …«

»Schon gut. Du meinst ja nur, dass der Mörder eventuell so eine hässliche Visage wie meine hat.«

»Richard.« Sie seufzte und nahm einen Schluck Wasser.

»Du musst keine Rücksicht auf mich nehmen, also schau mich nicht so mitleidig an.« Er zog einige Fotos vom Stapel. »Ich dachte, wir alle sind damit durch.«

Bei einem der Fotos hielt er inne.

»Du hast anfangs gesagt, es wäre *beinahe* eine normale Gewalttat. Meinst du eventuell das hier damit?«

Er drehte das Foto, damit Emily es sehen konnte.

»Sie ist nicht an der Vergewaltigung und nicht an der Strangulation gestorben, sondern an den Stichverletzungen. Diese sind, meiner Meinung nach, nicht willkürlich gesetzt worden.« Sie legte die Stirn in Falten. »Es scheint fast so, als hätte der Mörder die Wunden penibel geplant und genauestens abgestimmt.«

»Wie ein Muster?«

»Exakt.« Mit dem Zeigefinger fuhr sie über das Foto. »Ich versuche noch herauszufinden, nach welchem Muster genau, aber es sind viele Stichwunden, alle circa gleich tief und groß. Jeweils an Stellen, an denen man nicht sofort verblutet, sondern sehr langsam ausblutet.«

»Muster hin oder her. Der Mörder wollte sie auf jeden Fall leiden lassen.«

»Ja. Solche Art Mord dauert aber seine Zeit.« Sie drückte den Rücken durch. »Und dass er es quasi im öffentlichen Raum gemacht hat, gibt mir schon zu denken.«

»Na ja, Öffentlichkeit ist übertrieben. Der Park ist in der Nacht geschlossen.«

»Dennoch war die Chance da, entdeckt zu werden. Sei es durch einen Obdachlosen oder ein verliebtes Pärchen.«

»Reicht auch, wenn jemand aus den gegenüberliegenden Wohnungen aus dem Fenster schaut«, sinierte Richard. »Gerade von einer Dachterasse aus müsste alles gut zu sehen sein.«

»Vielleicht hat der Mörder darüber nicht nachgedacht.«

»Das wäre ungewöhnlich. Du sagtest ja, die Stiche wären penibel durchgeplant gewesen.«

»Das muss nicht heißen, dass er von vornherein den Mord plante. Der Täter war auf jeden Fall Linkshänder. Wie gesagt, ich weiß noch nicht, wie genau der Tathergang war, und ich könnte mich mit dem Muster auch irren.« Sie brach ab und biss sich auf die Unterlippe.

»Da ist doch noch etwas, Emily. Was verschweigst du?«

Sie schüttelte den Kopf. »Das ist nicht wichtig.«

»Du weißt genauso gut wie ich, dass alles wichtig sein könnte, auch das kleinste Detail.«

Sie atmete tief durch. »Es ist eigentlich nichts mehr, es ist nur …« Noch einmal holte sie tief Luft. »Das mag jetzt seltsam klingen, aber bei der Obduktion habe ich eine Art Déjà-vu gehabt.«

»Kanntest du die Frau?«

Abermals schüttelte sie den Kopf. »Das nicht.« Sie stand vom Ballsitz auf und kam hinter dem Schreibtisch hervor. Richard stand ebenfalls auf. »Es ist die Art, wie sie zugerichtet ist.« Sie schluckte. »Ich bin mir sicher, das schon einmal gesehen zu haben«, flüsterte sie ganz nah an seinem Gesicht, sodass er ihren Atem riechen konnte.

»Und wann und wo?«

»Das ist es ja. Ich habe keine Ahnung.«

»Du hast so etwas schon gesehen und hast keine Ahnung, wo und wann?«

»Es tut mir leid. Ich weiß es nicht.«

»Dann bete mal, dass es dir wieder einfällt. Denn wenn das stimmt, handelt es sich hierbei womöglich um einen Serienmörder, und was das bedeutet, muss ich dir ja nicht erklären.«

Emily sah zerknirscht aus. »Ich versteh das ja selbst nicht, mein Gedächtnis ist normalerweise ausgezeichnet.«

Das stimmte. Üblicherweise konnte sich Emily an jede Leiche erinnern, die sie je auf dem Tisch gehabt hatte. »Vielleicht ist es ewig her«, überlegte Richard laut. »Es gibt Serientäter, die jahrelang pausieren, aus welchem Grund auch immer.«

»Selbst wenn, daran müsste ich mich doch erinnern.«

»Zerbrich dir jetzt nicht dein hübsches Köpfchen. Das bringt nichts.«

»Ich hab dir Fotokopien gemacht. Vielleicht fällt dir ja was dazu ein oder einem deiner Leute.«

»Danke. Ich werde auch das System nach ähnlichen und ungeklärten Fällen durchforsten.«

»Und nach vor Jahren vermissten Frauen?«

»Wenn er immer so öffentlich mordet, dann werden die anderen Leichen, sofern es sie gibt, doch gefunden worden sein.« Richard rückte seine Kappe gerade und trat einen Schritt zurück. »Wann wird die Analyse fertig sein?«

»In drei Tagen. Ich ruf dich an, wenn die Ergebnisse da sind.«

»Danke dir. Ich melde mich im Gegenzug, wenn mir bei den Wunden etwas auffällt. Oder wenn ich ein ähnlich zugerichtetes Opfer im System finde.«

»Mach das.« Sie legte ihre Hand auf seinen vernarbten Arm, worauf Richard unwillkürlich zurückzuckte. Emily blickte zu Boden. »Gut, dann war's das fürs Erste. Ich muss zur Uni, um einen Vortrag zu halten.«

»Viel Spaß dabei.«

Emily lachte. »Spaß? Studenten können anstrengender sein als Säuglinge.«

»Tja, ich weiß weder über das eine noch über das andere Bescheid. Grüß mir deinen Mann.«

»Du kennst ihn doch gar nicht.« Sie drehte ihren Ehering.

»Soll das ein Witz sein? Alle Welt kennt deinen Mann.«

»Ich meinte persönlich.« Sie zog den Ring ab und steckte ihn wieder mit einer drehenden Bewegung an.

Richard würde ihr gern sagen, wie wenig Wert er darauf legte. Das hatte nichts mit Emily zu tun, die er wirklich wundervoll fand. Er hatte ihren Mann, diesen schleimigen Politiker, schlichtweg schon nicht leiden können, als er ihn zum ersten Mal im Fernsehen gesehen hatte. Statt einer Antwort winkte er deshalb ab, griff sich die restlichen Fotokopien und Ausdrucke vom Schreibtisch.

Emily stand schon in der offenen Tür, als er sich wieder umwandte. An ihrem Arm hing ein weißer Arztkittel, eine Aktentasche baumelte darunter.

Zügig schritt Richard zur Tür hinaus.

7

Wien, Alsergrund

»Liebe Frau Doktor Lend, ich sehe hier keine Änderungen seit dem letzten Mal, als Sie hier waren, und das war …«, Doktor Ehrlich sah auf den Computerbildschirm, »… Ende voriger Woche, am Freitag.« Er setzte seine Brille ab, rollte mit seinem Stuhl ein Stück von Theres weg und betrachtete sie lange. »Frau Doktor Lend, lassen Sie mich einmal von Arzt zu Ärztin mit Ihnen reden. Ich weiß, es ist schwierig, so eine Diagnose zu verkraften. Es wissen nicht viele, aber ich hatte vor zehn Jahren mit Hautkrebs zu kämpfen. Deshalb rate ich Ihnen dringend, mit jemandem darüber zu reden.«

»Das tu ich doch, mit Ihnen.«

»Ich habe leider nicht die Zeit, mehrmals die Woche mit Ihnen über Ihre Sorgen zu sprechen. Das Wartezimmer ist voll, wie Sie wissen, und das täglich.«

»Weil Sie in Österreich der Spezialist auf diesen Gebieten sind.«

»Aber auch von mir können Sie keine Wunder erwarten.«

Theres nestelte an den Fransen ihrer Weste. »Die Medizin macht doch ständig Fortschritte.«

»Ja, und ich bin als Universitätsprofessor am Puls der Zeit. Sie können daher davon ausgehen, dass ich einer der Ersten bin, der von neuen Heilmethoden erfährt, selbst wenn diese noch im Versuchsstadium sind.«

»Darum komme ich ja zu Ihnen.«

»Aber bitte nicht jeden zweiten Tag.«

»Ich will eine der Ersten sein, die eventuelle neue Medikamente bekommt.«

»Was Sie meinen, sind Versuchsstudienmedikamente. Und das Wesen der Studien ist, dass die Teilnehmer nie erfahren, ob sie Placebos oder echte Medikamente erhalten.«

»Ein Versuch ist es wert.«

»Glauben Sie mir, sobald es etwas Derartiges gibt, werde ich Sie anrufen. Doch selbst dann könnte es sein, dass Sie nicht für die Studien geeignet sind. Das kommt auf Ihre Verfassung an, die physische wie auch …«, er pausierte, »… die psychische.«

»Wollen Sie etwas damit andeuten?«

»Sie müssten das doch am besten wissen.«

Jetzt spielte er diese Karte aus. Bloß weil sie Psychologin und Psychiaterin war, hieß das noch lange nicht, dass sie sich gut im Griff hatte. Nicht nach einer Diagnose, von der man niemals dachte, dass man sie selbst irgendwann einmal bekäme. Wie sollte sie damit nur fertigwerden? Sie kannte natürlich die fünf Phasen. In welcher befand sie sich eigentlich? Trauer? Leugnung?

Doktor Ehrlich stand auf. »Frau Doktor Lend, ich muss Sie bitten zu gehen, es warten noch sehr viele Patienten auf mich.«

»Das weiß ich.« Obwohl er privat zu bezahlen war, wimmelte es im Wartezimmer vor Patienten, egal, zu welcher Tageszeit sie den Arzt aufsuchte. Vermutlich, weil er lediglich drei Tage die Woche in der Praxis war, da er als Chefarzt noch in zwei Spitälern arbeitete und außerdem als Universitätsprofessor tätig war.

Theres erhob sich widerwillig.

»Ich rate Ihnen dringend, noch mit jemand anderem zu reden außer mit Ihrem Lebensgefährten.« Als er in ihre weit aufgerissenen Augen sah, seufzte er. »Er weiß es also noch nicht.«

Zaghaft schüttelte sie den Kopf.

»Frau Doktor Lend, Sie müssen es ihm mitteilen. Am besten, bevor er Ihnen einen Antrag macht. Sie dürfen das nicht verschweigen. Das ist für niemanden gut, am wenigsten für Sie selbst.«

Natürlich wusste sie das. Theoretisch. Wie oft sagte sie das zu ihren Patienten, die aus Scham und Angst ihren Angehörigen nichts von ihren Ängsten und Phobien erzählten, oder noch schlimmer, die ihre Psychosen verheimlichten. Seufzend nahm sie ihren Trenchcoat von der Stuhllehne und reichte Doktor Ehrlich die Hand. »Es tut mir leid, Ihre Zeit zu Unrecht gestohlen zu haben.«

»Das ist schon in Ordnung. Nur achten Sie darauf, Ihr Leben in den Griff zu bekommen. Sie wissen selbst, dass übermäßiger Stress den Verlauf von chronischen Krankheiten rapide beschleunigen kann.«

»Natürlich.«

Sie brauchte einen anderen Arzt. Zu Hause würde sie gleich im Internet suchen. Gewiss war er nicht der einzige Spezialist.

»Und nehmen Sie meinen Rat an, suchen Sie sich jemanden zum Reden. Eine Vertrauensperson. Wenn Sie das mit Ihrem Partner noch nicht besprechen wollen, dann vielleicht mit Ihrer Mutter, Schwester oder einer Freundin. Am besten wäre natürlich, zusätzlich eine professionelle Hilfe aufzusuchen, zumindest am Anfang. Eine Selbsthilfegruppe kann auch ein erster Schritt sein.«

Beim Gedanken, vor mehreren anderen Leuten über ihre Befindlichkeiten zu sprechen, lief es Theres kalt über den Rücken. Als sie die Tür öffnete, hörte sie schon, wie der nächste Patientenname über die Lautsprecher aufgerufen wurde. Zeit ist Geld. Eine Dame gegenüber der Tür sah Theres entrüstet an und stupste mit dem Zeigefinger auf die Glasabdeckung ihrer Armbanduhr. Mit der anderen Hand wies sie auf die zahlreichen Patienten und Patientinnen im Warteraum.

Einfach ignorieren.

Wegsehen.

Wegdenken.

Einfach alles.

Sie lief aus dem Wartezimmer, ohne sich noch einmal umzudrehen.

Raus.

Luft.

Draußen öffnete sie die obersten zwei Knöpfe ihrer Bluse und atmete tief ein und aus. Das Grau des Asphalts verschwamm vor ihren Augen.

Fallen.

Ein Laternenmast.

Rasch klammerte sie sich an den Mast.

Ihre Knie knickten ein.

Tiefer fallen.

Schluchzend brach sie am Bürgersteig zusammen.

8

Wien, LKA

Böckinger hielt inne. »Also, ob Ihnen das hilft, weiß ich nicht.«

»Immer raus damit!«, forderte ihn Paul Marek auf. »Was wichtig ist, entscheiden dann wir.«

»Mein Schlafzimmerfenster geht hinten raus, Richtung WIG.« Er kniff die Augen zusammen. »Und da hab ich mir eingebildet, zwischen den Bäumen eine Flamme zu sehen.«

»Welche Art Flamme?«

»Na, Flamme halt, war weit weg.« Er seufzte. Was diese Bullen immer alles wissen wollten.

»Es ist ein Unterschied, ob Feuerzeugflamme, Kerzenlicht oder Lagerfeuer, verstehen Sie mich?«

»Das wäre aber dann schon illegal, wenn jemand da ein Lagerfeuer machen würde.« Darum war es ihm ja auch aufgefallen. Aber aus bestimmten Gründen war er abgelenkt gewesen und der Sache nicht weiter nachgegangen.

»Wenn es dafür vorgesehene Bereiche gibt und es angemeldet ist, nicht«, erklärte Paul Marek. »Was ich in diesem Fall aber nachprüfen kann.«

»Meinen Sie, das hat was mit der Leiche zu tun?«

»Ich kenne die Obduktionsergebnisse noch nicht, aber ich kann mir schwer vorstellen, dass ein Mörder ein Lagerfeuer macht, der wird ja keine Marshmallows brutzeln.«

»So groß war das auch nicht. Eher so eine Art Fackel, wie die in meinem Garten gegen die Gelsen.«

»So genau konnten Sie das erkennen?«

»Wollen Sie jetzt etwa behaupten, ich hätte Probleme mit den Augen?«

»Ich habe nur nachgefragt.«

»Eine Kerze hätte ich auf die Entfernung kaum gesehen und ein Feuer wäre größer gewesen, denk ich.«

»Ich hab das jetzt notiert, Herr Böckinger, und werde mich erkundigen, ob ein Lagerfeuer angemeldet war. Vielleicht war die Flamme, die Sie bemerkt haben, aber gar nicht in der WIG, sondern davor auf der Straße.«

»Nein, das war höher oben.«

»Wir überprüfen das. Wissen Sie die Uhrzeit noch?«

Poldi überlegte. »Muss irgendwann zwischen ein und drei Uhr gewesen sein.«

»Genauer geht es nicht?«

»Ich hab nicht nachgeschaut.«

»Trotzdem können Sie alles vor eins und alles nach drei ausschließen? Warum?«

»Das wird mir jetzt schon wieder zu blöd hier. Ich wünschte, ich hätte nichts gesagt.«

Warum konnte er auch nicht den Mund halten. Seine Frau hatte ihm das immer wieder gepredigt. Sieben Jahre lag sie nun schon auf dem Oberlaaer Friedhof. Man müsste sich auch mal zurückhalten, war einer ihrer Sprüche gewesen. Bloß war das etwas, das er schon als Kind nicht konnte. Sich zurückhalten. Der Drang, sich überall einzumischen, war unbändig und wurde im gehobenen Alter noch schlimmer.

»Wollen Sie die Aussage wieder zurückziehen?«, fragte Chefinspektor Marek.

»Nein. Gesehen hab ich es ja.« Sonst würde der Inspektor ihm gleich alles nicht abnehmen oder ihn als unglaubwürdig hinstellen.

»Sicher?«

Poldi nickte. »Ich geh dann jetzt, ich hab hier schon genug Zeit verplempert.«

»Moment, bleiben Sie, ich vermerke die neue Aussage noch im Protokoll und drucke es frisch aus und …«

»Ich muss noch einmal unterschreiben«, beendete Poldi den Satz und setzte sich. Müde schloss er die Augen und rieb mit den Fingern über die Lider. Bilder tauchten auf, er atmete tief durch, dann zuckte er zusammen. Denn auf einmal sah er ganz deutlich noch etwas. Als er die Augen wieder aufschlug, sah er, dass sein Zucken von Paul Marek unbemerkt geblieben war. Als er ihm den Ausdruck reichte, öffnete Poldi den Mund. Schloss ihn sofort wieder, unterschrieb hastig und lief aus dem Büro, ohne sich noch einmal umzuschauen.

9

Wien, Alsergrund

Richard holte auf dem Rückweg noch etwas bei einer Dönerbude. Er aß nicht gern in Restaurants, da er es nicht ausstehen konnte, wenn ihm andere Menschen beim Essen zusahen. Eigentlich mochte er es grundsätzlich nicht, angestarrt zu werden, aber beim Essen fand er es störender als sonst.

Der ganze Wagen roch nach Kebabfleisch. Richards Magen knurrte und das Wasser lief ihm im Mund zusammen. Unterwegs hatte er noch Paul angerufen, ob er auch etwas haben wollte. Beide Dürümler dufteten um die Wette. Geschickt parkte er den Dienstwagen in einer Minilücke beim Schlickplatz, stieg aus und lief in Richtung des Hauptgebäudes des Landeskriminalamts. Am Bürgersteig stieß er mit einer Frau zusammen, die offensichtlich vor Kurzem geweint hatte und verloren an den Fransen ihrer Strickjacke nestelte. Ihr dunkelbraunes Haar trug sie zu einem nachlässigen Knoten hochgesteckt. Zahlreiche Strähnen blitzten heraus und klebten teilweise an ihrem erhitzten Gesicht. Das T-Shirt unter ihrer Strickjacke wies Essensflecken auf. Am Oberschenkel ihrer Jeans klebte ein TicTac, etwas weiter unten am Schienbein ein Kaugummi. An ihrer rechten Hand haftete etwas Blut. Er konnte auf die Schnelle nicht feststellen, woher es kam. Mit dem linken Arm umklammerte sie einen völlig verstaubten Trenchcoat. Als er sich für den Zusammenstoß bei ihr entschuldigte, blickte sie zwar kurz auf, sah ihn aber irgendwie nicht richtig an. Es war, als würde sie nicht mitbekommen, was gerade passierte oder dass er vor ihr stand.

Richard kannte diesen Gesichtsausdruck. Leute, die gerade erfahren hatten, dass jemand gestorben war, oder Mütter, deren Kinder schwer verletzt ins Krankenhaus eingeliefert wurden. Väter, die nicht glauben konnten, dass die Söhne kleine Kinder mit einer Waffe im Schulgebäude bedroht hatten. Schlicht: Menschen, die unter Schock standen.

Deshalb unterdrückte er seinen Impuls, sofort in das Gebäude zu laufen, ignorierte den Hunger, der durch seine Eingeweide schlich, und fasste die Frau am Oberarm.

»Gnädige Frau? Können Sie mich hören?«

Die Frau nestelte weiter an den Fransen.

Richard drückte fester, beugte die Knie und suchte ihre Augen.

»Brauchen Sie Hilfe?«

Zaghaft hob die Frau den Blick, der verschleiert war, schüttelte den Kopf und öffnete die Lippen, seufzte und schloss den Mund wieder. Möglicherweise brauchte die Frau psychologische Unterstützung. Wie konnte er ihr helfen, wo er doch nichts über sie wusste? Womöglich hatte sie nur gerade mit ihrem Freund Schluss gemacht.

»Sind Sie sicher?«, fragte er dennoch.

Nur ein Nicken und ein Blinzeln. Richard war zu sehr Polizist, um ihr diese Lüge abzunehmen. Ob sie vielleicht eine dieser Frauen war, die vom Ehemann geschlagen und psychisch misshandelt wurden?

»Es sieht aber so aus, als ginge es Ihnen nicht gut«, insistierte er. »Soll ich jemanden anrufen? Ihren Ehemann vielleicht?«

Ein Ruck ging durch die Frau, als wäre sie eben aufgewacht. Mit weit aufgerissenen Augen starrte sie ihn an und riss sich gleichzeitig von ihm los. »Was erlauben Sie sich!« Entrüstet, als hätte er sie sexuell belästigt, schüttelte sie sich.

»Ich bin Polizist und wollte nur helfen«, beruhigte er sie.

»Helfen? Mir?« Sie zog ihre Mundwinkeln nach oben, ein gespieltes Lachen. »Brauchen nicht eher Sie Hilfe?«

Ihr Blick ruhte auf seinen Narben. Richard ermahnte sich, ruhig zu bleiben. Misshandelte Frauen wurden oft ruppig oder gar aggressiv, wenn man sie auf ihren Zustand ansprach, aber ihm war auch klar, dass er zumindest im Moment nicht mehr zu ihr durchdringen würde. Also fischte er seine Karte aus der Brieftasche und reichte sie ihr. »Hier, der Beweis.«

Während sie einen Blick darauf warf, zog sie die Strickjacke enger um sich.

»Nehmen Sie die Karte, bitte.«

Sie zögerte, aber Richard ließ nicht locker.

»Wenn Sie etwas brauchen, rufen Sie mich an. Egal, wann.«

»Auch mitten in der Nacht?« Hörte er da Ironie in ihrer Stimme?

Richard bejahte.

»Stört das Ihre Familie nicht?«, erkundigte sie sich schnippisch und nahm die Karte entgegen. Ihre Finger waren schmutzig.

»Ich lebe allein«, entgegnete er kurz angebunden. Das Zucken ihres Augenlides verriet ihm, was sie dachte. Dass es klar war, dass jemand wie er keine Familie hatte. Aber da irrte sie sich. Er mochte nicht verheiratet sein und keine eigenen Kinder haben, aber eine Familie hatte er. Die beste, die man sich wünschen konnte, auch wenn sie nicht seine leibliche war.

Noch während er im Geiste an seine Lieben dachte, hörte er Schritte auf dem Asphalt, die sich von ihm entfernten. Als er sich umblickte, sah er die Frau, deren Namen er nicht erfahren hatte, zum D-Wagen laufen. Im Einsteigen fiel etwas auf den Bürgersteig.

Richard ging zur Station. Blickte auf den Asphalt. Achtlos lag seine Visitenkarte im Dreck.

10

Wien, LKA

Im Büro fand er Paul zwischen Aktenschrank und Schreibtisch hin und her hechtend vor. Schweißperlen glänzten auf seiner Stirn. Die schwarzen Locken schienen krauser als sonst zu sein und seine Augen leuchteten beinahe türkis wie bei einem Eisheiligen. Gletscher-Eis-Bonbons kamen Richard in den Sinn. Die hatte er als Kind so gern gelutscht.

Er klatschte die Dürümler auf den Schreibtisch und lief noch einmal hinaus, um Getränke zu holen. Seinen Kollegen musste er nicht fragen, der trank grundsätzlich zu jedem Essen seinen Chemiekoffeinzuckerschocker in der Zero-Version. Der Automat streikte mal wieder. Nicht einmal der obligatorische Tritt bewirkte etwas. Jemand klopfte ihm von hinten auf die Schulter. Richard fuhr herum. Es war Christoph Glanzer aus der Drogenabteilung.

»Bei dem komischen Kerl, der vorhin da war, hat es geklappt.« Er strich sich über den Spitzbart und lachte so stark, dass sein Bauch bei jeder Bewegung mitwippte. Das Deckenlicht spiegelte sich auf seiner Halbglatze.

»Welcher komische Kerl?« Richard lehnte sich an den Automaten und verschränkte die Arme.

»Keine Ahnung.« Glanzers Finger fuhr automatisch in Richtung Nasenloch, stoppte aber abrupt ab. Hautschuppen flockten nach allen Seiten weg. Seine Schuppenflechte wurde bei warmem Wetter schlimmer.

»Der ist ewig hier draußen gesessen und hat sich beschwert, dass du nicht da bist.«

Richard musste nicht lange überlegen, auch wenn er sich wunderte.

»Der Böckinger war schon da?« Ein Blick auf seine Armbanduhr bestätigte ihm, dass er nichts vergessen hatte. »Ich hab ihn doch erst in einer halben Stunde herbestellt.«

»Sei froh.« Glanzer verdrehte die Augen. »So ist der Kelch an dir vorübergegangen. Der Gringo hat ihn übernommen.«

»Bravo.« Leute, die sich nicht an Termine halten konnten, nervten ungemein.

»Ich hab ihn bis zu meinem Büro rumschreien gehört.«

»Den Paul?« Richard kämpfte weiter mit dem Automaten.

»Nein. Den Alten.«

Glanzer lachte erneut. Dieser Burgenländer war immer so übertrieben fröhlich. Der Kollege gab dem Automaten einen Tritt und fingerte nach den Dosen. »Na also, geht doch. Der hat nur wieder ein paar Streicheleinheiten gebraucht.«

Erneutes Lachen. Dankbar nahm Richard die Getränke entgegen.

»Es geht mich ja nichts an.« Der Kollege beugte sich vor. »Aber wer war denn die Schnitte?«

»Was meinst du?« Mittlerweile meldete sich der Hunger lautstark. Irgendwie musste er den Glanzer loswerden.

»Die Dunkelhaarige mit der altmodischen Strickjacke. Für meine Begriffe ein bisschen zu dünn, aber nicht unhübsch.«

Jetzt klingelte es bei Richard.

»Die Frau von der Straße?«

»Also nicht deine Freundin?« In Glanzers Augen blitzte es. Seine Stimme wurde eine Terz tiefer. »Kann ich dann vielleicht ihre Nummer haben?« Er grinste schelmisch.

»Ich weiß nicht einmal ihren Namen.« Richard zuckte mit den Schultern. »Vermutlich werde ich den auch nie erfahren.«

»Sag niemals nie.« Glanzer wirkte nur kurz enttäuscht. »Man begegnet sich ja immer zweimal, sagt ein Sprichwort.« Zur Bekräftigung seiner Aussage hob er Daumen und Zeigefinger hoch und hielt sie Richard dicht vor die Augen. »Zweimal.«

Zur Abwechslung klopfte nun Richard dem Kollegen auf die Schulter.

»Viel Glück!«

Damit ließ er den verdutzt Dreinschauenden stehen, der ihm tatsächlich noch einmal das Wort »zweimal« nachrief.

Im Büro verspeiste Paul bereits seinen Dürüm.

»Wird ja Zeit«, sagte er im Kauen. »Ich verbrenne schon innerlich.«

»Du wolltest ihn doch scharf.«

Er stellte die Dosen hin. Paul griff sich eine, riss sie wild auf und trank wie jemand, der vierzig Tage in der Wüste überlebt hatte.

Jetzt musste Richard lachen. Eine Weile kauten sie stillschweigend miteinander.

»Du hast also den Böckinger befragt«, brach Richard das Schweigen und nahm einen Schluck von seinem grünen Eistee.

Paul nickte und knüllte das Stanniolpapier zusammen.

»Ich mail dir das Protokoll rüber.«

Er wischte sich die Finger an seiner Hose ab und rutschte mit dem Drehstuhl zum PC. Während er die Datei suchte und abschickte, aß Richard seinen eigenen Dürüm auf und rollte zu seinem Arbeitsplatz.

»Datei ist da«, murmelte er.

Ein Grunzen von Paul bestätigte ihm, dass er ihn gehört hatte. Richard mochte die Zusammenarbeit mit Paul. Er war so herrlich unkompliziert, auch wenn er als Südländer viel redete und das nicht unbedingt immer leise. Die Kollegen, die mit dem Glanzer zusammenarbeiten mussten, taten ihm hingegen leid. Es war nicht so, dass Richard nicht gern lachte, aber mit derben Späßen konnte er nichts anfangen. Tiefgründigen und schwarzen Humor mochte er. Noch lieber waren ihm allerdings interessante Gespräche über Gott, die Welt und was das eine mit dem anderen zu tun hatte oder auch nicht. Diese hatte er mit Paul oft, teilweise vergaßen sie dabei sogar die Zeit.

Richard studierte den Bericht, der weniger spannend war. Dieser Böckinger war keine leichte Nummer. Nun war es an ihnen zu überprüfen, was sie von den Aussagen verwenden beziehungsweise ernst nehmen konnten. Hatte Böckinger wirklich eine Frau schreien hören oder war es doch eine Katze gewesen? Und was hatte es mit dieser Flamme auf sich? Richard rollte mit dem Stuhl zurück.

»Paul?«

Sein Kollege blickte auf.

»Hast du schon die Aussage mit dem Lagerfeuer überprüft?«

Paul nickte. »Es hat in dieser Nacht einige angemeldete Lagerfeuer und Feuerwerke gegeben, aber nicht in der WIG.«

Was natürlich nichts heißen musste. Es könnte trotzdem jemand Feuer gemacht haben oder mit einer Fackel spazieren gegangen sein. Viele Leute wussten nicht einmal, was sie durften und was nicht. Anderen war es schlichtweg egal.

»Möglicherweise hat sich ein Sandler ein Feuer gemacht, um sich an seinem Schlafplatz zu wärmen.«

»Hast du dir die Wetterkarte von dem Tag angeschaut?«

»Wart mal, ich check das gleich ab.«

Richard überlegte, aber er konnte sich nicht erinnern, eine Feuerstelle in der Nähe des Tatorts wahrgenommen zu haben.

Er öffnete die Datei der Akte und klickte durch die Tatortfotos. Er hatte sich nicht geirrt, nichts wies auf eine Feuerstelle hin. Zumindest in unmittelbarer Nähe zur Leiche. Dann hatte das Feuer, sofern es eines gab, womöglich nichts mit dem Fall zu tun. Doch Richard musste ganz sichergehen. Und deshalb würde er noch einmal in die WIG fahren müssen, um nachzuforschen.

»Da haben wir es ja! Wohlige sechsundzwanzig Grad tagsüber, zwanzig Grad noch nachts, da würde eine Zeitung zum Zudecken reichen«, meinte Paul, ohne den Blick vom Bildschirm abzuwenden. »Obdachlose sind andere Temperaturen gewöhnt. Ich kann mich auch nicht daran erinnern, dass es nach Feuer gerochen hätte, als wir ankamen.«

»Das muss nichts bedeuten. Wenn das Feuer um ein Uhr nachts angezündet wurde, könnte der Geruch am Vormittag längst verflogen sein.«

Richard fiel ein, dass sich Rauchgeruch sehr lange in Haaren festsetzte, oft zwei Haarwäschen brauchte, bis er ganz verschwand.

»Wenn Emily anruft, werde ich sie fragen, ob die Haare der Leiche nach Rauch gerochen haben.«

»Kannst ihr auch gleich eine SMS schicken. Wir müssen sowieso in die Kleingartensiedlung, die Nachbarn befragen, da können wir auf einen Sprung raufschauen in die WIG, es ist ja noch alles abgesperrt.«

Richard nickte. Genau daran hatte er auch gerade gedacht.

»Aber ich will ehrlich sein«, sagte Paul. »Gar arg vertrauenswürdig kommt mir der Böckinger auch nicht vor. Er will nicht einmal verraten, was er in der Nacht gemacht hat.«

»Ja, du hast recht. Sehr auffällig.«

»Egal. Wir müssen diese zwei Typen befragen, die er angerufen hat, ich hab sie schon herbestellt. Sie sind in einer Stunde hier.«

Richard reichte Paul die Klarsichthülle mit den Fotos, die Emily ihm mitgegeben hatte. Er zeigte auf das Foto ganz oben.

»Irgendeine Idee dazu?«

Es war eine Vergrößerung. Ein Ausschnitt mit mehreren Stichwunden. Man sah, dass die Anordnung der Stiche nicht willkürlich vorgenommen worden war, sondern mit Kalkül und Sorgfalt. Jede Wunde war gleich tief, alle waren mit derselben Waffe angebracht worden, die sie am Tatort natürlich nicht gefunden hatten.

»Offensichtlich ein Messer, ein Dolch oder Ähnliches.«

»Das ist klar. Aber das Muster?«

»Ich erkenne kein Muster.«

»Ehrlich nicht?«

Paul schüttelte erneut den Kopf. »Glaubst du, so ein Killer hat Zeit, in der Öffentlichkeit Muster in Leichen zu ritzen?«

Richard hob die Schultern und legte die Beine auf den Schreibtisch, um sich die Schnürsenkel neu zu binden. Das half ihm manchmal beim Nachdenken.

»Vielleicht fühlte er sich sicher, als er es gemacht hat.«

»Moment!« Paul zerdrückte lautstark seine Dose. »Was willst du damit sagen?«

Richard nahm die Füße vom Tisch, rutschte mit dem Drehstuhl ganz dicht an den Schreibtisch, stützte die Ellenbogen ab und legte die Fingerkuppen aneinander.

»Was, wenn nicht die ganze Tat im Ziegenkäfig stattgefunden hat?« Er verschränkte die Finger miteinander und legte sein Kinn darauf ab. »Was, wenn sie nur dort geendet hat?«

11

Wien, Mauer

Theres zuckte zusammen. Das Sperrgeräusch an der Wohnungstür erinnerte sie an das Gespräch bei Doktor Ehrlich. »Sie müssen mit jemandem reden«, hörte sie dessen Stimme in ihrem Kopf. »Reden Sie mit Ihrem Lebensgefährten.«

»Niemals!«, rief sie laut aus und hielt sich erschrocken die Hand vor den Mund.

»Was schreist du denn so?«, Benjamin drückte ihr einen Begrüßungskuss auf die Stirn.

»Ach nichts«, beschwichtigte sie ihn. »Hab gerade mit meiner Mutter telefoniert.« Das war nicht einmal komplett gelogen. Nur war das Telefonat schon eine halbe Stunde her.

»Lass mich raten, es ging wieder darum, dass du dich mehr in die Firma einbringen sollst.« Er musterte sie.

»Ja«, erwiderte sie resigniert. »Papa liegt immer noch im Spital. Schokolade macht sich nicht alleine. Und sie haben momentan nur eine Angestellte für die Museumsführungen.«

»Trotzdem können sie das nicht von dir verlangen. Du hast schließlich einen Beruf und Klienten, die dich brauchen. Und du magst Schokolade gar nicht.«

Daran brauchte er sie nicht zu erinnern.

»Mama sieht das anders. Laut ihr soll ich die Praxis einfach ein paar Monate schließen und das Imperium mitleiten.«

Ein tiefer Seufzer entfleuchte ihrer Kehle. Wäre sie doch nicht der Spross einer österreichischen Traditionsfamilie. Jeder kannte die Schokoladenfirma Lend und die ganze Familie brachte sich ein, nur Theres war das schwarze Schaf, denn sie hatte schon als Kind Schokolade nichts abgewinnen können und sogar die Schokotorten zum Geburtstag immer ausgespuckt, bis man ihr stattdessen die Kerzen auf einer Salamipizza serviert hatte. Wenn das nur das Einzige wäre, das sie beschäftigte.

Benjamin knetete ihre Schultern. »Ignorier das einfach. Hab ich auch. Sonst wäre ich jetzt Elektriker wie alle Männer in meiner Familie.« Er lachte schallend. Benjamin war das schwarze Schaf in seiner Familie. Der Einzige, der studiert hatte. Der Anzugträger, den niemand verstand: Dr. Benjamin Stocker, bis zum Staatsanwalt hatte er es gebracht. Im Zuge dessen hatten sie sich auch vor drei Jahren kennengelernt.

Theres war damals sachverständige Psychiaterin bei einem mehrfachen Missbrauchsfall in der Familie gewesen. Benjamin vertrat die Anklage gegen den Familienvater, der alle drei Töchter missbraucht und misshandelt hatte. Der Fall war bitter. Die Mutter der Mädchen beschimpfte diese während der Verhandlungen als Lügnerinnen und Schlampen. Sie waren im Alter von zwei bis zwölf Jahren. Natürlich saßen sie nicht im Verhandlungssaal, sondern deren vorher im geschützten Raum getätigte Aussagen wurden auf Video eingespielt. Gott sei Dank! Im Verhandlungssaal hatte die Frau ihrem Ekel von Ehemann Kussmünder zugeworfen und ihm mehrmals ihre Liebe beteuert. Theres fand es immer wieder schockierend, wie fest manche Menschen die Augen vor der Wahrheit verschließen konnten und das Böse nicht erkannten, selbst wenn es ihnen ins Gesicht lachte oder sie im Schlafzimmer berührte.

Es waren mehrere Verhandlungen nötig gewesen. Im Endeffekt wurde der Mann zwar verurteilt, trotzdem war es ein Schlag ins Gesicht der Opfer. Nur fünf Jahre. Alle drei Mädchen würden nach wie vor noch minderjährig sein, wenn er aus dem Gefängnis entlassen wurde. Die Frau besuchte ihn täglich. Sie würde ihn wieder bei sich aufnehmen. Und die Kinder wären ihm erneut schutzlos ausgeliefert. Die Zwölfjährige kam eine Woche nach der Urteilsverkündung zu ihr in die Praxis und fragte, ob sie eine Chance hätte, das Sorgerecht für ihre Geschwister zu erhalten und mit ihnen wegzugehen. Ein aussichtsloses Unterfangen. So erwachsen und reif wirkte ihr Kindergesicht dabei, dass Theres selbst mit ihren Gefühlen kämpfte. Manche Kinder durften eben nie Kinder sein. Diese Kinder würden ihr Leben lang unter den Folgen des Missbrauchs leiden und niemand konnte es ihnen abnehmen. Theres konnte in den regelmäßigen Sitzungen nur versuchen, das Leid zu lindern.

Benjamin war inzwischen in die Küche gegangen. »Magst du auch ein paar Eier mitessen?«

Obwohl sie keinen Hunger hatte, bejahte sie und wunderte sich zum ersten Mal, dass er jetzt schon hier war. Er arbeitete normalerweise mindestens bis zwanzig Uhr. Das Geschirrklappern wirkte beruhigend auf Theres. Dazu pfiff er ein Lied. Im Gegensatz zu ihr stand Benjamin sehr gern in der Küche. Also ließ sie ihn, auch wenn es danach jedes Mal aussah, als hätte er eine Schlacht geschlagen. Aufräumen fand Theres entspannend, das Abwaschen hatte für sie sogar einen meditativen Effekt. So ergänzten sie sich nicht nur in dieser Hinsicht optimal. Auch in anderen Bereichen war diese Beziehung definitiv unkompliziert. Und doch vermochte sie es nicht, ihm die Wahrheit über ihren Gesundheitszustand zu gestehen. Tief drinnen wusste sie auch, wieso, allerdings wollte sie es nicht wahrhaben.

»Legst du schon mal Besteck auf, Liebling?«, rief Benjamin aus der Küche.

Theres stand auf und holte Gabel und Messer aus der Anrichte. Sie faltete zwei Papierservietten und deponierte alles auf den Platzdeckchen auf dem massiven Holztisch. Dabei fiel ihr auf, dass ein Kaugummi an ihrem Schienbein klebte. »Was zum Teufel!«, flüsterte sie und kratzte mit dem Messer darauf herum. Auf Höhe des Knies pappte eine undefinierbare weiße bröselige Masse. Als sie daran roch, erkannte sie den scharfen Pfefferminzgeruch ihrer TicTacs wieder. Ketchupflecken zierten das T-Shirt. Wie sah sie bloß aus? War sie etwa den ganzen Tag so herumgelaufen? Kein Wunder, dass der Kriminalbeamte dachte, sie würde Hilfe brauchen. Vielleicht war das passiert, als sie auf den Bürgersteig gefallen war. Ganz bestimmt sogar. Auch ihre Nägel wiesen Trauerränder auf. Wieso hatte Benjamin nichts gesagt? Rasch lief sie ins Badezimmer, zog die Jeans aus und warf sie in den Wäschekorb. Die Strickjacke und das dreckige Shirt schleuderte sie hinterher. Sie hatte keine Ahnung, was für Flecken das überhaupt waren. Anscheinend war sie heute den ganzen Tag neben der Spur gewesen. Rasch stülpte sie einen Kapuzensweater über und schlüpfte in ihre Trainingshose.

Die Kleidungsstücke waren zwar auch nicht frisch, aber ungeduscht zog sie keine frischen Klamotten an.

Danach wusch sie sich das Gesicht. Im Spiegel erblickte sie eine Frau, die älter aussah als vor Wochen. Weniger optimistisch, abgekämpft. Die Augenringe wurden von Tag zu Tag tiefer. So sehr überwog die Furcht beim Einschlafen. Immer wieder stellte sie sich vor, dass sie aufwachte und alles schwarz war und blieb. Schwärze, die nichts mit der Dunkelheit der Nacht zu tun hatte, sondern mit dem Unvermögen, etwas zu sehen. Sie ging ganz nah an den Spiegel heran. Nichts in ihren Augen deutete darauf hin, dass sie irgendwann ihren Dienst versagen würden. Ein unsichtbares Leiden. Hier und jetzt wünschte sie sich, sie hätte nie davon erfahren. Dann hätte sie ihre nächsten Jahre unbeschwerter leben können, ohne diese Angst im Nacken. Nun war ihr, als würde das Damoklesschwert ständig über ihr schweben, und sie war nicht sicher, wie lange der Faden halten würde, bevor es auf sie zukam und ihren Körper durchbohrte. Mit dem Handtuch rieb sie ihr Gesicht ab, fuhr sich mit den Fingern durch das Haar und band es wieder zusammen.

»Kommst du, Schatz?«, fragte Benjamin von draußen.

Mit der Handfläche klatschte sie sich einmal links und einmal rechts auf die Wangen. *Reiß dich zusammen. Geh da raus und benimm dich normal.* Normal. Was war schon normal? Wenn sie in ihrer Arbeit mit den Klienten eines gelernt hatte, dann, dass niemand normal war. Oder alle. Es kam auf die Betrachtungsweise an. Wie bei so vielem. Doch im Moment konnte sie nicht sagen, ob ihr Glas halb voll oder halb leer war.

Sie richtete sich auf, kreiste zweimal mit ihren Schultern und ging ins Wohnzimmer zur Essecke, wo Benjamin schon auf sie wartete. Lächelnd blickte er sie von oben bis unten an.

»Ist das dein neues Outfit für Candle-Light-Dinner?«

Tatsächlich, er hatte sogar Kerzen angezündet. Als sie den Tisch musterte, erstarrte sie. Was da angerichtet war, sah nicht im Entferntesten nach Eiern aus. Ihr achtlos hingeworfenes Besteck war verschwunden. Stattdessen war der Tisch mit einem weißen Tuch abgedeckt und feinstes Porzellan aufgedeckt worden. In der Mitte prangte eine Platte mit Sushi und Makirollen. Allerlei andere japanische Speisen waren drapiert. Eine Weißweinflasche blitzte aus dem Eiskühler.

Benjamin strahlte. »Na, besser als vorher riechst du zumindest.« Es war ihm also doch aufgefallen. Er schob einen Stuhl vor. »An so einem besonderen Tag wollte ich allerdings keinen Streit anzetteln. Nimm doch Platz.«

Ein besonderer Tag?

»Hast du einen Fall gewonnen?«, fragte sie. Er würde ihr doch keinen Antrag machen? Ihr Herz schlug schneller. Bitte, lass ihn keinen Antrag machen. Übelkeit erfasste sie, als sie das kleine rote Paket auf dem Tisch entdeckte.

Benjamin wirkte irritiert. »Nein, Schatz.«

Nervös brach Theres die Holzstäbchen auseinander, nahm eine Makirolle auf, legte sie fein säuberlich am Teller ab und griff mit den Stäbchen die nächste. Reihe um Reihe drapierte sie auf ihrem Teller. Dann verteilte sie Wasabipaste in der Sojasoße. Nur den Ingwer ließ sie links liegen. Benjamin hingegen griff beim Ingwer doppelt zu. Genüsslich steckte er sich eine California Roll in den Mund und kaute. Seine Augen blitzten. Wieder fiel ihr Blick auf das Päckchen. Wenn er ihr einen Antrag machen wollte, warum lag die Schachtel mit den Ringen so offensichtlich auf dem Tisch? Vielleicht war das ja ein Test. Theres konnte nur abwarten. Die Platte war schnell leer. Benjamin schenkte nach und servierte ab. Als er wieder aus der Küche kam, hatte er zwei kleine Teller und Kuchengabeln dabei. Es gab also auch noch Dessert. Mohr im Hemd vielleicht, das mochten sie beide besonders. Möglicherweise war die Schachtel nur Tarnung und der Ring steckte im Kuchen, wie in einem dieser doofen Liebesfilme. Hastig nahm Theres noch einen Schluck Wein.

»Ich hab schon Wasser aufgesetzt. Schwarz oder Pfefferminz?« Ihre Vorliebe für eine Tasse Tee am Abend kannte er natürlich. Sie bestellte Pfefferminztee. Nur Minuten später hatte sie eine dampfende Tasse vor sich stehen und Benjamin war erneut verschwunden. Auf einmal gingen die restlichen Lichter im Wohnzimmer aus. Theres zuckte zusammen.

Dunkelheit.

Oh Gott, es ist so dunkel. So dunkel.

Ihr Hals verengte sich.

Luft!

Hektisch griff sie sich an den Sweater und hielt den Kragen vom Hals weg. Auf einmal strahlten mehrere Kerzen vor ihr. Was war das? Benjamin sang. Die Kerzen standen auf einer Torte. Benjamin sang ungerührt weiter und strahlte mit den Kerzen um die Wette.

»Happy birthday, liebe Theres, happy birthday to you.«

Sein Gesichtsausdruck veränderte sich. Er stellte die Torte ab und lief um den Tisch herum.

»Theres?«

Er kniete sich vor sie hin. »Liebling, wieso weinst du?«

Was sie wirklich bedrückte, konnte sie ihm nicht sagen.

»Ich hab meinen Geburtstag vergessen«, schluchzte sie stattdessen, denn das war nicht gelogen, und warf sich ihm in die Arme.

»Dafür hab ja ich daran gedacht«, flüsterte Benjamin ihr ins Ohr und streichelte sanft über ihr Haar. »Alles ist gut.«

Das stimmte nicht.

Nichts war gut.

Gar nichts.

Und würde es auch nie wieder sein.

12

INTERMEZZO

Bald ist der Drache Geschichte. Grün geschuppt flattert er vor dir. Der gezackte Schwanz mit Giftstachel knallt bedrohlich hin und her. Flammen züngeln aus seinem Maul. Er flattert mit den Flügeln und zuckt bei jedem Treffer zusammen. Ha! Betäubt! Jetzt kannst du viele Punkte machen, wenn du die richtigen Waffen verwendest und auf seine Schwachstellen zielst. Du schmeißt eine Hacke auf ihn und setzt mit einer Feuerkugel nach. Der Drache zittert und wird immer blasser. Gleich hast du ihn.

»Kampf beendet«, prangt auf einmal auf dem Bildschirm. Das kann doch nicht wahr sein? Du wirfst den Locher in hohem Bogen durchs Zimmer. Hörst Glas splittern. Was soll der Scheiß? Verflucht! Nicht einmal einen Drachen kannst du erledigen. Die anderen Spieler in deinem Clan sind schon viel weiter. Manche haben später als du begonnen. Du bist ein Vollversager. Egal, was du anpackst, alles geht schief. Nicht einmal ein dämliches Computerspiel kannst du beherrschen. Du bist kein Ritter, kein Drachentöter. Kein eiskalter Killer. Du bist eine Memme, ein Schlappschwanz, ein Dummkopf. Deine Mutter hatte recht. Aus dir wird nie etwas werden, das hat sie immer gesagt. Wenn sie dich jetzt sehen könnte. Wie du nackt vor dem PC sitzt und virtuell auf Drachen und andere Fabelwesen einschlägst. Wie du tötest.

Virtuell.

Schnell.

Präzise.

Wie einfach es ist. Kein Blut, das man danach aufwischen muss. Keine Leiche, die man verstecken, keine Spuren, die man verwischen muss. Nur töten und das gute Gefühl, Sieger zu sein. Das Hochgefühl danach war gut, doch es war nicht berauschend genug. Es ersetzt nicht das Echte, das Wahre. Haut unter dir zu spüren, die kälter wird. Das Verlangsamen des Pulses zu ertasten. Zu hören, wie der Herzschlag aussetzt, wie der Atem dünner wird. Die Angst zu riechen. Den Schweiß zu schmecken. Und zu spüren, wie der Körper unter dir sich ein letztes Mal aufbäumt, kämpft, um am Leben zu bleiben. Deine Finger zittern. Eine Sucht. Das ist dir klar. Aber du willst es spüren, willst es wieder erleben. Immer und immer wieder.

Du atmest tief ein. Dein Blick fällt auf deinen Kleiderschrank.

Wie magnetisch wirst du davon angezogen. Kurz bist du drauf und dran, der Versuchung nachzugeben. Doch stattdessen springst du auf, krallst dir die Maus und klickst auf das Fenster »Revanche«.

Heute muss das hier genügen.

Heute wirst du einen Drachen töten!

Morgen ist auch noch ein Tag.

13

Wien, LKA

Während sie über Richards Theorie eines Mordes mit mehreren Tatorten fabulierten, klopfte es. Herein kamen zwei Männer in karierten Flanellhemden und abgewetzten Jeans. Flanellhemden mitten im Mai! Richard schüttelte innerlich den Kopf. Sie sahen aus wie zwei kanadische Holzhacker inklusive Vollbart, aber der war ja seit ein paar Jahren total angesagt. Bei Richard wäre ein Vollbart immer nur ein Halbbart, denn auf der verbrühten Gesichtshälfte wuchs nichts. Da hatte er nicht einmal Augenbrauen. Also rasierte er sich jeden Morgen die unversehrte Gesichtshälfte, denn selbst mit einem Dreitagebart sah es seltsam aus.

Die Holzhacker standen am Eingang, offensichtlich ahnungslos, was sie jetzt tun sollten.

»Und Sie sind?«, fragte Paul.

»Moritz Lechner und Julian Huber. Wir wurden herbestellt.«

Paul schaute auf die Uhr. »Aber erst in einer halben Stunde.«

»Tja, heute kommen anscheinend alle zu früh«, Richard zwinkerte Paul zu, der dies grinsend erwiderte und gleichzeitig gluckste. »Die Männer zumindest.«

Einer der Holzhacker lachte. Seine roten Locken tanzten im Takt dazu. »Na ja, damit haben wir Erfahrung.«

»Wirklich?« Richard zog zwei weitere Stühle zum Schreibtisch, wies die Männer an, sich hinzusetzen, und nahm ihre Personalien auf.

»Beruf?«, fragte er nach den üblichen Daten.

»Tischler«, antwortete der Rothaarige, dessen Name Moritz Lechner war, zeigte aber auf beide.

Da hatte er mit dem Holz ja nicht ganz danebengelegen. Jetzt fiel ihm auch auf, dass beide danach rochen. Feiner Sägestaub lag auf ihrer Kleidung und fand sich auch in ihren Haaren wieder. Derbes Schuhwerk rundete ihr Outfit ab.

»Nun kommen wir mal zum Thema.«

Die Tischler nickten begeistert. »Je eher wir zur Sache kommen, umso schneller sind wir fertig«, meinte der Kleinere, der seine blonden Haare zu einem Pferdeschwanz gebunden trug, vermutlich war er der Klügere, denn Moritz Lechner lachte nur und klopfte ihm auf den Oberschenkel.

»Genau, Julian.«

Richard wusste sofort, welchen der Typen er lieber befragen wollte. »So gern Sie sich haben, die Befragung müssen wir getrennt machen. Herr Lechner, sind Sie bitte so lieb und gehen Sie mit Chefinspektor Paul Marek in das andere Büro. Und Sie«, sagte er zu Julian Huber, »bleiben bitte hier bei mir.«

»Aber wir machen alles zusammen.« Moritz Lechner war dieser Umstand gar nicht recht. Paul schob ihn jedoch schon zur Tür hinaus und schloss sie hinter sich.

»Es geht um die Nacht von Freitag auf Samstag, an der Sie Leopold Böckinger telefonisch kontaktiert hat«, begann Richard die Befragung.

»Um welche Nacht?« Julian Huber lachte. »Der Poldi ruft uns ja ständig an. Keine Ruhe hat man vor dem. Immer will er etwas gesehen oder gehört haben, das ganz dringend ausgeforscht werden muss.« Julian Huber verschränkte die Beine und lehnte sich entspannt zurück. Er dürfte generell der Ruhigere sein und Richard war froh über seine Wahl.

»Und zwar gleich«, setzte Huber hinzu und lachte. »Jedes Mal heißt es dann: sofort!« Das letzte Wort sprach er in einem übertriebenen Soldaten-Befehlsjargon aus und salutierte dazu. »Der Poldi ist nett, aber nicht ganz dicht im Kopf.« Zur Unterstützung der Worte ließ er den Zeigefinger um seine Schläfe kreisen. »Wenn Sie verstehen, was ich meine.« Beim letzten Satz beugte er sich vor und flüsterte. »Er war ja als Soldat in Vietnam, im Irak oder so.«

»Das ist jetzt irrelevant.«

»Aber da drehen die Leute durch, das hört man ständig und es werden Filme darüber gemacht, wie Soldaten nachher nicht mehr richtig ticken und Verfolgungswahn bekommen.«

Mittlerweile war sich Richard nicht mehr sicher, ob er den angenehmeren Tischler erwischt hatte.

»Überall sieht der Poldi Feinde und Mörder«, fuhr Julian Huber ungerührt fort.

Richard blieb nichts anderes übrig, als einzugreifen. »Ich möchte keine Theorien hören, sondern Fakten. Wo waren Sie zum Zeitpunkt des Anrufs in der Nacht von Freitag auf Samstag?«

»Im Beisl auf der Laxenburger Straße gegenüber von unserer Tischlerei. ›Zur goldenen Fee‹ heißt das. Da gehen wir immer hin nach der Arbeit. Weil der Moritz auf die mollige Kellnerin steht.« Julian Huber strich sich über den Bart. Es staubte. »Die ist eigentlich nicht mollig, die ist nur zu klein für ihr Gewicht.«

Richard meinte, sich verhört zu haben.

»Außerdem findet Moritz das super, er nennt ihr Übergewicht erotische Nutzfläche.«

Solche Ausdrücke hätte er aus dessen Mund nicht erwartet.

»Na, na«, unterbrach Richard. »Kommen wir bitte wieder zum Punkt. Sie waren also im Beisl ›Zur goldenen Fee‹. Gleich nach der Arbeit – und da waren Sie bis nach Mitternacht?«

»Genau. Es war Freitag. Warum sollen wir dann nicht länger bleiben?«

Ja, warum nicht? Weil Richard keine üblichen Arbeitszeiten hatte, vergaß er immer wieder, dass die meisten am Freitag genüsslich die Beine von sich streckten oder eben weggingen und die Nacht lang abfeierten. Richards freie Tage waren meistens unter der Woche. Wenn er da eine Bar besuchte, war um elf Uhr abends bereits gähnende Leere angesagt. Aber genau das schätzte er. Feiern würde er ohnehin nie gehen. Menschenmassen waren ihm zuwider. Außer in der Manege, aber da war er quasi eine andere Person. Er war nicht wie der Kerl ihm gegenüber. Und das betraf nicht nur sein Aussehen oder seinen Kleidungsstil.

»Um wie viel Uhr kam der Anruf von Herrn Böckinger?«, hakte er nach.

»Muss so gegen ein Uhr gewesen sein, maximal halb zwei«, antwortete Huber. »Um zwei Uhr gab es eine kleine Schlägerei in der ›Fee‹.«

»Und was hat der Leopold Böckinger am Telefon zu Ihnen gesagt?«

»Er hat gemeint, er hätte eine Frau schreien hören, aber dass es auch eine Katze gewesen sein könnte. Deshalb haben wir beschlossen, unser Bier noch auszutrinken. Als dann die Schlägerei angefangen hat, haben wir das vergessen.« Er pausierte und starrte an die Decke. »Aber wir haben es nicht wichtig gefunden. Muss ich dazusagen.«

»Warum war es für Sie nicht relevant?«

»Der Poldi ruft permanent an. Meistens ist dann gar nichts los.«

Richard fand diese pausenlosen Wiederholungen kräfteraubend.

»Wann haben Sie sich an den Anruf erinnert?«

»Erst als wir am Dienstag in der Zeitung gelesen haben, dass eine Leiche gefunden worden ist. Da hat es uns gerissen und wir haben ein schlechtes Gewissen bekommen.« Aha, ein schlechtes Gewissen hatte er also doch. »Der Poldi hat uns nämlich an dem Tag noch einmal angerufen und nachgefragt, ob wir was gesehen hätten, damals in der Nacht.« Jetzt wirkte er ehrlich zerknirscht.

»Dann haben wir ihn auch noch angelogen.«

»Inwiefern?«, fragte Richard nach.

»Wir haben ihm gesagt, dass wir oben eine Runde gegangen seien, zehn Minuten, nachdem er uns angerufen hat. Und dass wir nichts Seltsames entdeckt hätten.«

»Aber das war unzutreffend.«

»Leider. Wir waren nicht dort. Haben deshalb nichts gesehen. Ich frag mich, was gewesen wäre, wenn wir raufgefahren wären. Würde die Frau noch leben? Oder wären wir beide jetzt auch tot? Ich meine, der hat doch bestimmt eine Waffe gehabt. Oder mehrere. Wenn wir uns da eingemischt hätten, wer weiß, was der mit uns gemacht hätte. Da haben wir noch einmal Glück gehabt.«

»Aber die Frau ist tot«, erinnerte Richard ihn. Von Glück konnte keine Rede sein. »Eventuell hätten Sie das wirklich verhindern können. Wenn Sie schon großartig einen auf Bürgerwehr machen, wäre das Ihre Chance gewesen.«

»Wollen Sie uns jetzt Mitschuld einreden?« Julian Huber verschränkte die Arme. Wieso er immer im Plural sprach, obwohl er alleine befragt wurde, erschloss sich Richard nicht.

»Ich dachte, Gewissensbisse haben Sie bereits.« Ihm tat der Tischler alles andere als leid.

»Wie viele sind bei der Bürgerwehr?«

»Wir sind zwölf Leute, zwei davon sind Frauen.«

»Haben alle einen Waffenpass?«

»Sie müssen zumindest eine Waffenbesitzkarte haben, sonst nehmen wir sie gar nicht auf. Beziehungsweise der Poldi und der Franz, das sind die Obmänner.«

»Wie läuft das bei Ihnen ab?«

»Einmal die Woche treffen wir uns und berichten einander, was war. Schießtraining ist einmal im Monat im Keller vom Franz. Der ist schalldicht. Also der Keller, nicht der Franz.« Er lachte.

»Haben Sie den ganzen Namen?«

»Franz Brüller.«

»Verwenden Sie nur Schusswaffen?«

»Wir haben auch Messer.«

Es konnte durchaus sein, dass ein Mitglied der Bürgerwehr etwas mit dem Mord tun hatte. Menschen, die ihre Freizeit mit Waffen verbrachten, hatten in der Regel Spaß daran, diese zu benutzen. Möglicherweise deckten die Freunde den Täter auch und sagten deshalb, sie hätten nichts gesehen. Hier musste er behutsam vorgehen.

»Haben Sie so ein Messer dabei?«

»Na ja, ich schnitz auch manchmal damit, wenn mir in der Arbeit fad ist und Holzreste übrig sind.«

Er zog ein Klappmesser heraus. Richard begutachtete es und identifizierte es als Outdoor-Survivalmesser oder Jagdmesser. Es wies auf der einen Seite eine lange Schneide auf, die andere Seite war mit einer kurzen Schneide und einem Sägerücken ausgestattet. Ob man damit wirklich gut schnitzen konnte, wusste Richard nicht, aber töten konnte man damit ganz bestimmt. Rasch und effektiv. Die Schneide war sehr scharf. Der raue Holzgriff lag gut und sicher in der Hand, egal, wie man das Messer in die Hand nahm. Richard fotografierte das Teil und reichte es wieder dem Tischler.

»Die anderen Messer hab ich zu Hause. Ich brauch sie ja nur, wenn wir auf Patrouille gehen. Oder zum Brotschneiden.« Er grinste. Er besaß mehrere Messer? Möglicherweise auch andere Waffen. Julian Huber wirkte also nur nach außen hin ruhig und nett. Richard nahm sich vor, die Personalien noch genauer zu überprüfen, sobald die Befragung vorbei war.

»Auch Jagdmesser?«

»Zwei Ausweidemesser, aber auf Patrouille bevorzuge ich ein Butterfly. Ich hab mehrere. Damit ist man schneller. Nicht umsonst haben alle Banden diese Art Messer. Springmesser sind auch sehr effektiv, die sind ja jetzt bei uns in Österreich nicht mehr verboten. Darum hab ich mir auch solche gekauft.«

Das stimmte. Sein Gegenüber kannte sich sehr gut mit dem Waffengesetz aus. Das Jagdmesser war umständlich, auch das war wahr. Zum Aufklappen benötigte man im Normalfall beide Hände. Bei einem Springmesser oder Butterfly war das nicht der Fall. Man konnte das Opfer mit einem Arm in den Schwitzkasten nehmen und mit der anderen Hand ganz leicht die Waffe aufschleudern oder mittels Druckknopf aktivieren. Sehr effektiv waren hingegen alle drei Waffen. Während ein Springmesser eine glatte Stichwunde produzierte, die man im Fall des Falles schön nähen konnte, vorausgesetzt, man schaffte es rasch ins nächste Krankenhaus, war das bei dem besagten Jagdmesser nicht der Fall. Wenn man sehr tief zustach, zerfetzten die Zacken die Haut. Sofern man das Messer beim Zustechen auch noch drehte, verstärkte das den Effekt und man konnte auf diese Weise auch ganze Fleischstücke herausschälen. Für Jäger optimal. Für Mörder, die ihre Opfer gerne folterten, ebenfalls. Richard beschlich so ein Gefühl, der gesuchte Täter könnte jemand von der Bürgerwehr sein.

14

Wien, LKA

»Dauert es noch lang?« Julian Huber rutschte auf dem Stuhl hin und her. »Wir müssten dann weiterarbeiten. Haben einen Großauftrag für einen Kunden. Letztens sind erst zwei Leute gefeuert worden, deshalb müssen wir jetzt mehr arbeiten. Bei gleichem Gehalt.« Hubers Augenbrauen zogen sich zusammen. Aber Richard war noch lange nicht fertig.

»Sie bekommen eine Bestätigung für den Chef mit, aber ich hab noch einige Fragen an Sie.«

Resigniert sank der Tischler auf seinem Stuhl zusammen.

»Sie haben es also nicht gravierend gefunden, auf den Anruf von Leopold Böckinger zu reagieren.«

»Sie kennen ihn nicht.« Mit der Ruhe in Julian Huber schien es vorbei zu sein. Mittlerweile wirkte er sogar verärgert. »Er hört überall die Nachtigall trapsen, wenn ich das so sagen darf.«

»Wie oft rücken Sie aus?«

»Am Anfang sind wir gesprungen, wenn er gerufen hat. Das war fast täglich.«

»Was war da los?«

»Wenn er Schreie hört, dann geht er sofort vom Schlimmsten aus.«

»Ist das so oft der Fall? In einer Kleingartensiedlung ist es doch beschaulich, dachte ich.«

»Nicht in unserer. Man darf das ganze Jahr über dort wohnen. Da geht es genauso zu wie in jedem Gemeindebau.«

»Warum überlassen Sie so etwas nicht der Polizei?«

»Der Poldi und der Franz meinen, die Polizei interessiert sich nicht dafür.«

»Haben Sie schon mal angerufen, wenn Sie einen Schrei gehört haben?«

»Ja, das müssten Sie eh in der Akte vermerkt haben.«

»Wir nicht, wir sind ja nur für die harten Fälle zuständig. Das werden wir die Kollegen fragen.«

»Dann können Sie auch gleich nachforschen, wieso der Mann von der Waltraud noch bei ihr wohnt. Die Waltraud ist nur ein einziger blauer Fleck gewesen. Deswegen haben wir die Polizei gerufen. Dann haben sie den Stanislaus, ihren Mann, abgeholt und zwei Tage später war er wieder da. Da frag ich Sie: Was soll das?«

Richard überlegte nicht lange. Solche Fälle waren gang und gäbe und gingen zu neunundneunzig Prozent gleich aus. »Hat die Frau ihn wieder reingelassen? Meistens ist das so. Leider.«

»Warum soll sie den wieder reinlassen, wenn er sie dauernd prügelt und nur säuft?«

Das fragte sich Richard auch immer wieder. Aber das war bedauerlicherweise kein Einzelfall. Geschlagene Frauen, die die weggewiesenen Ehemänner wieder in ihr Leben ließen. Und das wiederkehrend.

»Haben Sie das diese Waltraud nicht gefragt?«

»Keine Chance. Er lässt uns gar nicht rein. Die Waltraud darf nur reden, wenn er dabei ist. Wenn er anwesend ist, sagt sie ausschließlich gute Sachen über ihn. Und sitzt lächelnd neben ihm mit dem blauen Aug', das jeder sehen kann, und behauptet, sie sei bei der Gartenarbeit blöd gefallen oder habe sich an einem Küchenkasten verletzt.«

Ja, das war leider auch ein sich wiederholender Fakt. Ein Klischee, das stimmte. Und so viele Frauen beschützten die Täter: Sie fielen über imaginäre Stiegen oder hatten sich bei der Hausarbeit ungeschickt angestellt.

Als er noch bei der Streife gewesen war, hatte Richard einen Fall gehabt, wo eine Frau hoch ätzende Säure in die Augen bekommen hatte. Dadurch war sie komplett erblindet. Trotz sicherlich unglaublicher Schmerzen erklärte sie, sie hätte sich beim Reinigen der Fenster das Putzmittel in die Augen gespritzt. Der Arzt hatte aber einwandfrei bestätigt, dass es sich um Batteriesäure handelte, die kein Bestandteil des Fensterputzmittels war, das die Frau benutzt haben wollte. Sie blieb allerdings bei ihren Behauptungen, zeigte den Mann nicht an, sondern ließ sich von ihm abholen, als sie das Krankenhaus verlassen durfte.

Der Polizei waren die Hände gebunden, da sie den Täter nie anzeigte.

Ein Jahr später war sie tot.

Erwürgt vom Ehemann.

Eine traurige Geschichte von vielen.

»Jedenfalls war der Mann von der Waltraud auch bei der Bürgerwehr, bevor wir ihn rausgeschmissen haben, weil er im Garten rumgeballert hat«, drang Lechners Stimme in Richards Gedanken.

Das war interessant. Richard würde in dieses Wespennest stechen müssen. Womöglich war der Mörder der Frau schon dabei. »Darf ich Sie bitten, mir alle Namen und Kontaktdaten der Mitglieder zu geben?«

Julian Huber nickte und holte sein Smartphone aus der Tasche. »Die genauen Adressen habe ich nicht, aber alle Nummern.«

Die Adressen konnte Richard herausfinden.

Er ließ sich alle Namen und die dazugehörigen Telefonnummern geben.

»Ist irgendjemand sonst noch auffällig in der Gruppe?«, wollte er danach wissen.

»Außer dem Mann von der Waltraud, der schon draußen ist?«

»Verstehen Sie sich denn alle gut?«

Huber lachte. »Nein, nicht wirklich, die meisten sind eher Einzelgänger. Der Moritz und ich sind wie Dean und Sam.«

Richard hob die Augenbrauen.

»Na, die Winchesters!« Huber zeigte auf sein Karohemd. »Klingelt da nix bei Ihnen?«

»Tut mir leid, aber ich kenne die beiden Herren nicht, von denen Sie reden.«

Huber starrte ihn an, als wäre er von einem anderen Stern. Kurzzeitig schienen ihm die Worte zu fehlen.

»Die beiden Brüder aus ›Supernatural‹«, sagte Huber unvermittelt in die betretene Stille hinein. »Also, dass Sie das nicht kennen! Das müssen Sie unbedingt anschauen.«

»Geht's da um eine Bürgerwehr oder um Holzfäller?«

»Es geht um Brüder, die Dämonen bekämpfen – und Vampire, Werwölfe, Formwandler. All so ein Zeug. Also Monster. Das ist eine richtige Männerserie. Frauen haben da nicht so viel zu melden.«

»So wie in Ihrer Bürgerwehr also«, warf Richard ein. »Da ist die Frauenquote ja auch gering.«

»Das ist aber klar. Frauen können eben nicht so gut jagen.« Er lachte.

»Soweit ich weiß, jagen Sie nichts.« Richard fand es bedenklich, dass der Tischler das alles lustig fand und mit einer Fernsehserie verglich.

»Jagen schon, aber bis jetzt haben wir nichts gefangen.«

»Wenn Sie an dem Abend raufgegangen wären in die WIG, hätten Sie vielleicht Glück gehabt.« Immer diese Leute, die sich groß aufspielten, sich aber fürchteten, sobald tatsächlich etwas passierte. Wer würde wohl als Erstes davonlaufen im Angesicht eines Mörders? Richard tippte auf den Rothaarigen.

»Brauchen Sie jetzt noch was von uns?« Julian Huber verlor sichtlich die Beherrschung. Seine Stimme klang nicht mehr sonor und tief, sondern etwas höher und weniger sympathisch.

Es würde nichts bringen, ihn noch länger zu befragen. Richard hatte seine Liste mit den Namen, die sie durchgehen mussten. Die Tischler würde er ebenfalls durchleuchten. Auch wenn sie auf den ersten Blick unschuldig wirkten, konnte man sich nur allzu leicht täuschen. Und wenn Richard eines in den fünfunddreißig Jahren seines Lebens gelernt hatte, dann, dass man niemandem trauen konnte. Schon gar keinen Männern, die Waffen besaßen und meinten, damit die Welt zu retten. Er rutschte vom Schreibtisch weg und stand auf.

»Warten Sie bitte einen Moment!«

Richard marschierte zum anderen Büro hinüber. Er winkte Paul raus und glich mit ihm die Aussagen ab.

»Scheint so, als hätten beide dasselbe gesagt.«

»Wir können natürlich nicht wissen, ob sie sich vorher abgesprochen haben.«

»Was hat der Lechner für Waffen?«

»Der hat nicht einmal eine Waffenbesitzkarte. Nur ein Messer hat er eingesteckt, er sagt, das reicht ihm und dass er niemandem wehtun will.«

»Dann hast du den Netten gehabt, meiner sammelt anscheinend Waffen und vergleicht sich mit so einem Dämonenjäger aus dem Fernsehen.«

»Der Lechner auch, und wenn du mich fragst, ist er der Sam, dann dürfte der Huber der Dean sein.«

»Sag bloß, du kennst die Serie.«

»Du nicht? Ist doch kultig.«

»Bist du mit dem Lechner auch schon fertig?«, wechselte Richard das Thema.

Paul bejahte. »Wir kommen wieder rüber.«

Zusammen mit Moritz Lechner gingen sie zurück ins Büro, wo Julian Huber schon aufgestanden war und im Raum herumtigerte. Die beiden Tischler klatschten sich ab und umarmten sich, als hätten sie sich ewig nicht gesehen.

»Sie können gehen«, entließ Richard sie. »Aber morgen Vormittag würden wir gern die Siedlung unter die Lupe nehmen. Es wäre gut, wenn Sie Ihre Handys eingeschaltet lassen, damit wir Sie erreichen können, falls wir etwas brauchen.«

»Geht klar«, ertönte es synchron aus beiden Mündern.

Sie drehten sich gleichzeitig um, wie einstudiert. Wie Synchronschwimmer, blitzte es durch Richards Kopf. Gleichzeitig stiegen Bilder von sich drehenden Frauenbeinen in ihm auf, die im Wasser standen, und Gesichtern, die mit festsitzendem Lächeln aus dem Wasser schnellten, um sofort wieder einzutauchen. Hände, die im Takt zur Musik wippten. Gegrätschte glatte Frauenbeine mit lackierten Fußnägeln. Auftauchende nasse Köpfe mit strenger Duttfrisur. Ein Lächeln, das ihm galt. Er wischte das Bild von seiner ersten Begegnung mit Cordy wieder weg.

Die Tischler winkten beide mit ihren Smartphones, um zu signalisieren, dass sie erreichbar seien, und verschwanden.

Wie auf das Stichwort klingelte Richards Handy. Ein Blick auf das Display bestätigte ihm, dass der Anruf aus München kam: seine Schwester Sarah. Eilig gab er Paul ein Zeichen, lief auf den Gang hinaus und hob ab.

Hysterisches Weinen war alles, was er hörte.

15

INTERMEZZO

Das Verlangen schläft nie. Zumindest nicht lange. Seit Stunden knabberst du deine Fingernägel wund. Die Kuppen sind längst blutig. Alle paar Minuten schielst du zu deiner Garderobe hinüber. Heute Vormittag hast du das Kleid gekauft. Es erinnert dich an Fünfzigerjahre-Serien. Kirschrot ist es, mit tiefem Ausschnitt. Ein Diven-Kleid. Die Strümpfe hast du schon an. Das lief nicht ohne Komplikationen. Beim Überstreifen des feinen Materials ist eine Laufmasche entstanden. Du musstest sie ausziehen und neue aus der Schublade nehmen. Wütend hast du die anderen in den Müll geworfen. Das Verlangen ist gierig und lässt dich nicht los. Vor dir liegen vier verschiedene Damenslips. Erregt streichst du über die zarte Spitze. Du willst es nicht tun. Aber du musst. Rasch schlüpfst du in den royalblauen Rio-Slip. Als die Seide deinen Schritt berührt, zuckt es zwischen deinen Beinen und die Anspannung entlädt sich erneut. Wenn das so weitergeht, schaffst du es auch heute wieder nicht hinaus. Doch die Bilder in deinem Kopf drängen danach. »Er« zwingt dich dazu. Er, der immer da ist. Den du einfach nicht loswerden kannst, obwohl du alles versucht hast. Und du weißt, wer schuld daran ist, dass er immer noch bei dir ist. Dieser Dämon. Du hast dir das nicht ausgesucht, nicht danach gefragt, geboren zu werden, schon gar nicht so. In dieser Hülle. Dein Spiegelbild widert dich an. Wieder ergreift die Raserei von dir Besitz. Die Wut auf sie. Die Frau, die dich dazu verdammt hat, weiter mit dem Dämon zu leben, die nicht erkannt hat, dass du in einem der Höllenkreise hier auf Erden leben musst, solange er bei dir ist. Mit der Faust drischst du auf den Couchtisch ein. Glas splittert nach allen Seiten weg. Verdammt! Blutspritzer hinterlassen ein bizarres Kunstwerk auf dem hellen Lammfellteppich. Ornamente. Dein ganzes Leben läuft nach Mustern ab, die sich unentwegt wiederholen. Du entkommst ihnen nicht. Wenn er endlich still wäre. Wenn du ihn ausschalten könntest. Dann hättest du Ruhe. Vor den Mustern, den Dämonen und ihm.

Du hältst deine blutige Hand. Der Schmerz verdrängt das Verlangen. Wie lange wird es anhalten? War das die Lösung? Du schälst dich aus dem klebrigen Slip und tappst zur Dusche. Als das heiße Wasser über deine Haut läuft, schließt du die Augen.

Stille. Es ist gut. Deine Haut prickelt. Du atmest feinste Wassertröpfchen ein. Deine Lunge brennt. Bilder in deinem Geiste lösen sich auf. Und formen sich neu. Du siehst ihren Kopf nicht mehr in der Erde liegen. Das Laub verblasst. Sie starrt dich an. Dir wird übel. Das ist nicht richtig. Sie soll dich nicht ansehen. Du versuchst, das Bild ihres Hinterkopfs in weicher Erde hervorzuholen. Es will dir nicht gelingen. Ihre Augen sind wie runde Teller, werden größer und größer. Auf einmal spritzt Blut aus den Pupillen. Du reißt deine Lider auf, drehst das Wasser stärker auf und schreist.

16

Wien, LKA

Als Richard wieder ins Büro gehen wollte, stieß er mit Paul zusammen, der gerade herauskam.

»Wer war es denn?«, fragte er und rieb sich die Stirn.

»Sarah.« Richard bewegte sein Kinn hin und her. »Oliver ist mal wieder verschwunden.«

»Schon wieder? Wann schießt sie den Kerl endlich in den Wind?«

»Frag mich was Leichteres.«

»Hol dein Zeug, wir fahren.«

»Wohin?«

»Zeugin Nummer eins vom WIG-Mord darf befragt werden. Jedenfalls hat das Krankenhaus gestern angerufen, dass die Frau wach und ansprechbar sei und auf die normale Station verlegt werden könne, wo wir heute mit ihr reden dürfen.«

»Die mit dem Hund?«

»Exakt. Ich würde lieber den Hund befragen«, stöhnte Paul mit einem Anflug von Ironie in der Stimme. »Immerhin hat er die Leiche gefunden.«

»Okay. Du fragst den Hund und ich die Frau. Ich hol mein Zeug, fahr schon mal den Wagen vor.«

Paul lachte und lief den Gang entlang.

Richard hingegen zog es ins Büro – und das nicht nur der Sachen wegen. Kurz blockierte er die Tür hinter sich, schloss die Augen und atmete tief durch. So aufgelöst hatte er Sarah selten erlebt. Ihr Verlobter, Oliver, war nicht nur verschwunden, davor hatten sie auch einen Streit gehabt, bei dem es um die Buchhaltung ging. Sarah war so hysterisch gewesen, dass er nicht alles genau verstanden hatte. Aber irgendetwas mit den Abrechnungen stimmte nicht. Sarah hatte Oliver zur Rede gestellt, woraufhin er wenige Stunden später verschwunden war. Richard hatte Sarah am Telefon beruhigt. Aber eigentlich wühlte es ihn auf, denn er hatte von Anfang an das Gefühl gehabt, dass Oliver nicht gut genug für seine Schwester sei.

Sein Handy vibrierte. Paul hatte ihm eine WhatsApp geschrieben mit der Frage, ob er sich verirrt habe. Witzbold!

Mit den bloßen Händen wischte sich Richard über das Gesicht. Die Arbeit rief.

Roswitha Grünsteidl war ins Sozialmedizinische Zentrum Süd – Kaiser-Franz-Josef-Spital in der Kundratstraße 3 eingeliefert worden. Es war das Krankenhaus, das der WIG am nächsten lag. Trotzdem durfte Frau Grünsteidl Glück gehabt haben, dass noch Kapazitäten frei gewesen waren. Richard hatte nicht nur einmal erlebt, dass Verletzte in andere Bezirke oder sogar ans andere Ende von Wien gebracht wurden, weil im nahen Krankenhaus keine Betten zur Verfügung standen.

Zusammen mit Paul ging er zu Station H31 in der 5. Medizinischen Abteilung mit Kardiologie. Auf dem Gang empfing sie ein Riesentumult. Die leitende Ärztin wurde über Lautsprecher ausgerufen. Hinter der Anmeldung stand eine Schwester. Richard zeigte seine Kokarde vor. Paul tat es ihm gleich.

»Wir möchten gerne zu Roswitha Grünsteidl.« Die Schwester kaute trotz des Lärms ungerührt auf ihrem Kaugummi und tippte den Namen in den Computer ein.

»Ah ja. Frau Grünsteidl wurde gestern aus der CCU in unsere Station gebracht.« Die CCU war die Herzüberwachungsstation.

»Zimmer vierzehn!« Die Schwester zeigte in den Gang. Genau dorthin, wo gerade der Riesenaufruhr herrschte.

Richard bedankte sich und eilte mit Paul in die Richtung des Zimmers. Schon beim Näherkommen war ihm klar, dass hier etwas ganz und gar nicht gut aussah. Mehrere Schwestern und zwei Ärzte verließen gerade mit betretenen Gesichtern Zimmer 14.

Paul sah Richard an. »Da kommen wir aber zu einem blöden Zeitpunkt, wenn in Frau Grünsteidls Zimmer gerade die Hölle los ist.«

»Ist in einem Krankenhaus nicht generell immer etwas los? Vor allem in der Kardiologie?«

Eine dunkelhaarige Ärztin, die sicher noch unter dreißig war, stand im Türrahmen und streifte sich gerade die Handschuhe ab. Eine Haarsträhne hatte sich aus dem hohen Pferdeschwanz gelöst und klebte auf ihrer Stirn. Ihre Wangen waren gerötet. »Warum hat man Sie hereingelassen? Es sind gerade keine Besuchszeiten.«

»Wir sind vom Landeskriminalamt und müssten mit Roswitha Grünsteidl reden.«

»Tja, da kommen Sie zu spät«, antwortete die Ärztin lapidar und deutete in das Zimmer. Die Gestalt auf dem Bett war bereits mit einem Laken abgedeckt. Irgendwoher ertönte ein Winseln.

»Hören Sie das?«

»Ja, das ist der Hund der Frau. Den können Sie bitte gleich mitnehmen und in ein Heim bringen. Wir wollten ihn längst wegschaffen, aber Frau Grünsteidl wurde jedes Mal hysterisch. Außerdem ist er ein besonderer Hund für Bewegungseingeschränkte und Assistenzhunde dürfen seit 2016 laut Gesetz mit ins Spital, sofern bestimmte Vorschriften eingehalten werden. Nachdem Frau Grünsteidl keine dermatologischen Krankheiten hatte und nichts mit der Lunge und sie alleine hier im Zimmer ist … war …«, die Ärztin hielt ihre Hände unter den Desinfektionsspender, »… haben wir eine Ausnahme gemacht. Die Stationen haben ja letztendlich die Entscheidung darüber, Gesetz hin oder her.«

»Was ist mit den Angehörigen von Frau Grünsteidl?«

»Gibt es keine. Sie war nie verheiratet, kinderlos, Eltern natürlich schon gestorben, der einzige Bruder ebenfalls.« Sie rieb die Hände aneinander. »Der war auch anhanglos. Aber sie dürfte zu Lebzeiten gut verdient haben. Sie hat in der Seniorenresidenz in Oberlaa gewohnt, dahin wollten wir sie Ende der Woche wieder zurückbringen.«

Traurig. Manche Menschen hatten einfach niemanden. Richard ging in das Zimmer und umrundete das Bett von Roswitha Grünsteidl. Dahinter fand er den kauernden und herzzerreißend winselnden Border Collie. Richard hockte sich vor ihn hin.

»Na, du Hübscher?« Vorsichtig kraulte er ihn am Kopf. »Wie heißt du?«

Der schwarz-weiß gescheckte Hund winselte, hob den Kopf, blickte Richard traurig an und legte seinen Kopf wieder auf den Vorderpfoten ab. Eine Erinnerung tauchte in Richards Geist auf. Jedes Jahr hatte er sich zu Weihnachten nur zwei Sachen gewünscht und diese auch stets auf den Wunschzettel geschrieben, den er auf das Fensterbrett legte: Dass sein Papa wieder zurückkam und einen Hund. Er konnte sich auch noch gut daran erinnern, wie er den Stoffhund durch das Zimmer schleuderte, den er mit fünf bekommen hatte, und sagte, dass der Weihnachtsmann ihn einfach nicht verstehen würde. Darum schrieb er ein Jahr später Folgendes auf den Wunschzettel: »Ich wünsche mir, dass mein Papa zurückkommt, und einen echten, lebendigen Hund, der bellen und pinkeln kann.«

Bekommen hatte er das alles nicht, im Gegenteil. Zwei Wochen vor Weihnachten war seine Mutter vor seinen Augen ermordet worden. Seit diesem Tag hatte er sich nie wieder etwas gewünscht. Weder zu Weihnachten noch beim Ausblasen der Geburtstagskerzen.

Der Border Collie verschwamm vor seinen Augen. Rasch wischte er mit dem Ärmel darüber, atmete tief durch, stand auf und ging zurück zur Ärztin.

»Wie heißt der Hund?«

»Ich kann mir doch nicht alles merken«, entgegnete die Ärztin schnippisch. »Ist ja auch egal, er kommt ins Heim und neue Besitzer werden ihm dann schon einen Namen geben.«

»Wie kommt es, dass Frau Grünsteidl tot ist?«, mischte sich Paul ein. »Sie wurde doch gestern erst hierher verlegt. Das macht man wohl nur, wenn alles in Ordnung ist.«

»Frau Grünsteidl hatte bereits den zweiten Herzinfarkt. Außerdem war sie chronisch krank. Gestern hat es so ausgesehen, als wäre sie über den Berg, aber bei Herzkrankheiten ist immer ein gewisses Risiko da.«

»Der Anblick der Leiche war wohl zu viel für sie«, mutmaßte Richard.

»Sie hat eine Leiche gesehen?« Die Ärztin wirkte sichtlich schockiert.

»Genauer gesagt, ihr Hund hat die Leiche gefunden.«

Die Ärztin lächelte schief, doch das Lächeln erreichte ihre Augen nicht. »Dann ist der Hund eine Art Held.«

»Dafür ist er jetzt alleine.« Richard seufzte.

»Bitte, tun Sie mir den Gefallen und bringen Sie den Hund ins Tierheim.« Das Lächeln war wieder erloschen. »Dann muss ich nicht extra anrufen.«

»Dafür sind wir gar nicht zuständig«, wandte Paul ein.

»Schon gut«, beschwichtigte ihn Richard. »Warum nimmst du ihn nicht mit zu dir? Deine Kinder würden sich sicher freuen.«

»Du weißt doch, dass Grizella keine Hunde mag.«

Grizella war Pauls Perserkatze. Eine echte Diva, die kein weiteres Haustier neben sich duldete, höchstens andere Katzen. Richard brachte es nicht übers Herz, den Collie hierzulassen, ihm wäre das Tierheim sicher. Er würde ihn mitnehmen und danach entscheiden. Vielleicht fand er doch noch Angehörige von Roswitha Grünsteidl. Falls nicht, konnte er ihn möglicherweise bei Sarah unterbringen. Alice und Aaron könnten ihm einen Namen geben.

Ein weiteres Mal umrundete Richard das Bett und löste die Leine, mit der der Hund an das Bett gebunden war. »Na komm! Ich nehm dich jetzt mit, Namenloser.«

Der Collie legte den Kopf schief und musterte Richard lange. Kurz darauf sprang er mit den Vorderpfoten auf das Bett, kratzte am Leintuch, mit dem Roswitha Grünsteidl abgedeckt war, und bellte. Ein letztes Lebewohl. Mit einem weiteren Bellen hüpfte der Hund herunter und trottete mit gesenktem Kopf hinter Richard her. Beim Türrahmen blickte er sich noch ein letztes Mal um.

»Und was machst du jetzt mit ihm?«, fragte Paul im Auto und deutete auf den Hund, der brav auf der Rückbank saß.

»Weiß ich noch nicht.«

»Behalt ihn doch.«

»Ich wünsche ihm ein besseres Herrchen, als ich es sein könnte.«

»Wie du meinst. Aber das Leben schenkt uns hie und da etwas, man muss nur offen sein.«

»Du mit deinen Sprüchen!«

Das Leben mochte Richard einiges geschenkt haben, aber es hatte ihm vor allem sehr viel genommen. Über die Schulter spähte er zur Rückbank und überlegte, ob sein kindlicher Herzenswunsch Jahre später doch in Erfüllung gegangen war.

17

Wien, Bar »Camaro«

»Noch ein Glas?« In einer Hand hielt der Barmann einen Römer und in der anderen ein Tuch, womit er das Weinglas polierte. Erwartungsvoll sah er Richard an.

»Letzte Chance. Ich schließe in einer halben Stunde.«

»Schon?«

Der Barmann lachte. Sein zerkratztes Messingschild, das auf seinem schwarzen Hemd blitzte, zeigte nicht mehr alle Buchstaben seines Namens an. Ma..hi.s wies auf die Uhr an der Wand. »Es ist zwei Uhr. Und es ist mitten in der Woche.«

Richard schaute sich im Raum um. Tatsächlich. Nur noch ganz hinten regte sich etwas auf der Lederbank, was sich bei genauerer Betrachtung als knutschendes Pärchen entpuppte. Der Namenlose schlief zu Richards Füßen. Dass er nun mit einem Hund durch die Gegend zog, konnte Richard immer noch nicht glauben. Diese Bar war genau das Richtige. Nur diffuses Licht, viele dunkle Ecken. Keiner, der hierherkam, wollte Aufmerksamkeit auf sich lenken. Jeder versteckte sich auf die eine oder andere Art und Weise. Es war keine Aufriss-Bar, sondern eine Bar für jene, die nicht dazugehörten. Für Außenseiter. Für Menschen, die am Rande der Gesellschaft standen, genauso für andere, die ihre Affären bedeckt hielten. Hier begegneten ihnen die Nachbarn und Freunde nicht. Wenn doch, hatten sie wohl selbst etwas zu verbergen und würden es nicht weitererzählen. Die Getränke waren billig und schmeckten auch so. Die Polstermöbel waren abgewetzt, die Tische speckig und mit Wasserrändern übersät, genauso wie mit Schnitzereien: »Adrian + Ralf waren hier«, »Josie loves Maria«, oder »Elvira forever«. Die Bar war für die einen eine Station auf ihrem Weg, für die anderen das Elysium. Es war aber definitiv eine Insel inmitten der Großstadt. Ein Refugium, das jeder betrat, der einen Ort suchte, an dem er sein durfte, wie er wollte. Man musste keine Rechenschaft ablegen und sich nicht mit oberflächlichem Small Talk zufriedengeben. Am Morgen ging jeder seiner Wege. Ohne zurückzusehen. Es war der einzige öffentliche Ort in Wien, wo Richard sich entspannen konnte. Sogar wenn er nur alkoholfreies Bier trank oder einfach eine Limo. Als wäre er wie alle anderen. Hier drinnen war er das vielleicht sogar.

Richard stellte das leere Glas auf die Theke, bezahlte, weckte den Namenlosen und verabschiedete sich von Matthias, dem Barkeeper. Noch ein Vorteil, wenn man alleine unterwegs war. Abschiedsrituale gab es keine. Umarmungen mit Küsschen mochte er ohnehin nicht.

Draußen blies ein unerwartet kühler Wind. Er schlug den Kragen seiner Lederjacke hoch und vergrub das Kinn darin. Seine Baskenmütze wärmte den Kopf zusätzlich. Privat verließ er das Haus nie ohne Kopfbedeckung. Er hatte es mit Haarteilen versucht, um seine vernarbten und deshalb kahlen Stellen am Kopf zu verdecken, aber er hielt es nie lange damit aus. Deshalb sammelte er seit Jahren Kopfbedeckungen aller Art. Es war zu einer Art Markenzeichen geworden und längst fragte niemand mehr, warum er eine Kappe oder einen Hut trug. Für den Sommer hatte er ganz leichte Varianten, die zusätzlich teilweise aus das UV-Licht absorbierenden Materialien bestanden.

Im Winter fiel es ohnehin nicht auf, da sich dann fast alle Menschen Mützen aufsetzten.

Nachdenklich spazierte Richard nach Hause. Er machte sich Sorgen um seine Schwester. Biologisch gesehen mochte sie nicht seine Schwester sein, genauso wie der Rest seiner Familie, aber vom Herzen her schon. Seine Finger umschlossen das kalte Metall in seiner Jackentasche. Es würde ihn immer an diese schreckliche Nacht erinnern. Wie ein Mahnmal, aber auch ein Versprechen. Das Versprechen, das er insgeheim seiner Mutter gegeben hatte. Ihren Killer zu finden. Ganz bestimmt hatte es ihn deshalb so zur Polizei gezogen.

Der Anruf seiner Schwester war beunruhigend gewesen. Ihr Verlobter, Oliver Kainrath, war seit zwei Tagen verschwunden. Zuvor hatte Sarah in den Unterlagen seltsame Belege gefunden und die Abrechnung der Zirkusgelder war fehlerhaft.

Sarah hatte Oliver zur Rede gestellt, der hatte aber bestritten, dass ihm Fehler unterlaufen seien. Als sie ihn wenige Stunden nach dem Streit zum Abendessen holen wollte, war er weg gewesen und seitdem nicht mehr zurückgekehrt. In der gemeinsamen Wohnung konnte sie ihn auch nicht antreffen. Das allein wäre nicht ungewöhnlich, denn Oliver neigte dazu, einfach mal über Nacht zu verschwinden. Sein Handy war tot. Sie hatte zig Nachrichten auf seiner Mailbox hinterlassen und einen Haufen WhatsApp-Nachrichten. Keine Reaktion. Das war neu.

Die letzten zwei Nächte hatte Sarah über der Buchhaltung verbracht, die seit einem Jahr ab und zu ihr Verlobter machte, und hatte herausgefunden, dass beträchtliche Beträge fehlen dürften. Sie hatte sich nicht geirrt. Ihre erste Eingebung war richtig gewesen. Etwas stimmte hier nicht. Die Belege von angeblichen Kunden kannte sie nicht. Auch was darin verzeichnet war, ergab keinen Sinn.

In ihrer Verzweiflung hatte Sarah sich an Richard gewandt. Natürlich hatte er ihr gleich mitgeteilt, dass die Polizei in München dafür zuständig war und er von Österreich aus nicht befugt sei, bei ihr tätig zu werden. Aber sie hatte sich nicht abwimmeln lassen. Angeblich war sie bei der Polizei gewesen, hätte dort aber keine Hilfe erhalten, im Gegenteil. Die Polizisten an der Dienststelle hätten sogar gelacht und gemeint, es käme schon einmal vor, dass jemand kurz vor der Hochzeit abhauen würde. Kalte Füße hätten sie als Grund vorgeschoben.

Sarah jedoch war sich sicher, Oliver würde nicht einfach so verschwinden, auch wenn das jetzt natürlich seltsam klang. Genau das war ja passiert.

Richard bog in seine Straße ein und musste stehen bleiben, denn der Namenlose hatte einen Baum gefunden, den er sogleich für sein Geschäft benutzte. Gerne hätte Richard Sarah geholfen, aber er hatte hier in Wien einen wichtigen Fall. Alles, was er von hier aus für sie hatte tun können, war, mit seinem Freund und Münchner Kollegen, Polizeioberkommissar Albert Steiner vom Bayerischen Landeskriminalamt, Kriminalfachdezernat 3, Kontakt aufzunehmen. Er kannte Albert Steiner schon lange, deshalb wusste er, dass er es ernst nehmen würde, wenn Richard sich bei ihm meldete. Leider hatte er ihn noch nicht erreicht. Also hatte er den Sachverhalt einem anderen Münchner Kriminalbeamten geschildert. Dieser Kommissar hatte ihm versprochen, der Sache nachzugehen. Bisher hatte er noch nichts von ihm gehört. Aber auch die Münchner dürften genug andere Dinge zu erledigen haben. Hier war keine Gefahr im Verzug. Außer dass Sarah seither kaum geschlafen hatte und deshalb ihre Trapezshow ausfallen ließ, weil das Verletzungsrisiko zu hoch war, gab es keine Verluste.

Nach dem Telefonat mit München hatte er wieder einmal in der Akte geblättert. Die Akte über den Tod seiner Mutter. In zwei Tagen würde er sich mit einem der mittlerweile pensionierten Ermittler treffen. Frust machte sich in ihm breit, dass er nach all den Jahren immer noch nicht den Mörder seiner Mutter aufgespürt hatte. Aber er besaß kaum Anhaltspunkte. Die Tattoos hatte er schon als Kind fein säuberlich aus dem Gedächtnis nachgezeichnet. Und das Gesicht würde er nie vergessen. Aber das war es auch schon. Und gerade solche Fälle, in denen Prostituierte ermordet wurden, rissen alte Wunden in ihm auf. Jede ermordete Prostituierte stand stellvertretend für seine Mutter. Aus diesem Grund steigerte er sich auch besonders in solche Fälle hinein. Wenn er schon den Killer seiner Mutter nicht dingfest machen konnte, dann wollte er wenigstens die anderen Schweinehunde in den Knast bringen.

In seiner Wohnung empfing ihn die gleiche Leere wie jeden Tag. Er hatte keine Pflanzen, keine Kinder und keine Partnerin. Nichts und niemand, um den er sich kümmern musste. Das ließ ihm einerseits alle Freiheiten, andererseits war es manchmal auch trostlos. Seine Einsamkeit war selbst gewählt. Die Dunkelheit in seinem Herzen wollte er niemandem zumuten.

Ein lautes Bellen riss ihn aus den Gedanken. Tja, wie schnell sich Dinge ändern konnten. Richard nahm einen Wäschekorb aus dem Badezimmer und legte eine Fleece-Decke hinein. Diesen provisorischen Hundekorb stellte er neben sein Bett im Schlafzimmer. Dann suchte er im Kühlschrank nach etwas Essbarem und fand Rindsragout vom Vortag. Er schaufelte alles in eine Plastikschüssel und stellte es vor den Namenlosen, der das Ragout gierig verzehrte. Richard genoss es einerseits, dem Kleinen zuzusehen, andererseits stiegen Befürchtungen in ihm auf. Er wollte sich nicht so sehr mit dem Border Collie anfreunden; er würde ihn weggeben. Das wäre besser. Denn alles, woran sein Herz hing, ging verloren. Jeder Mensch, den er liebte, bekam früher oder später Probleme, wurde krank oder starb. Möglicherweise hing ja ein Fluch an ihm, wenn es so etwas gab. Oder er hatte in seinem früheren Leben derart viel falsch gemacht, dass sein Karma beschmutzt war. Fakt war, in diesem Leben durfte er nicht glücklich sein. Wann immer er es gewesen war, schlug das Schicksal unbarmherzig zu. Fühlte er nur einen kleinen Hauch von Glück, zerbröselte es ins Nichts.

Nein. Er war als Kind der Dunkelheit geboren worden. Mit fünf Jahren wurde diese Dunkelheit auch äußerlich sichtbar und mit den Jahren hatte sie sich in sein Herz und in seine Seele gefressen.

Unaufhaltsam.

Tag für Tag.

Es wurde dunkler um ihn herum.

Es wurde dunkler in ihm.

Und mit jedem Schritt in diese Dunkelheit wurde eines stärker.

Der Durst nach Rache.

18

Damals

Mein Schreien wird schriller, aber auch heiser. Mama wird immer kälter.

Müde.

Meine Arme und Beine fühlen sich schwer an.

Kalt.

Seltsamerweise zittere ich immer noch und der Schmerz ist komplett weg.

Die Kälte kommt von tief drinnen.

In Mamas Haar glitzert es. Ich ziehe mich hoch.

Die Haarspange hat Mama irgendwann von Papa geschenkt bekommen. Sie trägt sie täglich.

Es ist ein Käfer.

Mama sagt, es ist ein Beschütz-mich-Käfer.

Der Käfer ist ein Versager. Wieso hat er nichts genützt? Sie beschützt. Vor diesem groben Kerl. Wieso hat sie den Mann jede Woche hereingelassen?

Mit der Hand, wo alles noch heil ist, greife ich in ihr Haar und löse die Spange. Ein paar Haare bleiben darin kleben.

Ich betrachtete den Käfer, der aus Ägypten kommt.

Mama hat ihn in den Flitterwochen bei einem Stand vor den Pyramiden entdeckt. Papa hat gleich gemerkt, dass er ihr gefällt und ihn heimlich gekauft, als sie weggesehen hat.

Am Abend hat Mama ihn unter ihrem Kissen im Wüstenzelt gefunden. Seitdem hat sie ihn täglich ins Haar geklippt. Damals war Mamas Welt noch in Ordnung.

Ich weiß nicht mehr, wie der Käfer heißt. Türkis sitzt er auf der Spange aus Silber. Seine Augen sind zwei glitzernde gelbe Steine. Die Spange ist ein bisschen abgewetzt.

Es ist mir egal. Fest umklammere ich sie, während ich erneut in meine Hose pinkle.

Mein Schreien ist in ein Schluchzen übergegangen.

Ich rolle mich auf dem Boden zusammen und warte.

Auf Hilfe. Darauf, dass Mama doch wieder aufwacht. Auf Papa, so unwahrscheinlich das auch sein mag.

Auf das Ende.

Das Ende der Schmerzen.

Das Ende des Leids.

Laut schniefe ich auf und rufe noch einmal nach Mama.

Ein zweites Mal.

Hinter mir höre ich einen erstickten Laut.

Ist der Mann zurückgekommen?

Langsam hebe ich den Kopf und öffne die Augen.

Die Tür ist offen.

Im Türrahmen steht ein Mädchen. Ihre dunkelbraunen Zöpfe reichen ihr bis zur Hüfte. Sie trägt ein seltsam gemustertes Kleid und derbe Stiefel, an denen irgendein Dreck klebt.

In ihren Augen glitzern Tränen. Ihr Blick wandert von meiner Mama zu mir und zurück. Sie dürfte nur wenig älter sein als ich.

Hastig dreht sie sich um.

Geh nicht weg. Ich flüstere.

Sie schaut zu mir zurück. Ich muss.

Leere in der offenen Tür. Das Mädchen ist fort.

Erschöpft lege ich mich hin. Drücke den Käfer und schaue zu Mama. Bald bin ich bei dir, Mama. Ich ertappe mich dabei, wie ich mich innerlich freue.

Nur Mama und ich. In einer besseren Welt.

Ohne grobe Kerle.

Ohne Monster unter dem Bett.

Ich singe. *Hänschen klein.* Mama mochte das Lied.

Zum ersten Mal begreife ich, was es bedeutet.

Noch bevor ich die letzte Zeile singen kann, höre ich Tumult hinter mir. Das Mädchen ist wieder da. Sie ist nicht alleine.

In der kleinen Kammer stehen ein Clown, eine Tänzerin mit einem Reifen in der Hand, ein Muskelmann, ein Mann mit Zylinderhut und schwarzem Umhang sowie zwei Männer in weißen Glitzerkostümen und mit weiß geschminkten Gesichtern.

Ich träume wohl.

Ich sehe Dinge, die nicht da sein können.

Vielleicht kommt auch bald ein rosa Elefant.

Das ist das Ende, da bin ich mir sicher.

Mama, ich komme.

Jemand streicht mir über die Wange und flüstert beruhigend. Eine Frauenstimme. Mama?

Ich schiebe den Metallkäfer in meine feuchte Hosentasche. Vielleicht bringt er mich zu Mama.

Vielleicht beschützt er mich.

Bevor ich in die Schwärze falle, ist mir, als würde ich von starken Armen hochgehoben.

Und dann fliege ich.

Ins Nichts.

19

Wien, Mauer

Der Wecker zeigte drei Uhr früh. Theres war wach. Vorsichtig rollte sie sich auf die andere Seite und betrachtete Benjamin. Das Mondlicht fiel durch einen Spalt der Vorhänge herein und erhellte seine Hälfte des Bettes. Trotzdem schlief er tief und fest. Sein Gesicht sah friedlich aus. Beinahe unschuldig. Mit den Augen fuhr sie seine gerade Nase entlang, über die Lippen und hielt an seinem Kinngrübchen inne. Seine Gesichtszüge waren weich, seine Haut glatt und feinporig, wie man sie selten bei Männern seines Alters sieht. Das war nicht nur Veranlagung. Einmal im Monat besuchte Benjamin das Kosmetikstudio, zusätzlich ging er zweimal im Jahr zu einem bekannten Wiener Schönheitschirurgen. Um das Alter aufzuhalten, hatte er ihr erklärt. Damit er so spät wie möglich ein Lifting brauchte. Botox war seine Geheimwaffe, genauso wie Mikrodermabrasion, Fruchtsäurepeelings und sogenannte Vampirliftings. Logisch, dass er auch das Nagelstudio aufsuchte – für die perfekte Pedi- und Maniküre. Öffentliche Schwimmbäder mied er komplett aus Angst vor Fußpilz. Theres betrachtete seine vom Schlaf in alle Richtungen abstehenden Haare. Vor drei Jahren hatte er sich eine Haartransplantation machen lassen, als sich das Erbe seines Vaters in Form einer Halbglatze langsam zeigte. Schon als der Haaransatz sich nach hinten verschob, machte er einen Termin aus. Den Prozess aufhalten, nannte er es. Den Genen einen Strich durch die Rechnung machen, hieß es ein anderes Mal.

Übertriebene Eitelkeit und Angst vor dem Alter waren es für Theres. Auf seinem Kopfpolster lagen Haare. Es sah aus, als hätten sie eine Katze, aber Benjamin wollte im Gegensatz zu Theres keine Haustiere. Der Einzige, der hier also haarte, war Benjamin. Mittlerweile war der Oberkopf schon wieder lichter. Das Aufhalten der Zeit funktionierte anscheinend nicht so gut wie geplant.

Wenn sie genau hinsah, erkannte sie, dass eine Augenbraue etwas höher saß als die andere und das Gesicht ein bisschen wie aus Wachs wirkte. Ein Relikt von zu viel Botox. Schließlich hatte er schon in den Zwanzigern damit angefangen. Sie hatte ihn öfter gefragt, wovor er so viel Angst habe, dass er Unmengen an Geld für sein Äußeres ausgab. Er hatte nur gelacht und gesagt, er wäre Anwalt und müsse gepflegt aussehen. Dass es weit über Pflege hinausging, was er betrieb, sah er nicht. Theres fragte sich, was mit ihm passieren würde, in einigen Jahren, wenn er darauf käme, dass nichts vor dem Altern schützen konnte – und erst recht nicht vor dem Tod. Theres vermutete, dass er in eine tiefe Depression stürzen würde, aus der nicht einmal sie ihm heraushelfen könnte. Möglicherweise würde er dann das tun, was viele Männer in dieser Situation taten, und sich eine neue und vor allem sehr junge Frau suchen, die ihn vergessen ließ, wie alt er eigentlich schon war. Vor allem, wenn seine eigene Frau blind und nutzlos zu Hause hockte.

Theres seufzte und rollte sich wieder auf die andere Seite zurück. Der Schlaf wollte nicht kommen. Sie dachte an die Patienten, die morgen ihre Praxis besuchen würden. Spielte jeden einzelnen Fall im Geiste durch. Die schwersten Fälle legte sie stets auf den Vormittag. Damit beherzigte sie einen Leitsatz aus ihrer Kindheit, mit dem Unangenehmsten anzufangen. Der Nachmittag war dann für die Familienangelegenheiten und Paartherapien reserviert sowie für das Erstellen von Gutachten für Straftäter – die noch zu verurteilenden genauso wie die bereits einsitzenden. Einmal die Woche arbeitete sie nachmittags in der Justizanstalt Göllersdorf mit Tätern, die zum Zeitpunkt ihrer Tat als unzurechnungsfähig und geistig abnorm eingestuft worden waren. Diese Arbeit war wichtig, aber sie verlangte Theres auch alles ab. Besonders am Anfang, wenn ein Täter neu in die Strafanstalt kam und sich partout nicht öffnen wollte oder die Therapie sogar verweigerte. Und bei Straftätern, die schon jahrelang im Maßregelvollzug einsaßen, bei denen es einen Therapeutenwechsel gab. Man brauchte ein dickes Fell, um es nicht persönlich zu nehmen, wenn einer dieser Männer sie unverhohlen anmachte.

Theres konnte sich noch gut erinnern, wie sie bei einer ihrer ersten Therapiestunden mit einem Serienvergewaltiger in Bedrängnis geriet, als er vor ihr masturbierte, während sie mit ihm sprach. Damals wusste sie nicht, wie sie ihn stoppen sollte, also tat sie einfach so, als sähe sie es nicht. Jede Woche wiederholte sich das Spiel. Bis sie sich eines Tages noch mehr in seine Akte vertiefte und den Trigger fand, um ihm den Wind aus den Segeln zu nehmen. Jedenfalls hatte er bei ihren weiteren Gesprächen nie wieder seine Hand in der Hose.

Solchen Typen wie ihm begegnete sie immer wieder. Mit dem Wissen von damals war sie aber einige Schritte voraus. Am Freitagabend sollte sie wieder einen neuen Klienten bekommen. Die Akte hatte sie schon erhalten.

Was sollte es, sie würde ohnehin nicht mehr einschlafen können. Müde glitt sie unter der Decke hervor und schlich auf Zehenspitzen aus dem Zimmer. Im Wohnzimmer knipste sie die kleine Schreibtischlampe an. Der Tisch stand hinter der Couch im Eck. Durch ein offenes Bücherregal war der Arbeitsbereich optisch vom Wohnbereich getrennt. Aus einer Ablage nahm sie die Akte und klappte sie auf. Schon bei den ersten Fotos fühlte sie Beklemmung. Ihre Zunge klebte am Gaumen fest. Bevor sie sich setzte, holte sie sich aus der Küche noch ein Glas Bitter Lemon und eine Banane. Gewappnet setzte sie sich auf den Siebzigerjahre-Schreibtischstuhl und vertiefte sich in die Unterlagen. Es war eine der dicksten Akten, die sie je zu Gesicht bekommen hatte.

Rudolf Bäumler war ein ordentliches Kaliber und hatte mehr als die Hälfte seines Lebens eingesessen. Viele Vorstrafen, die er seit seinem fünfzehnten Lebensjahr gesammelt hatte, pflasterten seinen Weg. Seltsam, dass er jetzt in ihren Vollzug gekommen war. Was ließ den Richter denken, dass er bei seiner letzten Tat unzurechnungsfähig gewesen war? War er es etwa all die Jahre zuvor schon? Der Patient klang interessant genug, um sie die nächsten Stunden wach zu halten. Beim Anblick seines Fotos stutzte sie jedoch. Eingehend betrachtete sie es. Unfassbar! Welche Verschwendung eines Lebens. Der Mann hätte auch als Model Karriere machen können. Die kleine Narbe auf seiner rechten Augenbraue tat seiner Attraktivität keinen Abbruch. Seine Augen waren regelrecht irisierend. Selbst auf diesem ernsten Foto wiesen seine Mundwinkel einen leichten Schwung nach oben auf. Er sah furchtbar sympathisch aus. Er würde sicher haufenweise Liebesbriefe in den Knast bekommen. Hastig blätterte Theres zurück zum Grund seiner aktuellen Inhaftierung und wusste sofort, dass sie davon in der Zeitung gelesen hatte. Aber sie konnte das eben gesehene Gesicht nicht mit dieser absolut schrecklichen Tat in Einklang bringen. Sie blätterte einige Seiten zurück. Und auch die Taten davor waren nicht gerade Lappalien, aber immerhin nicht so grausam, dass er länger als zehn Jahre weggesperrt werden musste. Die letzten sechs Jahre war er vollkommen unbescholten gewesen, hatte sogar geheiratet, zwei Kinder bekommen und gearbeitet.

Was zur Hölle war passiert? Warum hatte er vor drei Monaten dann diese wahnwitzige und furchtbare Tat begangen? War er womöglich wirklich krank? Das würde sie herausfinden müssen. Aber zuerst musste sie diese dicke Akte durchackern, um sich vorab ein Bild zu machen. Im besten Fall fand sie ein Muster, einen Trigger, irgendetwas, das ihr schon vor dem Treffen verriet, womit sie es hier zu tun hatte, oder, besser gesagt, mit wem. Sie nahm einen kräftigen Schluck Bitter Lemon und begann zu lesen.

20

Wien, Oberlaa, Kleingartensiedlung »Frohsinn«

Die Ermittlungen in der Siedlung verliefen schleppend und brachten kaum Ergebnisse. Seit Mittag waren sie auf den Beinen. Niemand wollte in der Tatnacht etwas gehört oder gesehen haben. Konnte es wirklich sein, dass Leopold Böckinger als einziger das Fenster offen gehabt und das Schreien der Frau vernommen hatte? Oder wollten sie nichts hören und sehen? Zivilcourage war in Zeiten wie diesen ein seltenes Gut, sterbende Menschen auf belebten Straßen keine Einzelfälle. Die Menschen hatten gelernt wegzusehen, sich nur um sich selbst zu kümmern. Altruismus starb allmählich aus.

Die Tischler hatten jedenfalls in einem recht: Diese Waltraud Safranek hatte sie nicht ins Haus lassen wollen. Im Hintergrund sah man den Ehemann Bier saufend auf der Couch sitzen und hörte, wie er sie anblaffte, es würde ziehen und sie solle die Tür gefälligst wieder schließen. Paul und Richard mussten ihre Polizeimarken zeigen, damit sich die Tür etwas weiter als einen Spalt öffnete. Dahinter stand Waltraud Safranek, eine Platzwunde auf der Stirn, die Oberlippe blutverkrustet. Außerdem hinkte sie, was sie wahrnahmen, als sie sie schließlich einließ.

Im Haus stank es nach Kutteln. Zwei Schäferhunde fraßen diese aus Plastiknäpfen. Abgestandene Luft. Vermutlich durfte Waltraud Safranek nicht lüften, wenn der Ehemann zu Hause war. In einer Ecke des Sofas lümmelten zwei Buben und stierten in ihre Smartphones. Sie waren etwa fünf und sieben Jahre alt, die Wangen von beiden waren eingefallen, sie hatten Ringe unter den Augen. Der Kleinere trug seinen einbandagierten linken Arm in einer Schlinge. Rotz lief aus seiner Nase. Das Gesicht war rot. Man sah ihm deutlich an, erst vor Kurzem geweint zu haben.

Richard wurde übel. Anscheinend schlug der Kerl auch seine Kinder, zumindest den Kleineren. Der Große sah unversehrt aus. Der Schein konnte natürlich auch trügen. Nicht alle Verletzungen mussten sichtbar sein. Neunzig Prozent des Körpers war durch Kleidung oder Haar verdeckt. Vielleicht war der Safranek nicht so blöd, denn der große Bub ging sicher bereits in die Schule. Sichtbare Verletzungen würden dort auffallen. Leider wurden die Schularzttermine immer angesagt. Möglicherweise riss sich der Mann in der Zeit davor zusammen und ließ seine Wut nur an seiner Frau und dem Kleinen aus. Nur. Richard schauderte es. Warum kamen solche Männer damit durch? Und warum ließen Frauen wie Waltraud Safranek das zu? Es war eines, sich selbst schlagen zu lassen, aber warum beschützten sie ihre Kinder nicht vor solchen Monstern? Richard drehte sich kurz um und rieb die Augenlider, um das Bild seiner eigenen Mutter wegzuwischen. Sie hatte zumindest gekämpft. Aber Waltraud Safranek ließ es einfach geschehen und das anscheinend seit Jahren. Als er sie musterte, fiel ihm mit Schrecken eine Wölbung unter ihrem Kleid auf. Trug sie etwa erneut ein Kind?

Richard würde auf jeden Fall das Jugendamt anrufen. Er konnte nicht nur zusehen. Hatte er doch am eigenen Leib erfahren, wie es war, sich als Kind nicht wehren zu können.

Widerwillig führte sie Waltraud Safranek zum Esstisch, wo sie Platz nehmen durften. Speckige Flecken befanden sich auf dem hellen Holz. Eine Ameise lief über den pinken Tischläufer mit der gehäkelten Borte, auf dem ein Blumenstock stand, der durstig aussah.

Waltraud Safranek hatte anscheinend andere Probleme, als sich über Blumen Gedanken zu machen.

Richard zückte seinen Notizblock. Hier musste er behutsam vorgehen, wenn er etwas erfahren wollte.

Sie bot ihnen zu trinken an, was beide dankend ablehnten. Stanislaus Safranek bewegte sich keinen Zentimeter von der Couch weg. Die Kinder schauten nicht einmal auf. Gebannt fixierten sie die Fünf-Zoll-Bildschirme in ihren Händen.

Waltraud Safranek hielt den Kopf leicht gesenkt und blickte zu ihm hoch. Wie Lady Diana, durchfuhr es ihn.

Oder wie jemand, der Angst hatte, anderen in die Augen zu sehen, damit diese die Wahrheit nicht wahrnehmen konnten. Denn Augen waren bekanntlich der Spiegel der Seele.

»Frau Safranek, Sie haben sicher schon gehört, dass in der Nacht von Freitag auf Samstag eine Frau in der WIG ermordet worden ist.«

Ein zaghaftes Nicken.

»Ist Ihnen in dieser Nacht irgendetwas aufgefallen? Oder am Abend davor?«

»Was meinen Sie damit?«

»Ein Auto etwa, das Sie noch nie gesehen haben? Leute, die Sie nicht kennen? Ein Streit in der Nachbarschaft?«

Sie schüttelte den Kopf.

»Wo waren Sie denn an besagtem Tag?«

»Hier.«

»An einem Samstagabend?«

»Stanislaus geht nicht gern weg und alleine geh ich auch nicht aus.«

»Sie waren also die ganze Zeit hier im Haus?«

Ein weiteres Nicken. Die Augen waren jetzt auf die Tischplatte gerichtet.

»Was haben Sie von Mitternacht bis drei Uhr früh gemacht?«

»Wir haben geschlafen. Natürlich.« Ihre Stimme war nur ein heiseres Flüstern.

»Sie alle?«

Ihr Blick glitt kurz zur Couch. »Ja. Den Kleinen hab ich um neun Uhr ins Bett gebracht. Der Kevin ist zusammen mit uns gegen elf Uhr schlafen gegangen.«

»Was haben Sie davor getan?«

»Ferngesehen.«

»Was lief denn?«

Keine Antwort. Waltraud Safranek rieb Zeigefinger und Daumen miteinander. »Ich merk mir das nicht so gut. Ich mach nebenbei meist Hausarbeit.«

»Denken Sie in Ruhe nach.«

»›Titanic‹.« Es klang fast wie eine Frage.

Bildete Richard es sich ein oder war der Fernseher nun leiser gestellt? Stanislaus Safranek war also doch nicht so abwesend, er tat lediglich so. Er hörte zu. Richard musste mit Waltraud alleine sprechen. Vergeblich versuchte er, Paul ein Zeichen zu geben. Also tippte er rasch eine Nachricht ein. Paul sah allerdings nicht auf sein Handy, anscheinend war es auf lautlos gestellt.

Mist! Richard musste sich etwas einfallen lassen.

»Ich habe es mir anders überlegt, ich hätte gern ein Glas Wasser, bitte.«

Ohne ein Wort sprang Waltraud Safranek auf und lief in die Küche. Richard hatte jetzt die volle Aufmerksamkeit von Paul und zeigte auf sein Handy. Paul zückte seines und las die Nachricht. Kurze Zeit später kam Waltraud Safranek mit einem Glas Wasser aus der Küche zurück und setzte sich genau in gleicher Manier vor ihn: gesenkter Blick, Hände auf der Tischplatte.

Paul stand auf und ging zu Stanislaus Safranek hinüber. »Herr Safranek, es wäre gut, wenn die Kinder nicht dabei wären bei den Erkundigungen, schließlich geht es hier um ein Gewaltverbrechen.« Das Wort »Erkundigungen« betonte Paul. Davon ging Beschwichtigung aus. Stanislaus Safranek sollte sich in Sicherheit wiegen.

Überraschenderweise kooperierte dieser, schaltete den Fernsehapparat aus und ging mit den Kindern in den Garten hinaus. Paul folgte ihm, schloss die Terrassentür hinter sich und blieb davor stehen.

Während dieser Zeit checkte Richard das TV-Programm von besagtem Freitag. »Titanic« lief in keinem der Programme. Und noch etwas machte ihn stutzig. Er konnte sich nicht vorstellen, dass ein Mann wie Stanislaus Safranek sich »Titanic« reinzog.

»Frau Safranek. War Ihr Mann am Freitag zu Hause?«

Ihre Lider flatterten. Sie bejahte.

»Und er hat sich mit Ihnen und dem Kevin ›Titanic‹ angesehen?«

Sie hob die Schultern und senkte sie wieder. »Ja.«

»Frau Safranek. Darf ich fragen, was mit Ihrer Stirn und Ihrer Lippe passiert ist?«

»Ich war ungeschickt. Bin in der Dusche ausgerutscht und an die Kante geknallt.« Seltsamerweise sah sie ihn dabei an. Ihre Stimme war klarer und lauter als vorher.

»Und der Kleine? Wie heißt er?«

»Eminem.«

War das ihr Ernst? Ihr Gesicht blieb teilnahmslos. Das war wirklich kein Witz. Diese armen Kids. Wie konnte man in Favoriten leben und die Kinder nennen, als kämen sie aus der Bronx? Was sollte bloß aus denen werden?

»Was ist dem … Eminem … passiert?«

»Was meinen Sie?«

»Sein Arm.«

»Ach das. Das war nix.«

»Könnten Sie mir dieses Nix bitte erklären.« Richard bemühte sich, ruhig zu bleiben. »Ihr Sohn ist eindeutig verletzt.«

»Beim Legospielen ist er auf einem Stein ausgerutscht. Hat sich den Ellenbogen verstaucht.«

»Haben Sie einen Befund?«

Keine Reaktion.

»Waren Sie mit ihm beim Arzt?«

Sie schüttelte den Kopf.

»Der Stanis hat es angeschaut.«

»Ihr Mann ist Arzt?«

»Installateur.«

»Ein Ellenbogen ist etwas anderes als ein Abflussrohr. Weiß das Ihr Mann?«

Innerlich wallten Gefühle in Richard auf. Er wusste aber, es würde ihm nicht helfen, in Rage zu geraten.

»Seit wann ist der Arm verstaucht?«, hakte er vorsichtig nach.

»Seit Freitag«, antwortete sie kleinlaut.

»Und Ihr Gesicht? Sieht das auch seit Freitag so aus?«

Tränen liefen jetzt über ihre Wangen. Das war für Richard Antwort genug. »Wann sind diese Dinge passiert? Das mit … dem Lego und das mit der Dusche?«

Lego und Dusche, gleich zwei Synonyme für ein und dieselbe Person: Stanislaus Safranek.

»Um sieben Uhr ungefähr.«

»Früh oder abends?«

»Neunzehn Uhr.«

»Und danach haben Sie sich alle friedlich auf die Couch gesetzt und ›Titanic‹ angeschaut?«

Sie nickte und weinte still dabei weiter. Richard reichte ihr ein Taschentuch.

»Frau Safranek, es fällt mir schwer, Ihnen zu glauben. ›Titanic‹ lief an diesem Abend nicht im Fernsehen.«

»Auf DVD«, schob sie wie aus der Pistole geschossen hervor.

»Könnten Sie mir die DVD bitte zeigen?«, bat Richard.

Waltraud Safranek rutschte auf dem Stuhl hin und her. »Ich weiß nicht«, flüsterte sie.

»Bitte zeigen Sie mir die DVD«, insistierte er.

»Ich kann nicht.«

»Frau Safranek, das ist wirklich wichtig«, versuchte er es erneut.

»Sie verstehen das nicht.«

»Da haben Sie recht. Ich verstehe nicht, wieso Sie das sich und Ihren Kindern seit Jahren antun.«

»Ich verdiene es nicht besser.« Sie flüsterte diesen Satz dreimal hintereinander. Dabei kratzte sie sich die Kruste von der Stirn. Sofort begann die Haut zu bluten. Richard stand auf und reichte ihr ein Taschentuch. Zuerst zerknüllte sie es ratlos, obwohl Richard auf ihre Stirn zeigte. Erst als ein Tropfen Blut über ihre Nase lief, begriff sie. Vorsichtig drückte sie das Tuch gegen die Stirn, nachdem sie das Blut von der Nase gewischt hatte. Nachdenklich starrte sie durch die Glastür nach draußen. Ihr Mann hing über dem Zaun. Die Buben standen daneben.

»Der Ball«, sagte Waltraud Safranek wie zu sich selbst. »Der Nachbar wird nicht erfreut sein.«

Richard drückte sanft ihren Oberarm, um sie ins Hier und Jetzt zurückzuholen. »Zeigen Sie mir bitte die DVD. Ihr Mann ist beschäftigt und mein Kollege ist draußen.«

Waltraud Safranek zögerte und trat von einem Fuß auf den anderen. Dann ging sie zu einer Schublade und öffnete sie. Scharf zog sie die Luft ein, legte die Arme schützend um ihren Oberkörper und machte einen Schritt von der Lade weg.

Richard schritt an ihr vorbei und schaute hinein.

Was er sah, schockierte ihn.

21

Wien, Oberlaa, Kleingartensiedlung »Frohsinn«

Ungläubig starrte Richard in die Schublade. In ihr befanden sich lauter Splitter von DVDs und CDs, teilweise blutverkrustet. Zuoberst konnte er auf einem der Splitter »anic« entziffern. Das wäre wohl der gesuchte Film. Aber wenn er zersplittert hier drin lag, konnten sie ihn unmöglich angesehen haben. Oder war diese Sauerei erst danach passiert?

»Können Sie mir das erklären?«

Waltraud Safranek räusperte sich. »Das ist nicht leicht.«

Richard zog es vor zu schweigen. Zumindest hatte sie ihm schon die Schublade gezeigt. Sie würde sicher selbst eine Erklärung aus dem Ärmel ziehen.

»Der Stanis mag halt die Filme nicht, die ich schau.«

Das sollte eine Erklärung sein? Was für eine lausige Geschichte!

»Frau Safranek, ich kann mir vorstellen, wie unangenehm das für Sie ist, aber was genau hat es mit diesen CD-Splittern auf sich?«

Waltraud Safranek schob die Ärmel ihrer Strickjacke höher. Zahlreiche Schnitte, verheilte und gerade erst verkrustete, waren auf ihren Armen zu sehen.

»War das Stanislaus Safranek? Foltert er Sie?«

Sie schüttelte den Kopf. »Das mach ich selbst. Das ist die Bestrafung, wenn ich Liebesfilme schau.«

»Sie bestrafen sich selbst?«

»Nicht direkt. Den Stanis törnt das an, wenn Sie verstehen, was ich mein.« Sie pausierte und flüsterte leise. »So ganz normal kann er nicht.«

»Das heißt, es muss erst Blut fließen, damit es im Schlafzimmer läuft?«

»Nicht immer so, manchmal bindet er mich auch mit Kabelbindern ab, damit ich mich nicht bewegen kann, und macht Sachen.«

»Gefällt Ihnen das auch?«

Es sollte ja Leute geben, die solche Spielchen sexuell erregend fanden, und dann war das okay, auch wenn man es nicht unbedingt selbst mochte.

Aber Waltraud Safranek schüttelte den Kopf.

»Und was würde passieren, wenn Sie sich weigern?«

Eine Träne lief über ihre Wange. »Dann geht er zum Laufhaus.«

»Wäre das nicht besser für Sie?«

»Nein, wenn er vom Laufhaus heimkommt, ist er schlimm drauf. Betrunken. Und dann gibt er mir die Schuld, dass er fremdgegangen ist. Er sagt, er ekelt sich vor den Nutten. Er will das nicht, weil er mich ja liebt. Aber wenn ich ihm nicht gebe, was ihm gefällt, was bleibt ihm? Und ich liebe ihn ja auch.«

Was für eine verquere Logik manche Menschen hatten! Mit Liebe hatte das alles nichts zu tun. Doch diese Frau schien ihrem Mann seine Beteuerungen zu glauben, diese Erpressung auch noch zu verstehen, und gab sich selbst die Schuld an der Misere.

»Frau Safranek, das ist Psychoterror. Nötigung außerdem. Dass er … Probleme hat, liegt nicht an Ihnen.«

»Natürlich. Sehen Sie mich doch an.«

»Was meinen Sie?«

»Ich bin hässlich, seit die Kleinen da sind, hab ich zugenommen. Deshalb muss ich mich auch beim Sex umdrehen. Dann kann er sich vorstellen, dass ich anders aussehe. Und jetzt sowieso.« Nachdenklich strich sie sich über den Bauch. Also doch, dachte Richard.

Frau Safranek mochte zurzeit etwas lädiert und schwanger sein, aber hässlich war sie ganz bestimmt nicht. Soweit er erkennen konnte, hatte sie eine sehr ansprechende Figur, ein schönes Gesicht, tolle lange Haare und eine angenehme Stimme. Was hatte ihr dieser Stanislaus bloß eingeredet und warum glaubte sie ihm das auch noch?

Richard zeigte auf sein Gesicht. »Sehen Sie das?«

Keine Reaktion.

»DAS ist hässlich.«

Er ließ den Arm wieder fallen. Ein Seitenblick zur Terrasse bestätigte ihm, dass die Luft rein war. »Wer auch immer Ihnen eingeredet hat, Sie seien nicht hübsch, hat unrecht, und selbst wenn Sie es nicht wären, gäbe das niemandem das Recht, Sie zu verletzen.«

Sie zog die Ärmel wieder über die Handgelenke. »Sie verstehen das nicht.«

»Das stimmt, ich kann es wirklich nicht verstehen, warum Sie bei diesem Scheusal bleiben. Er ist doch auch mindestens dreißig Jahre älter als Sie.«

»Das macht mir nichts aus. Und wenn er komisch ist, dann ist das nur wegen des Alkohols. Dank ihm bin ich von meinem Vater weggekommen.« Ihre Stimme brach. »Sie verstehen das nicht. Der Stanis liebt mich doch«, sagte sie noch einmal zur Bekräftigung.

»Nur, weil er es behauptet?« Für Richard zählten Taten mehr als Worte. »Aber deshalb bin ich nicht hier. Sagen Sie mir bitte jetzt noch einmal, wo Sie alle waren, in der Nacht von Freitag auf Samstag?«

»Wir waren hier.«

»Alle?«

Sie rieb mit den Händen über ihre Oberarme und stierte auf ihre Zehen, die aus den Hausschuhen hervorlugten.

»Frau Safranek, waren Sie alle vier hier, die ganze Nacht?«

Zaghaft schüttelte sie den Kopf. »Der Stanis hat mich beim ›Titanic‹-Schauen erwischt, weil er früher heimgekommen ist von der Arbeit. Dann hat er die DVD zerbrochen und mir in die Lippe geschnitten.«

»Und zugeschlagen hat er auch?«

Waltraud Safranek wippte mit den Füßen und knabberte am Daumennagel.

»Hat er sie und Eminem geschlagen?«

Sie schüttelte den Kopf.

»Nein, er hat den Eminem nicht geschlagen, sondern ihm nur einen Schubs gegeben. Der Eminem ist gegen den Kasten gefallen.«

»Ein Schubs nur? Und was war danach?«

Waltraud Safranek schnäuzte sich. Richard reichte ihr ein neues Taschentuch, das sie dankbar annahm und sich damit über die Wangen wischte. Stockend erzählte sie weiter. »Der Stanis wollte sofort hinauf … ins Schlafzimmer mit mir, weil das Blut ihn angetörnt hat …, aber der Eminem hat so laut geweint, da musste ich mir zuerst seinen Arm ansehen.« Ein lauter Schluchzer entfuhr ihr. »Ich hab den Stanis angeschrien, dass der Eminem ins Krankenhaus muss, aber der wollt nicht fahren.« Sie schüttelte den Kopf und schnäuzte sich erneut.

Richard ließ ihr zwei Minuten, um sich zu sammeln. Dann hakte er nach. »Wieso sind Sie nicht selbst mit dem Buben los?«

»Ich hab keinen Führerschein«, erklärte sie leise.

»Taxi? Bus? Bahn?«

Keine Antwort. Richard musste noch einmal nachhaken, warum sie nicht mit den öffentlichen Verkehrsmitteln gefahren war. Waltraud Safranek weinte wieder.

»Ich durfte nicht weg.« Sie knetete das benutzte Taschentuch mit der rechten Hand. Mit der Linken rollte sie eine Ecke davon ein. »Der Stanis hat ein Messer aus der Küche geholt und gesagt, dass ich mit ins Schlafzimmer kommen soll, und wenn ich das Haus verlasse, bringt er mich und die Kinder um.«

Richard geleitete Waltraud Safranek zum Tisch. Mit wackeligen Knien folgte sie ihm.

»Setzen Sie sich. Ich bringe Ihnen ein Glas Wasser.«

Richard ging zur Küchenzeile, fand ein Glas im oberen Küchenschrank, füllte es mit kaltem Wasser und stellte es vor ihr auf den Esstisch. Dabei spähte er kurz nach draußen, um sich zu vergewissern, dass Stanislaus Safranek mit den Kindern immer noch im Garten war.

»Wenn Sie gegangen wären, hätte er Ihnen ja nichts antun können.«

Das Glas in Waltraud Safraneks Hand zitterte. Vorsichtig setzte sie es an die geschwollenen Lippen und zuckte zusammen, als es ihre Haut berührte. Sie nippte am Wasserglas und stellte es wieder vor sich ab. »Aber er hat gedroht, dass er mich finden wird, egal, wohin ich gehe. Das hat er schon öfter gesagt.« Mit der Hand verschloss sie ihren Mund, als wolle sie sich selbst daran hindern, noch mehr zu preiszugeben.

Das war schwere Nötigung. Richard würde nichts anderes übrig bleiben, als Safranek anzuzeigen. Und er musste dafür sorgen, dass Waltraud Safranek Hilfe von geschulten Kolleginnen bekam. Das war seine Pflicht als Polizist. Vor allem, da hier Kinder im Spiel waren.

»Weshalb haben Sie nie etwas an der Situation geändert?«

Sie schluckte. »Ich hab ja niemanden, zu dem ich gehen könnt.«

»Es gibt Frauenhäuser und Mutter-Kind-Einrichtungen.«

Waltraud Safranek zuckte nur die Achseln. Richard beließ es vorerst dabei.

»Und was war weiter?« Richard musste die Befragung beschleunigen, denn er beobachtete, dass Paul Probleme bekam, Safranek und die Jungen draußen zu halten, weil leichtes Nieseln einsetzte.

»Der Stanis hat mir meinen Schlüssel weggenommen, uns eingesperrt und ist abgehauen.«

»Wohin? Und wann war er wieder zurück?«

»Gesagt hat er, dass er wieder eine Nutte braucht, weil ich so deppert bin«, sprach sie leise und stockend weiter. »Ins Bett ist er so um fünf Uhr früh gekommen. Das weiß ich, weil ich nicht schlafen konnte. Hab nur so getan.«

Im selben Moment öffnete sich die Glastür und Stanislaus Safranek stapfte herein. Er kam sofort auf sie beide zu und riss Waltraud Safranek am Oberarm. »Heast, du depperte Trutschn! Was erzählst du dem Inspektor?«

»Na, na, Herr Safranek!«, mischte Paul sich ein und hielt ihn fest. »Lassen Sie bitte Ihre Frau los.«

»Das ist meine Frau!«

»Ja«, erwiderte Richard. »Aber deshalb können Sie mit ihr nicht machen, was Sie wollen.«

»Ihr Polizisten glaubt auch, ihr könnt mit uns kleinen Leuten umspringen, wie ihr wollt. Aber das ist mein Haus und ich hab jetzt genug von euch.«

»Wir entscheiden, wie lange wir bleiben«, widersprach Paul.

»Haben Sie einen Beschluss? Oder wie der Wisch heißt?«

»Wir durchsuchen ja Ihr Haus nicht. Das ist eine Befragung.« Richard redete in einem sonoren Tonfall, um ihn nicht mehr aufzuregen.

»Und warum fragen Sie nur meine Frau?«

»Sie kommen auch noch dran – und zwar genau jetzt.«

Richard wies Waltraud Safranek an, mit den Kindern in das obere Stockwerk zu gehen. Wie erwartet tat sie, was man von ihr verlangte. In der Zwischenzeit bugsierte Paul Safranek zum Tisch und bedeutete ihm, sich zu setzen.

Widerwillig plumpste er auf einen Stuhl und legte die Beine auf einen anderen. »Im Kühlschrank ist Bier«, ließ er beiläufig fallen.

»Das interessiert uns nicht.«

»Wenn Sie mir eines bringen, dann können Sie sich auch eines nehmen.«

»Erstens sind wir im Dienst und zweitens denken wir, Sie haben schon genug getrunken.«

»Soll ich jetzt ins Röhrl blasen?« Er lachte.

»Wir sind nicht von der Verkehrspolizei.«

»Und außerdem geht es Sie nix an, was ich daheim trink. Und fahren tu ich heut eh nicht mehr.« Er streckte die Beine noch weiter aus und bohrte sich im Ohr.

»Na hoffentlich!« Seine Fahne war beträchtlich. »So, dann verraten Sie uns jetzt bitte einmal, wo Sie in der Nacht von Freitag auf Samstag waren.«

»Das hat eh die Waltraud schon gesagt, dass wir daheim waren. Diesen blöden Liebesfilm mit dem Schiff haben wir geschaut.«

Richard wusste natürlich jetzt, dass das nur die halbe Wahrheit war. »›Titanic‹ meinen Sie?«

»Genau den. Ich weiß nicht, warum man sich so einen Mist reinzieht. Ich bin auch mittendrin raufgegangen und hab gespielt.«

»Was haben Sie gespielt?«

»Am Tablet. So ein Spiel, wo man gegeneinander kämpfen kann, ich bin ja jetzt in einem Klub, da kann man auch Krieg gegen andere Klubs führen.«

»Und wie lange haben Sie das gespielt?«

»Bis die Waltraud und der Kevin schlafen gegangen sind. So gegen elf Uhr.«

Er hatte also sehr gut zugehört, als er auf der Couch gesessen hatte. All diese Dinge hatte seine Frau behauptet, solange er noch im Raum gewesen war. Aber mittlerweile wusste Richard, dass das alles gelogen war.

»Und Sie sind dann auch schlafen gegangen?«

»Was soll ich denn sonst machen?« Stanislaus Safranek rollte sich eine Zigarette.

»Hatten Sie keinen Verkehr mehr mit Ihrer Frau?«

»Ich wüsste nicht, was Sie das angeht. Und nein! Nach der Liebesschnulze wollte die doch keinen Sex, schmusen hätt ich schon dürfen. Aber das ist mir zuwider. Schmusen tun nur Weicheier oder Impotente.« Er leckte das Papier ab und klebte die Zigarette zu.

»Und das sind Sie ja beides nicht.«

»Da können Sie einen darauf lassen.«

Wenn er Waltraud Safranek glauben wollte, dann war ihr Ehemann auf eine gewisse Art und Weise sehr wohl impotent. Schließlich reichte ihm laut ihr kein Blümchensex, sondern er brauchte es abgründiger. Zu welcher Art Prostituierter er ging, war hier klar. Richard würde sich in der Rotlichtszene umhören müssen.

»Und dann haben Sie wie lange geschlafen?«

»Bis der Eminem aufs Klo gegangen ist. Der ist so laut, das glauben Sie nicht. Moment.« Stanislaus Safranek stand auf, holte sich ein Feuerzeug und setzte sich wieder.

»Also, Sie geben zur Aussage, den ganzen Abend und die ganze Nacht hier im Haus gewesen zu sein.«

»Ja, sicher.« Er zündete sich die Zigarette an und inhalierte tief.

»Haben Sie irgendetwas Ungewöhnliches gehört oder gesehen?«

»Nix.«

»Kein Schrei?«

»Wissen Sie, ich schlaf nach ein paar Bier wirklich wie ein Baby.« Er rieb sich über den Bauch.

»Aber der Eminem hat Sie aufwecken können.«

»Na, in der Früh, da geht das leicht.« Er blies Rauchkringel in die Luft. »Ist ja schon hell gewesen und ich war ausgeschlafen.«

»War das Fenster im Schlafzimmer offen oder geschlossen?«

»Das ist immer zu. Ich mag das nicht, wenn es zieht.«

Oder mochte er es nicht, wenn die Nachbarn hörten, wie er seine Frau schlug?

»Ist Ihnen am Abend, nachdem Sie von der Arbeit gekommen sind, irgendetwas aufgefallen?«

»Nein, nix.«

»Wären Sie auch bereit, das alles zu Protokoll zu geben?«

»Sicher.«

»Gut, danke«, sagte Richard. »Sie müssen auf jeden Fall noch einmal zu uns ins Büro kommen.«

»Auch wenn ich nichts gesehen und gehört hab?«

Richard nickte. »Vielleicht fällt Ihnen ja doch etwas ein.«

»Das bezweifle ich.«

Richard legte seine Karte auf den Esstisch. Wie erwartet rührte Safranek sie nicht an, aber Richard hatte sie auch nicht für ihn dort hingelegt, sondern für seine Ehefrau. Leicht haderte er damit, ob es richtig wäre, Waltraud Safranek mit ihrem Mann und den Kindern wieder alleine zu lassen. Wer wusste schon, was passierte, wenn sie ihrem Mann gestand, was sie ihm erzählt hatte. Mit seiner Art würde er sie so lange unter Druck setzen, bis er alles wusste.

Paul und Richard waren bereits auf halbem Weg zur Tür, als Richards Blick auf die linke Hand von Stanislaus Safranek fiel.

Auf den Handknöcheln zeichneten sich Schürfwunden ab, die erst wenige Tage alt sein konnten. Nein, er konnte ihn nicht hierlassen. Richard fällte eine Entscheidung.

»Wobei haben Sie sich denn Ihre Hand so verletzt?«, fragte er und zeigte auf die Stellen. »Gehen Sie boxen?«

»Nein.« Safranek rieb die Knöchel. Dabei fiel Richard auf, dass seine Fingernägel schwarze Ränder aufwiesen und zwei der Nägel eingerissen waren. Safranek registrierte Richards Blick.

»Das ist beim Heckenschneiden im Garten passiert«, erklärte er sofort und steckte die Hände in die Hosentaschen.

»Sind Sie eigentlich Rechts- oder Linkshänder?«

»Linkshänder«, antwortete er wie aus der Pistole geschossen. Und das war vermutlich zum ersten Mal die Wahrheit.

Richard fiel ein, dass Safranek laut den Tischlern einen Waffenpass besaß, somit hatte er mindestens eine Waffe hier im Haus. Das hatten auch die Nachforschungen bestätigt. Damit war Richards letzter Zweifel ausgeräumt und er fällte eine Entscheidung.

»Gut, haben Sie Ihren Ausweis griffbereit?«

Stanislaus Safranek runzelte die Stirn. »Ja, sicher.«

Richard deutete Paul an, mit Safranek im Wohnzimmer zu bleiben, dann ging er vor die Tür und rief die Kollegen von der Streife und den »Frosch« an, das war der Funkrufname des Arrestantenwagens. Danach meldete er sich bei seiner Kollegin, die vorwiegend mit Opfern von Gewalt arbeitete. Sie war sicher eine gute Wahl, um Waltraud Safranek zu unterstützen. Von Frau zu Frau redete es sich auch leichter. Außerdem forderte er einen Krankenwagen an und informierte ebenfalls die Wiener Interventionsstelle, die vorwiegend Opfern bezüglich Gewalt in der Familie half.

Nach allem, was er hier erfahren hatte, konnte er den Mann nicht mehr ruhigen Gewissens in diesem Haus lassen. Außerdem war er für Richard nun ein Verdächtiger. Solange er in Untersuchungshaft wäre, könnte er seine und Waltraud Safraneks Aussagen in Ruhe überprüfen. Als die Kollegen eintrafen, erklärte er ihnen kurz die Lage. Gemeinsam mit ihnen marschierten sie wieder ins Haus. Die Kollegen von der Streife nahmen Stanislaus Safranek fest. Da er sich mit Händen und Füßen wehrte und augenscheinlich auch alkoholisiert war, wurden ihm Handschellen angelegt. Beim Hinausgehen spuckte er noch einen dicken Batzen Schleim vor Richard aus.

In der Zwischenzeit ging seine Kollegin zusammen mit den Psychologen vom Krisenteam in den ersten Stock des Hauses, um Waltraud Safranek und die Kinder zu holen. Stanislaus Safranek wurde gerade ins Auto bugsiert, als Waltraud Safranek von der Polizistin gestützt herauskam.

»Was machen Sie mit meinem Stanis?«, fragte sie weinend.

»Wir nehmen Ihren Mann vorübergehend fest.«

»Glauben Sie, er würde mir wirklich etwas tun?«

»So lange werde ich sicher nicht warten. Aber darum geht es nicht nur.« Mehr wollte er ihr nicht verraten, sie musste nicht wissen, dass er womöglich etwas mit dem Mord in der WIG zu tun hatte. Rasch lenkte Richard den Fokus auf die gerade wichtigen Sachen. »Außerdem ist der Eminem verletzt und wir stellen sicher, dass er von einem Arzt untersucht wird. Danach kommen Sie mit zur Vernehmung.«

»Wieso das denn?«

»Ich möchte, dass Sie Ihre Aussagen, die Sie vorhin mir gegenüber gemacht haben, offiziell bestätigen.«

»Aber was soll dann aus mir und den Kindern werden, wenn der Stanis nicht mehr da ist?«

»Meine Kollegin und die Interventionsstelle werden Sie und die Kinder unterstützen. Sie müssen sich keine Sorgen machen.«

»Und wann kommt er wieder?«

»Sofern Sie bei Ihren Aussagen bleiben, wird er sich Ihnen nicht mehr nähern dürfen. Auch wenn er nach einer eventuellen Inhaftierung wieder entlassen wird, können Sie mit einem Antrag auf eine einstweilige Verfügung verhindern, dass er sich Ihnen oder den Kindern nähert. Auf Wunsch bekommen Sie auch eine neue Wohnung. Das entscheiden dann Ihre Betreuer. Aber meine Kollegin wird Ihnen das alles genau erklären. Momentan ist es wichtig, dass der Eminem verarztet wird und Sie alle ein paar Tage aufatmen können.«

Waltraud Safranek weinte, nickte aber.

Richard legte seine Hand auf ihre Faust, die das Taschentuch umgriff. »Sie müssen sich nur einen Ruck geben. Schauen Sie sich den Eminem an. Denken Sie an Ihre Kinder und vor allem an das Kind in Ihrem Bauch. Soll das nicht anders aufwachsen? Beim nächsten Mal könnte es viel schlimmer ausgehen – und gucken Sie sich selbst an. Was denken Sie, wie lange Sie so noch durchhalten und sich um Ihre Kinder kümmern können?«

»Ich hab nicht einmal einen Beruf.«

»Wie gesagt, die Betreuer werden Ihnen alle Angebote und Möglichkeiten erklären. Sie sind nicht alleine. Es gibt auch sehr gute finanzielle Unterstützung. Ich bin sicher, auch Ihre Nachbarn werden Ihnen helfen. Zumindest haben diese Ihren Ehemann mehrfach angezeigt.«

Paul reichte Waltraud Safranek ein Taschentuch.

»Das hätten die aber nicht tun sollen.«

»Seien Sie doch froh, dass sie sich um Sie kümmern und sich Sorgen machen. Sie hätten damals nicht den Fehler machen sollen, Ihre Aussage zu verweigern. Dann wären Sie ihn schon länger los.«

»Aber wir lieben uns ja.«

»Glauben Sie mir. Auch wenn ich nicht viel weiß, aber eines weiß ich, das, was Sie mit Stanislaus Safranek haben, ist keine Liebe. Irgendwann werden Sie das auch so sehen.«

Richard übergab Waltraud Safranek und die Kinder den Kollegen und wünschte ihr viel Glück. Er musste jetzt einfach darauf vertrauen, dass Waltraud Safranek diesmal das Richtige tat, nicht nur für sich, sondern vor allem für ihre Kinder. Stanislaus Safranek würde er morgen gleich mit Paul befragen und auch das Bordell überprüfen, in das er angeblich gegangen war, und die Prostituierten dort ausfragen.

Richard seufzte. Wenn es doch so einfach wäre, den Mörder seiner Mutter zu finden. Solange der noch frei rumlief, würde er nie zur Ruhe kommen.

22

Damals

Als ich aufwache, liege ich in einem Bett und mehrere Gesichter beugen sich über mich. Sie haben Papierstücke über dem Mund und reden mit gedämpften Stimmen. Ich habe keine Schmerzen mehr, mir ist schummrig. Ich blinzle. Rund um meine Augen ist etwas Weißes. Meine Wangen fühlen sich taub an. Ich glaube, mein Kopf ist einbandagiert.

Mein Arm ebenfalls. Im Augenwinkel kann ich das erkennen.

Die Gesichter beugen sich über mich.

Es sind vier Leute. Sie machen irgendetwas an meinem Bauch.

»Der Patient ist wach«, höre ich eine Frauenstimme flüstern.

Ein Mann nimmt kurz das Ding von seinem Mund. »Wenn du Schmerzen hast, sag bitte Bescheid. Wir haben den Kopf und den Arm schon bearbeitet. Jetzt ist der Oberkörper dran. Wir müssen die Haut fein säuberlich behandeln. Es ist alles verbrüht. Wie heißt du, mein Junge?«

»Richard.«

»Gut, Richard. Man hat dich rechtzeitig hierhergebracht. Du wirst wieder gesund. Aber es wird einige Wochen und mehrere Operationen dauern, bis du wieder aus dem Krankenhaus darfst.«

Ich nicke nur. Denn ich weiß, dass ich ganz alleine bin. Da ist niemand mehr, der auf mich wartet oder der auf mich aufpassen kann.

Ich habe Angst. Mama hat mir einmal ein Buch vorgelesen von einem Jungen, der keine Eltern mehr hatte. Der kam in ein Heim. Ich will in kein Heim.

Aber wohin soll ich gehen?

Ich will etwas sagen, aber auf einmal schießt ein Schmerz in meine Hüfte und ich bekomme nur noch ein Japsen heraus.

»Piritramidgabe erhöhen«, höre ich den Arzt rufen. »Wenn es sehr wehtut, dann werden wir dich wieder ein bisschen schlafen lassen. Okay?«

Ich nicke. Schlafen ist gut.

So kann ich von Mama träumen.

Und von Papa. Ich weiß allerdings nicht mehr genau, wie er aussieht.

Ich stelle mir einfach einen Papa vor. Einen lieben, der mit mir Fußball spielt oder mir einen neuen Lego-Mann kauft.

Meine Faust ist leer. Ich fühle es und werde unruhig.

Der Arzt bemerkt es.

»Käfer«, hauche ich.

Der Arzt sieht freundlich aus und lächelt. Zumindest seine Augen. Über seinen Mund hat er wieder das blaue Papierstück gezogen. »Die Haarspange liegt hier neben dir auf dem Kästchen.«

Ich versuche, mich zu drehen, um sie sehen zu können. Der Arzt bemerkt meine vergeblichen Bemühungen. Er hält mir die Spange vor die Augen. Dann legt er mir den Käfer in meine gesunde Hand. Zufrieden presse ich meine Finger darüber.

»Schlafen«, flüstere ich.

Der Arzt nickt.

»Zweihundertvierzig Milligramm Propofol«, höre ich den Arzt noch sagen.

Sekunden später spüre ich nichts mehr.

23

Wien, Oberlaa

Eines wollte Richard jetzt noch überprüfen. Dazu mussten sie Leopold Böckinger aufsuchen. Den hatten sie sich für den Schluss aufgehoben. Von ihm wussten sie ja schon viel. Außerdem wollte Richard die Aussagen der Nachbarn überprüfen und Böckinger schien sie alle am besten zu kennen. Sein Haus war ganz hinten und stand am nächsten zur WIG, insofern konnte es gut sein, dass er wirklich der Einzige gewesen war, der den Schrei vernommen hatte, vor allem, da er angegeben hatte, das Fenster im Schlafzimmer gekippt gehabt zu haben. Interessant war, dass das Haus somit gleich neben der stark befahrenen Laaer-Berg-Straße lag.

Den Mann des Hauses fanden sie im Garten. Er kniete vor den Hortensienbeeten und wühlte in der Erde. Böckinger trug einen Fischerhut auf dem Kopf. Seine Beine steckten in kurzen Hosen und auf den Knien hatte er Schützer, wie sie Rollerblader trugen. Als er die Beamten bemerkte, sprang er rasch auf wie ein junges Huhn. Sein Gesicht strahlte.

»Gartenarbeit hält jung und fit, gell?«

»Wenn ich Sie so ansehe, dann dürfte das der Wahrheit entsprechen«, stimmte Richard zu.

Böckinger wischte die Hände an den Shorts sauber und reichte sie den Beamten. »Na, schön, dass Sie heute auch da sein können.«

»Ja, aber mein Kollege Marek hat Sie doch auch gut behandelt. Oder?«

»Ich kann nichts Schlechtes sagen. Er hat mich immerhin besser behandelt als euer lausiger Kaffeeautomat.«

»Das hab ich schon gehört, dass Sie mit dem Bekanntschaft gemacht haben. Aber wenn es Sie tröstet: Mich mag der Automat auch nicht.«

»Dann haben wir wenigstens etwas gemeinsam.«

»Dürfen wir reinkommen?«

»Sicher, aber wollen Sie nicht lieber auf der Terrasse sitzen? Heute ist es ja so schön warm.«

»Ein anderes Mal gerne, aber wir möchten nicht riskieren, dass jemand zuhört. Also gehen wir lieber hinein.«

»Auch wieder wahr.«

Leopold Böckinger führte sie in sein Kleingartenhaus, das innen genauso schmuck war wie außen. Der alte Herr durfte also ein guter Handwerker sein und sauber war das Haus ebenfalls. Soweit Richard gelesen hatte, war Leopold Böckinger seit Jahren verwitwet. Ob er eine neue Frau in sein Leben gelassen hatte, wusste er nicht. Es ging ihn auch nichts an. Andererseits lernte man beim Bundesheer, ordentlich zu sein.

»Ich will ehrlich sein, ich würd gern gleich in Ihr Schlafzimmer schauen.«

»Weil ich dort den Schrei gehört hab?«

»Richtig.«

»Dann kommen Sie einfach weiter. Das Schlafzimmer ist hinten raus.«

Richard fragte sich, warum jemand das Schlafzimmer genau dort einrichtete, wo eine stark befahrene Straße lag. Aber das würde er Böckinger später fragen. Im Schlafzimmer schritt

Böckinger auf das Fenster zu und öffnete es. Sofort kam eine Lärmlawine herein.

Leopold Böckingers Stimme wurde lauter, um den Krach zu übertönen.

»Deshalb hab ich das Schlafzimmer hier hinten und die Wohnräume vorne.«

Richard verstand diese Logik nicht ganz, aber Böckinger schob die Erklärung gleich hinterher. »Tagsüber ist es hier, wie Sie hören, sehr laut. Deshalb ist der Wohnbereich drüben, damit man sich unterhalten kann, auch wenn die Terrassentür offen ist.«

»Aber wie können Sie bei dem Krach schlafen?«, wollte Richard wissen. Zudem hatte er nach eigenen Angaben das Fenster in der Nacht gekippt. Böckinger lehnte das Fenster an.

»In der Nacht ist es sehr leise. Da fährt nur hie und da ein Auto durch. Das ist nicht so schlimm.«

»Wachen Sie da nicht ständig auf?«

»Nein, beim Heer lernt man, im Schützengraben zu schlafen, im Krieg auch bei Vollbombardement. Ich hab das ziemlich perfektioniert. Ich kann überall schlafen, wenn ich müde bin.«

Da ging es ihm besser als Richard. Er selbst schlief nämlich grundsätzlich schlecht. Albträume über längst vergangene Zeiten plagten ihn noch, wenn auch nicht mehr so oft wie früher. In einem Zug oder Auto bekam er kein Auge zu, vom Flugzeug ganz zu schweigen.

»Jedenfalls hab ich den Schrei ganz deutlich gehört. Dreimal.«

»Alle drei Male von einer Frau?«

»Beim dritten Mal war ich mir sicher. Aber ich kann natürlich nicht mehr nachprüfen, ob die ersten beiden Male gleich geklungen haben. Das hab ich dem Herrn Inspektor Marek ja auch gesagt.«

»Und wo genau«, erkundigte sich Paul, »haben Sie jetzt das Feuer gesehen?«

Leopold Böckinger öffnete das Fenster wieder und starrte zu den Baumkronen gegenüber der Straße, die die WIG abgrenzten.

»Da zwischen den Bäumen hindurch hab ich es ganz deutlich gesehen.«

Die Dämmerung hatte inzwischen eingesetzt und tauchte den Himmel in diffuse pinke und orange Töne. Da kam Richard eine Idee. »Wenn ich von da drüben, sobald es dunkel ist, mit einer Taschenlampe leuchten würde, könnten Sie dann den genauen Bereich eingrenzen?«

»Also, ich weiß ganz genau, wo ich das Licht gesehen habe. Wir könnten es versuchen.«

Leopold Böckinger war sehr hilfsbereit. Richard merkte richtig, wie er aufblühte, wenn er eine wichtige Aufgabe aufgetragen bekam.

»Wenn wir die richtige Stelle haben, dann finden wir vielleicht etwas, das uns weiterhilft«, stimmte auch Paul zu.

»Gut, Herr Böckinger, gehen wir einstweilen ins Wohnzimmer. Wir möchten einiges mit Ihnen durchgehen, was wir heute erfahren haben und abgleichen. Und vielleicht wissen Sie ja noch etwas über den einen oder anderen Bewohner.«

»Sehr gern, ich hab einen selbst gepressten Apfelsaft, wenn Sie wollen. Ein Bier trau ich mich nicht Ihnen anzubieten. Im Dienst.«

»Da haben Sie richtig gedacht. Kein Bier für uns. Apfelsaft ist super.«

»Waren Sie auch bei den Safraneks?«, erkundigte sich Böckinger während des Gehens von einem Raum in den anderen.

»Genau darüber möchte ich mich gern unter anderem mit Ihnen unterhalten«, antwortete Richard.

24

INTERMEZZO

Das Seidenkleid umhüllt deine schlanke Figur wie eine zweite Haut. Passend zu dessen kirschroter Farbe die Pumps, in der deine Füße stecken. Der Push-up-BH formt ein wundervolles Dekolleté aus dem wenigen, das da ist. Dein Gesicht ist bereits perfekt geschminkt. Komplementärfarben bringen deine blauen Augen noch stärker zur Geltung, Rouge betont die hohen Wangenknochen. Der Lippenstift rundet das Gesamtbild ab: Chanel Rouge Coco Nummer 93. Ein paar Tropfen vom namensgleichen Parfum mit der Nummer 5 hinter die Ohren und es ist beinahe vollbracht. Fehlen nur noch die Extensions, die deine Kurzhaarfrisur zu einer wahren Mähne machen. Fünf Tressen, fein säuberlich hineingeklippt ins toupierte Eigenhaar, und vor dem Spiegel stehst du: Elvira, die Schöne der Nacht.

Heute ist dein Tag. Jeden Freitag stürzt du dich ins Getümmel. Du weißt, in welchen Bars du ein gern gesehener Gast bist. Welche Männer dich bestaunen und dir einen Drink spendieren.

Der Keller-Klub in der Innenstadt hat es dir besonders angetan. Die Musik ist aus den Achtziger- und Neunzigerjahren, der Zeit, in der du ein Teenager warst. Daneben werden auch Karaoke-Abende abgehalten oder Automatenspielwettkämpfe. Hier ist die Welt in Ordnung. Als Elvira bist du beliebt und bekannt. Wenn die Tür aufgeht und du eintrittst, nein, erscheinst, dann sind alle Blicke auf dich gerichtet.

Die Türsteher lassen dich schon mal ein, ohne dass du Eintritt bezahlen musst. Denn als Elvira bist du ein Garant für einen lustigen Abend, der die Massen anzieht.

Du blickst in den Spiegel.

Schön wäre es, wenn das, was du dir gerade erträumt hast, Wirklichkeit wäre. Aber niemand schert sich um Elvira, die Schöne der Nacht. Obwohl du deine Schminkkünste verfeinert hast und die Haarverlängerungen mittlerweile aus echtem Haar sind. Obwohl du abgenommen hast und deshalb kein Bauch mehr im Kleid spannt. Trotz all deiner Bemühungen bist du die meiste Zeit unsichtbar.

Egal, ob in diesem Keller-Klub, in den du schon zweimal nicht eingelassen wurdest, oder in einem Irish Pub.

Als Elvira fällst du auf, kurz gaffen dich alle an, aber oft endet das Starren in Lachsalven oder bestenfalls mit einem blöden Spruch. Du bist niemand, den man aufreißt, um sich zu schmücken. Wenn dich jemand wirklich haben will, dann nur in Hinterhöfen oder in finsteren Ecken. Du bist keine Frau zum Angeben. Kein Model, nach dem sich jeder umdreht. Keine Diva, die bekniet und bewundert wird. Auch wenn das genau das ist, wonach du dich sehnst. Einmal hast du es mit Singen versucht. Bei einem dieser Karaoke-Abende. Aber du wurdest nur ausgebuht. Das ist wohl auch nicht dein Weg. Tanzen kannst du nicht besonders gut. Ein Kavalier, der dir einen Drink spendierte, sagte einmal, du solltest das Tanzen lieber bleiben lassen, denn es würde dich enttarnen. Verraten. Dass eine Lüge in diesem Kleid stecke. Die Verheißung der Sünde eine andere war als die, die du augenscheinlich anbieten wolltest. Am selben Abend hast du dem Kerl zwischen zwei Müllkübeln einen geblasen. Er hat sich nicht revanchiert. Beinahe ruppig hat er seine Hose zugezogen und deinen Kopf von sich gestoßen. Du solltest nie jemandem verraten, dass das geschehen war, sonst würde er dein Leben kaputt machen.

Erst zwei Wochen später hast du verstanden. Bei dem Kerl hat es sich um einen Politiker gehandelt, der zudem ein verheirateter Familienvater ist. Klar, dass so ein Ausrutscher mit dir nicht an die Öffentlichkeit dringen darf. Verheiratet bist du auch gewesen, doch deine Familie kommt nicht mit deinem wahren Wesen klar. Sie finden deinen Wunsch, deinen Traum, abscheulich und krank. Vom Geständnis bis zur Scheidung dauerte es nur drei Monate.

Die Kündigung kam vor zwei Wochen. Ein Kollege hat dich als Elvira, die Schöne, in einem Park gesehen, als du einem Mann hinter einem Busch einen runterholtest. Er hat dich erkannt, trotz Extensions, Schminke und den restlichen Requisiten. Dass er während der ganzen Zeit hinter dem Baum gestanden und zugeguckt hat, davon hat er dem Chef nichts erzählt. Auch nicht von der Beule in seiner Hose. Oder dem nassen Fleck, der dabei am Ende entstand. Du hast alles genau wahrgenommen. Du weißt, dass er deshalb zum Chef gegangen ist, aus Scham über das, was du jetzt von ihm weißt.

Dass er nur ein geiler Spanner ist, der nachts in Parks schleicht und Paare bei Sexspielen beobachtet.

Jeder hat ein Geheimnis.

Manche Geheimnisse bleiben geheim.

Die meisten Geheimnisse kommen irgendwann ans Licht.

Viele Geheimnisse sind schön.

Einige Geheimnisse sind traurig.

Wenige Geheimnisse dunkel.

Einzelne Geheimnisse abgründig.

Und dann ist da noch dein Geheimnis.

Und das ist grausam.

25

Wien, Oberlaa

Richard stapfte mit der Taschenlampe den Weg entlang. Die WIG war in den Siebzigerjahren an einer Seite des Laaer Bergs gebaut worden. Deshalb gab es auch einen Anstieg. Mehrere Wege führten hinauf. Zum Beispiel der Waldlehrpfad oder Kräuterlehrpfad. Jede Menge Teiche waren angelegt worden, auf denen Enten schwammen. Ein mit Büschen gesäumter Weg lief zwischen zwei Teichen entlang. Zwischendurch gab es immer Möglichkeiten, sich mit Speis und Trank einzudecken. Ein gutes italienisches Restaurant beherbergte die WIG genauso wie am vorderen Eingang die Kurkonditorei Oberlaa, die schon eine Berühmtheit in Österreich war. Der riesige Park war so wunderschön gestaltet, dass man beim Durchgehen nicht das Gefühl hatte, dass alles künstlich erschaffen worden war. Man konnte hier wunderbar entspannen. Hunde waren erlaubt. Für Kinder gab es ein riesengroßes Spielgelände und mehrere kleinere Spielplätze sowie früher einen Streichelzoo am oberen Ende der WIG, doch der war nun seit geraumer Zeit geschlossen, nachdem das dazugehörige Haus des Gastwirts abgebrannt war. Hinter diesem Areal befand sich eine Musterhaussiedlung. Hier konnte man sich tagsüber Fertigteilhäuser diverser Firmen anschauen. Es wohnte niemand darin. Nachts wirkte diese kleine Siedlung wie eine Geisterstadt. Schmale gepflasterte Wege schlängelten sich von Haus zu Haus. Kleine Straßenlaternen beleuchteten sie. Richard war via Smartphone mit Paul verbunden, der sein Handy auf Lautsprecher eingestellt hatte, damit Leopold Böckinger mithören konnte. Als Richard beim Ziegengehege angekommen war, wo sie einen halben Kilometer weiter im Gebüsch die Leiche gefunden hatten, leuchtete er mit der Taschenlampe auf die gegenüberliegende Seite.

»Herr Böckinger, sehen Sie das Licht?«

»Ja, ich kann es sehen.«

»Gut, dann sagen Sie mir mal, ob das die Stelle ist, an der Sie das Feuer gesehen haben wollen.«

»Nein, das ist nicht die Stelle. Es ist viel zu tief. Die Flamme war höher. Ganz oben bei den Baumkronen von hier aus.«

»Gut, ich gehe weiter hinauf.«

Das erklärte, warum sie hier nichts gefunden hatten, was auf ein Feuer hindeutete. Während Richard weiterwanderte, hörte er Paul und Böckinger reden. Sie spielten Würfelpoker. Böckinger war anscheinend am Gewinnen, denn er hatte bereits einen Grande gewürfelt. Richard stellte das Handy leiser. Er sog den Geruch des Waldes ein. Denn da, wo er jetzt durchmarschierte, war es fast wie im Wald. Jede Menge Bäume reihten sich links und rechts von ihm und säumten den Weg. Die Blumenbeete strahlten bereits in allen Farben, die im Licht der Taschenlampe aufschimmerten. Als er etwas höher kam, leuchtete er wieder mit der Taschenlampe hinüber.

»Paul, schaut bitte wieder aus dem Fenster.«

»Wird gemacht.«

Richard hörte über das Smartphone, wie die beiden über den Fliesenboden liefen und nach einer Weile Pauls Stimme.

»Ist okay, wir sind da, du kannst jetzt die Taschenlampe aufdrehen.«

»Das ist sie bereits.«

»Hältst du sie in die richtige Richtung?«

»Natürlich.«

»Wir sehen hier nichts«, sagte Leopold Böckinger.

Paul stimmte zu.

Richard schaltete die Lampe auf volle Leuchtstärke. »Und jetzt?«

»Nein. Gar nichts.«

Anscheinend war das Laub an dieser Stelle zu dicht.

»Ich geh weiter, leuchte aber permanent. Sagt bitte Stopp, sobald ihr etwas erkennen könnt.«

»Alles klar.«

Richard schritt weiter hinauf. Aber die beiden schienen ihn und den Lichtkegel der Lampe nicht zu sehen. Lange wanderte er so dahin, bis er die kleinen Laternen der Musterhaussiedlung sah. Er hielt genau auf der Kuppe, als plötzlich Böckingers Stimme durch die Nacht tönte.

»Da ist es! Das ist fast genau die Stelle, an der ich die Flamme gesehen habe. Etwas weiter rechts und Sie sind richtig.«

Richard schaute sich um. Weit und breit konnte er keine erkaltete Feuerstelle erkennen. Er wandte sich in die Richtung, die Böckinger ihm gewiesen hatte. Und stieß an eine Wand. Es war die Hausmauer eines der Musterhäuser. Richard leuchtete.

»Sie müssten jetzt gleich da sein.«

Was für Richard vermutlich einige Meter bedeutete – auf diese Entfernung. Vorsichtig tastete er sich vor. Achtete genau darauf, wo er hintrat.

Um die Ecke des Hauses auf der Seite der Böschung fand er endlich, was sie suchten.

»Paul, ruf die Tatortgruppe. Ich hab da was.«

Im selben Moment vibrierte sein Handy. »Ich bekomme noch einen Anruf rein, bitte kümmere dich um die Tatortgruppe und komm danach rauf zur Musterhaussiedlung.«

Paul bestätigte.

Dann drückte Richard auf den Wiedergabeknopf bei WhatsApp. Ihm war ein Video zugeschickt worden. Die Nummer war die von Sarah.

Bereits als die ersten Sekunden des Videos liefen, ließ ihn sein Gleichgewicht im Stich und sein Handy rutschte ihm aus der Hand. Er hob es wieder auf, setzte sich auf die Stufen des Musterhauses und drückte noch einmal auf »Wiedergabe«.

26

Damals

Neben meinem Bett sitzt ein Mädchen auf dem Stuhl und liest mir vor, als ich das nächste Mal erwache. Ich erkenne sie sofort. Sie ist das Mädchen vom Türrahmen, das nicht bleiben wollte. Oder konnte. Das sagte sie doch, damals. Wie lange ist das her? Mein Hals kratzt. Das Räuspern unterbricht das Mädchen bei ihrer Geschichte. Sie sieht kurz zu mir her, legt das Buch weg und läuft zur Tür hinaus. Schon wieder.

Warum läuft sie immer weg? Ich huste.

Meine Augen tränen. Meine ganze rechte Seite sieht komisch aus. Ist das im Gesicht auch so? Wie bei einem Pudding, wenn die Haut oben einläuft. Da bekommt der Pudding so komische Falten und Bläschen. Teilweise ist meine Haut mit Bandagen umwickelt, andere Stellen sind frei davon.

Ich huste erneut.

An meinen Lippen spüre ich den Rand eines Bechers, der mir an den Mund gedrückt wird. Als ich aufblicke, erkenne ich das Mädchen wieder.

»Trink«, sagt sie und lächelt mich auffordernd an.

Mit der linken Hand nehme ich den Becher und stürze das Wasser hinunter. Kühl rinnt es mir die Kehle hinab, als müsse es einen Brand löschen.

»Nicht so hastig! Dein Magen ist das nicht mehr gewöhnt.«

Nur Sekunden später merke ich, was sie meint. Sie reicht mir ein Pappding, in das ich einen Schwall erbreche.

»Du hast lange die Flüssigkeit über diesen Schlauch erhalten.« Sie zeigt auf eine biegsame Röhre, die in meinem Arm endet.

»Mama?«

Sie schüttelt den Kopf. »Tut mir leid. Sie konnten nichts mehr für deine Mutter tun.«

Das Mädchen verschwimmt vor meinen Augen, ich spüre meine Tränen die linke Wange runterrinnen. Rechts spüre ich gar nichts.

»Wie lange habe ich geschlafen?«

»Über fünf Wochen lang. Aber das war gut. Nur so konnten sie deine Haut behandeln.«

»Was ist da an meinem Bein?«

»Die Haut von deinem Bein wird verwendet, um andere Bereiche wiederherzustellen. Aber das dauert noch sehr lange.«

Ich greife mir auf die rechte Wange. Sie ist nass, aber ich spüre nicht, wie meine Finger darüberstreichen. Die Haut ist rau und uneben. Ich taste mich voran. Als ich merke, dass ein Teil meiner Ohrmuschel fehlt, zucke ich kurz zusammen. Hinter dem Ohr fühlt es sich genauso an wie auf meiner Wange. Die schrumpelige Haut geht bis zu meinem Hinterkopf, dort fängt mein Haar an. Ich sehe das Mädchen an und höre erneut, wie sie »Ich kann nicht« sagt und wieder verschwindet. Doch jetzt begreife ich.

»Du hast mich damals nicht im Stich gelassen.«

Sie schüttelt den Kopf. »Ich musste Hilfe holen.«

Ich schaue in ihre Augen und erkenne, dass es die Wahrheit ist.

»Du hast mich gerettet.«

Sie mustert mich von oben bis unten. Traurig sieht sie aus.

»Wäre ich nur früher gekommen. Ich habe dich schreien gehört, aber ich habe Angst gehabt. Erst, als ich den großen Mann aus dem Haus laufen gesehen habe, habe ich mich vorgewagt.«

Ich verstehe das. Wäre ich an ihrer Stelle gewesen, hätte ich auch Angst gehabt. Der Mann hätte sie vielleicht auch umgebracht. Böse war er, groß und stark. Nie werde ich sein Gesicht vergessen. Oder seine Bilder. Die Bilder, die er auf seinem Körper trägt. Zeichnungen, die so klar in meinem Gehirn eingebrannt sind wie das Gesicht meiner Mutter im Todeskampf.

»Ich bin Richard.«

Sie lächelt. »Ich weiß.«

Sie lächelt erneut und nimmt meine Hand.

»Ich bin Sarah.«

Ich drücke ihre Hand und versuche ein Lächeln. Da ich nur eine Hälfte des Mundes spüre, weiß ich nicht, ob es ankommt.

»Danke, Sarah, dass du mich gerettet hast.«

27

Wien, Oberlaa

Sarah! Es war eindeutig ihr Gesicht in diesem schlecht beleuchteten Video, aber sie konnte es nicht geschickt haben, denn sie war an einen Stuhl gefesselt, der Mund war zugeklebt und ihre Haut war mit blutigen Stellen versehen. Die Nase sah schief aus. Vermutlich war sie gebrochen. Sie wimmerte und atmete schnell. Ihre Haare waren feucht und klebten an ihrem Gesicht. Aber das Schlimmste waren ihre Augen. Aufgerissen und voller Furcht blickten sie in die Kamera. Richard musste zusehen, wie erneut eine Faust von der rechten Seite kam und zuschlug. Das Knacken von Sarahs Kinn konnte er ganz deutlich hören. Oh Gott! Sarah! Wer waren diese Typen? Was wollten sie? Um Antworten zu erhalten, musste er das Video zu Ende ansehen, auch wenn es noch so schmerzte. Von links kam eine Messerklinge auf Sarah zu, ganz dicht an ihrem Auge hielt die Hand mit der Waffe inne. Die Hand sah anders aus als die, die Sarah vorhin geschlagen hatte. Es waren also mindestens zwei Schlägertypen. Wo war Sarah hineingeraten?

Die Hand setzte sich wieder in Bewegung. Sarahs Augen waren nun weit aufgerissen und starrten auf die Spitze der Klinge. Mit einer schnellen Bewegung fuhr das Messer über die Augenbraue und hinterließ eine klaffende Wunde. Ein dünnes

Rinnsal lief über ihre Schläfe. Richard seufzte erleichtert auf. Für einen Sekundenbruchteil hatte er gedacht, Sarah würde ihr Augenlicht verlieren. Aber der Typ wollte sie und damit auch ihn anscheinend nur erschrecken. Er spielte mit ihnen. Mit Sarah und mit ihm. Als Nächstes beobachtete er, wie der Kerl Sarah etwas in die Armbeuge spritzte und sie sofort wegkippte. Die Hände entfesselten sie und rissen das Klebeband ab. Dann wurde der Bildschirm dunkel. Richard drückte erneut auf »Wiedergabe«. Suchte am Bildschirm nach Zeichen, dass es sich hier um ein Fake handelte, fand aber nichts. Das konnte nicht sein? Die Typen sagten gar nichts? Oder war die Verbindung abgerissen? Richard kontrollierte seine mobile Datenverbindung. Alles war okay. Noch einmal ließ er den Film ablaufen. So schmerzhaft es war, aber das vorher konnte doch nicht alles gewesen sein. Das Video brach an derselben Stelle ab wie vorher.

Richard legte das Handy auf die Stiege neben sich und stützte das Gesicht in beide Hände. Verflixt. Was sollte er tun?

Die Antwort kam prompt in Form eines Anrufs. Wieder Sarahs Nummer. Rasch hob er ab. Eine verzerrte Männerstimme war am Apparat.

»Wir wissen, dass du das Video angesehen hast.«

»Was zur Hölle wollen Sie?«

»Wir haben deine Schwester, Bulle!«

»Warum? Was hat sie euch getan?« Richard bemühte sich, ruhig zu sprechen.

»Wir reden, du hörst zu!«

Richard musste sich zusammenreißen. Mit solchen Typen war nicht zu spaßen. Er wollte Sarah nicht in noch größere Gefahr bringen, als sie anscheinend schon war.

»Wenn das Geld nicht bis Freitag bei uns eintrifft, dann vermöbeln wir sie wieder und vielleicht mehr …«, klang es blechern aus dem Hörer.

Welches Geld, schoss es Richard durch den Kopf.

»Und dann wird es nicht so glimpflich ausgehen wie heute. Sarah weiß Bescheid. Wir wissen, dass du ein Bulle bist, trotzdem wirst du uns nicht finden. Aber wir sind ja nicht so böse. Statt Geld kannst du uns auch Oliver ausliefern.« Sie wollten Oliver? »Also noch einmal: Oliver oder das Geld.«

»Ich weiß nichts von einem Geld. Wie viel soll es sein?«

»Hundertfünfzigtausend Euro in einer Sporttasche.«

»Hundertfünfzigtausend Euro?« Woher sollte er so viel Geld nehmen?

»Oder liefere Oliver aus. Das entscheidest du.«

»Aber ich weiß nicht, wo Oliver steckt«, antwortete er wahrheitsgemäß.

»Du bist Bulle! Du wirst ja wohl deinen Schwager finden.«

Oliver war nicht Richards Schwager und würde es auch hoffentlich nie sein! Er würde das Geld schon irgendwie auftreiben, auch wenn er momentan keinen blassen Schimmer hatte, wie.

»Wohin soll ich kommen?«

»Wir melden uns bei dir«, blaffte der Entführer ihn an.

»Ich will mit Sarah reden!«

»Wir stellen hier die Forderungen.«

Es klickte. Der Typ hatte aufgelegt. Rasch wählte Richard Sarahs Nummer. Die Mailbox sprang sofort an. Erneut rief er an, beim zweiten Anruf war die Verbindung tot. Sie hatten das Handy von Sarah deaktiviert. Vermutlich sogar weggeschmissen.

Fahrig wählte er die Nummer von Ivan, dem Feuerschlucker. Der ging sofort ran. Mit seinem russischen Akzent plapperte er auch gleich los. »Sarah ist weg. Wir können sie nicht finden.«

»Seit wann?« Richard hielt es für das Beste, nichts von dem Video zu erwähnen. Er wollte die Zirkusleute nicht noch mehr beunruhigen, als sie es schon waren. Außerdem wusste er nicht, ob Aaron und Alice zuhörten.

»Das wissen wir nicht genau. Heute Vormittag zum Aufbau war sie jedenfalls nicht da. Sie hat nichts mitgenommen außer ihrem Handy. Sogar ihre Handtasche ist da.«

Logisch, Sarah war ja nicht freiwillig weggegangen. Doch warum zum Teufel passierte das? Jeder wusste doch, dass Zirkusleute nicht reich waren. Diese Geldforderung war komplett absurd. Sie kamen doch gerade mal so über die Runden, um die Gehälter zu bezahlen und die Tiere zu versorgen. Welche Idioten entführten eine Artistin?

»Schon komisch, Richie«, redete Ivan weiter, »erst haut Oliver ab und jetzt ist Sarah weg. Was soll denn aus den Kindern werden?«

Sarah und Oliver waren zwar nicht verheiratet, sondern seit Jahren nur verlobt, aber sie hatten bereits zwei Kinder. Aaron war vier und Alice sechs. Sie wurde auf der Tour von Sarah unterrichtet. In der Grundschule war das noch möglich und wurde für Zirkusleute meistens genehmigt. Vor allem, da Sarah Abitur hatte, waren hier keine Bedenken vonseiten der Behörden geäußert worden. Und Oliver hatte angegeben, BWL studiert zu haben. Über die Wintersaison ging Alice in die Montessori-Grundschule »Poseidon« in München. Hier konnte sie dann auch an den Lernzielkontrollen und Tests teilnehmen.

Richard war leidenschaftlich gerne Onkel.

»Wer kümmert sich jetzt um Aaron und Alice?«

»Wir alle. Du weißt doch, wir sind eine große Familie.«

Ja, das war ihm klar. Wer weiß, wo er ohne diese Familie heute wäre. Sarah hatte ihn gerettet. Er war ihr so viel schuldig. Noch hatte sich nie die Gelegenheit ergeben, diese Schuld einzulösen. Sah so aus, als wäre sie jetzt da. Nun war es an ihm, Sarah zu finden und zu retten. Wenn er bloß wüsste, wo er anfangen sollte. Trotzdem mussten die Kinder doch inzwischen eine Heidenangst haben. »Kann ich mal mit den beiden reden?«

»Sie sind gerade erst eingeschlafen, das war nicht einfach. Aber ich kann sie aufwecken.«

»Nein, lieber nicht, lass sie schlafen, aber gib ihnen bitte morgen früh einen Kuss und sag ihnen, wie lieb ich sie habe.« Richard hörte ein Auto näher kommen. Paul und der Böckinger waren also schon hier. Er wollte nicht, dass einer der beiden etwas von der privaten Sache mitbekam. Vor allem Böckinger ging das nichts an. Mit Paul würde er später sprechen. »Ivan, ich melde mich wieder, bin grad im Dienst. Aber ich versuch, so schnell wie möglich zu euch zu kommen, okay?«

»Sie wird doch zurückkommen? Kann ich in der Zwischenzeit was tun? Die Polizei hat schon beim Oliver nichts gemacht.«

»Ich melde mich bald wieder. Und ich setze mich sofort mit Albert Steiner in München in Verbindung. Bitte macht keinen Blödsinn, egal, was passiert, und kooperiert gut mit der Polizei, falls sie bei euch erscheint. Wenn sich irgendetwas ändert, Sarah wieder auftaucht oder Oliver, oder falls ihr Nachrichten oder … Videos oder so bekommt, bitte ruf mich an.«

»Was für Videos?«

»Das war nur ein Beispiel«, schob Richard schnell nach.

»Glaubst du, Oliver und Sarah wurden entführt?«

»Denkst du das?«

»Vor zwei Tagen waren so bullige Typen da und haben Sarah im Kassenhäuschen geohrfeigt und angeschrien. Ich bin mit Titan dazwischen gegangen. Sie haben Oliver gesucht. Haben ihren ganzen Wohnwagen durchwühlt.«

»Fehlt etwas?«

»Sarah hat behauptet, dass nichts fehlt. Was sie außer Oliver gesucht haben, haben sie uns nicht verraten. Obwohl der Titan einen von ihnen im Schwitzkasten hatte.«

Titan war der Zirkusname von Hans, der unter anderem Telefonbücher zerriss oder Lkws zog – und das nur mit

Muskelkraft. Richard fühlte einen Stich in seiner Brust. Sie alle waren seine Familie. Hinter ihm hörte er Autotüren zuschlagen. »Ich muss auflegen, Ivan. Passt auf euch auf. Vielleicht halten Titan und du Wache in der Nacht, nicht, dass noch einer verschwindet. Wir wissen ja nicht genau, was los ist. Ich melde mich wieder.«

»Alles klar, Boss.«

»Ich bin nicht mehr dein Boss.«

»Du wirst immer der Chef hier sein.«

Richard verabschiedete sich und legte auf. Er hoffte, dass seine Stimme so unbeteiligt wie möglich geklungen hatte. Was nützte es zu diesem Zeitpunkt, Ivan die Wahrheit zu sagen?

Nein. Er würde Sarah zurückholen.

Paul klopfte ihm auf die Schulter.

»Die Tatortgruppe kommt gleich. Alles klar? Ich hab dich bereits zweimal angesprochen.«

Ohne ihm auf die Frage zu antworten, zeigte er auf die Stelle, die er gefunden hatte. Hinter dem Haus unter der Böschung war ein ausgedehntes Areal im Rasen, wo nichts wuchs. Richard leuchtete darauf. Es war ein großer Aschehaufen. Darin fanden sich verschiedene Teile von Dingen. Tiefer konnten sie jetzt nicht graben, denn das war Sache der Spurensicherung. Aber eines sahen sie gleich.

»Was zum Teufel wurde hier verbrannt?«

»Sachen«, meinte Richard. »Das da unten sieht aus wie ein Teil einer Geldtasche und da drüben liegt Schmuck. Und hier Knochen.«

»Knochen wovon?« Mit seinen perfekt manikürten Händen fuhr sich Paul durch seine Locken, die wieder ein Eigenleben entwickelt hatten.

»Keine Sorge, ich glaube nicht, dass es menschliche Knochen sind, dafür sind sie zu klein.«

»Also Tiere.«

»Anzunehmen, aber welche Tiere werden wir noch herausfinden müssen. Möglicherweise haben die Knochen aber nichts mit dem Brand zu tun und waren schon vorher da.«

»Riechst du das?«

Gemeinsam kraxelten sie die Böschung runter. Unter Gestrüpp bemerkten sie den Grund des Geruchs. Ein Benzinkanister war dort halb vergraben und mit Geäst zugedeckt.

»Okay. Wer auch immer hier etwas verbrannt hat, hat vorsätzlich gehandelt. Einen Benzinkanister hat man ja nicht zum Spazierengehen dabei.«

»Aber im Auto vielleicht? Als Reserve?«, überlegte Paul.

»Auch möglich«, gab Richard zu. »Die Frage ist, wenn das unser Mörder gemacht hat: Hat er die Sachen vor dem Mord verbrannt oder danach?«

»Danach!«, rief Leopold Böckinger dazwischen. »Der Schrei war ja lange, bevor ich das Feuer gesehen habe.«.

»Ausgezeichnet. Wenn diese Brandstelle zu dem Mord gehört, dann existieren hier bestimmt Hinweise zu unserem Opfer.« Richard hoffte, dass sich der Fall so schnell wie möglich lösen ließ, der Mörder unachtsam war und irgendwelche Spuren hinterlassen hatte. Ein Klingeln riss ihn aus seinen Gedanken. Schweiß brach aus. Die Entführer? Sarah? Nach einem tiefen Luftholen wagte er es, das Handy aus der Tasche zu nehmen, und atmete sofort auf. Auf dem Display leuchtete eine ihm wohlbekannte Nummer auf.

»Was will denn der SPOC jetzt?«

»Sie kennen den Mister Spock vom ›Raumschiff Enterprise‹?«, erkundigte sich Leopold Böckinger amüsiert.

»Nein, ohne K«, erklärte Richard, »SPOC ist unser Single Point of Contact. Der Journaldienst, der Tag und Nacht besetzt sein muss, falls etwas passiert. Das ist eine Schnittstelle zwischen Polizei und Kriminalabteilungen.«

»Interessant!« Leopold Böckinger wirkte ernsthaft fasziniert.

Richard hob ab und hörte zu. Als er wieder auflegte, seufzte er. Im selben Augenblick fuhr der Wagen der Tatortgruppe vor.

»Das wird noch eine lange Nacht, Paul.«

Gerade das konnte er jetzt nicht brauchen. Seine Gedanken wanderten ständig von Sarah zu Oliver und wieder zu Aaron und Alice.

»Wieso, was ist los? Hier werden wir ja nicht gebraucht. Das schafft die Tatortgruppe schon alleine.« Pauls Stimme hörte sich an wie durch Watte gesprochen. Im rechten Ohr piepste es auf einmal durchdringend, während er auch das Gleichgewicht zu verlieren schien. Mit einer Hand hielt er sich deshalb am Haselbusch fest.

»Hallo? Richie?«, hörte er Paul wie durch eine Nebelwand. »Was ist los?«

Mit dem Zeigefinger fuhr Richard sich ins Ohr und rüttelte ein bisschen. Gleichzeitig machte er den Mund auf und zu und atmete einmal tief ein. Das Piepsen blieb.

»Herr Inspektor?«, hörte er Böckinger auf dem anderen Ohr fragen. »Die paar Knochen werden Ihnen doch nix tun?«

Mit der freien Hand rieb sich Richard rasch das Gesicht, als könne er damit das Bild von Sarah auf dem Stuhl wegwischen. *Reiß dich zusammen! Behalte einen klaren Kopf, sonst hilfst du niemanden,* schalt er sich selbst.

»Richie?« Paul klopfte ihm auf die Schulter. »Alles okay?«

»Hab da nur so ein Singen im Ohr plötzlich.«

»Das ist der Stress«, meinte Böckinger. »Das sollten Sie ernst nehmen. Wenn das nicht aufhört, müssen Sie gleich in der Früh zum Arzt.«

Richard nickte nur.

»Also, was ist los?«

»Es geht nachher gleich weiter. Am Wienerberg wurde eine Frauenleiche gefunden«, antwortete Richard und konnte an Pauls Gesichtsausdruck erkennen, dass er das nicht gemeint hatte. Eine Augenbraue hochgezogen wartete er ab, bevor er antwortete.

»Lass mich raten. Stichwunden, Würgemale, mit dem Kopf in der Erde vergraben?«

»Genaues hat mir der Michael nicht mitgeteilt, aber das werden wir gleich sehen«, antwortete Richard. »Interessant ist aber eines: Die Leiche wurde deshalb so schnell gefunden, weil ein Passant ein Feuer gemeldet hat.«

Richard ging auf den Amtsarzt zu, der, wie erwartet, wieder einmal zusammenzuckte, als er sich nach ihm umdrehte.

»Lassen Sie das nicht in einen Running Gag ausarten. Gerade heute hab ich kein Verständnis für Ihre Mätzchen.«

»Ich geh eh schon wieder. Keine Leiche. Kein Arzt nötig. Wieso sagt mir das niemand im Voraus?«

»Vielleicht haben wir uns am Telefon nicht richtig ausgedrückt. Aber wir brauchen Sie jetzt trotzdem.«

»Wieso. Haben Sie Herzrasen? Sie riechen sauer und blass sind Sie auch um die Nase. Haben Sie sich übergeben? Regen Sie jetzt schon ein Benzinkanister und ein paar Knochen auf? Oder haben Sie Burn-out?«

Richard versuchte, ruhig zu bleiben. Die Kommentare des Arztes fand er zwar nicht angebracht, war sie aber von ihm schon gewohnt. Und von dem, was Richard wirklich quälte, konnte er nichts wissen.

»Er hat einen Tinnitus, Herr Doktor. Das ist der Stress!«, erläuterte Böckinger dem Arzt.

Ohne auf die Kommentare einzugehen, erklärte Richard: »Am Wienerberg wurde eine Frauenleiche gefunden. Fahren Sie bitte einfach hinter uns her.« Und zur Tatortgruppe gewandt sagte er: »Und ihr kommt bitte dann nach, oder, falls das hier aufwendiger wird, schickt bitte einen anderen Trupp.«

»Es ist Vollmond heute Nacht. Die anderen beiden Trupps sind auch im Einsatz. Ordentlich was los. Im Dritten hat ein Mann seine Kinder und die Ehefrau mit einem Gewehr erschossen und im Sechzehnten ist ein Kind aus dem neunten Stock gefallen. Also wartet auf uns.«

Es klang resigniert und müde. Manchmal kam eben alles zusammen. Und die Arbeit häufte sich, während in anderen Wochen jeder nur gelangweilt herumsaß. So war das. Das Gesetz der Anziehung. Gutes zog nicht nur Gutes an, sondern Böses schien eine noch stärkere Anziehungskraft zu besitzen. Wenn etwas passierte, dann blieb es meist nicht alleine bei dem einen Vorfall.

Und es konnte immer noch schlimmer kommen.

28

INTERMEZZO

Es ist wieder passiert. Kalt und steif liegt sie da. Mit dem Gesicht im Dreck. Das Messer in deiner Hand zittert. Loswerden. Irgendwie loswerden. Ihre Sachen. Ihre Ausweise. Spuren verwischen.

Feuer. Einfach wieder Feuer machen, bloß wie? Kanister ist keiner mehr im Auto. In der Tasche findest du Streichhölzer. Äste liegen hier überall herum. Ein Feuer wird gehen. Aber die Leiche muss hierbleiben. Das Muster. Diesmal war es so schnell gegangen. Du hast das Muster vergessen.

Nachdenken. Es muss gleich aussehen. Die falsche Fährte ist gelegt, sie darf nicht abweichen. Alles muss aussehen, als wäre »er« es gewesen. Konzentriert sticht deine Hand mit dem Messer ins Fleisch. Es sieht anders aus. Es fließt kein Blut. Das Messer fährt durch die Haut wie durch Schweinefett und steckt öfter im Knochen fest. Die Frau ist dünner als die letzte. Ihr Slip wird in deine Tasche geschoben, der wird später noch Verwendung finden. Hoffentlich wirkt er länger als der letzte, der sein Aroma so rasch verlor. Alles andere kommt auf einen Haufen. Darüber Äste. Rechnungen als Papier zum Entzünden finden sich in deiner Hosentasche. Es glimmt schnell. Rasch wird alles hineingeschmissen, ihr Handtascheninhalt ins Feuer gekippt. Es brennt gut. Du wirfst ein paar Äste nach. Doch dann fängt der Busch daneben Feuer. Jemand schreit.

Nichts wie weg.
Weglaufen vor dem Abgrund.
Schon wieder.

29

Wien, Favoriten

Es war wie bei einem Déjà-vu. Nur viel bizarrer. Die Frauenleiche lag wieder auf dem Bauch, diesmal noch spärlicher bekleidet, das Gesicht tief in die Erde vergraben. Nebst Stichwunden gab es allerdings einen Unterschied zu der anderen Leiche: Die hohen Stöckelschuhe fielen jedem sofort auf. Sie glitzerten wie ein Sternenhimmel, das war schon eher ungewöhnlich. Denn es waren keine Schuhe, die man im Alltag trug, eher auf der Bühne. Aber das Eklatante waren die Absätze. Es handelte sich um extrem hohe Stilettoabsätze. Und diese Schuhe zierten nicht die Füße der Frau, denn sie trug Stiefeletten.

Die Absätze der Schuhe steckten jeweils in Vagina und Rektum der Leiche. So etwas hatte Richard noch nie gesehen. Wenn die Leiche ihre Schuhe anhatte, woher stammten dann die blauen Stilettos, die in ihr drapiert wurden?

Der Arzt schüttelte den Kopf, als er das Opfer begutachtete. »Krank«, flüsterte er. »Total krank. Ein echter Psycho, wenn ihr mich fragt.«

Die Stichwunden gingen bis zum Knochen. Seltsamerweise war hier trotzdem kaum Blut zu sehen. Der Tathergang dürfte sich in wesentlichen Elementen von dem anderen abheben. Auch wenn Richard überlegte, es könnte sich hier um denselben

Mörder handeln. Denn die restlichen Dinge ähnelten dem anderen Mord. Was, wenn er einfach noch nicht da angelangt war, wo er eigentlich hinwollte? Mörder hatten in ihrer Fantasie schon Jahre vorher bestimmte Vorstellungen, wie die perfekte und am meisten befriedigende Art des Mordes aussehen sollte. Sofern das nicht sofort klappte, tasteten sie sich mit jedem weiteren Mord an ihre Fantasie heran. Die ersten Morde waren dann nur Probeläufe vor dem eigentlichen Mord – dem wichtigsten. Hier gab es oft eine Zielperson, die aber erst ins Visier genommen wurde, wenn der Täter sicher war, dass er den Mord so begehen konnte, wie er es wollte, mit vollster Befriedigung. Die Stilettos könnten eine Art Erweiterung sein. Dennoch dürfte auch dieser Mord nicht seinen Erwartungen entsprochen haben. Mehrere Dinge waren schiefgelaufen. Das spürte Richard sofort. Dass der Täter gestört wurde, war nur die Spitze des Eisbergs. Aber warum trieb es ihn in öffentliche Parks?

Paul kam auf ihn zu. In der Hand hielt er eine Art Ausweis.

»Die meisten Sachen sind leider verbrannt, der Wisch hier ist vielleicht durch den Wind davongetragen worden. Hab ihn da hinten gefunden. Ich denke, diese Frau werden wir sehr rasch identifiziert haben.«

Richard blickte auf das Dokument. Es handelte sich um eine Gesundheitskarte, die von legalen Prostituierten angefordert wurde. Die Gesundheitskontrolle war hier in Österreich Usus und das Land stand ziemlich alleine damit da. Nur Griechenland hatte noch die verpflichtenden Kontrollen, in allen anderen Ländern waren diese bereits abgeschafft, was Richard fatal fand. Bis vor einigen Jahren mussten die Prostituierten sogar wöchentlich zum Arzt, seit 2016 nur noch alle sechs Wochen. Anders verhielt es sich bei illegalen Prostituierten, die diesen Gesundheitspass in der Regel nicht besaßen, weshalb die Freier sich öfter mit Hepatitis, Tripper oder anderen Krankheiten ansteckten. Dass sie darüber nicht selbst nachdachten, wunderte Richard immer wieder. Das war so, als würde man nicht angeschnallt mit hundertachtzig Sachen über die Autobahn brettern. Manchmal fragte er sich, ob diese Männer einfach nur dumm waren oder ob es ihnen egal war. Einige hatten sicher eine Art Gott-Komplex und dachten, sie wären immun oder würden am Aussehen der Frau erkennen, ob sie »sauber« wäre. Richard hatte öfter von Männern in der Bar gehört, die ihre Ehefrauen betrogen, dass sie es nur mit »sauberen« Frauen machten. Als könnte man sehen, ob jemand mit HIV oder mit anderen Geschlechtskrankheiten infiziert war. Es war eigentlich eine Art Verdrängung. Und dann waren da noch diejenigen, die immer noch dachten, dass lediglich Drogensüchtige und Homosexuelle HIV bekommen konnten. Ein Irrglauben.

Beim Anblick der toten Prostituierten spürte Richard wieder den vertrauten Klumpen in seinem Bauch und sah seine Mutter vor sich. Wie sie ihn ein letztes Mal anschaute, während dieser Kerl auf ihr drauf lag. Er konnte nicht auch noch Sarah verlieren. Bisher hatte er nichts gehört. Ivan hätte bestimmt angerufen, wenn Sarah wieder im Zirkus angekommen wäre. Rasch linste er auf seine Armbanduhr. Es war fünfunddreißig Minuten her, seit er mit Ivan gesprochen hatte. Dabei war sich Richard so sicher gewesen, dass die Kerle meinten, sie ließen sie wieder frei. Dass es lediglich ein Exempel war, sie vorzuführen. Er hielt es nicht mehr aus. Er musste mehr tun können. Während sie auf die Tatortgruppe warteten, musste er tätig werden.

»Paul, ich muss mal. Okay?«

Sein Kollege runzelte zwar die Stirn, aber nickte. »Die Tatortgruppe wird eh noch eine Zeit lang brauchen. Mach dir keinen Stress.« Seine Augen musterten ihn genauer. »Aber wenn es dir nicht gut geht, kann ich auch den Gerhard anrufen, damit er dich ersetzt«, fügte er hinzu.

»Lass den Gerhard schlafen. Ich bin gleich wieder da.«

Seine Blase war für Richard natürlich nur eine Ausrede und Paul schien das bemerkt zu haben, aber er war diskret genug, um ihm nicht auf die Pelle zu rücken. Als Richard weit genug vom Tatort weg war, blickte er sich um, um sicherzugehen, dass er alleine war. Dann setzte er sich auf einen abgeschnittenen Baumstumpf und klingelte nach München durch. Vorbildlich wurde dort auch gleich nach dem zweiten Klingeln abgehoben. Richard kam sofort zu seinem Anliegen.

»Ist Kommissar Albert Steiner heute im Dienst?«

»Freilich. Da haben Sie Glück, er ist im Büro. Soll ich Sie durchstellen?«

Gott sei Dank konnte er ihn heute erreichen.

»Ja, bitte.«

»Wen darf ich melden?«, fragte der Kriminalbeamte.

»Abteilungsinspektor Richard Schwarz aus Wien.«

»Ein Kollege aus dem schönen Wien, da helfen wir ja gerne, ich verbinde. Auf Wiederhören.«

Es knackte, tutete dreimal, dann war eine vertraute Stimme am Apparat.

»Steiner?«

»Hallo, Albert, Richard Schwarz aus Wien hier.«

»Richard! Lang nichts mehr gehört von dir. Wie geht's dir?«

»Momentan nicht so gut.« Er kam gleich zur Sache. Die Zeit drängte schließlich. »Ich brauch deine Hilfe.«

»Du weißt, du kannst alles von mir haben. Ohne dich würde ich ja nimmer auf diesem Sessel sitzen, ja, überhaupt nicht mehr sitzen.«

»Die Sarah steckt in Schwierigkeiten.« Beim Aussprechen wurde es ihm noch schmerzlicher bewusst.

»Oh je. Inwiefern? Was kann ich tun?« Er klang ehrlich besorgt, obwohl er noch gar nicht wusste, worum es ging. Doch Richard hielt sich nicht mit Small Talk auf.

»Ich schick dir gleich ein Video. Schau es dir an. Anschließend reden wir weiter.«

Richard wartete gar keine Antwort ab, sondern legte auf und sendete sofort das Video an Steiner. Dann wartete er eine Minute. Bevor er wieder anrufen konnte, klingelte es schon bei ihm. Wie erwartet, war Steiner wieder dran.

»Das ist alles?«

»Reicht dir das nicht?«

»Ich meinte, mehr war nicht drauf?«

»Nein, aber kurz darauf haben die Typen bei mir angerufen.«

»Wart kurz, ich hol mir was zum Schreiben.«

Richard hörte, wie Steiner das Handy weglegte und im Büro herumging, dann rauschte es und er war wieder am Apparat.

»Also, erzähl mir alles, was die Typen gesagt haben. So genau wie möglich.«

»Zuerst haben sie gesagt, dass sie das Geld wollen, und zwar bis Freitag, oder Sarah würde mehr passieren als auf dem Video.«

»Schick mir nachher ein aktuelles Foto von Sarah, ich gebe eine Fahndung raus. Nur für den Fall, dass irgendjemand sie gesehen hat.«

»Danke. Deshalb ruf ich dich an. Du bist vor Ort und kannst gleich reagieren.«

»Klar. Was haben die Typen noch von sich gegeben? Sie wollen Geld? Wie viel?«

»Hundertfünfzigtausend Euro.«

»Bäm! Super, und woher glauben sie, dass du so viel Geld hast? Wissen die nicht, dass du ein armer Wiener Beamter bist und nicht der Mateschitz?«

Albert Steiner meinte wohl den Red-Bull-Mogul. Richard fuhr rasch fort, denn von Weitem sah er, dass die Tatortgruppe bereits eintraf.

»Die Entführer haben mir eine zweite Wahl gelassen.«

»Eine zweite Wahl? Sollst du das Geld abarbeiten? Die haben doch sicher was mit Drogen zu tun.«

»Nein, die wissen, dass ich bei der Polizei bin. Das haben sie gesagt. Sie wollen, dass ich Oliver finde oder das Geld. Ich nehme an, dass das eine mit dem anderen zusammengehört.«

»Kainrath? Der Verlobte von deiner Sarah? Woher sollen die denken, dass er so viel Geld hat? Und wenn, warum schicken sie dem nicht das Video?«

»Das müsstest du ja wissen. Die Sarah hat vor ein paar Tagen eine Vermisstenanzeige aufgegeben. Der Oliver ist weg.«

Er hörte, wie Steiner durch die Zähne pfiff. Es rauschte ordentlich im Handy.

»Na ja, wir beide wissen, dass der säuft«, sagte Steiner. »Soweit ich weiß, spielt er auch, jedenfalls hab ich ihn schon einmal bei einer Pokerrunde angetroffen. Also, die Sarah will es ja nicht wahrhaben, aber der ist doch schon so oft ein paar Nächte nicht nach Hause gekommen. Und jedes Mal war sie bei uns.«

Das war leider wahr, deshalb durften die anderen Beamten, mit denen er kurz nach Sarahs letztem Anruf geredet hatte, auch nicht gleich reagiert haben. Richard hätte womöglich genauso gehandelt. Das hatte aber nichts mit den Fakten zu tun, die momentan auf der Hand lagen.

»Tatsache ist, dass er irgendetwas damit zu tun hat.«

»Was haben sie noch gesagt?«, erkundigte sich Steiner. »Hast du eine Nummer bekommen, um sie anzurufen, oder einen Übergabeort?«

»Danach hab ich auch gefragt, aber da sind sie aggressiv geworden und haben gesagt, sie melden sich bei mir. Ich hab erklärt, dass ich mit Sarah reden will, da haben sie abgeblockt.«

»Vielleicht haben sie sie ja nicht mehr.«

»Wäre das nicht blöd, das Druckmittel einfach auf die Straße zu setzen?«

»Na ja, du kannst dich auf mich verlassen, ich fahnde gleich nach ihr. Das Wichtigste ist, dass wir sie finden.«

»Danke, Albert, und bitte melde dich, sobald du was hörst. Auch wenn es nur wenig ist. Die Zeit läuft. Ich will mir nicht ausmalen, was am Freitag passiert. Ich schau einstweilen, ob ich von Wien aus mehr in Erfahrung bringen kann, sobald ich mit der Leiche hier fertig bin.«

»Freilich. Bitte sei unbesorgt. Ich klingele durch alle Abteilungen. Für den Fall der Fälle werden wir eine Geldtasche brauchen, falls wir weder Oliver finden noch den Entführungsort. Ruf mich an, wenn die Typen sich wieder bei dir melden.«

Richard bejahte, bedankte sich und legte auf. Steiner war einer der besten Ermittler Deutschlands mit der höchsten Aufklärungsrate. Richard hielt viel von ihm und umgekehrt, denn Richard hatte Steiner einmal das Leben gerettet, indem er ihn reanimiert hatte, als er während eines Halbmarathons in Wien, bei dem sie gemeinsam liefen, zusammengebrochen war. Ein Blick auf die Uhr verriet ihm, dass eine knappe Stunde vergangen war, seit er das Video erhalten hatte. Und ihm war es wie eine Ewigkeit vorgekommen. Wie sollte er diese Nacht bloß überstehen?

Richard verspürte jetzt tatsächlich ein dringendes Bedürfnis, also pinkelte er rasch gegen einen Baumstumpf und lief zurück zum Tatort.

Die Tatortgruppe hatte sich schon ans Werk gemacht und fotografierte alles. Zusammen mit dem Arzt stimmten sie sich ab. Der untersuchte die Leiche genau in der vorgefundenen Stellung, danach drehte er sie um. Wieder wurden Fotos gemacht. Der Arzt entfernte die restliche Kleidung, um zu prüfen, ob sich Totenflecke gebildet hatten, kontrollierte die Gliedmaßen.

»Die Totenflecke sind noch nicht komplett ausgebildet und noch leicht wegdrückbar«, sprach der Arzt in sein Diktiergerät. »Noch keine Leichenstarre vorhanden. Auch nicht im oberen Bereich.«

Die Leichenstarre setzte von oben nach unten ein. Wenn hier noch nicht einmal der Kiefer betroffen war, bedeutete das nur eines.

»Die Frau ist seit maximal einer Stunde tot.«

Richard seufzte. Der Mörder war leider zu spät gestört worden. Er hatte seinen Mord vollenden können. Es gab zwei Möglichkeiten, wie er ab sofort vorgehen würde. Entweder hatte er ein Hochgefühl, weil er fast erwischt wurde, aber alles beenden konnte, wurde gieriger und würde rasch weitermachen, oder er würde nicht länger an derart öffentlichen Plätzen morden, damit er nicht mehr unterbrochen wurde.

»Fotografier den Gesundheitspass und schick das Bild gleich rüber, damit die schon nachschauen können«, bat ihn Paul.

»Was für ein Jammer! Die Feuerwehr hat alles gelöscht, ich glaub nicht, dass wir aus dem Dreck noch irgendetwas bergen können, das uns weiterhilft. Wenn der Ausweis keine Spur bringt, dann schauen wir wieder alt aus.«

Irgendwelche Reste der Handtasche und deren Inhalt ließen sich hoffentlich finden und von der Tatortgruppe sicherstellen.

»Hast du einen Benzinkanister entdeckt?«

»Vielleicht liegt der irgendwo im Aschehaufen, also als Plastikklumpen. Dann wird die Tatortgruppe den schon finden.«

Richard musste seine Sorgen um Sarah wegwischen. In regelmäßigen Abständen glitten seine Gedanken ab. Zu dem Video, zu Oliver, zu Sarah und zu den Kindern. Was war in München passiert und hätte man es kommen sehen können?

Richard ärgerte sich, nicht dort gewesen zu sein. Er konnte kaum bei Sarah sein, weil er in Wien lebte.

Während er darüber nachdachte, suchte er den Boden ab und schaute dem Amtsarzt bei der Inspektion zu. Nach einer Weile war er sicher.

»Ihr Höschen fehlt.«

»Vielleicht hat sie gar keines angehabt«, mutmaßte Paul,

»Doch«, bestätigte der Amtsarzt. »Ich kann deutlich Einschneidestellen erkennen. Also, wenn ein zu enges Höschen an der Naht einschneidet. Hier in der Leistengegend.«

»Und wo ist das Höschen?«

Der Amtsarzt nahm eine Pinzette und stocherte damit im Mund des Opfers herum. Dann zog er triumphierend ein Stück Stoff hervor. »Hier ist es.«

Die Tatortgruppe verfolgte alles und schoss Fotos.

»Er hat es ihr in den Mund gestopft?«, staunte Richard, obwohl es offensichtlich war.

»Sieht so aus«, bestätigte der Amtsarzt erneut.

Jemand von der Tatortgruppe öffnete eine Papiertüte, der Amtsarzt ließ das Höschen in die Tüte fallen und stutzte. »Eines ist jedoch seltsam.«

Er beugte sich mit der Pinzette noch einmal über die Leiche, forderte ein weiteres Säckchen an, löste etwas von der Haut des Opfers ab und ließ es in das Säckchen gleiten. »Ich hab Fasern an der Abriebstelle an der Leiste gefunden. Und die sind rot, der Slip im Mund ist allerdings …«

»… weiß«, beendete Richard den Satz.

Der Amtsarzt nickte. »Nachdem sonst nichts an ihrer Kleidung rot ist, konnte das nur der Slip gewesen sein.«

»Ist es möglich, dass sie den Slip zwischen zwei Freiern gewechselt hat?«, überlegte Paul laut.

»Möglicherweise.« Der Amtsarzt zupfte sich am Bart. »Aber duscht man sich da nicht auch?«

Richard hatte keine Ahnung und hob deshalb die Schultern. Allerdings schien es ihm sinnvoll. Denkbar, dass der Amtsarzt mit seiner Vermutung recht hatte, dass hier etwas ganz und gar nicht stimmte. Dazu passten auch die Schuhe, die eindeutig nicht der Frau gehörten, denn selbst wenn sie eine dieser Frauen wäre, die Reserveschuhe eingepackt hatten, fiel das hier aus. Die Schuhe hatten eine andere Größe als die, die sie trug.

In Richards Kopf schlugen die Gedanken Purzelbäume, dazwischen tauchte Sarahs Gesicht auf. Er starrte auf den Beutel mit dem Slip in seiner Hand und auf die Schuhe.

»Was, wenn das gar nicht ihre Sachen sind?«, sprach er aus, was alle anderen auch dachten.

2. AKT

Licht und Schatten

»Wer die Schatten nicht sehen will,
muss auch das Licht meiden.«

30

Sarah

Allein.

Seit Stunden.

Als sie aus der Ohnmacht erwachte, lag sie am Boden in ihren eigenen Exkrementen. Das Gesicht schmerzte. Die Lippen waren aufgerissen. Haut am Klebeband.

Nur das linke Auge konnte sie ganz öffnen, das andere war zugeschwollen.

Kalt.

Der Bodenbelag war hart. Grau und rau.

Mühsam versuchte sie, sich hochzuhieven.

Schmerz.

Ihre rechte Schulter war ausgekugelt.

Der Arm hing einfach an ihr dran, als würde er nicht zu ihr gehören.

Die Beine funktionierten. Wenigstens etwas.

Sarah sah sich um. Der Sessel, an den sie noch bis vor Kurzem gefesselt gewesen war, stand noch hier. Daneben ein Tisch. Darauf ein Teller mit einem Sandwich, abgedeckt mit Frischhaltefolie. Ein Glas mit einer Flüssigkeit war daneben, ebenfalls abgedeckt. Wasser? Was, wenn es vergiftet war, oder mit Drogen versetzt? Schließlich hatten sie ihr irgendetwas gespritzt. Vielleicht war das der Nachschub. Ihre Zunge klebte am Gaumen fest. Der Hals kratzte. Gleichzeitig grummelte es im Magen.

Sarah widerstand der Versuchung und schritt den Raum ab. Zumindest probierte sie das, es glich mehr einem Wanken. Das Mittel, das sie ihr gespritzt hatten, wirkte noch nach. Fünfunddreißig Schritte vor, fünfundzwanzig Schritte seitlich. Relativ groß für ein Verlies. Die Wände waren steingrau, so dunkel wie der Boden. Eine einzelne Glühbirne baumelte von der Decke.

In der Ecke gegenüber dem Stuhl und dem Tisch wartete ein Eimer darauf, benutzt zu werden. Daneben lagen eine Rolle Toilettenpapier und ein Stück Seife, dahinter stand ein weiterer Kübel mit Wasser.

Umständlich schälte sich Sarah aus der Hose und dem Shirt. Sie wusch sich dürftig mit der linken Hand, während der rechte Arm nutzlos an ihrem Körper schlenkerte. Danach wusch sie den Slip aus, wrang ihn mit der gesunden Hand aus beziehungsweise drückte ihn mehrmals in ihrer Faust zusammen und hängte ihn über die Stuhllehne, dann tauchte sie die urin- und kotgetränkte Jeans in den Eimer. Sie ließ sie im Wasser einweichen und ging zum einzigen Fenster im Raum. Es war sehr hoch oben. Sarah war nur eins vierundfünfzig groß, was ihr als Artistin entgegenkam, aber jetzt hinderlich war. Sie ging zurück und schleifte den Stuhl hinter sich her. Zog ihn dicht unter das Fenster mit der Lehne an der Wand. Hoffnungsvoll stellte sie sich darauf. Aber sie konnte das Fenster immer noch nicht erreichen.

Sie stieg ab und wandte sich zum Tisch. Fein säuberlich nahm sie den Teller und das Glas herunter, stellte beides auf den Boden und schob den Tisch mit Einsatz des gesamten Oberkörpers durch das Zimmer. Er war schwer und aufgrund des rauen Bodens glitt er nicht, sondern holperte durch den

Raum. Aufgrund der Anstrengung fühlte sie den Durst und den Hunger noch mehr.

Als der Tisch endlich unter dem Fenster stand, stieg sie darauf. Sie war noch immer zu klein.

Daraufhin stellte sie den Stuhl auf den Tisch. Mit den Fingerspitzen ihrer linken Hand konnte sie den unteren Rand des Fensters ertasten und die Metallstäbe, die daraus emporragten.

Hinauszusehen war unmöglich. Sie griff mit der gesunden Hand auf das Sims und zog sich hoch, jedoch war ein Umgreifen der zweiten Hand mit der ausgekugelten Schulter ein Ding der Unmöglichkeit. Also hing sie mit einem Arm am Sims und wusste nicht weiter. Da der andere Arm nutzlos war, konnte sie nicht einmal schauen, ob das Fenster von innen zu öffnen war und ob man das Gitter möglicherweise aushängen konnte. Entmutigt und erschöpft kletterte sie wieder herunter und schob alles an den Ausgangsort. Sie wusste nicht, wann die Männer zurückkamen, und sie sollten nicht sehen, dass sie einen Ausweg suchte.

Beim Zurückschieben stieß sie mit einem Tischbein das Glas um.

Es zerbrach nicht, aber die Flüssigkeit lief heraus und verteilte sich über den Boden. Wenn es Wasser war, dann hatte sie es jetzt verschüttet.

Ihr Blick fiel auf den Eimer, in dem ihre Hose weichte. Wie dumm sie doch gewesen war!

Wenn hier irgendwo reines Wasser war, dann in diesem Eimer. Da hatten sich die Entführer sicher nichts dabei gedacht. Doch im Eimer schwammen ihre Exkremente an der Oberfläche, vermischt mit Seifenschaum. Das würde sie nicht trinken können. Blieb bloß die Hoffnung, die Entführer würden sie nicht nur bei einem Glas Wasser darben lassen, sondern Nachschub bringen.

Das Sandwich lächelte ihr zu.

Aber wenn es nichts zu trinken gab, sollte man nicht essen. Der Körper konnte sich so besser darauf einstellen, dass er darbte. Wenn man allerdings aß, dann verlangte der Körper nach mehr Flüssigkeit als sonst. Also würde sie jetzt fasten.

Fasten und Nachdenken. Angst stieg in ihr hoch, aber welche Ängste mochten Aaron und Alice erst ausstehen? Vor allem Alice war alt genug, um sich darüber Gedanken zu machen, was los war. Natürlich waren Zirkuskinder nicht so anhänglich wie andere, da sie es gewohnt waren, ohne Wurzeln aufzuwachsen, dennoch brauchten auch sie Konstanten. Dass sie ihren Papa oft wochenlang nicht zu sehen bekamen, kannten sie schon. Deshalb waren sie auch ruhig geblieben, als Oliver verschwunden war, während Sarah sich Sorgen gemacht hatte. Obwohl sie verärgert war, weil Oliver tatsächlich meistens mit irgendeiner fadenscheinigen Erklärung wieder erschien. Oliver war Teilzeitpapa. Aaron und Alice hatten sich damit arrangiert. Aber Sarah war allzeit für sie da. Keinen einzigen Tag hatten ihre Kinder bisher auf sie verzichten müssen. Tränen liefen über Sarahs Wangen. So gern würde sie ihre Kleinen jetzt drücken. Und wenn sie je hier rauskam, dann würde sie genau das als Erstes tun. Die Kleinen drücken und nie wieder loslassen. Schluchzend legte sie ihre Arme um ihren eigenen Körper und stellte sich vor, Aaron und Alice zu umarmen.

Mittlerweile schüttelte sich ihr Körper durch die Kälte und das Weinen. Im Eck befand sich eine Luftmatratze mit einer kratzigen Wolldecke darauf. Sie legte sich hin, deckte ihren Körper zu und hoffte seltsamerweise, die Entführer würden nicht zu früh zurückkommen. Nicht, bevor sie ihre Hosen wieder anhatte.

Eingerollt in die Decke dachte sie an Oliver. Wo er wohl war?

Warum hatte er sie alleine gelassen? Sie und die Kinder. Und was hatte er ausgefressen, dass ein Schlägertrupp über sie hergefallen war? Und sie ärgerte sich auch, nicht auf Richie gehört zu haben, der von Anfang an Oliver gegenüber reserviert gewesen war. Hatte er immer recht gehabt? Stimmte mit ihrem Verlobten etwas nicht? Oder war er auch lediglich ein Opfer?

So wie sie.

Richie.

Er würde sie suchen. Ganz bestimmt.

Und ihre Zirkusfamilie würde mithelfen.

Jeder wusste, Oliver würde abhauen, ohne etwas zu sagen. Aber nicht Sarah.

Alle, die sie kannten, wussten, dass die Kinder und der Zirkus ihr Leben waren. Niemals würde sie einfach verschwinden.

Sie musste stark sein.

Überleben.

So lange es möglich war.

Ihr Blick fiel auf die Wasserlache am Boden.

Rasch strampelte sie die Decke weg und kroch auf die Lache zu.

Überleben.

Sie holte einmal tief Luft.

Überleben.

Für Aaron und Alice.

Mit einer Hand fasste sie ihre Haare zusammen, hielt den Kopf dicht über den Boden und spitzte die Lippen.

Dann saugte sie das Wasser auf.

31

Wien, Mauer

Donnerstag

Früher hatte Theres die dunklen Morgenstunden geliebt. Die Zeit des Tages, die ihr alleine gehörte. Wenn Benjamin noch schlief und nur einige Lichter im Haus gegenüber brannten. Sie mochte die Stille und genoss es, durch die Akten zu blättern, während die Kaffeemaschine die Bohnen zerrieb und anschließend der Espresso hergestellt wurde. Wenn das Aroma den ganzen Raum durchtränkte und die dampfende Tasse vor ihr stand, saß sie meist nur im Seidenkimono vor dem Schreibtisch, die nackten Füße auf dem gepolsterten Schemel abgelegt und die Akten auf dem Schoß. Die perfekte Einstimmung auf ihren Tag. Erst später, wenn auch Benjamin in die Küche kam, gönnte sie sich mit ihm zusammen ein leichtes Frühstück. Aber da gehörte der Tag schon nicht mehr ihr alleine.

Heute allerdings kauerte sie missmutig vor ihrer Kaffeetasse mit dem Eulenaufdruck. Ihre sonstige Ruhe und Befriedigung wollten sich nicht einstellen. Die Dunkelheit draußen war nicht mehr ihr Freund, die Lampen auf der Straße erinnerten sie daran, dass sie ihr Licht nicht ihr Leben lang sehen würde. Auf einmal schmeckte der Kaffee schal und vom Geruch wurde ihr übel. Mit nackten Füßen und nichts als Seide auf der Haut hier zu sitzen, empfand sie nicht länger als angenehm. Sie fühlte sich verwundbar. Kurzerhand schlich sie noch einmal ins Schlafzimmer und holte Socken, Shirt und Jogginghose. Im Wohnzimmer zog sie alles über, fand auf der Couch noch eine Longstrickjacke und wickelte sich in sie ein. In der Küche setzte sie heißes Wasser auf. Sie hatte Lust auf Tee. Dazu schmierte sie sich ein Honigbrot. Statt sich wieder zurück zum Tisch zu begeben, stellte sie alles auf den Couchtisch und trug auch die Akten dorthin. Als sie eingemummelt auf der Couch lehnte und ihren Tee trank, ging es ihr besser. Die Routine war gebrochen. Ihr altes Leben mit den verstaubten Träumen und Zielen existierte nicht mehr. Sie war nicht mehr dieselbe unbeschwerte Theres, sondern ein anderer Mensch. Noch während sie darüber nachdachte, überlegte sie, wie der Mann nebenan noch in dieses Leben passen sollte. Sie kannte seine Träume und Wünsche: Heiraten. Kinder. Haus bauen. Glücklich bis ans Lebensende sein.

Das alles wünschte er sich.

Das alles wünschte sie ihm.

Gleichzeitig wusste sie in diesem Augenblick, dass es nicht sie sein konnte, die ihm diese Wünsche erfüllte. Es stimmte sie traurig. Doch tief in ihrem Inneren machte sich etwas anderes breit, gleich neben den Ängsten über ihren Zustand: Erleichterung.

Irgendwann musste sie es ihm sagen. Aber nicht heute. Nicht morgen. Es gab für alles einen perfekten Zeitpunkt. Den ersten Kuss. Das erste Mal. Das Zusammenziehen. Das erste Mal »Ich liebe dich« zu sagen. Die Hochzeit. Das erste Kind. Den Berufswechsel.

Es würde auch den perfekten Zeitpunkt geben, um Schluss zu machen.

Mühsam schälte sie sich von der Couch und trug das Geschirr in die Küche. Auf dem Weg über den Flur hörte sie jemanden etwas in den Briefkasten werfen. Sofort schnappte sie sich den Schlüssel und holte die Post herein. Ihre abonnierte Tageszeitung war dabei. Mit einer zweiten Tasse Tee schlenderte sie wieder ins Wohnzimmer zurück und schlug die Zeitung auf. Beim Lesen hielt sie die Tasse in den Händen und pustete in den heißen Tee. Wenn man täglich die Zeitung studierte, hatte man oft das Gefühl, dass die Welt in einem Sumpf aus Kriminalität, Bosheit, Korruption und Reality-TV unterging. Als sie beim Lokalteil ankam, blieb sie an einem Artikel hängen. Sie las ihn zweimal. Drehte die Lampe höher und las ihn erneut. Das konnte nicht wahr sein!

Ein Albtraum. Am Wienerberg war die Leiche einer Frau gefunden worden. Was sonst noch dabei stand, ließ ihre Finger zittern. Hastig stellte sie die Tasse ab, rieb die Hände aneinander und legte sie danach beruhigend auf die Augen.

Aber es gab keinen Zweifel. Sie hatte einen Fehler gemacht.

Und es kam ihr nur eine Person in den Sinn, mit der sie jetzt darüber reden wollte, denn sie war sicher, er würde ihr wirklich zuhören. Nur blöd, dass sie seine Karte beim Einsteigen in die Straßenbahn verloren hatte. Mit klopfendem Herzen wählte sie die Nummer der Kriminalpolizei. Schon nach dem zweiten Läuten hob jemand ab und fragte, was er für sie tun könne.

»Können Sie mir die Nummer von einem bestimmten Kriminalbeamten geben?«

»Natürlich, wie heißt er denn?«

»Das hab ich vergessen.« Wie peinlich.

»Dann dürfte das für mich schwierig sein, Sie zu verbinden.«

»Das glaub ich nicht. Es dürfte nur einen Beamten in Wien geben, der aussieht wie er.«

»Und wie sieht er aus?«

»Ein Teil seines Gesichtes …«, fing sie zögernd an. Kam aber gar nicht weiter, denn der Beamte in der Leitung unterbrach sie. »Alles klar. Ich verbinde.« Und weg war er, es läutete.

Nach dreimaligem Läuten ertönte eine ihr sofort bekannte Stimme durch den Lautsprecher.

»Richard Schwarz. Was kann ich für Sie tun?«

»Hier ist Theres Lend.«

»Tut mir leid. Das sagt mir jetzt nichts.«

»Wir haben uns vor dem LKA-Gebäude getroffen …« Sie pausierte und überlegte, wie sie sich beschreiben konnte. »Ich hatte Kaugummi auf der Jeans.«

»Und ein TicTac.« Seine Stimme klang angenehm warm und weich, aber auch seltsam gehetzt.

»Brauchen Sie Hilfe?«

Sie überlegte kurz, ob sie ihm am Telefon schon berichten sollte, worum es ging. Entschied sich aber dagegen. Vielleicht würde er sie dann gar nicht treffen wollen, aber Theres spürte den unbändigen Wunsch, persönlich mit ihm zu reden.

Suchen Sie sich jemanden zum Reden, hallte die Stimme des Arztes durch ihren Kopf. Der Kriminalbeamte hakte noch einmal nach, ob sie Hilfe bräuchte.

»Ich muss Sie sprechen«, antwortete Theres und atmete erleichtert aus. »Könnten Sie ins Café Romero kommen?«

Stille am anderen Ende der Leitung. Er hatte doch nicht etwa aufgelegt?

Ein Räuspern. »Frau Lend, ich will ehrlich sein, ich habe momentan weder die Zeit noch die Nerven für einen Kaffeeplausch.« Er klang sehr müde. Womöglich schlief er genauso schlecht wie sie selbst. Zum ersten Mal seit der Begegnung fragte sie sich, ob er Schmerzen hatte.

»Das denken Sie? Dass es ein einfaches Kaffeetrinken und Plaudern sein wird?«

»Hören Sie, ich hab einfach keine Zeit momentan. Tut mir leid.«

»Aber ich habe wichtige Informationen bezüglich des Falls in Favoriten.«

»Gut, dann gehen Sie bitte zu den Kollegen in Favoriten, die nehmen Ihre Informationen auf und leiten sie uns weiter. Und sollte das von Belang sein, melde ich mich bei Ihnen.«

»Ich will aber mit niemand anderem sprechen. Ich bin mir erstens nicht sicher, ob ich recht habe, zweitens sind die Informationen vertraulich.«

»Frau Lend, ich muss jetzt arbeiten. Melden Sie sich, wenn Sie sicher sind. Auf Wiederhören.«

Es knackte in der Leitung. Er hatte tatsächlich aufgelegt!

Moment. Sagte er nicht, er müsse arbeiten? Theres lächelte. Würde sie ihm einen Besuch abstatten, könnte er sie unmöglich abwimmeln.

32

Sarah

Der Geschmack auf ihrer Zunge war widerlich. Mehrfach musste sie den Brechreiz unterdrücken.

Aber wenigstens dürfte es reines Trinkwasser gewesen sein. Sie fühlte sich nicht anders. Nicht mehr unter Drogen gesetzt als vorher.

Das Sandwich rührte sie trotzdem nicht an.

Es war keine Flüssigkeit mehr da, mit der sie im Fall des Falles Brösel runterspülen konnte. Und sie wollte hier nicht aus Versehen ersticken.

Egal.

Sarah war es gewohnt zu hungern, um ihre Figur zu halten. Beziehungsweise, um sie wiederzubekommen. Nach jedem Kind war dies schwieriger geworden, obwohl sie täglich trainierte.

Ihre Schulter schmerzte. Der ausgekugelte Arm begann sich taub anzufühlen.

Wann würden die Männer zurückkommen? Würden sie überhaupt zurückkommen? Oder wurde sie hier sich selbst überlassen?

Was wollten sie überhaupt von ihr? Die ganze Zeit über fragten sie nach Oliver und wo die Tasche wäre.

»Welche Tasche?«, hatte sie wissen wollen.

»Die Tasche mit den Kröten«, war die Antwort gewesen.

Im ersten Augenblick hatte Sarah an Froschlurche gedacht.

Sie erklärte ihnen, es gäbe keine Tasche mit Geld, und überhaupt, dass sie kaum welches hatten. Dass sie sich irren mussten und die Falschen ausrauben wollten.

Was hatten die Typen gelacht!

»Ausrauben?«, fragten sie. Weiteres Lachen. Beinahe übertrieben gut gelaunt. »Wir holen uns nur, was uns zusteht.«

Sarah verstand nicht. Was ihnen zustand? Sie kannte die Typen doch gar nicht.

Es waren definitiv andere als die Männer, die sie im Kartenhäuschen geschlagen hatten. Aber auch die hatten nach Geld gefragt und nach Oliver. Sie konnte sich keinen Reim darauf machen. Natürlich führten sie mehrere Monate im Jahr quasi eine Fernbeziehung, aber dass er in etwas Illegales verwickelt war, von dem sie alle die Jahre nicht das Geringste mitbekommen hatte, verstand sie nicht.

Oliver. Ein Klumpen bildete sich in ihrem Magen. Warum hatte ihr Verlobter sie in Gefahr gebracht? Er musste gewusst haben, dass die Typen unterwegs zum Zirkus gewesen waren. Wäre er sonst abgehauen?

Weggeblieben war er schon öfter, aber meist nur eine Nacht. Niemals zwei Tage oder länger.

Was zur Hölle war passiert?

Es machte ihr besonders zu schaffen, dass er ihr anscheinend nicht genug vertraute.

Wenn er in etwas hineingeraten war, hätte er ihr das doch sagen können. Sie hätte alles versucht, um ihm zu helfen.

Stattdessen war er einfach davongelaufen.

Sie war bitter enttäuscht von ihm.

Tränen liefen jetzt über ihre Wangen, als sie daran dachte, was er damit Aaron und Alice angetan hatte. Möglicherweise würden sie jetzt ohne Vater und Mutter aufwachsen müssen.

Ihre armen Kleinen!

Wie lange war Sarah jetzt weg?

Zwölf Stunden? Oder waren es schon sechzehn? Sie hatte jegliches Zeitgefühl verloren.

Müde schlurfte sie zum Eimer, wusch die Hose und wrang sie mühselig mit dem einen Arm aus, ging damit zum Stuhl und hängte sie über die Lehne zum Trocknen auf. Dann überprüfte sie den Slip, er war noch feucht. Wie sollte er in diesem kalten Raum auch trocknen?

Es war zum Verzweifeln.

Ihr Arm nahm eine ungesunde Farbe an. Sie musste etwas tun.

Ob sie das Gelenk selbst wieder einrenken konnte?

Ein Versuch war es wert.

Wenn es ihr gelang und der Arm wieder brauchbar wurde, sodass sie etwas in ihren Fingern spürte, konnte sie versuchen, sich am Fenstersims hochzuhangeln.

Auch wenn sie es nicht schaffte, von dort nach draußen zu gelangen. Möglicherweise könnte sie aber auf sich aufmerksam machen und Hilfe holen.

Sie stand noch einmal von der Matratze auf und schritt zum Tisch. Sie löste die Folie vom Sandwich und öffnete die beiden Brothälften. Heureka. Da waren Ketchup und Mayonnaise drin. In ihrem Gehirn formte sich ein Plan.

Ein Plan, der nur gelingen konnte, wenn sie ihren Arm wieder bewegen und belasten konnte.

Sie dachte nach. Wie renkte man eine Schulter ein?

Noch dazu alleine?

Würde sie durch den Schmerz nicht ohnmächtig werden?

Sollte sie es deshalb im Sitzen auf der Matte machen?

Sie brauchte einen starken Gegendruck. Und eine Drehbewegung. Fieberhaft überlegte sie, wie sie das in den zahlreichen Arztserien, die sie so gern ansah, machten.

Aber da waren sie ja immer zu zweit oder sogar zu dritt.

Mist! Und wer wusste schon, ob diese Drehbücher der Realität entsprachen. Sie legte sich wieder hin und rollte sich in die Decke.

Schluchzend schloss sie die Augen.

Sofort stiegen Bilder in ihr hoch. Die fragenden Augen von Alice während des Unterrichts. Der Geruch von Aarons Köpfchen nach dem Baden. Das Gefühl von Alice' seidigen Haaren in ihren Fingern, wenn sie ihr einen Zopf flocht. Aarons glucksendes Lachen, wenn sie ihn kitzelte. Sie vermisste sie unendlich. Niemand sang sie jetzt in den Schlaf. Niemand las ihnen eine Geschichte vor. Niemand unterrichtete sie jetzt.

Sofort fiel Sarah der Samstag ein, an dem sie Alice in Geschichte unterrichtet hatte. Sachunterricht hieß es in der Grundschule noch. Thema war das Mittelalter, Burgen, Ritter und Burgfräulein. Sarah fragte, ob Alice einen berühmten Minnesänger kennen würde.

Die Kleine antwortete wie aus der Pistole geschossen: »Galileo Galilei!«

Sarah blieb ernst und hakte nach. »Bist du dir sicher, dass es nicht Leonardo da Vinci war?«

»Nein, Mama«, sagte Alice im Brustton der Überzeugung. »Das war der, der den Hubschrauber erfunden hat.«

»Aha«, hatte Sarah gesagt. »Und wo steht jetzt dieser Hubschrauber?«

Alice hatte ihr Näschen krausgezogen. »Aber das weiß doch jeder, Mama. Im Louvre natürlich.«

Trotz aller Not und der Schmerzen konnte Sarah ein Schmunzeln nicht unterdrücken. Alice war ein kleiner

Dreikäsehoch, der alles las, was ihm zwischen die Finger geriet. Keine Ahnung, wo sie ihre Weisheiten über Galileo und da Vinci herhatte. Vermutlich hatte sie mehrere Informationen im Geiste vermischt und neu formatiert. Aber Alice würde ganz bestimmt ihren Weg gehen.

Wie lange würden ihre Kleinen ohne ihre Mama aushalten müssen? Kein Daddy weit und breit, der sie tröstete, weil Mama nicht da war.

Ivan würde sie beschützen, davon ging sie aus. War er doch stets für sie da gewesen.

Und auch für die Kinder, wenn Oliver mal wieder weiß der Teufel wo war.

Ivan war wie ein Fels in der Brandung. Ihr Fels.

Eigentlich schon, als sie ganz jung waren. Ivan war das Kind von Silas, dem Clown, und Santana, der Dompteuse. Er wuchs mit Sarah zusammen auf. Alles machten sie gemeinsam, da sie fast gleich alt waren.

Ivan war im Februar geboren und Sarah wenige Monate später im November. Sie verstanden sich schon als Babys angeblich wie Zwillinge. Auf der Krabbeldecke sollten sie sich stundenlang angebrabbelt und angelacht haben.

Nachprüfen konnte sie das nicht, aber sie konnte es sich lebhaft vorstellen. Denn auch später waren sie und Ivan ein Herz und eine Seele.

Das änderte sich nur ein bisschen in der Zeit, als Richie zu ihnen stieß. Ivan war eifersüchtig auf den Neuankömmling, aber gleichzeitig tat er ihm auch leid. Richie musste mehrfach operiert werden. Gesunde Haut wurde ihm von den Oberschenkeln entfernt und auf Stellen angebracht, die total verbrüht waren. Dadurch bekam er auch an seinen gesunden Beinen Narben. Richies Körper war ein einziges Narbenmeer.

Und nur Sarah wusste, dass auch seine Seele voller Narben war.

Niemand außer Sarah ließ er an sich heran.

Ihr vertraute er alles an. Sein ganzes Leben blätterte er vor ihr auf wie ein Buch. Und sie dankte ihm dieses Vertrauen, indem sie Erzähltes für sich behielt. Nicht einmal Ivan wurde eingeweiht, dem sie sonst alles beichtete. Aber nicht Richies Geheimnisse.

Sarah hütete sie wie einen Schatz. Sie und Richie wuchsen mit den Monaten und Jahren beinahe genauso zusammen wie sie und Ivan. Trotzdem fühlte es sich unterschiedlich an.

Sie kam gut damit klar, als Richie beschloss, zur Polizei zu gehen, um etwas mehr Geld in die Zirkuskasse zu bringen. Das war zu einer Zeit, als die Besucherzahlen komplett einbrachen, nicht nur in ihrem Zirkus, sondern auch sonst überall in Österreich. Schuld daran war nicht bloß die neue Tierschutzverordnung, dank derer sie sich von allen Wildtieren trennen mussten. Drei der vier Dompteure wurden entlassen, es gab nichts mehr für sie zu tun. Dass Santana blieb, hatte sie lediglich ihrer Nähkunst zu verdanken und ihren Pudeln. Denn damit baute sie eine neue Tiershow auf, die mit den Gesetzen konform ging. Richie tat alles Mögliche, um den Zirkus über die Runden zu bringen. Aber Sarah war klar, dass der einzige Weg über eine Fusion lief. Denn in Deutschland war die Lage anders. Mit ihren letzten Ersparnissen kaufte sie sich in den Münchner Zirkus Diadem ein. Nachdem der alte Direktor in Rente ging, übernahm sie den Zirkus sogar. Sowohl das Hauptgebäude für den Winter in München als auch die drei Wanderzelte. Richie war zu diesem Zeitpunkt bereits vom Streifenpolizisten zum Kriminalbeamten aufgestiegen. Aber er unterstützte sie mit allen Mitteln, nicht nur mit regelmäßigen Überweisungen, sondern auch mit seiner Zauber- und Jonglierkunst. Denn darin hatte er sich schon als Kind als richtig talentiert erwiesen. Er wüsste sicher auch, was jetzt zu tun war.

Es half alles nichts. Sie konnte hier liegen und an bessere Zeiten denken oder hier liegen und hoffen, dass sie irgendjemand rettete, oder aufstehen und etwas tun.

Sie entschied sich für Letzteres.

Zumindest würde sie alles versuchen, was ihr möglich war.

Sie brauchte ein Gewicht. Der Wassereimer, schoss es ihr durch den Kopf.

Sie holte den Eimer, stellte ihn neben den Stuhl und setzte sich seitlich auf diesen. Den ausgekugelten Arm ließ sie über die Lehne hängen. So konnte sie den Eimer nicht erreichen, also stand sie noch einmal auf und nahm den Eimer in die andere Hand. Sie setzte sich abermals, ließ erneut den kaputten Arm über die Lehne hängen und führte den Eimer zur Hand. Obwohl diese Hand taub war, schlossen sich die Finger über dem Henkel. Sarah atmete tief ein und nahm die gesunde Hand weg. Durch das Gewicht des mit Wasser gefüllten Eimers wurde der Arm sofort nach unten gezogen und sollte die Schulter wieder einrenken. Zumindest hatte es damals bei Titan geklappt. Sarah schrie laut auf und ließ den Eimer fallen.

33

Wien, LKA

Richard lief ins Büro. Nächstes Mal musste er auf jeden Fall früher aufstehen. Schließlich lebte er nicht mehr alleine. Das Gassigehen mit dem Namenlosen hatte länger gedauert, als er dachte, danach musste er noch gefüttert werden. Als Richard gegangen war, hörte er ihn hinter der Tür winseln. Alleine zu sein war der Hund anscheinend nicht gewöhnt. Kurz hatte er überlegt, ihn mit ins Büro zu nehmen. Im selben Moment hatte Theres Lend angerufen. Die hatte ihn definitiv auf dem falschen Fuß erwischt. Er hatte genug Stress um die Ohren. Emily hatte ihm gestern auf die Mailbox gesprochen, als er gerade beschäftigt war. Seine Rückrufversuche waren bisher vergeblich gewesen.

Ans Fenstersims im Büro gelehnt rief er sie erneut an.

Diesmal hob sie gleich ab.

»Hey, Richard, schön, dich zu hören«, flötete sie ins Telefon.

»Tut mir leid, war viel los gestern.« Er öffnete das Fenster, um frische Luft reinzulassen. »Also seid ihr fertig?«

»Warte, ich geh in mein Büro und such die Unterlagen raus.«

»Weißt du was?«, sagte er. »Ich komm rüber. Hast du schon gegessen?«

»Nein, bin noch nicht dazu gekommen«, antwortete sie irritiert.

»Gut, ich bin in fünfzehn Minuten bei dir.«

Auf dem Weg zur Gerichtsmedizin hielt er bei seinem Lieblingsitaliener. Emilys Vorliebe für Pizza war allgemein bekannt. Vor allem für die Salami-Variante.

Schon als er mit dem Karton eintrat, konnte sie ein Grinsen nicht verbergen. Der Restaurantname war auf dem Pizzakarton groß aufgedruckt.

»Du verwöhnst mich also heute?«

»Wir haben beide noch nicht gegessen«, entgegnete er ausweichend.

Er stellte den Karton auf dem Tisch in ihrem Büro ab. Der Restaurantchef kannte Richard mittlerweile sehr gut und hatte eine Portion Tiramisu auf Kosten des Hauses beigefügt.

»Super! Sogar an mein Tonic hast du gedacht.« Emily klatschte begeistert in die Hände und riss die Flasche an sich. Richard öffnete den Karton. Die Pizza war bereits vorgeschnitten.

»Ich hoffe, das war es wert«, meinte er, schob sich ein Pizzaeck in den Mund und biss ab.

»Das wirst du gleich sehen. Ich hab die andere Frau auch schon obduziert. Habt ihr schon herausgefunden, um wen es sich dabei handelt?«

»Leider nicht.« Richard öffnete seinen eigenen Karton mit der Diavolo.

»Ich dachte, ihr habt einen Gesundheitsausweis beim Opfer gefunden.«

»Nicht direkt beim Opfer, sondern in der Nähe. Hat sich allerdings als Sackgasse erwiesen.«

Vorsichtig hob sie sich ein Stück Pizza heraus.

»Wieso das?«

»Wir haben die Prostituierte ausfindig gemacht, zu der der Pass gehört, und die ist quietschlebendig. Sie hat den Ausweis nur im Park verloren, als sie dort einen Freier beglückte.«

»Sonst keine Hinweise?«

»Die europaweite Fahndung ist ohne Ergebnisse geblieben, wir haben sogar Interpol verständigt. Meine Kollegen von der Sitte waren in allen Bordellen und Laufhäusern im Umkreis und niemand kennt sie dort.«

»Eine Illegale?«

»Möglicherweise. Aber noch ist nicht einmal klar, ob sie eine Prostituierte ist.« Richard kaute.

»Also, das kann ich vielleicht beantworten.« Sie zeigte mit den Fingern auf wie ein Schulmädchen.

»Hast du was gefunden, das darauf hinweist?«

»In ihrer Vagina steckte …«, begann Emily.

»… ein Stöckelschuh«, beendete Richard den Satz und schob sich ein weiteres Pizzastück in den Mund.

»Das auch, ich meinte aber weiter drin. Das ist jetzt nichts, was beim Essen sonderlich appetitlich ist.«

»Berufsrisiko.« Richard hob die Mundwinkel.

Emily lächelte zurück.

»Das Opfer hatte ihre Tage.«

»Daher der Slipwechsel«, dachte Richard laut.

Emily schüttelte den Kopf. »Nein, aber dazu kommen wir gleich.«

Da er immer noch kaute, forderte er sie mit einem Kopfnicken auf weiterzureden.

»In ihrer Vagina war ein Schwämmchen, das Prostituierte benutzen, um trotzdem Freier empfangen zu können. Anders als ein Tampon stört es nicht beim Verkehr und die Freier können es nicht einmal spüren.«

»Verwenden das nur Prostituierte?«

»Es ist nicht auszuschließen, dass auch andere Frauen diesen Trick kennen oder diese Schwämmchen benutzen, um während der Tage Sex zu haben. Aber bei Prostituierten sind diese Schwämmchen gang und gäbe. Sie würden sonst jeden Monat etwa eine Woche ausfallen. Das können sie sich nicht leisten. Maximal die Edelhuren in den Etablissements im ersten Bezirk.«

»Das wären zwölf Wochen Verdienstausfall«, rechnete Richard vor. »Verständlich, dass sie da zu einem Trick greifen. Deshalb gehst du davon aus, dass es sich beim zweiten Opfer um eine Prostituierte handelt.«

»Es wäre ein Hinweis. Allerdings stand es um ihre Gesundheit generell sehr schlecht. Abgesehen von der Gonorrhoe hatte sie nur noch wenige Zähne und die Haut war mit Krusten übersät. Die Haare schütter.«

Richard wusste sofort, was das bedeutete. »Crystal?«

»Leider ja. Der Bluttest hat auch gleich angeschlagen, den konnte ich hier im Labor machen.«

Demnach handelte es sich um eine Junkienutte.

»Das Opfer kommt vermutlich aus dem Ostblock. Balkangebiet, Bulgarien, Rumänien oder auch Tschechien. Genaueres wirst du nach dem DNA-Test wissen. Aber ich würde in diesen Gegenden schon mal prüfen lassen, ob es Vermisstenmeldungen oder Ähnliches gibt.«

Bisher hatten sie zwar schon eine europaweite Anfrage über Vermisstenmeldungen gemacht und die Datenbanken durchgeforstet, aber nichts gefunden. Natürlich konnte auch illegaler Menschenhandel im Spiel sein.

»Jetzt zu dem Slip. Ich hab dir ja versprochen, dass ich noch dazu komme.«

Richard rang nach Luft. Er hatte zu viel Pfefferoni erwischt.

Emily schaute in seine tränenden Augen und lachte. »Jedes Mal das Gleiche mit dir! Ich habe dir schon öfter gesagt, dass du nicht so schlingen sollst.«

Mangels Luft nickte er lediglich. Emily reichte ihm eine Serviette. Mit der wischte er sich die Augen trocken. Danach stürzte er seinen Eistee hinunter, den Emily ihm hilfsbereit reichte.

»Bereit?«

Richard nickte.

»Der Slip, den ihr aus ihrem Mund gezogen habt, gehört ihr nicht.«

»Das hab ich mir schon gedacht.«

»Es war zwar Speichel vom Opfer drauf, aber ich hoffe, der DNA-Test ergibt noch etwas anderes. Der Slip war nämlich ungewaschen.«

»Und wieso glaubst du jetzt schon, dass es nicht ihrer war?«

»Ganz einfach. Die Größe stimmte beim Slip genauso wenig wie bei den Stilettos, die ihr eingeführt wurden. Bei den Schuhen habt ihr es ja gleich gemerkt, aber beim Slip war es für euch nicht so offensichtlich.«

»Für mich und den Arzt schon, die Farbe war ja anders als die Fasern, die der Arzt an der Leiste entdeckt hatte«, warf Richard ein.

»Das letzte Opfer hatte Kleidergröße zweiunddreißig, war also sehr, sehr dünn, vermutlich durch den Crystal-Konsum. Der Slip in ihrem Mund war allerdings in Kleidergröße vierzig. Und jetzt rate mal, wer laut Kleidung Größe vierzig hat und wem ebenfalls ein Slip fehlt.«

»Dem ersten Opfer?«

»Bingo! Auch die Schuhgröße würde passen. Das erste Opfer hatte Schuhgröße einundvierzig, exakt die Größe der blauen Schuhe, und sie selbst wurde barfuß aufgefunden.«

»Also haben wir ein Muster abseits des Stichwundenmusters.«

»Ich denke ja.«

»Zwei Morde sind allerdings noch keine …«

»Serie. Ich will nicht schwarzmalen, aber wenn ihr ihn nicht bald schnappt, dann wird es eine Serie werden. Solche Täter hören nicht von heute auf morgen auf. Ich habe sogar den Eindruck, dass dieser hier erst richtig anfängt.«

Das gleiche Gefühl hatte schon Richard gehabt. Denn der zweite Mord unterschied sich in gewissen Komponenten. Da er wieder einen Slip mitgenommen hatte, würde es wohl einen weiteren Mord geben, es sei denn, sie waren schnell.

»Das erste Opfer hatte keinen Slip im Mund.«

Emily schüttelte den Kopf und nahm einen Plastikbeutel aus einer Lade. »Aber ich habe das hier aus ihrem Rachen gezogen.«

34

Doktor Emily McSand hielt ein Säckchen in die Höhe. Richard konnte auf den ersten Blick nicht identifizieren, was es war. Er nahm es entgegen. In der Tüte lag eine Art Kette mit einem Anhänger, der Anhänger war etwas lädiert und silbern eingefasst.

»Was ist das? Ein Edelstein ist das nicht.«

»Das ist ein besonderes Plektrum. Früher waren sie aus Schildpatt, das ist aber jetzt verboten. Normalerweise sind sie jetzt aus Nylon oder Celluloid, es gibt auch welche aus Holz. Dieses hier ist aus Büffelhorn. Es sieht fast aus wie ein Obsidian. Es dürfte keine zwei geben, die identisch sind. Jedes dieser Plektren ist ein Unikat, weil die Zeichnung des Horns immer anders ist. Es ist sehr interessant verarbeitet, die Spitze ist einzigartig gewölbt mit einer leichten Drehung. Für den Daumen wurde eine Wölbung gemacht. Ein sehr schönes Detail ist der gravierte Notenschlüssel.«

»Das ist zum Gitarrespielen?«

Emily wischte sich die Mundwinkel mit einer Serviette ab und beäugte das Tiramisu.

»Das war es mal. Jetzt ist es eingefasst in echtem Silber und die Kette ist auch interessant, es handelt sich um eine versilberte Gitarrensaite, genauer, um die A-Saite.«

»Also ein echtes Liebhaberstück.«

»Auf jeden Fall. Und sicher auf Auftrag gefertigt.«

»Das ist ein Schmuckstück mit besonderer Bedeutung, wenn du mich fragst. Finde den, dem der Schmuck gehört, und du hast den Mörder.«

Wenn es so einfach wäre. Der Mörder könnte den Schmuck ja auch nur gefunden haben. Aber warum sollte er ihn dann bei den Morden hinterlegen? Er musste eine Bedeutung haben. Die Fotos dieser Kette musste er definitiv auch an die Fahndung weiterleiten. Das konnte den Durchbruch bedeuten.

Das erste Opfer unterschied sich also in einigen Dingen vom zweiten. Die Kleidergröße war unterschiedlich und die Tat selbst wurde etwas anders begangen.

»Ein ganz wichtiger Punkt ist, dass beim ersten Opfer die Stichwunden zum Verbluten geführt haben«, fuhr Emily mit ihren Ergebnissen fort. »Beim zweiten Opfer jedoch wurden die Stichwunden erst nach dem Exitus angebracht. Beide Male aber mit ziemlicher Sicherheit von einem Linkshänder getätigt.«

»Deshalb kaum Blutverlust, oder?« Das hatte Richard gleich am Tatort bemerkt.

Emily bejahte und löffelte das Tiramisu. »Das zweite Opfer starb definitiv durch einen Erstickungstod. Durch das Würgen und Einatmen von Erde. Erde haben wir auch in diesem Fall in den Atemwegen gefunden und auch in der Lunge sowie im Magen. Magst du auch etwas davon?« Sie hielt ihm einen vollen Löffel mit der Nachspeise vor den Mund.

»Trotzdem gehst du davon aus, dass es sich hier um denselben Mörder handelt.«

Sie ließ den Löffel vor seinem Gesicht kreisen und steckte ihn abschließend sich selbst in den Mund. Die Schale war fast leer.

»Jeder kann sich irren.« Sie überlegte, dabei legte sie die Spitze des Zeigefingers auf das Grübchen zwischen Oberlippe und Nase, wie sie es immer tat, wenn sie nachdachte. »Vielleicht sind sie auch zu zweit? Einer würgt und der andere sticht zu.«

An so etwas hatte natürlich auch Richard schon gedacht. Irgendetwas in ihm sagte ihm aber, dass es sich um einen Einzeltäter handelte.

»Eines haben beide Frauen gemeinsam«, stieß sie triumphierend aus.

»Und das wäre?« Richard wäre nichts aufgefallen.

»Die Haare.« Mit Zeigefinger und Daumen hielt sie eine ihrer Haarsträhnen hoch. »Sie haben beide dunkelbraune Haare und hatten beinahe die gleiche Frisur. Auch die Augen sind ähnlich. Ein dunkles Braun mit zahlreichen bernsteinfarbenen Sprenkeln.«

»Welche Frisur?«, fragte er.

»Stufig geschnitten von vorne nach hinten, die kürzesten Haare sind oberhalb des Kinns, die längsten Haare bis an den Brustansatz.« Sie zeigte dabei mit den Händen die Haarhöhen an. »Der Schnitt, den Jennifer Aniston seit Ewigkeiten trägt.«

Das sagte sogar ihm etwas.

»Zu Friends-Zeiten waren sie aber dunkler und kürzer als jetzt«, fiel ihm ein.

»Das ist ein allgemeines Phänomen, dass Frauen ab vierzig am Kopf immer heller werden. Der graue oder weiße Haaransatz lässt sich mit ein paar blonden Strähnchen leichter kaschieren. Außerdem schmeicheln helle Töne dem Teint und man sieht Fältchen weniger.«

»Ein billiges Lifting also.«

Sie lachte. »Sozusagen. Bei dunklen Haaren wirkt alles härter, auch die Falten.«

»Na, dann sollte ich mich wohl auch blondieren«, scherzte Richard. »Dann sieht keiner mehr meine Narben. Wer weiß, vielleicht gehe ich dann sogar als Model durch.«

Ein leicht sarkastischer Unterton ließ sich nicht vermeiden. Emily sah ihn warmherzig an.

»Du bist, wie du bist. Und wer dich so nicht mag, soll dir doch gestohlen bleiben.«

Er hob die Schultern. Irgendwie hatte sie sogar recht, aber andererseits wusste er, dass Emily sehr viel Wert auf ihr Äußeres legte, wohl auch bei der Partnerwahl. Ihr Mann war schließlich extrem attraktiv, das musste sogar er zugeben.

»Ach ja?«, seufzte er deshalb. Und stellte gleich darauf eine Frage, die ihm schon seit Jahren auf den Lippen lag. »Du würdest doch zum Beispiel nie mit mir ausgehen?«

Soweit er sich erinnern konnte, hatten sie entweder in ihrem Büro gegessen oder in seinem. Außerhalb der Arbeitsgebäude hatten sie sich nie getroffen. Sie blickte zu Boden. Ein leichter Rotton überzog ihre Wangen. »Du hast nie gefragt.« Es war nur gehaucht. Das kam unerwartet. Wie sollte er das jetzt interpretieren? Eine Sekunde später sprang sie jedoch auf, raffte die leeren Kartons und Styroporbehälter zusammen und ging damit zum Mülleimer, wo sie umständlich lange die Behälter hineindrückte. Jeden einzeln.

»Außerdem bin ich verheiratet«, sagte sie, als sie zurückkam. »Also stellt sich die Frage nicht wirklich.«

Dafür hatte sie aber lange gebraucht.

Sie setzte sich ihm wieder gegenüber und betrachtete ihn ausgiebig. »Kann es sein, dass du über deine Wirkung auf andere Menschen nicht Bescheid weißt?«

Was für eine Frage! »Oh doch. Glaub mir. Es ist wie in der Geisterbahn. Bevor sie reinfahren, sagen sie alle, dass sie sich vor nichts fürchten, aber wenn der erste Spuk um die Ecke kommt, kreischen sie doch.«

»Blöder Vergleich.« Sie zog die Stirn kraus. »Bei dir sieht man doch sofort, was Sache ist.«

»Nicht immer«, murmelte er.

Richard dachte an seine Auftritte in der Manege, bei denen alle Narben von seinem Kostüm verdeckt wurden. Er dachte an die Frauen, die ihn mit leuchtenden Augen von den Zuschauerrängen aus anhimmelten. Die nach der Show vor dem Zelt auf ihn warteten und um ein Autogramm bettelten, in den Augen die Hoffnung auf mehr.

Und dann dachte er an die Male, an denen er sich tatsächlich darauf eingelassen hatte. Und das mit Schaudern. Jedes einzelne Mal war schiefgegangen. Sobald er sein Kostüm abgelegt hatte, konnten die Frauen ihn nicht mehr ansehen oder berühren, geschweige denn, dass sie ihn noch wollten. Er war eben privat nicht der mysteriöse Mister Domino, dem die Frauen zu Füßen lagen wie Don Juan. Privat war er Richard, der Mann, der wirklich nur *eine* Schokoladenseite besaß.

Und dann erinnerte er sich an Cordy, die er zuallererst im Schwimmbad kennengelernt hatte und mit der alles anders gewesen war.

»Reden wir wieder über etwas anderes, bitte.«

»Wie du willst.« Sie tupfte sich ein Reiskorn von der Hose.

»Konntest du die Stichwunden miteinander vergleichen?«

»Ja, und du hattest leider recht. Die Ausrichtung ist identisch. Auch die Anzahl der Stichwunden. Außerdem wurde wieder mit der linken Hand zugestochen, wie ich schon sagte. Die Wundränder glatt, was impliziert, dass es eine Waffe ohne Zinken war: ein glatter Dolch, Butterfly oder Ähnliches. Kein Brotmesser oder Jagdmesser. Das Einzige, das diesmal anders ist, ist, dass die Wunden post mortem angebracht wurden, als hätte er es zuvor vergessen. Das Opfer ist vielleicht beim Würgen zu rasch gestorben oder es ist aus Zeitmangel geschehen. Man könnte auch denken, die zweite Tat war ungestümer. Möglicherweise hat er seine Kraft unterschätzt.«

»Definitiv aggressiver, das ist mir aufgefallen. Schon alleine aufgrund der Schuhe in ihren Körperöffnungen. Das ist ein Affront.«

»Gut erkannt. Das würde implizieren, dass der Mörder ungeduldiger wird.«

»Also wollte er nach der ersten Tat schon früher wieder morden, hat versucht, diesen Instinkt zu unterdrücken, und als er dann wieder losging, explodierte er förmlich.« So etwas kam immer wieder vor. Vorausgesetzt, der erste Mord befriedigte den Mörder nicht hundertprozentig – oder aber das Gegenteil, er fand derart Gefallen am Morden, dass er es immer wieder tun wollte.

»Absolut richtiger Ansatz. Denn diesmal haben wir Spermaproben dabei. Anscheinend eilte es extrem.«

Richard rieb sich das Kinn und blickte auf die Uhr. Fast zwölf Stunden waren vergangen, seit er das Video und den Anruf der Entführer erhalten hatte. Hier zu sitzen und über den Fall zu sprechen, fühlte sich falsch an.

»Richard?« Emilys Hand lag auf Richards Unterarm. »Richard?«, wiederholte sie noch einmal. »Alles okay?«

»Alles klar.« Er tätschelte ihre Hand. »Der Mörder wird ungeduldiger.«

»Eigentlich war ich schon dabei, dir die DNA-Ergebnisse mitzuteilen, und dass wir diesmal auch Sperma haben.«

»Natürlich.« Er nickte. »Hab ich eh gehört«, log er und redete gleich weiter, um zu kaschieren, dass er ihr tatsächlich nicht zugehört hatte. »Einerseits gut, dass wir DNA haben, was übrigens bei einer Prostituierten nicht vom Täter stammen muss, andererseits erschreckend, denn das würde bedeuten …« Richard wagte nicht, es auszusprechen.

»Dass er bald wieder morden wird«, schloss Emily den Satz, der danach bedrohlich im Raum stand. »Die Zeitabstände werden kürzer. Die Morde aggressiver«, sinnierte sie und blätterte in ihren Unterlagen. Dabei notierte sie sich etwas, das Richard nicht sah. Er hatte hingegen noch die eine Hoffnung, die alle Kriminalbeamten hatten, wenn sie es mit einem Serienmörder zu tun haben.

»Aber dadurch werden viele Mörder auch ungenauer und weniger Disziplin und Planung verursachen automatisch mehr Fehler.«

»Das ist richtig«, bestätigte Emily.

Richard haderte mit seinen Gedanken. Ein erneuter Mord konnte die Lösung des Falles näherbringen, aber das war kein Grund zur Freude, denn das hieß, ein weiteres Opfer war zu beklagen. Aber vielleicht waren es ja schon längst drei? Richard erinnerte sich an das letzte Mal, als er in der Gerichtsmedizin gewesen war.

»Ist dir eigentlich mittlerweile eingefallen, woher du das Opfer kennst? Das erste?«

»Ich kenne das Opfer nicht, aber du meinst die Art und Weise des Mordes.«

Richard nickte.

Emily schlug die Augen nieder, dann starrte sie an die Decke, als würde sie eine Erinnerung hervorholen. »Leider nein.« Sie sah ihn an. »Einmal war ich so kurz davor.« Mit Zeigefinger und Daumen signalisierte sie einen minimalen Abstand. »Es lag mir quasi auf der Zunge, aber dann hat mich ein Student abgelenkt und das Bild war wieder weg.«

Richard kannte so etwas. »Vielleicht kommt es wieder.«

Ein Seufzen entwich aus Emilys Mund. »Wenn, dann bist du der Erste, der es erfahren wird.«

»Es wäre wichtig, wie lange das her ist. Dieser andere Mord, der diesem ähnlich sieht.«

Emily schien in seinen Augen zu versinken.

Sie reichte ihm eine Mappe. »Hier, ich hab dir alles wieder fotografiert und katalogisiert.«

Darauf konnte er sich verlassen. Emily präsentierte ihm immer alle Happen ausgezeichnet aufbereitet.

»Danke, Emily.«

Er stand auf und sie waren wieder da, wo sie jedes Mal ankamen. Nie wusste er so recht, wie er sich von ihr verabschieden sollte. Bei jedem anderen Menschen war ihm klar, ob Handschlag oder Küsschen angebracht war. Nur bei Emily war eine gewisse Ladehemmung vorhanden, wie er es nannte.

Diesmal nahm sie ihm die Entscheidung ab. Sie kam einfach auf ihn zu, umarmte ihn fest und drückte noch einmal nach.

»Ist alles in Ordnung?«, flüsterte sie an seinem Ohr. »Du wirkst bedrückt?«

Kannte ihn Emily besser, als er dachte? Wodurch hatte er sich verraten? Sie hatten doch nur gegessen und dabei über den Fall geredet. Den schob er jetzt auch als Grund vor.

»Nur der Fall. Keine Sorge.«

»Richard, ich kenn dich.« Sie ließ sich nicht abwimmeln. »Wir haben schon alle möglichen Fälle auf dem Tisch gehabt, viele grausamer als dieser. Aber heute geht eine gewisse Traurigkeit von dir aus, die ich nicht kenne. Oder ist es Angst? Oder Resignation. Irgendetwas ist jedenfalls mit dir. Du warst zwischendurch total abwesend.«

Wenn sie nur von seinem Ohr wegginge. Ihr Atem an seinem empfindlichen Organ löste Gefühle in seinem Körper aus, die besser blieben, wo sie waren.

»Nein, wirklich.« Er berührte sie an der Hüfte, was von ihr mit einem seltsamen Ton quittiert wurde, und schob sie von sich weg. Ihre Lider flatterten eigenartig, als sie ihn ansah. Ihre Wangen waren wieder gerötet. Oder bildete er sich das nur ein?

»Ich will dir nur sagen, ich bin für dich da«, erklärte sie in einem normalen Tonfall und strich ihre Bluse glatt. »Egal, was auch immer passiert. Okay?«

»Danke, Emily, ich weiß das zu schätzen. Aber deine Sorge ist grundlos.«

»Bitte melde dich, wenn du was brauchst«, betonte sie noch einmal mit Nachdruck. »Oder reden willst.«

Jetzt war es ihm fast unangenehm, dass er sie anlog. Ja, anlügen musste.

»Wir haben doch eben geredet«, wich er aus.

»Du weißt, was ich meine.« Sie trat noch einen Schritt zurück und verschränkte die Arme. Dabei betrachtete sie ihn wie ein Forscher seine Fossilien. »Und eine Dusche wäre auch fein. Du riechst heute irgendwie nach nassem Hund.« Als er nichts darauf erwiderte, schlenderte sie an ihm vorbei zur Tür.

Er zuckte mit den Achseln und folgte ihr. Im Türrahmen stehend, stupste er mit dem Zeigefinger ihre Nasenspitze an.

»*The show must go on*, Feuervogel.«

Zum ersten Mal seit Langem hatte er sie wieder mit dem Spitznamen angesprochen, den er ihr gegeben hatte, als sie sich zum ersten Mal gesehen hatten.

Ihre Augen blitzten.

»Der Phönix bist wohl eher du, Richard.« Sie hauchte seinen Namen förmlich, was einen sanften Kribbelschauer auf seiner Haut auslöste. Noch ehe er etwas darauf erwidern konnte, schloss sie die Tür hinter ihm.

35

Wien, LKA

Nach wie vor irritiert von dem Treffen mit Emily ging Richard in das LKA-Büro zurück. Nur noch wenige Stunden, bis die Entführer das Geld erwarteten. Kein weiterer Anruf war gefolgt. Von Albert Steiner gab es ebenfalls nichts Neues. Keine Frau, die aussah wie Sarah, war aufgefunden worden. Oliver war weiterhin wie vom Erdboden verschluckt. Die Sorgen nagten an ihm. Das musste aufhören. Richard konnte keinen klaren Gedanken fassen. Paul saß wie erwartet hinter dem Schreibtisch an den Akten. Mit ihm musste er jetzt erst mal die neuesten Fakten besprechen.

Richard legte die Mappe auf den anderen Schreibtisch, setzte sich auf den Drehstuhl, lehnte sich an und verschränkte die Arme hinter dem Kopf. Er schloss die Augen. Was war eben passiert? Nie zuvor hatte Emily so mit ihm geredet. Bildete er sich das ein? War sie wirklich bloß in Sorge um einen Kollegen oder war das mehr? Sie hatte ehrlich betrübt gewirkt und ihre Umarmung war intensiver gewesen als die übliche unter Kollegen. Wie lange hätte diese gedauert, wenn er sie nicht von sich geschoben hätte? Und was war das für ein erstickter Laut aus ihrer Kehle gewesen, als er ihre Hüften angefasst hatte? Bedeutete das alles mehr oder war das lediglich eine

Wunschvorstellung? Vermutlich war er zurzeit einfach empfindlicher – in jeder Hinsicht. Oder er schätzte die Ablenkung von den momentanen Sorgen. Das wiederaufkeimende Gefühl, dass er eigentlich nicht in Wien sein sollte, nagte an ihm. Aber Paul mit dem Fall im Stich lassen? Oder die Prostituierten? So wie man seine Mutter im Stich gelassen hatte? Das wollte er auch nicht. Er war hin- und hergerissen.

»Richie?«, weckte ihn Paul aus seiner Traumlandhaltung. »Alles in Ordnung bei dir?«

Sah man es ihm wirklich an, dass nichts momentan in Ordnung war?

»Nun erzähl schon!«, forderte ihn Paul auf. »Du weißt, ich helfe dir, egal, was los ist. Kommst du mit dem Hund klar? Hat er schon einen Namen?«

Richard brauchte wirklich Hilfe. Alleine konnte er alles nicht mehr bewältigen.

»Du musst mir versprechen, dass nichts aus diesem Zimmer herausdringt«, bat er.

Paul rollte mit seinem Drehstuhl zu ihm und klopfte ihm freundschaftlich auf die Schulter. »Wie lange arbeiten wir jetzt zusammen?«

»Über zehn Jahre.«

»Hab ich dir in all den Jahren irgendwann einen Anlass dazu gegeben, mir zu misstrauen?«

Hatte er nicht.

»Wie viele Leute hier im Haus wissen von der Sache mit Cordy?«

»Kommt drauf an, wem du es erzählt hast.«

»Genau das ist der springende Punkt. Ich habe niemandem davon erzählt. Nicht einmal meiner Frau, und das heißt was.«

Richard lächelte. Paul und seine Frau Liliane waren eigentlich eine Person. Wenn sie zusammen auftauchten, wusste man nicht, wo Paul aufhörte und seine Liliane anfing. Es gab nichts, was sie nicht zusammen machten. Alle Hobbys wurden gemeinsam angepackt. Die drei Kinder gemeinsam erzogen. Das Haus zusammen abbezahlt. Die Schwiegermutter zu Hause gepflegt. Es gab nichts, wo die beiden nicht an einem Strang zogen. Er war damit einer der wenigen Kollegen, die jahrelang verheiratet waren und es blieben. Betrug, Trennungen und Scheidungen waren bei Polizeibeamten an der Tagesordnung. Paul war wirklich der Einzige, der immer noch mit seiner ersten Ehefrau zusammen war und sie augenscheinlich nach wie vor liebte. Alle anderen waren bereits zum zweiten oder sogar dritten Mal verheiratet oder heirateten erst gar nicht, sondern frönten der Serienmonogamie. Richard gehörte weder zu der einen Gruppe noch zu der anderen. Er pendelte irgendwo dazwischen. Der Missing Link quasi.

Damit hatte er sich schon lange arrangiert. Spätestens seit der Sache mit Cordy, über die er nicht mehr nachdenken wollte. Warum musste Paul das auch gerade jetzt ansprechen?

»Sarah ist entführt worden«, platzte er deshalb gleich mit der traurigen Wahrheit heraus.

Paul stierte ihn entgeistert an und sank auf den Stuhl zurück. »Wann?«

»Das weiß ich nicht genau.« Richard sah auf die Uhr. »Sie ist vor etwa zwölf Stunden aus dem Zirkus verschwunden.« Er spähte erneut auf die Uhr. »Mittlerweile schon dreizehn.«

»Woher weißt du, dass sie entführt wurde?«

Statt einer Antwort zückte Richard sein Handy, öffnete das Video und hielt es Paul hin. Der nahm es entgegen und guckte Richard mit hochgezogenen Augenbrauen an.

»Drück auf ›Play‹, Paul.« Die Arme verschränkt rutschte Richard tiefer in den Stuhl. Bei bestimmten Tönen, von denen er wusste, dass sie Sarah betrafen, zuckte er zusammen, obwohl er das Video schon in- und auswendig kannte. Jeder Schmerzenslaut seiner Schwester ging ihm direkt in die

Eingeweide. Er beobachtete Pauls Gesicht beim Betrachten des Films. Sein Kollege war sichtlich erschrocken. Richard hatte Sarah, Aaron und Alice schon zweimal zu Pauls Paella-Party mitgenommen, die er jedes Jahr veranstaltete. Seine spanische Mama kochte dann immer pfannenweise. Es war ein herrliches Gelage! Sarah verstand sich auch mit Pauls Frau wunderbar und kam jedes Mal gern mit.

Verdattert reichte Paul ihm deshalb das Handy zurück. »Wann hast du das Video bekommen?«

»Als wir oben bei der WIG den Brandherd gefunden haben.«

»Bevor oder nachdem wir zur zweiten Leiche gefahren sind?«

Richard lockerte seinen Gürtel. Er hatte wohl zu viel Pizza gefuttert.

»Bevor ihr überhaupt raufgekommen seid«, gab er zu. »Gleich, nachdem ich dir gesagt hab, du sollst die Tatortgruppe rufen.«

Er nickte. »Verstehe, dann bist du danach gar nicht aufs Klo. Du warst lang weg, als wir bei der zweiten Leiche waren. Ich hab mich schon gewundert.«

»Ich hab mit dem Albert telefoniert und ihm sofort das Video geschickt und ihm erzählt, was die Entführer am Telefon zu mir gesagt haben.«

»Die haben dich auch noch angerufen?«

»Ja, kurze Zeit später.«

»Warum«, fragte Paul, »hast du nichts gesagt? Bist einfach mit uns auf den Wienerberg gefahren, als wär nichts gewesen.«

Richard wusste nicht, was er darauf antworten sollte. Vielleicht reagierten Menschen, die Schlimmstes erlebt hatten, generell anders auf Katastrophen als Menschen, die wohlbehütet aufgewachsen waren. Erklärungen hatte er keine dafür, dass er, seitdem er das Video erhalten hatte, durcharbeitete, anstatt heulend auf der Couch zu versinken. Den Hund konnte er schlecht als Grund vorschieben. Verdrängung half hier nicht, er musste nach München. In Wien konnte er keinen klaren Gedanken mehr fassen, solange Sarah in den Händen der Entführer war.

Paul nahm die Brille von der Nase und griff sich mit der Hand an den Nasenbereich zwischen den Augen. Er schloss sie und rieb mit Daumen sowie Zeigefinger darüber. Danach massierte er sich die Schläfen und putzte die Lesebrille mit einem Zipfel seines T-Shirts, das er immer unter Hemden trug. Dann setzte er die Brille wieder auf und schüttelte den Kopf. »Vertraust du mir nicht?« Es klang beinahe weinerlich. Er schien ehrlich enttäuscht zu sein. »Wieso hast du nicht mit mir darüber geredet?«

»Was hätte das gebracht?« Das meinte Richard ernst. »Wäre Sarah dann jetzt zu Hause?« Er beugte sich vor. »Ich musste selbst erst damit klarkommen und darüber nachdenken, was ich eigentlich jetzt tun kann.«

»Ich nehme an, du hast den Münchnern Pfeffer in den Arsch gestreut.«

»Der Albert ist da dran, der tut alles, was geht. Ich bin seitdem ständig mit ihm in Kontakt.«

»Hast du überhaupt geschlafen?«

Richard antwortete nicht.

»Willst du dir freinehmen und rauffahren?« Seine Stimme klang besorgt. »Wer passt auf Alice und Aaron auf?«

Richard machte eine wegwischende Handbewegung. Danach führte er beide Arme zu einem Kreis zusammen. »Der Zirkus ist eine große Familie. Die passen aufeinander auf.« Er klatschte in die Hände.

»Das haben die ja toll gemacht. Wenn Sarah verschwinden kann, dann …«

»Bitte red nicht weiter!«, unterbrach ihn Richard sofort.

»Als hättest du nicht auch schon daran gedacht.« Paul war sichtlich aufgebracht, so, als beträfe es seine eigene Familie.

»Ich glaube nicht, dass die Kinder in Gefahr sind.« Seltsamerweise dachte Richard das wirklich.

»Wer sagt dir das?« Paul war nicht davon überzeugt.

»Sie wollen Oliver.«

»Hat Oliver auch das Video erhalten und warum hat er nicht gleich reagiert? Wenn sie ihn wollen und seine Kohle, dann soll er gefälligst seiner Verlobten helfen. Hast du ihn angerufen und ihm die Leviten gelesen?«

»Er ist auch verschwunden«, flüsterte Richard und konnte Paul dabei nicht einmal ansehen.

»Wie bitte?« Paul stand auf, stürmte zum Fenster und riss es auf. Er atmete tief durch. Dann wandte er sich wieder an Richard. »Davor oder danach?«

»Was meinst du?«

»Ist Oliver vor Sarah oder danach verschwunden?«

»Zwei Tage davor.«

Paul stand vor dem offenen Fenster und atmete. Ein und aus, ein und aus.

Richard konnte erkennen, dass er mit sich rang, dass er in Rage war. Dann drehte er sich um. »Wir haben es immer gewusst, dass dieser Oliver Dreck am Stecken hat.«

»Polizeiliche Menschenkenntnis.«

»Hast du den jetzt schon durchgecheckt? So, wie du es damals tun wolltest?«

»Der Albert meint, er habe nichts über den Oliver im deutschen System gefunden.«

»Dann suchen wir noch einmal.«

Schon vor Jahren hatte es Richard in den Fingern gejuckt, Oliver durchzuchecken. Aber das System für private Zwecke auszunutzen war aufgrund des Datenschutzes verboten, und damals gab es keinen offensichtlichen Grund, der das rechtfertigte. Er erinnerte sich noch gut an das Verfahren eines Kollegen, der Daten vom System gezogen und weitergegeben hatte. Er hatte sogar den Job verloren. Mindestens gab es eine Suspendierung für einige Monate, wenn ein solcher Missbrauch rauskam. Richard hatte also davon abgesehen. Doch jetzt war ein Leben in Gefahr. Das von Sarah. Flink flogen Richards Finger über die Tasten. Er gab Olivers Namen und Geburtsdatum in eine Anfragemaske mit verschiedenen Abfragemöglichkeiten ein und bestätigte. Normalerweise dauerte es nur Sekunden, bis man über etwaige Vorstrafen oder Kriminaldelikte ohne Verurteilung Bescheid wusste. Doch die Suche verlief ergebnislos. Kein einziger Treffer. Es schien einfach gar nichts von ihm auf. Er fand ihn schlicht überhaupt nicht. Als würde es ihn gar nicht geben.

»Was zum Teufel!«, rief Richard aus. Das durfte doch nicht wahr sein. Wer war Oliver wirklich?

36

Er wiederholte die Abfrage. Möglicherweise hatte er vorher einen Fehler gemacht. Nach einigen Sekunden die Klarheit. Nichts. Oliver war ein Phantom. Jetzt war nicht die Zeit zu sagen, er habe es ja immer gewusst. Seine arme Sarah war auf den Typen hereingefallen.

Vor Richards geistigem Auge tauchte der Oliver auf, den er kannte. Dunkler Wuschelkopf, Nerd-Brille, glatt rasiert. Alles Fake? Wie hieß er wirklich?

Worauf hatte sich Sarah bloß eingelassen? Warum hatte Richard nicht auf sein Bauchgefühl gehört?

Pauls Blick fiel auf Richards zitternde Hände.

»Was ist los?«

Ohne zu antworten, stürmte Richard zur Tür hinaus.

Er musste die Leute vorwarnen. Er wählte Ivans Nummer. Der hob sofort ab. »Richie, gibt's was Neues?«

»Ja, das kann man wohl sagen.«

»Hast du eine Spur?«

»Am besten schließt ihr den Zirkus für die nächsten Tage.«

»Warum?«

»Aus Sicherheitsgründen. Oliver ist nicht der, für den ihr ihn haltet.« Mehr wollte er jetzt nicht sagen, noch nicht.

»*Bog*! Du hast immer geahnt, dass etwas mit ihm nicht stimmt.«

»Das ist jetzt irrelevant. Im gegenwärtigen Augenblick kann ich nicht ausschließen, dass ihr alle in Gefahr seid.«

»Was sollen wir tun?«

»Schließ ab und pass auf alle auf! Am besten setzt ihr euch alle gemeinsam in einen Wohnwagen und wartet auf mich. Ich komm sofort nach München!«

Seine Bess stand bei ihm zu Hause, weil er mit der U-Bahn hergekommen war. Er raste wieder hinein.

»Paul? Borgst du mir dein Auto?«

Paul schnappte den Schlüssel aus dem Spind. »Wo willst du denn hin?«

»Ich muss nach München, ich muss fahren. Ich halte es keine Minute länger mehr hier aus.«

Paul sah auf den Schlüssel in seiner Hand und überlegte eine Weile. Dann sperrte er den Spind noch einmal auf und legte seine Waffe sowie das Holster hinein.

»Alles klar, ich versteh das, ich geb dem Chef Bescheid, du musst dich um nichts kümmern und ich fahr dich«, sagte er, als er sich zum ihm umdrehte.

»Nach München?«

»Nein, natürlich nicht. Ich halte hier die Stellung.« Paul warf die Schlüssel von einer Hand in die andere. »Ich bring dich zum Flughafen, du kannst gleich via Smartphone den Flug buchen und einchecken.«

Paul hatte natürlich immer die besten Ideen. Fliegen. Darauf wäre er gar nicht gekommen, aber sein Gehirn leistete im Moment auch Schwerstarbeit, um überhaupt was auf die Reihe zu kriegen. Eigentlich wollte er lieber mit seinem Fendt fahren, damit er auch in München mobil war.

Schon vor Stunden hätte er fahren sollen. Sein Pflichtgefühl gegenüber seiner Arbeit war ihm im Weg gewesen. Andererseits wusste er, dass diese Denkweise Blödsinn war. Was hätte er in München ausrichten können, was Albert Steiner nicht konnte? Vielleicht war es jetzt sogar dumm hinzufliegen. Aber er musste Aaron und Alice sehen. Er war zwar nicht mit ihnen blutsverwandt, fühlte sich jedoch seit dem Tod von Sarahs Eltern verantwortlich. Damals hatten die ihn liebevoll und herzlich aufgenommen und alle möglichen Behördenprobleme gemeistert, die daraus resultierten. Schließlich wäre der offizielle Weg ein anderer gewesen. Aber Sarahs Eltern hatten einen langen Atem und gewannen am Ende. Sie durften Richard zwar nicht adoptieren, aber als Pflegekind behalten.

Und es war nicht durchweg leicht gewesen, aber rückwirkend gab es mehr schöne Zeiten. Er würde allzeit dankbar dafür sein, dass sich sein Leben in eine andere Richtung entwickelt hatte. Wer wusste schon, wie es sonst mit ihm weitergegangen wäre? Als Polizist hatte er jetzt öfter mit elternlosen Kindern zu tun, die komplett vom Weg abgekommen waren, von einer Pflegefamilie zur nächsten wanderten, auf kriminelle Bahnen gerieten oder auf dem Drogenstrich endeten. Dank der Familie Engel und der ganzen Artistenfamilie war all das bei ihm nicht geschehen. Nomen war hier Omen. Sie waren seine persönlichen Schutzengel gewesen.

Alle hatten sich sofort voller Zuneigung seiner angenommen, nur Ivan war anfangs sehr reserviert und wollte nicht mit ihm reden. Später hatte er dann den Grund herausgefunden. Er war eifersüchtig gewesen. Er hatte Richard als Konkurrent in Bezug auf seine Freundschaft zu Sarah betrachtet. Da Sarah Richard gerettet hatte, war er außerdem der Meinung gewesen, dass sich hier mehr entwickeln könnte. Diese Angst blieb komplett unbegründet. Zwischen Richard und Sarah hatte sich nie etwas Erotisches angebahnt.

Er hatte sie anfangs als Retterin gesehen, später immer nur als Schwester. Und das war sie.

Auf einmal knallte die Tür auf. Im Raum stand die Frau, die er damals vor dem LKA-Büro zum ersten Mal getroffen hatte. Heute sah sie sehr adrett aus. Im langen engen Rock mit einem Schlitz an der Seite kamen ihre Beine schön zur Geltung, die dazu in einfachen Pumps steckten. Das zweilagige ärmellose Top umschmeichelte ihren Oberkörper, ohne zu viel preiszugeben. Beides war in einem dunklen Blau gehalten. Ihr Gesicht war bleich und Schweißperlen glänzten auf ihrer Stirn. Ihre dunkelbraune Aktentasche baumelte dabei in der Ellenbeuge. Die Tasche hatte beinahe denselben Braunton wie ihr Haar. Christoph Glanzer hatte recht behalten. Man begegnete sich tatsächlich stets zweimal im Leben. Nach dem Fiasko vor dem LKA-Gebäude und der Gewissheit, dass sie seine Visitenkarte weggeschmissen hatte, hätte er nicht erwartet, sie jemals wiederzusehen. Heute fiel ihm eine Sache besonders auf. Ihre Gesichtszüge entgleisten nicht bei seinem Anblick. Offen sah sie ihm direkt in die Augen, wenn auch mit einem leicht verärgerten Zug um die Lippen.

Trotzdem hatte sie ihm gerade noch gefehlt. Richard seufzte. Hinter Theres erschien Christoph Glanzer. »Sorry, Kollegen, aber die Frau ist einfach so vorbeigezischt, ich konnte sie nicht aufhalten.«

»Ich musste herkommen!«, rief Theres Lend und blickte Richard fordernd an. »Hier müssen Sie mich wohl oder übel anhören.«

Christoph Glanzer stand hinter Theres Lend und hob fragend die Augenbrauen.

»Ich habe gesagt, dass ich keine Zeit für Sie habe, Frau Lend.«

»Dafür müssen Sie Zeit haben. Es geht schließlich vielleicht um den Fall.«

»Ich fahr jetzt nach München. Sie können gern mit meinem Kollegen reden.« Er zeigte auf Paul.

»Sie fahren nach München?« Theres Lends Gesicht hellte sich auf. »Ich fahr mit.«

Richard meinte, sich verhört zu haben. »Wie bitte?«

Auffordernd die Hände in die Hüften gestemmt kam sie zwei Schritte näher. »Ich muss zufällig auch nach München, nach Aubing.«

»Dann fahren Sie mit Ihrem Auto.«

»Ich hab kein Auto mehr«, murmelte sie und wirkte dabei gar nicht glücklich.

Richard erinnerte sich, dass er sie in die Straßenbahn hatte einsteigen sehen. Möglicherweise war sie Alkoholikerin? Irgendein Problem hatte sie jedenfalls und er konnte sich nicht ein weiteres aufhalsen.

»Bitte nehmen Sie mich mit, dann erzähl ich Ihnen alles auf der Fahrt. Sie sind doch Polizist. Der Freund und Helfer. Ich zahle auch das Benzingeld.«

Mit der Hand lüftete er den Schirm seiner Kappe und kratzte sich auf der kahlen Hälfte des Kopfs. Die Narben juckten höllisch. Zudem hatte er seit gestern nicht mehr geduscht. Der Namenlose fiel ihm ein.

»Paul, kann ich den Namenlosen bei dir lassen?«

»Ich sag nur Grizella«, antwortete dieser und grinste.

»Okay. Christoph, kannst du bitte dem Paul eine Stunde Freizeitausgleich eintragen.«

»Wieso das denn?«

Paul hatte im Gegensatz zu Christoph verstanden und wedelte mit seinen Autoschlüsseln.

»Gut, bring mich bitte kurz heim, ich dusche, dann werde ich mit dem Fendt rauffahren. Und meinetwegen kommen Sie mit«, ergänzte er an Theres Lend gewandt. »Aber den Heimweg müssen Sie sich selbst organisieren. Ich weiß nämlich nicht, wann ich wieder zurückfahren kann.«

37

Wien, Simmering

Paul brachte Richard und Theres zu ihm nach Hause und fuhr gleich wieder ins Büro zurück, nicht, ohne ihm Glück zu wünschen.

»Ich ermittle derweil in der Rotlichtszene weiter, kümmere mich um den Safranek und schicke dir alle Ergebnisse via WhatsApp. Sobald du Sarah gefunden hast, ruf mich bitte an«, hatte er bei der Verabschiedung gesagt. »Bist du sicher, dass du diese Lend mitnehmen willst?«

»Um Wollen geht es hier nicht. Mach dir keine Sorgen, Kumpel.«

Richard hatte Theres Lend angewiesen, sich ins Wohnzimmer zu setzen, während er duschte. Wer wusste, wann er das nächste Mal dazu kommen würde? Unter dem Wasserstrahl schloss er die Augen und dachte nach. In den letzten Stunden hatte er noch einmal mit Albert Steiner und auch mit Ivan telefoniert. Die Fahndung war an alle Polizeidienststellen in Deutschland gegangen und zur Sicherheit auch an Interpol. Man hatte Sarahs Handy versucht zu orten, was negativ verlaufen war. Albert hatte beim Mobilfunkbetreiber eine Liste mit ihren letzten Anrufen erhalten, das führte aber auch zu nichts. In München waren die Streifenwagen instruiert worden, genau zu schauen, wenn eine Frau mit Sarahs Aussehen herumirren sollte oder am Straßenrand gefunden wurde. Aber niemand, der Sarah auch nur annähernd ähnelte, war aufgetaucht. Dazu hatte er seit über fünfzehn Stunden nichts mehr von den Entführern gehört. Kein neues Video zugeschickt bekommen, aber auch sonst keine Anrufe, Briefe, Mails oder dergleichen, und das Ultimatum rückte von Sekunde zu Sekunde näher. Gefühlt tausendmal hatte er das Video laufen lassen. In Zeitlupe, dazwischen gestoppt, den Bildschirm vergrößert und Zelle für Zelle genau studiert. Fakt war, er wusste nicht genau, wo Sarah war. Aber die Wände waren keine normalen Wohnungswände. Im Hintergrund sah er auch kein Fenster, aber am Boden war ein leichter Lichtstrahl zu erkennen. Staubpartikel flogen darin herum. Es gab also definitiv ein Fenster, wie groß es war, konnte er nur erahnen. Es war jedoch vergittert, dafür sprachen die Schatten auf dem Lichtstrahl. Ein Keller? Eine Fabrikhalle? Ein Schlachthof? Alles war möglich. Nachdem ihm Ivan erzählt hatte, dass zwei Kerle Sarah kurz davor verprügelt und die Wohnwagen durchwühlt hatten, nahm Richard an, dass es sich hier um dieselben Typen handeln musste. Er glaubte nicht, dass sie Sarah umbringen wollten. Dazu hätten sie längst Gelegenheit gehabt. Sie wollten Oliver und viel Geld. Diese beiden Komponenten mussten zusammenhängen. Die Frage war, wie? Sarah hatte ihm mehrmals erzählt, dass Oliver nie über seine Familie sprach und auch nicht über seine Kindheit und Jugend. Mit den Jahren hatte sie sich damit arrangiert, dass er nichts preisgab. Vielleicht war das aber auch der Grund, warum sie die Hochzeit so lange hinauszögerte. Weil sie so wenig über ihn wusste. Oliver war Sarah vor sieben Jahren in der Bar begegnet, in der er arbeitete. Zu dieser Zeit hatte der Zirkus gerade einen Mitarbeiter verloren, einen Mann für alles. Einen Anpacker, der sich auch die Hände schmutzig machte, wenn es sein musste. Einen, der sowohl Karten abreißen, als auch schwere Sachen heben, beim

Zeltaufbau helfen und Zuckerwatte verkaufen konnte. Oliver hatte Sarah erzählt, dass er zusätzliches Geld dringend brauchen konnte und gern eine Saison im Zirkus arbeiten würde. Schließlich wurde er zusammen mit einem zweiten Mann, der sich damals bewarb, eingestellt. Der andere hatte allerdings nur zwei Wochen durchgehalten, während Oliver nicht nur blieb, sondern sich auch in Sarah verliebte und vice versa. Sein gutes Aussehen und sein Charme waren sicher Gründe dafür. Kurze Zeit später kündigte sich auch schon das erste Kind an: Alice. Es war keine Zeit, um viele Fragen zu stellen oder darauf zu bestehen, seine Eltern kennenzulernen. Zuerst war es Sarah auch nicht so wichtig gewesen, aber nach dem Heiratsantrag fragte sie öfter nach, wen sie aus seiner Familie denn einladen würden. Oliver schlug keinen einzigen Namen vor. Nicht einmal einen besten Freund konnte er vorweisen, der als Trauzeuge fungieren konnte. So fragte er kurzerhand Titan, der zwar verdutzt, aber auch erfreut zusagte. Dennoch, zur Hochzeit kam es nie. Aaron wurde vor vier Jahren geboren und sie waren immer noch lediglich verlobt. Richard war nun sicher, dass Sarah Bedenken hatte, sich komplett auf jemanden einzulassen, über den sie so gut wie nichts wusste, außer, dass sie ihn liebte und er sie. Aber Liebe war nicht genug.

Bei Artisten lief alles über Vertrauen. Am Trapez begab sich Sarah in Andrés Hände, der sie im richtigen Moment auffangen musste. Alles war eine Sache von Vertrauen, Zuverlässigkeit und Sicherheit. Drei Komponenten, die sie mit Oliver nicht in Einklang bringen konnte, der öfter mal einen Tag verschwand, ohne Bescheid zu geben, wohin er ging, und der auch nicht erzählte, wo er gewesen war. Wegen seiner Unzuverlässigkeit hätte Richard ihm anfangs fast gekündigt, aber Sarah war zu diesem Zeitpunkt bereits Hals über Kopf in ihn verknallt gewesen und Richard wollte sie nicht unglücklich machen. Auch wenn er sich jetzt rückwirkend dafür in den Hintern biss. Klüger wäre es gewesen, dem Ganzen rasch ein Ende zu bereiten. Für ihn war Oliver nie gut genug für Sarah gewesen. Das lag nicht nur an seiner Unzuverlässigkeit und seiner seltsam ghettomäßigen Art. Oder an seinen Hosen, die ihm immer halb über den Po hingen, wie bei Marky Mark. Richard hatte von Anfang an das Gefühl gehabt, dass Oliver etwas Essenzielles verschwieg. Aber damals hatte er sich gedacht, dass vielleicht jeder Bruder sich Sorgen um seine Schwester machte und niemanden gut genug für sie fand. Jetzt war die Kacke am Dampfen! Es nutzte nichts, dass er es von Anfang an gespürt hatte, dass mit Oliver etwas ganz und gar nicht stimmte. Oliver gab es nicht. Punktum! Er musste den Menschen ausfindig machen, der sich Oliver nannte, und er musste Sarah finden.

Seine Haut brannte bereits und die Haut auf seinen Händen runzelte sich. Rasch drehte er ab, stieg aus der Dusche und trocknete sich ab. Von draußen hörte er Gebell und Gelächter. Offensichtlich hatte der Namenlose Spaß mit Theres. Richard sah auf die Uhr. Eilig zog er sich an und ging ins Schlafzimmer, um eine kleine Tasche zusammenzupacken. Reservekleidung und Waschzeug hatte er ohnehin im Wohnwagen.

Als er ins Wohnzimmer kam, kraulte Theres gerade den Namenlosen, der vor ihr am Boden lag.

»Ich wusste gar nicht, dass Sie einen Hund haben«, sagte sie lächelnd.

»Ich habe keinen Hund«, antwortete Richard und griff sich eine blaue Mütze vom Tisch.

»Dann habe ich also gerade Halluzinationen? Und das hier«, sie kraulte den Hund nun mit beiden Händen, »ist gar kein Hund?«

Richard schaute auf den Namenlosen und steckte sich einen Kaugummi in den Mund. »Das ist natürlich ein Hund.«

Theres hob fragend die Augenbrauen.

Er steckte einen Golden Delicious in die Jackentasche und warf Theres auch einen hin, den sie fallen ließ. »Aber es ist nicht mein Hund.«

Der Namenlose hob den Apfel auf und legte ihn Theres auf den Schoß.

»Wessen Hund ist es dann?«

»Sein Frauerl ist verstorben, sie war Zeugin im aktuellen Fall und der Hund hat die Leiche gefunden.«

»Wie schrecklich! Und warum ist der Hund jetzt hier bei Ihnen?«

»Er wäre sonst ins Heim gekommen.«

Der Blick, mit dem Theres ihn jetzt bedachte, war ihm unangenehm.

»Also behalten Sie ihn doch?« Gedankenverloren streichelte sie den Hund. »So einen Hund wünsche ich mir schon lange.«

»Ich auch«, kam es wie aus der Pistole geschossen aus Richards Mund. »Lassen Sie uns gehen.«

»Ich dachte, wir fahren nach München.«

»Sehr witzig!« Er öffnete die Tür und schnippte. »Namenloser, du kommst mit.«

Hechelnd und schwanzwedelnd rannte der Border Collie zur Tür hinaus.

»Namenloser?« Theres schüttelte den Kopf. »Geht es noch unpersönlicher?«

Eine Parfümwolke streifte Richards Nase, als sie an ihm vorbeiging. Er sog den Geruch ein. Angenehm dezent und leicht pudrig. Es passte zu ihr. Ihr Gesicht war nur dezent geschminkt. Was auch reichte, denn ihre Haut war ebenmäßig und sah aus wie Porzellan. Ihre Augen schimmerten bernsteinfarben. Zarte Fältchen, die sich beim Lächeln um die Augen bildeten, zeigten ihm, dass sie nicht mehr so jung war, wie man auf den ersten Blick glaubte. Das tat ihrer Attraktivität allerdings keinen Abbruch. Wieso war ihm damals nicht aufgefallen, wie hübsch sie war? Seinem Kollegen war es nicht entgangen. Aber in Richards Welt kamen Frauen nicht vor. Jedenfalls nicht so, nicht mehr.

Als er die Tür schloss, blickte er noch einmal auf die Uhr. In wenigen Stunden würde er in München sein. Hoffentlich ging das gut mit dem Namenlosen und Theres Lend im Gepäck.

Und was wollte sie überhaupt in München? Was das nur ein Vorwand?

»Los, Namenloser, du weißt, wohin es geht.«

Der Hund lief bellend voraus in den Innenhof, in dem Richards Wohnmobil stand.

Theres staunte nicht schlecht. »Ist *das* der Wagen, mit dem wir fahren?«

»Yep. Alle Mann hinein in die gute Stube.«

Zu seiner Verwunderung lachte Theres herzlich und laut wie ein Schulmädchen. Das Lachen stand ihr gut. Trotz all seiner Sorgen konnte sich Richard ein Grinsen nicht verkneifen.

Theres Lend missverstand es anscheinend, denn sie sah an sich herunter. »Ich hab doch nicht etwa wieder ein TicTac auf meinem Gewand?«

»Das nicht, aber Kaugummi im Haar«, sagte er ernst.

Mit weit aufgerissenen Augen griff sie sich ins Haar. »Ach herrje! Wo?«

Richard lachte und schaute dabei zu, wie sie ihren Kopf abtastete und weitersprach.

»Was müssen Sie von mir denken? Wenn Sie mich jedes Mal in so einem desolaten Zustand sehen?«

Richard beugte sich nach vorne. »Hier ist das Ungetüm.« In der Hand hielt er eine kleine Feder. Vermutlich von einer Taube.

Theres Lend betrachtete die Feder zwischen seinen Fingern und lachte. »Sie haben mich aber erschreckt.«

»Na ja, von Weitem konnte ich es nicht genau erkennen«, frotzelte er.

Theres Lend schüttelte den Kopf. »Also, ich weiß nicht, was ich von einem Polizeibeamten halten soll, der einen Kaugummi nicht von einer Feder unterscheiden kann.«

Richard hob die Schultern. »Das liegt nicht in meinem Zuständigkeitsbereich.«

»Ich hoffe, Sie können Auto fahren.«

»Sehen Sie hier irgendwo ein Auto?« Richard ließ den Namenlosen als Ersten in das Wohnmobil laufen.

38

Eine Zeit lang kurvten sie schweigend durch Wien, bis Richard auf die Autobahn fuhr. Zum Glück kamen sie rasch voran. Der Namenlose hockte hinten auf der Eckbank, Theres Lend auf dem Beifahrersitz. Mit einer Hand öffnete er die Kaugummibox und leerte sich zwei Stück in den offenen Mund. Er bot Theres ebenfalls welche an, die allerdings ablehnte, diese Interaktion aber als Einladung verstand, das Gespräch zu beginnen.

»Also ...«, fing sie an.

Da es wie eine Frage klang, antwortete Richard: »Sie haben mich angerufen.«

»Ich muss etwas weiter ausholen.«

»Wir haben Zeit, von jetzt an noch etwa drei Stunden.«

»Ich bin Psychiaterin und arbeite sowohl in einer privaten Praxis als auch in Gefängnissen, außerdem bin ich zertifizierte sachverständige Gerichtspsychiaterin.« Damit hatte Richard nicht gerechnet. Zugegebenermaßen hatte sie damals auf ihn verloren und hilflos gewirkt. Er widerstand aber dem Impuls, das laut auszusprechen, und beschränkte sich darauf, seine Verwunderung zu verbergen, indem er stärker auf seinem Kaugummi herumkaute. Theres Lend legte die Fingerkuppen aneinander. »Ich denke, ich muss Ihnen meine Arbeit nicht erklären.«

»In der Regel bin ich bei Verhandlungen nicht dabei. Meine Arbeit endet dort, wo wir die bösen Jungs kriegen. Aber ich kann mir ungefähr vorstellen, was Sie tun.«

»Ich werde vor Verhandlungen beauftragt, Gutachten zu erstellen, nicht nur von Opfern, manchmal auch von Tätern, je nachdem, wer mich beauftragt. Staatsanwaltschaft oder Angeklagte. Bei Opfern muss ich zum Beispiel den Wahrheitsgehalt überprüfen, bei Vergewaltigungen oder besonders bei Missbrauch von kleinen Kindern keine leichte Aufgabe. Wenn der Rechtsanwalt des Angeklagten oder auch der Staatsanwalt mich beauftragt, den Täter zu untersuchen, geht es meist darum zu erkennen, ob der Angeklagte zum Zeitpunkt seiner Tat komplett schuldfähig war oder nicht. Ob beispielsweise eine psychische Krankheit bei der Täterin oder beim Täter existiert oder nur eine Persönlichkeitsstörung.«

»Was ist hier genau der Unterschied?«

»Bei einer Psychose wie Schizophrenie liegt eindeutig eine Krankheit mit Schüben vor, in denen der Mensch nicht er selbst ist beziehungsweise quasi fremdgesteuert durch etwaige Halluzinationen wie Stimmenhören. Bei einer Persönlichkeitsstörung kann der Mensch trotzdem vollkommen schuldfähig sein, weil er kompletten Einblick in sein Tun hatte und generell auch weiß, dass das, was er getan hat, falsch war. Das ist etwa bei einer narzisstischen Persönlichkeitsstörung der Fall.« Sie nahm einen Schluck aus der Wasserflasche, die sie dabeihatte. »Ein berühmtes Beispiel ist der Fall Fritzl.«

»Das zu unterscheiden ist sicher nicht immer leicht?«

»Nein. Meistens schon, aber es gibt bei den Persönlichkeitsgestörten gute Schauspieler. Viele davon sind sehr charmant und intelligent. Sich da abzugrenzen und hinter die Fassade zu blicken ist schwierig, da diese Personen das Blaue vom Himmel herunter lügen. Das zu differenzieren geht nur durch viel Erfahrung.«

»Es soll ja auch Täter geben, die eine Psychose vortäuschen, um als schuldunfähig eingestuft zu werden.«

»Ja, meistens kann man sie aber entlarven. Ich habe jahrelang in der Psychiatrie gearbeitet. Man entwickelt ein Gespür für diese Menschen und auch für die Echtheit ihrer Erkrankung. Menschen mit einer Psychose haben einen enormen Leidensdruck. Jemand mit einer Persönlichkeitsstörung allerdings nicht. Deshalb stimmt nicht, was manche glauben, dass psychotische Menschen öfter einen Mord begehen als sogenannte normale Menschen.«

»Ich hatte schon einige Male mit Psychotikern zu tun und die waren teilweise ziemlich schwer zu bändigen.«

»Aber das bedeutet nicht, dass sie eher einen Mord begehen.«

»Nein«, stimmte Richard ihr zu. »Die meisten Morde sind doch Beziehungstaten.«

»Genau. Aber ich untersuche eben nicht nur Morde, sondern auch andere Gewaltverbrechen, vor allem von Männern verübt an Frauen und Kindern.«

»Das muss eine sehr deprimierende Arbeit sein, wo sie doch selbst eine Frau sind.«

»Das hat damit nichts zu tun. Es wäre auch für einen Mann deprimierend. Besonders, wenn Kinder betroffen sind.«

»Sind Sie auch als Profilerin tätig wie dieser Müller?« Aus Interesse hatte Richard schon einige Bücher zu dem Thema gelesen.

»Nein. Täterprofile zu erstellen hat mich nie interessiert. Ich wollte Menschen helfen. Ihre Seele im besten Fall heilen. In die Gerichtssache bin ich mit der Zeit hineingerutscht, weil ich schon sehr lange mit Häftlingen zu tun gehabt hatte. Deshalb ist man an mich herangetreten.«

»Und? Schaffen Sie es, Täter zu therapieren? Funktioniert das überhaupt?«

»In gewissen Fällen geht es nicht so leicht, etwa bei pädophilen Tätern. Ich kann die sexuelle Ausrichtung dieser Männer einfach nicht ändern. Das klappt nicht. Ich kann nur die Art ändern, wie sie damit umgehen.«

»Und bei Mördern?«

»Auch hier kommt es darauf an, um welche Störung es sich handelt. Eine Psychose kann man sehr gut mit Medikamenten und Gesprächs- sowie Verhaltenstherapie in den Griff bekommen. Natürlich nur, wenn die Betroffenen auch kooperieren.«

»Und Menschen mit Persönlichkeitsstörungen?«

»Da sieht die Sache schon anders aus. Narzissten etwa sind sehr manipulativ und haben kaum Reuegefühle. Sie holen sich im Leben alles, was sie wollen, und meinen auch, dass ihnen das zusteht. Das sind Menschen, die andere rücksichtslos ausbooten, hintergehen und diffamieren. Menschen, die das Leben anderer komplett kontrollieren wollen und nur Dinge tun, die dem eigenen Vorteil dienen. Manchmal sogar unter dem Deckmantel, jemandem zu helfen. Narzissten helfen aber nie selbstlos. Es muss immer etwas dabei rausspringen, was den Aufwand rechtfertigt. Sie holen sich also jeden Gefallen mindestens doppelt und dreifach zurück. Wenn man sich von einem Narzissten helfen lässt, dann steht man quasi lebenslang in dessen Schuld. Es entsteht ein Teufelskreis, aus dem die Betroffenen oft nie wieder herauskommen.«

»Verstehe.«

Richard ließ Theres Lend Zeit. Ihm war klar, dass sie nicht gekommen war, um mit ihm über irgendwelche gestörten Menschen und deren Behandlung zu sprechen. Es musste etwas Wichtigeres dahinterstecken. Aber Theres Lend war ein Mensch, der sich nicht so leicht öffnete. Oder vermutlich versuchte, so lange wie möglich selbst mit etwaigen Problemen klarzukommen. Also lehnte sich Richard zurück und blickte auf die Straße. Mit jedem Satz wurde Theres Lend lockerer. Sie sprühte förmlich vor Energie. Manchmal fiel es ihm schwer, ihr zu folgen, auch weil seine Gedanken regelmäßig zu Sarah und dem Ultimatum abschweiften. Theres erklärte ihm Eckpunkte ihrer Tätigkeiten. Die Therapie in den Gefängnissen und wie diese von ihrer Arbeit in der Praxis abwich. Nach einer Weile verstummte sie und starrte einige Minuten aus dem Fenster.

»Ich weiß nicht, wie lange ich meinen Job noch machen kann«, brach sie unvermittelt das Schweigen.

Richard sagte nichts.

»Wissen Sie, ich habe das noch niemandem erzählt.« Sie pausierte. »Ich habe vor einigen Wochen eine schlimme Diagnose erhalten. Genaue Details erspare ich Ihnen jetzt. Fakt ist, dass ich irgendwann erblinden werde.« Sie atmete hörbar aus und zerdrückte die halb leere Wasserflasche.

Richard war sich im ersten Moment nicht sicher, was er darauf antworten sollte, also schwieg er und betrachtete sie aus den Augenwinkeln. Sie öffnete und schloss die Flasche einige Male. Auf, zu, auf, zu.

»Mein Arzt hat gemeint, ich soll mit jemandem reden«, fuhr sie fort. »Absurd, oder?«

»Dass Sie darüber reden sollen oder dass Sie es mir gesagt haben?«

Sie lachte. »Das ist die Frage.«

»Ich danke für Ihr Vertrauen.«

»Sie werden es doch nicht an die große Glocke hängen?«

»Ich wüsste nicht, wem ich es erzählen sollte und aus welchem Grund. Ich habe selbst momentan genug Probleme.«

Noch einmal atmete sie erleichtert aus. »Meinem Lebensgefährten kann ich es nicht sagen«, brach es aus ihr heraus. »Meiner Familie schon gar nicht. Und ich bin nicht der Typ für Selbsthilfegruppen.«

»Das wäre ich auch nicht.«

»Deshalb fahre ich mit Ihnen nach München«, erklärte Theres. »Ich habe gelesen, dass es dort in Aubing einen Augenspezialisten gibt, Doktor Weiß, der eine echte Koryphäe auf seinem Gebiet ist. Und wegen meiner nachlassenden Sehkraft kann ich auch nicht mehr selbst mit dem Auto fahren.«

Mittlerweile tat es Richard leid, was er in Wien diesbezüglich zu ihr gesagt hatte.

»Welchen Augenarzt haben Sie denn in Wien?«

»Doktor Ehrlich«, erwiderte sie leise.

Richard erinnerte sich an den Tag, an dem er Theres zum ersten Mal gesehen hatte. Jetzt konnte er endlich eins und eins zusammenzählen. Doktor Ehrlich hatte seine Praxis gleich wenige Minuten vom LKA entfernt in einer Nebenstraße.

»Das soll der beste in Wien sein.«

»In ganz Österreich, sagt man, aber ich bin nicht mehr so von ihm überzeugt, ich habe das Gefühl, dass er mich nicht ernst nimmt und nur das Geld zählt.«

»An dem Tag, an dem wir uns begegnet sind, kamen Sie gerade von ihm, oder?«

Theres Lend bejahte.

»Aber die Diagnose haben Sie nicht an dem Tag erhalten.«

Sie schüttelte den Kopf.

»Warum waren Sie dann so durch den Wind?«

Theres antwortete nicht, für Richard war das in Ordnung, es ging ihn ja nichts an. Dennoch hatte sie das Gespräch mit ihm gesucht und nicht umgekehrt.

Theres nestelte an ihrem Pullover, zog einen Faden aus dem Saum und wurde noch einen Tick ernster. Was würde sie ihm jetzt erzählen. Dass sie bald starb? Und warum hatte sie ausgerechnet ihn ausgewählt? Er konnte sich keinen Reim darauf machen. Nur eines war ihm klar, das sprach er jetzt auch aus. »Frau Lend, ich finde es ja okay, dass Sie mir Ihre privaten Sachen anvertrauen.« Er rollte seine Schultern und beugte den Hals einmal nach links und einmal nach rechts. Vermutlich kam er diesmal um eine Pause nicht herum. Außerdem winselte der Namenlose hinten im Wagen schon.

»Aber eigentlich habe ich sehr viel zu tun, sowohl in Wien als auch Privates in München. Also würde ich gern zum Punkt kommen. Warum haben Sie mich heute Morgen angerufen? Warum wollten Sie mich wirklich sprechen?«

Sie leckte sich über die Oberlippe und verschränkte die Finger ineinander.

»Es geht um diesen Mord.«

»Welchen Mord?«

»Eigentlich um beide Morde.«

Jetzt wurde es interessant. Jedoch verstand er eines nicht. »Wenn Sie etwas zu den Frauenmorden wissen, warum fahren Sie dann mit mir nach München und erzählen es nicht meinem Kollegen auf der Dienststelle?«

»Weil ich Ihnen etwas sagen möchte, das ich ausschließlich Ihnen anvertrauen kann.« Sie blickte auf die Decke.

»Aber wenn es für den Fall von Belang ist, dann sollte es jeder wissen, der damit zu tun hat.«

»Ich weiß nicht, ob ich recht habe. Deshalb wollte ich meine Vermutung bloß Ihnen anvertrauen.« Sie rang nach Worten. »Außerdem unterliege ich der Schweigepflicht. Ich möchte nicht, dass das in die Akten kommt oder sogar in die Presse, solange nichts gesichert ist.« Sie flüsterte nur noch. »Und Sie wissen ja, wie rasch die Presse über alles Mögliche Bescheid weiß. Es könnte mich zudem möglicherweise meinen Job kosten. Wenn meine Vermutung stimmt, habe ich vor einem halben Jahr einen unglaublichen Fehler gemacht.«

Aufgrund ihres Jobs war die einzige Möglichkeit, die Richard dazu einfiel, die naheliegendste.

»War eine der Frauen Ihre Patientin?«

»Nein.« Sie beugte sich zu ihm hinüber und flüsterte in sein Ohr. »Aber der Mörder.«

Überrascht über diese Aussage lenkte Richard wortlos seine Bess bei der nächsten Abfahrt zu einer Raststätte. Nicht nur der Namenlose konnte eine Pinkelpause gebrauchen, auch Richard musste seine Beine mal vertreten und durchatmen.

»Ein Kaffee wäre jetzt nicht schlecht, bevor wir weiterfahren«, entschied Richard. »Und dann können Sie mir in Ruhe alles erzählen.«

39

Autobahnraststätte, A 1 Richtung München

»Sie denken also, Sie kennen den Mörder?«, fragte ihr Gegenüber sie in einem angenehmen Bariton, nachdem sie draußen mit dem Hund eine Runde gegangen waren und sich beim Selbstbedienungsladen mit Kaffee und Kuchen eingedeckt hatten.

»Hat er Ihnen bei seiner Therapie von den Morden erzählt?«

Theres rührte im Kaffee. Aus Nervosität hatte sie zu viel Zucker hineingetan. »Nein, so ist es nicht.«

»Also ist das bloß eine Vermutung?«

Theres rutschte auf dem Stuhl herum. Sie war hin und her gerissen, war sie sich doch nicht sicher, ob sie das wirklich erzählen sollte. »Beides und doch nicht.«

»Jetzt müssen Sie mir das aber näher erklären.« Richard lehnte sich zurück.

Dieser Mann war ihr ein Rätsel. In einem Moment wirkte er total tough und selbstbewusst, im anderen Moment sanft und sensibel. Alleine wie er sich um den Hund kümmerte, zeigte sein großes Herz. Und natürlich, dass er sie mitgenommen hatte, obwohl er es gar nicht so gern wollte. Sie blickte hinter sich, um sich zu vergewissern, dass niemand zuhörte.

»Vor zehn Jahren war ich Sachverständige bei einem kniffligen Fall vor dem Jugendgericht. Damals hat ein Siebzehnjähriger seine Mutter ermordet.«

»Wurde er verurteilt?«

»Natürlich.«

»Lassen Sie mich raten, dank Ihres Gutachtens hat er nicht so viel aufgebrummt bekommen wie normalerweise.« Richard Schwarz steckte sich ein Stück Kuchen in den Mund.

Theres nickte. »Richtig. Außerdem war er nicht nur minderjährig, sondern komplett unbescholten.«

Ein Teenager, der ganz plötzlich seine Mutter umbrachte. So einen Fall hörte er sicher nicht zum ersten Mal, deshalb wunderte sich Theres nicht, dass er relativ cool blieb.

»Warum hat er seine Mutter umgebracht?« Er brach ein weiteres Stück vom Kuchen ab.

Sie zupfte an ihrem Ärmel. »Ich kann Ihnen nur erzählen, was er damals gesagt hat und ich ihm auch geglaubt habe – und nicht bloß ich.«

»Nur zu. Schießen Sie los!«

»Der Junge war spielsüchtig«, begann sie zögerlich. »Am Computer. Seine schulischen Leistungen ließen rapide nach, bis er nicht mehr hinging, lediglich noch in seinem Zimmer vor dem Computer saß und dieses Rollenkriegsspiel spielte. Irgendetwas mit Drachen, Königreichen und Kriegen. Ein sogenanntes MMORPG, ein ›Massively Multiplayer Online Role-Playing Game‹.«

»Also übersetzt ein Massen-Mehrspieler-Online-Rollenspiel.«

»Richtig. Das sind die Computerspiele mit der höchsten Suchtgefahr schlechthin, was bereits von zahlreichen Wissenschaftlern bestätigt wurde«, erläuterte sie weiter. »Das liegt unter anderem am eingebauten Belohnungssystem der Spiele. Diese Belohnungen veranlassen, dass das Hirn Glückshormone ausschüttet, es funktioniert wie bei anderen Süchten eben auch. Je länger man spielt und umso höher man levelt, desto besser werden die Belohnungen, man wird stärker und so geht es immer weiter.«

Davon hatte Richard natürlich nicht nur gehört. Die Nachfolger dieser Computerspiele konnte man unterwegs mittels Handy-App überall konsumieren, was auch Richard hie und da tat. Und Role-Playing Games erfreuten sich seit Jahren großer Beliebtheit. Es gab sie in allen möglichen Varianten, mit Puzzles, mit Quests, mit Kriegen und ohne. Bei manchen baute man Städte auf, bei anderen musste man Land erobern oder etwa Drachen aufziehen. Richard spielte selbst gern zum Zeitvertreib. Er verstand den Reiz, komplett in diese Welten zu fallen und darin zu versinken. Wie viel schwieriger musste es für ein Kind oder einen Jugendlichen sein, sich hier zu disziplinieren!

»Und die Eltern hatten natürlich etwas dagegen«, mutmaßte Richard.

Theres schüttelte den Kopf. »Im Gegenteil, zuerst merkten die Eltern es lange Zeit nicht. Sie hatten zu diesem Zeitpunkt eigene Probleme, die auch in eine Scheidung mündeten. Was möglicherweise ein Grund war, warum er sich in eine andere Welt geflüchtet hat. Weil die eigene schon einige Male zerbrochen war. Der Bub hat sich selbst Entschuldigungen geschrieben, die Unterschriften gefälscht und sich in seinem Zimmer eingekerkert, um den Streitereien zu entgehen.«

Theres nahm einen Schluck stilles Wasser und berichtete weiter. »Sein Vater ist dann ausgezogen. Er blieb bei seiner Mutter. Auch weil er eigentlich lediglich der Stiefsohn des dritten Ehemanns seiner Mutter war. Er selbst war unehelich. Vater unbekannt.«

Irgendwie hatte Theres damals sogar Mitleid mit dem Jungen empfunden. Die Mutter hatte ihm mit den Jahren bereits drei Ehemänner als Ersatzväter vorgesetzt und den eigenen Vater kannte er gar nicht.

»Als die Scheidung durch war, die Mutter einen neuen Job gefunden und sich halbwegs vom Schreck erholt hatte, fand sie anscheinend Zeit, sich etwas mehr um den Jungen zu kümmern.« Theres drehte einen der Charms an ihrem Silberarmband. Es war eine kleine Gitarre.

»Auch weil die Schulleitung angerufen und sie in die Schule bestellt hatte. Dort haben sie wissen wollen, ob er den Krebs überleben würde oder ob absehbar sei, wann er wieder zur Schule gehen könne. Die Mutter fiel aus allen Wolken, stellte ihn daheim zur Rede. Wie erwartet sperrte er sich im Zimmer ein und spielte. Jeden Tag versuchte die Mutter, ihn zur Schule zu animieren, aber er ging nicht. Manchmal schnappte er sich seine Sachen und tat so, als würde er die Schule besuchen. Da ihn die Mutter an diesen Nachmittagen, wenn er wieder daheim war, in Ruhe spielen ließ, fing er an, daraus eine Routine zu entwickeln. Er verließ normal das Haus und kehrte mittags zurück. Einen Rucksack hatte er stets dabei, was seine Mutter als Zeichen deutete, dass er in die Schule ging. Das tat er aber nicht. Er verbrachte den ganzen Vormittag in einem Internet-Café in der Nähe der Schule. Vom Fenster aus konnte er sehen, wenn die Mitschüler sich auf den Heimweg machten. Dann ging er auch. Das lief eine Zeit lang gut. Die Mutter verliebte sich neu und achtete wieder weniger auf ihn, bis ein Brief vom Stadtschulrat eintraf. In dem Brief wurde der Mutter mitgeteilt, dass ihr Sohn von der Schule verwiesen wurde, da er im Zeugnis nicht beurteilt werden konnte. Aufgrund der Fehlzeiten musste er das Jahr an einer anderen Schule wiederholen.«

»Warum ist die Mutter ihm nie gefolgt? Oder hat ihn in die Schule gebracht? Gerade nach allem, was passiert war, hätte sie viel aufmerksamer sein sollen.« Mit dem Zeigefinger pickte Richard Schwarz die letzten Krümel vom Teller.

»Sagen Sie mir das nicht. Ich verstehe es genauso wenig.«

»Ist das nicht auch eine Art von Vernachlässigung?«

»Ja, aber manche Mütter denken, solange das Kind zu essen bekäme und ordentliche Kleidung sowie ein eigenes Zimmer, sei alles in Ordnung.«

»Weil wir in einer materiellen Welt leben.«

»Leider. Auf jeden Fall eskalierte die Situation zu Hause völlig. Mutter und Sohn stritten. Der neue Lebensgefährte war keine Hilfe, er lief einfach ins nächste Gasthaus und meinte, sie solle ihn anrufen, wenn der Streit vorbei sei und sich beide beruhigt hätten.«

»Das hat sie nie gemacht. Denn in der Zwischenzeit starb sie, oder?«

Theres nickte.

»Auf dem Peak der Eskalation soll der Sohn sich wieder im Zimmer eingeschlossen haben. Er setzte sich vor den Computer, Kopfhörer auf, damit er das Geschrei seiner Mutter nicht mitanhören musste. Auf einmal war der Bildschirm schwarz. Als er den Computer neu einschalten wollte, merkte er, dass zwar der Strom vorhanden war, aber keine Internetverbindung zustande kam. Dabei war gerade Klub-Krieg oder so etwas. Der Internetanschluss befand sich im Wohnzimmer.«

Die Freuden des Kabelanschlusses von damals. Theres erinnerte sich noch an ihr erstes Mal an einem Computer in einem Internetcafé. Es dauerte endlos, bis sie eine E-Mail verschicken konnte. Heutzutage gab es das Problem nur noch im tiefsten Busch von Australien.

»Es existierte damals kein WLAN, jedenfalls nicht überall so wie heute«, bemerkte sie. »Auf jeden Fall hatten sie die Kabel unter der Teppichleiste in sein Zimmer verlegt. Als der Bub ins Wohnzimmer kam, stand seine Mutter triumphierend im

Raum und hielt das gekappte LAN-Kabel in der Hand. Laut seiner Aussage grinste sie ihn teuflisch an.«

»Da sind die Sicherungen bei ihm durchgebrannt, das kann ich mir bildlich vorstellen.«

Theres nickte. »Er hat ihr das Messer entwunden, mit dem sie das Kabel durchtrennt hatte und das sie noch in der Hand hielt. Damit stach er zu. Das Messer war so ein kurzes Gemüsemesser und hat sie deshalb nicht sofort getötet, weil er damit nicht an wichtige Organe rangekommen ist. Sie redete die ganze Zeit auf ihn ein. Das wurde ihm zu viel, also zog er eine Strumpfhose vom Wäscheständer, drehte seine Mutter, die schon am Boden lag, auf den Bauch und würgte sie zusätzlich. Dabei setzte er sich auf ihren Kopf, das Gesicht wurde dadurch in den Hochflorteppich gedrückt«, fuhr Theres fort. »Ihre Nase brach irgendwann. Dennoch haben sich bei der Obduktion zahlreiche Teppichfussel in Nase, Rachen und Lunge gefunden, die sie eingeatmet hatte.«

Teppichfussel hier, Erde dort. Theres überlegte.

Richard Schwarz schob das Geschirr von sich. »Und Sie meinen, eine Übereinstimmung zu erkennen mit den Frauenleichen, die wir gefunden haben?«

Sie nickte. »Ja, als ich von der ersten Leiche in der WIG gelesen habe, habe ich schon so eine Ahnung gehabt, aber jetzt bei der zweiten …«

»Wie kommen Sie darauf? Die Presse darf ja nicht alles berichten.«

»Stichwunden und Würgemale, mit dem Gesicht nach unten?«

»Das heißt doch noch gar nichts. Sagten Sie nicht, Ihr Klient sei vorher nie auffällig gewesen und hätte im Affekt gehandelt?«

Sie stierte auf die Tischplatte. »Ja, das hab ich damals geglaubt.«

»Was hat sich geändert?«

»Ich weiß es nicht.« Mit einer Hand zog sie einen Faden vom Saum des Shirts auf und wickelte es um ihren Finger. Ein Tick von ihr. Ständig löste sie Pullis und Shirts auf. »Es ist nur so ein Gefühl. Vielleicht werden meine anderen Sinne jetzt schon stärker?«

Richard Schwarz verstand anscheinend sofort, worauf sie hinauswollte. »Weil Sie irgendwann erblinden werden?«

»Ich hab davon gelesen, dass der Körper bereits in einem sehr frühen Stadium lernt, Behinderungen zu kompensieren«, sagte sie. »Es kann so weit gehen, dass man denkt, man sieht noch alles, aber in Wirklichkeit fügt das Gehirn die fehlenden Teile einfach dazu, deshalb erkennt man das Gesamtbild, obwohl man schon peripher blind ist. Nur in Spezialuntersuchungen lässt sich dann nachweisen, dass der Patient eigentlich nicht mehr zu hundert Prozent sieht. Aber unser Gehirn kann ganz interessante Dinge.«

»Das kann ich mir schon vorstellen.«

»Außerdem stimmt der Tag überein.«

»Welcher Tag?«

»Er hat die Mutter am 17. Mai ermordet.«

»Das ist exakt der gleiche Tag, an dem der Mord in der WIG passiert ist.«

»Genau. Am 20. Mai hab ich davon in der Zeitung gelesen und da habe ich diese Verbindung gesehen, als wäre sie mit Leuchtstift auf meinem Kalender markiert.«

»Aber selbst wenn an Ihrer Ahnung etwas Wahres dran ist, haben wir doch ein großes Problem.«

»Welches denn?« Sie zwirbelte den Faden fester und riss ihn ab.

»Wie soll Ihr Klient die Morde begangen haben?« Richard hob die Arme. »Als Auftraggeber? Ich dachte, Ihr Klient sitzt hinter Gittern.«

»Das ist es ja.« Sie bohrte mit dem Zeigefinger in das nun entstandene Loch am Saum. »Das ist der Fehler, von dem ich anfangs gesprochen habe.«

»Dass er vom Gefängnis aus die Morde nicht selbst verübt haben kann? Aber das ist do…«

»Sie verstehen nicht«, unterbrach ihn Theres. »Ich habe vor sieben Monaten ein Gutachten erstellt.«

»Wieso noch ein Gutachten?«

»Ein Gutachten, das belegt, ob mein Klient noch eine Gefahr für die Menschheit oder sich selbst darstellt.«

»Und was haben Sie geschrieben?« Mit dem Zeigefinger klopfte er sich auf die Stirn. »Moment. Wollen Sie damit etwa andeuten …«

Sie schaute ihm direkt in die Augen und ließ die Bombe platzen.

»Er ist seit sechs Monaten wieder frei.«

40

Auf der Autobahn nach München

Richard war nicht sicher, wie er reagieren sollte. Ein Blick auf die Uhr stellte seinen Fokus wieder her. Sarah! Sie sollten weiterfahren. Mörder hin oder her, er war auf dem Weg nach München. Sarah war alles, was zählte. Gemeinsam gingen sie wieder zum Wohnmobil und fuhren los. Richard sprach Theres nicht gleich wieder darauf an. Er musste sich erst einmal sammeln. Noch knapp eine Stunde und er würde in München sein.

»Wie sahen die Frauen aus?«, fragte sie unvermittelt.

»Welche Frauen?« Doch noch während Richard diese Frage formulierte, war ihm klar, worauf sie hinauswollte. Ihre Haare, ihre Augen, ihr Gesicht. Die Ähnlichkeit mit den Opfern war frappierend.

»In der Zeitung stand …«, sie schluckte, »… dass im Rachen des ersten Opfers eine besondere Kette gefunden wurde. Und dort stand auch, sie gehöre vermutlich einem Musiker. Können Sie mir sagen, welche Art Kette es war?«

Richard ärgerte sich. Das sollte doch gar nicht an die Öffentlichkeit gelangen. Wie zum Teufel fanden Journalisten immer diese Details zu Verbrechen heraus?

»Jedes Mal das Gleiche mit diesen Zeitungsfuzzis! Denken Sie nicht darüber nach.«

»Bitte sagen Sie es mir!«, flehte sie.

»Wieso interessiert Sie das?«

Statt einer Antwort nestelte sie wieder an ihrem Saum. Das war Richard nun schon öfter aufgefallen. Dürfte ein Tick von ihr sein. Wieder fragte er sich, warum jemand, der Psychologie studiert hatte, sich selbst nicht besser unter Kontrolle hatte. Aber vermutlich war das genauso wie bei Polizisten, die selbst ständig beim zu schnellen Fahren erwischt wurden, obwohl sie es besser wissen sollten. Eine gewisse Betriebsblindheit im eigenen Fachgebiet zeichnete wohl jeden aus.

»Ich darf Ihnen das nicht sagen, schon gar nicht in einem privaten Gespräch wie diesem. Wären wir im Büro, sähe die Sache anders aus.«

»Wie lange bleiben Sie in München?«, wollte Theres Lend nach weiteren zehn Minuten wissen.

»Momentan kann ich das gar nicht sagen.«

»Was ist eigentlich los?«

»Was meinen Sie?«

»Warum fahren Sie nach München, so plötzlich?«

»Ich wüsste nicht, was Sie das angeht.«

»Mit mir können Sie aber reden, wenn Sie möchten.«

»Für ein psychologisches Gespräch bin ich nicht wirklich gemacht. Da muss ich Sie enttäuschen.«

Theres hielt kurz inne. »Was ist das für ein neonpinkes Ding, das hier am Rückspiegel hängt?«

»Eine Nasenklammer.« Richards Magen zog sich zusammen.

»Witzig. Die meisten haben Babyschuhe oder Duftbäume hier hängen, aber eine Nasenklammer?«

Gar nichts war hierbei witzig. Ihre Finger berührten die Klammer.

»Fassen Sie das nicht an!« Richard gab ihr einen Klaps auf die Hand. »Glauben Sie mir, lustig ist das ganz bestimmt nicht.«

Selbst erschrocken über seinen Ausbruch entschuldigte er sich. »Bei dem Thema bin ich sehr empfindlich.«

»Das ist mir klar geworden. Sie waren überdeutlich.« Sie rieb ihren Handrücken. »Wem gehört die Klammer?«

»Ich dachte, ich wäre deutlich gewesen?«

Theres verstummte und sah eine Weile aus dem Fenster. Dann wies sie auf die Fotos, die auf dem Armaturenbrett klebten.

»Wusste gar nicht, dass Sie Kinder haben«, bemerkte sie zögerlich. »Ich meine, Sie sagten bei unserer ersten Begegnung, Sie hätten keine Familie.«

Richard konnte sich noch gut an den Tag erinnern. »Ich sagte, ich lebe alleine.«

»Wie heißen die Kinder?«, hakte Theres nach. »Und warum leben Sie nicht bei Ihnen?«

»Sie heißen Aaron und Alice und leben bei ihrer Mutter in München.«

»Oh.« Theres nickte, als wüsste sie jetzt Bescheid. Sollte sie doch denken, was sie wollte. Hoffentlich würde sie ihn jetzt endgültig in Ruhe lassen.

Der Rest der Fahrt verlief ohne weitere Zwischenfälle oder Gespräche. Kurz vor München hielt Richard bei einer Tankstelle. Theres lief mit dem Hund eine Runde und spielte mit ihm auf der Wiese, während Richard tankte und die zerplatzten Fliegen sowie deren Blut von der Windschutzscheibe putzte.

Als er den Tankdeckel schloss, beobachtete er Theres mit dem Namenlosen und fühlte sich mit einem Mal schlecht. Hatte er sie wirklich so rüde behandeln müssen? Eigentlich war sie doch eine attraktive und dazu noch intelligente Frau. Richard seufzte. Sein Panzer war seit Cordy so dick geworden und er spürte seit der Sache mit Sarah, wie er all seine Gefühle in sich einzuschließen versuchte. Denn eines konnte er sich auf keinen Fall leisten. Zusammenzubrechen. Aber deshalb die Menschen um sich herum abzublocken war vielleicht auch nicht der richtige Weg.

Als Theres mit hochroten Wangen und strahlendem Lächeln wieder mit dem Namenlosen zurück zum Wohnmobil kam und er sah, wie freudig der Border Collie mit dem Schwanz wedelte, wollte er ihr einen Gefallen tun.

»Es war eine silberne Kette mit einem Plektrum aus Büffelhorn, die im Rachen des ersten Opfers gefunden wurde«, erklärte er deshalb, kurz, bevor sie einstieg.

Ihr Blick entgleiste. Theres fiel.

Sofort war Richard bei ihr und fing sie auf. Und erinnerte sich gleichzeitig an das, was Emily gesagt hatte.

»Finde den Besitzer dieser Kette und du hast den Mörder.«

41

INTERMEZZO

Zusammengerollt wie ein Fötus liegst du auf dem Badvorleger.

Nackt.

Verletzt.

Sie hat dir ihre Krallen ins Fleisch gebohrt. Dir die Haare ausgerissen. Du leckst das Blut von deinem Unterarm und denkst dabei an deine Kindheit.

Als deine Mutter dich an die Brust gedrückt hat.

Oder wie sie mit dem Schwamm deinen Rücken geschrubbt und dabei Arien aus Opern gesungen hat.

Eine Opernsängerin hatte sie werden wollen und es auch studiert. Doch dann hattest du dich angekündigt und alle Träume und Wünsche lösten sich im Muttersein auf.

Niemals ließ sie dich dafür büßen, dass du ihr alles genommen und so wenig gegeben hast. Schon als Kind warst du schwierig. Du hast in deiner eigenen Welt gelebt und Mutter konnte in diese nicht eintreten.

Nur manchmal bist du deshalb in ihre Welt gekommen. Hast dich an ihre Brust gelegt und dich von ihr einnehmen lassen.

Nie zu viel.

Immer zu wenig.

Mutter stand singend am Herd.

Beim Kochen hörte sie Gounod oder Wagner.

Selten Verdi.

Mozart nie.

Mutter war eine melancholische Person. Stets ein wenig abwesend, nie richtig da. In Gedanken versunken, ihre Augen glasig beim Rühren im Topf.

Jetzt leckst du deine Wunden und weinst. Über die verlorene Zeit.

Das Schicksal lässt sich nicht aufhalten, sagte sie einmal.

Jeder lebt unaufhaltsam auf seine Bestimmung zu. Und du hast ihr geglaubt. Mutter war eine weise Frau.

Schon früh hast du deine Berufung in dir ersehnt. In ruhigen Nachtstunden sind deine Finger über ihre Seidennachthemden gewandert. Haben sich in BH-Haken verheddert und strichen über hautfarbenes Nylon.

Magische Anziehung von Anfang an. Als dir die Pubertät deine helle Stimme nahm, standest du vor dem Spiegel und hast nach Zeichen gesucht.

Mutter hat sich zu diesem Zeitpunkt tot gehustet. Jeden Tag ein Stückchen mehr.

Blutspritzer auf der Bettwäsche wurden zur Normalität. Der Arzt ein Freund.

Einmal hast du den Arzt zwischen ihren Beinen erwischt. Sein Kopf war hochrot. Untersuchungen, hat er rasch erklärt.

Mutter hatte es doch mit der Lunge.

Zwischen den Beinen ist kein Atem.

So dumm warst du mit vierzehn nicht mehr, das zu glauben.

Der Badvorleger verfärbt sich rosa.

Du weinst.

Wann ist dein Leben so furchtbar schiefgelaufen?

Du ziehst die Knie ganz dicht an deinen Bauch heran und umarmst sie fester.

In dir lebt ein Tier.

Ein Tier, das du nun freigelassen hast.
Es beherrscht dich.
Und will mehr.
Mehr Schmerz.
Mehr Blut.
Mehr Tod.
Sein Verlangen ist unersättlich.
Du kannst es nicht bezwingen.
Dort auf dem Badvorleger wird dir das klar.
Du bist ein Sklave des Dämons in dir, der genährt werden muss.
Eisengeschmack in deinem Mund erinnert dich an das Blut aus Mutters Lunge.
Den Arzt, der sie nicht retten konnte.
Zu spät brachtest du sie ins Krankenhaus. Gegen ihren Willen.
Eine Schallplatte ihrer Lieblingsoper an die Brust gedrückt wurde sie im Eichenkasten aufgebahrt. Später in die Erde gelassen. Stille.
Nur der Arzt und du standen vor dem Grab. Er hatte geweint und du warst starr vor Trauer.
Wurde das Tier damals geboren?
Du weißt es nicht. Willst es gar nicht wissen.
Du kratzt dir die Wunden noch einmal auf, in der Hoffnung, das Tier aus dir herauszukratzen.
Es legt dir grausame Gedanken in dein Gehirn. Du willst es nicht schon wieder tun.
Doch das Tier bäumt sich auf. Es windet sich in deinen Gedärmen.
Und du windest dich auf dem Badvorleger.
Schreist.

42

Letzte Tankstelle vor München

Als Theres erwachte, blickte sie geradewegs in die Augen von Richard Schwarz, der sie besorgt musterte. War sie gerade ohnmächtig geworden? Wie peinlich!

Aber angesichts dessen, was sie gerade erfahren hatte, verständlich. Sie lag auf einer Art Couch im Wohnbereich des Wohnmobils. Theres konnte eine Küchenzeile rechts von sich ausmachen, einen Fernsehapparat und einen kleinen Klapptisch. Aber das alles hatte sie vom Beifahrersitz aus schon erkennen können.

»Können Sie mir die Kette zeigen?«, fragte sie.

Der Beamte schüttelte den Kopf und reichte ihr einen Plastikbecher mit Wasser. Der Becher war zerkratzt, das Wasser schmeckte etwas schal und war warm. Vermutlich stammte es aus einem Wassercontainer.

»Ich hab sie ja nicht hier«, antwortete Richard Schwarz sanfter als je zuvor.

»Verstehe.«

»Was hat es für eine Bewandtnis mit der Kette?«

Sie nahm noch einen Schluck Wasser. Schluckte. »Ich habe genauso einen Schmuck von meinem Vater bekommen. Ich habe ihn dabeigehabt, all die Jahre nach seinem Tod.« Sie gab dem Beamten den Becher zurück, der ihn dem Border Collie ins Maul steckte. Der Namenlose lief schnurstracks zur Küchenzeile und ließ den Becher in die Spüle fallen. Richard musste schmunzeln. Hier war der Beweis. Der Namenlose war kein normaler Hund. Er durfte der Alten wohl immer hilfreich zur Seite gestanden haben. Border Collies brauchten eine Aufgabe, sie mussten etwas hüten oder jemandem zur Hand gehen. Bei solchen Aufgaben blühten sie förmlich auf. Deshalb eigneten sie sich sehr gut als Betreuerhunde. Der Namenlose freute sich sichtlich. Hechelnd und hüpfend kam er zurück und setzte sich vor Richard. Die Augen aufmerksam auf ihn gerichtet, auf eine neue Aufgabe wartend.

»Bring mir ein Kissen«, unternahm Richard einen zweiten Test. Der Namenlose sprang auf, bellte und holte das kleine Kissen, das auf einem Stuhl vor dem Essplatz lag.

»Braver Hund.«

Theres lachte. »Was für ein gescheiter Hund du doch bist!« Sie kraulte ihn hinter dem Ohr und erzählte weiter.

»Vor zwei Jahren habe ich die Kette verloren. Zumindest dachte ich das. Ich habe alles abgesucht. In der Praxis, zu Hause, im Auto.« Sie richtete sich auf und stopfte das Kissen hinter ihren Rücken. »Ich war auf den Fundstellen der Bezirke und bei der Hauptfundstelle. Sie ist nie wiederaufgetaucht.«

»Moment«, unterbrach Schwarz sie. »Sie glauben, der Gegenstand gehört Ihnen?«

»Darum wollte ich die Kette sehen, um mich zu vergewissern. Und wenn es tatsächlich meine ist …«

»… untermauert das Ihre These, dass Ihr Klient, von dem Sie mir heute erzählt haben, der Mörder ist?«

»Es wäre möglich.«

Theres überlegte, wo Justus die Gelegenheit gehabt hätte. Während seiner zahlreichen Therapiestunden im Gefängnis? Ihre Aufmerksamkeit war stets auf ihn gerichtet gewesen beziehungsweise auf das, was er sagte. Hatte er ihr die Kette aus der Tasche gezogen, als sie gerade Notizen machte? Bei der Begrüßung oder bei der Verabschiedung? Oder als sie sich umdrehte, um aus der Tür zu gehen. So viele Tage mit ihm. So viele Chancen. Ja, es war denkbar.

»Aber Sie arbeiten mit mehreren Gefangenen und Sie haben auch diverse Patienten in Ihrer privaten Praxis.«

»Es könnte jeder gewesen sein«, flüsterte sie und seufzte laut auf. »Sie haben recht.«

»Aber wenn es Ihre ist, hätten wir einen entscheidenden Vorteil.« Richard fuhr sich über das Kinn. »Wir könnten die Suche etwas eingrenzen.«

»Nur auf meine Patienten.« Sie nickte.

»Und auf deren Umfeld«, ergänzte Richard. »Aber vermutlich haben Sie auch Gutachten von Opfern erstellt, um die Schuldigkeit des Täters zu untermauern.« Er dachte nach. »Möglicherweise haben Sie sich hier einen Feind gemacht. Vielleicht jemand, der aufgrund Ihres Gutachtens im Gefängnis landete und dadurch einen Hass entwickelt hat – oder sogar dessen Angehörige. Ihnen diesen Gegenstand zu entwenden ginge dann überall, wo Sie sich aufgehalten haben. Auch im Supermarkt, an der Tankstelle oder im Bekleidungsgeschäft.«

Theres runzelte die Stirn.

»Da hätten Sie aber viel zu tun. Aufgrund meiner Expertise sind einige Kinderschänder und Vergewaltiger verurteilt worden, allerdings landeten nicht alle hinter Gittern.«

Richard klatschte mit den Händen auf seine Oberschenkel und zeigte in die Luft.

»Genau da liegt der Punkt. Jemand, der nicht eingesperrt, aber dessen Reputation zerstört wurde, wo Job, Ehe, Kinder weg sind, könnte einen enormen Hass auf Sie entwickelt haben.«

Theres nagte an ihrer Unterlippe. Auf einmal wurde ihr heiß. Wie viele hassten sie eigentlich? Wie viele davon würden so weit gehen, ihr etwas anzutun?

»Haben Sie denn mal Drohungen erhalten?«, bohrte er.

»Das Übliche.« Sie machte eine wegwerfende Handbewegung. »Dass jemand im Gerichtssaal schreit oder draußen auf dem Gang nach der Verhandlung, dass ich dafür bezahlen werde. So was gab es öfter.« So oft, dass sie es nicht mehr zählen konnte.

Richard musterte sie. »Drohbriefe?«

Belügen konnte sie ihn nicht. Aber Halbwahrheiten waren sicher erlaubt. »Einmal, aber da kam nichts mehr.«

»Waren Sie damit bei der Polizei?«

»Nein, weil die Drohung haltlos war.«

»Wieso, was stand denn drin?«

Ein Seufzen entkam ihr. »Man würde Videos von mir haben, pornografischen Inhalts, die man im Internet posten würde.«

Zwischen seinen Augen bildete sich eine steile Falte. »Forderungen?«

»Eben, keine. Es war also nicht einmal eine richtige Erpressung.«

»Haben Sie den Brief noch?«

Sie bejahte.

»Können Sie uns diesen zur Verfügung stellen? Sicher ist sicher. Wir müssen jetzt alles nur Erdenkliche in Betracht ziehen.«

»Ich kann ihn raussuchen.« Das verstand sie, doch die nächste Frage verwirrte sie.

»Gibt es denn Videos von Ihnen in … wie soll ich sagen … gewagten Zuständen?«

Fragte er sie tatsächlich, ob es Pornovideos von ihr gab? Und was sollte sie darauf antworten? Sie zuckte die Achseln.

Die Stirnfalte wurde noch steiler. »Sie wissen es nicht?«

Was dachte er jetzt von ihr? »Woher soll ich wissen, ob irgendein Ex-Freund von mir uns dabei heimlich gefilmt hat?«

Als sie es aussprach, wurde ihr bewusst, dass sie daran bisher überhaupt nicht gedacht hatte. Ein Ex-Freund könnte wirklich Material haben. Oder einer der zahlreichen Liebhaber aus ihrer turbulenten Vergangenheit.

Die Falte auf seiner Stirn glättete sich langsam, stattdessen veränderte sich sein Gesichtsausdruck. Er wurde weicher, die Augen hingegen blitzten. Er amüsierte sich doch nicht gerade?

Seine Mundwinkel gingen nach oben. Er amüsierte sich tatsächlich.

»In der Tat. Das können Sie nicht wissen. Und gibt es Material, das nicht heimlich aufgenommen wurde?«

Sie hustete. »Vielleicht«, krächzte sie und dachte an die Fotosession mit Jürgen, als sie Mitte zwanzig gewesen war. Oder an die Fotos, auf denen sie leicht bis gar nicht bekleidet war, die sich Samuel immer gewünscht hatte, weil sie doch eine Fernbeziehung führten, sie in Wien, er in Schottland.

Die Augen von Richard Schwarz bekamen einen weichen warmen Olivton. Wie funktionierte das? Seine Augen waren grundsätzlich grün, aber die Schattierungen wechselten. Oder sie bildete sich das ein.

»Überlegen Sie einfach, wie die Beziehungen zu jenen Männern ausgegangen sind. Sie als Psychiaterin können sich doch hineinfühlen. Haben Sie einen Ihrer Ex-Männer sehr verletzt?«

Theres zog es vor zu schweigen. Sie hatte keine Lust, mit ihm über ihre Verflossenen zu sprechen. Das ging nur sie und diese Männer etwas an. Aber was, wenn wirklich einer davon Probleme hatte? Hätte sie das nicht merken müssen? Sie würde sich zu Hause eine Liste machen.

Der Beamte drängte sie nicht, sondern wechselte geschickt das Thema, als er merkte, dass ihr diese Fragen unangenehm waren.

»Lassen Sie uns weiterfahren.« Sanft ruhte seine Hand auf ihrem Arm. Sie war warm. »Ich rufe währenddessen meinen Kollegen in Wien an und lasse Fotos schicken. Okay?«

Theres nickte. Durch die seltsame, plötzliche intime Nähe und die veränderte Stimmung zwischen ihnen ermutigt wagte sie einen neuen Anlauf, etwas Privates über ihn zu erfahren.

»Was ist eigentlich passiert?« Sie fuhr mit dem Handrücken über seine vernarbte Gesichtshälfte.

Richard Schwarz zuckte zurück und seine Augen nahmen einen dunklen Ton an.

»Kommen Sie, ich hab nicht den ganzen Tag Zeit.«

Er stand abrupt auf, ging nach vorne, setzte sich auf den Fahrersitz und schnallte sich an. Theres folgte ihm seufzend. Aus den Augenwinkeln betrachtete sie ihn, fuhr in Gedanken jede einzelne seiner Narben entlang. Zu gern hätte sie mehr darüber gewusst. Wie schade, für einen kurzen Moment im Wohnbereich des Wagens hatte sie hinter seine Fassade sehen können und gedacht, dass sie seine Schale geknackt hatte. Aber es hatte nur Sekunden gedauert, bis er wieder seine Maske aufgesetzt und seinen Panzer angezogen hatte.

43

Autobahnabfahrt München

Gleich nachdem sie von der Tankstelle weggefahren waren, hatte Richard Schwarz mit seinem Kollegen telefoniert und ihm die Sachlage erklärt, dass es sich bei dem Gegenstand um die Kette von Theres Lend handeln könnte, und ihn gebeten, Fotos zu übermitteln. Ein Klingelton signalisierte, dass diese jetzt via WhatsApp eingetroffen waren. Das Smartphone war auf einer Vorrichtung am Armaturenbrett eingeklemmt, denn er benutzte es auch als Navigationsgerät.

»Die Fotos sind da«, sagte er und klickte auf das Display.

Ihr Herz schlug schnell in der Brust. Was, wenn ihr Gefühl richtig war? Würde der Täter, der diese unschuldigen Frauen umgebracht hatte, sich am Ende sie vorknöpfen?

Und wenn es Justus nicht war, wer verdammt noch mal dann? Wen hatte sie derart verärgert, dass er zum Mörder wurde?

Und das möglicherweise schon seit zwei Jahren plante?

Richard Schwarz öffnete die Galerie.

»Blättern Sie durch und schauen Sie sich alles genau an. Hier sind die Fotos vom Anhänger. Wir haben keine Fingerabdrücke oder andere DNA-Spuren gefunden, außer denen des Opfers, in dessen Rachen es steckte. Es wurde von allen Seiten fotografiert und katalogisiert.«

Mit zitternden Händen wischte Theres über den Bildschirm. Das eingefasste Plektrum sah genauso aus wie das, was ihr entwendet worden war. Jedes einzelne Foto studierte Theres gründlich. Dabei dachte sie an ihren Vater, als er ihr das Plektrum in die Hände gedrückt hatte.

Der Krebs hatte ihn damals schon so in den Fängen gehabt, dass die Ärzte ihm nur noch die Schmerzen nehmen konnten. Er selbst hatte entschieden, ins Hospiz zu gehen, auch wenn Theres und ihre Mutter sich dagegen gewehrt hatten. Sie wollten Vater bei sich zu Hause pflegen, aber er war stur geblieben. Er wollte seine Menschenwürde behalten und niemandem zur Last fallen. Mutter sollte ihn nicht als Pflegefall, sondern als den Mann in Erinnerung behalten, in den sie sich verliebt hatte. An den Tag, als er starb, hatte Theres seltsamerweise schöne Erinnerungen. Sie waren alle zusammen gewesen. Das Zimmer im Hospiz war mit Blumen geschmückt, die Schwestern hatten Tee und Kuchen gebracht und vom Fenster aus konnte man in den Garten sehen, wo Blumen blühten und die Vögel in den Bäumen sangen. Sie hatten das Bett mit ihrem Vater drin direkt davorgeschoben. Alle anderen bekamen bequeme Stühle, um bei ihm zu sitzen und den Nachmittag zu genießen. Die Schwestern hatten die Schmerzmittel perfekt dosiert, darum sah Theres ihn an jenem Nachmittag sogar lachen. Alles fühlte sich so unbeschwert an, leicht und sogar fröhlich.

Alle, die Vater geliebt hatte und umgekehrt, waren anwesend. Sogar ihre Tante Luise war extra aus Australien mit ihrer Familie angereist, um Abschied zu nehmen. Später war es ruhiger geworden. Einer nach dem anderen verabschiedete sich von ihm, bis nur noch Theres, ihre Schwester Marie, ihr Mann Ralf und Mutter bei ihm waren. Der Abend kam, die Gespräche wurden gedämpfter und ernster, aber dennoch nie traurig. Marie war gerade nach draußen gegangen, um Wasser für alle zu holen, da schlossen sich seine Augen. Ein Lächeln umspielte seine Lippen, als er seinen letzten Atemzug tat. Und dann war alles still.

Ihre Schwester kam mit dem Wasserkrug herein und blieb einfach im Türrahmen stehen. Bewegte sich minutenlang nicht.

Niemand weinte. Daran konnte sich Theres erinnern. Wie seltsam sie das im selben Moment fand, als sie es wahrnahm. Keine Tränen. Vater hatte sich das gewünscht. Es verwirrte sie beinahe, wie leicht es war, sich daran zu halten. Es war einfach nur friedlich.

Theres tröstete es, dass er nun keine Schmerzen mehr hatte. Auch sie selbst fühlte sich damals leichter. Als wäre ein schwerer Stein von ihrer Brust genommen worden. Vater hatte sich über sieben Jahre mit dem Krebs herumgequält, hatte zahlreiche Operationen, mehrere Chemotherapiebehandlungen und Bestrahlungen durchgestanden. Es war für alle Beteiligten zermürbend und anstrengend gewesen. Die ganze Familie hatte unter seiner Krankheit gelitten. Jeder auf seine Weise. Theres, indem sie sich in ihre Arbeit flüchtete, Marie, indem sie Kinder bekam, um die Leere in ihrem Herzen zu füllen, und vielleicht auch, damit Vater noch Enkelkinder erleben durfte. Ihre Mutter begann zu malen, denn sie gab ihren Beruf auf, um zu Hause zu sein und Vater zu betreuen. Sie war hauptsächlich sein Taxi. Zwischendurch wechselten sie sich alle ab, damit immer mindestens einer dabei war, wenn er zu Behandlungen oder Untersuchungen musste. Sieben Jahre Aufopferung.

Fast hatte sich Theres dafür geschämt, diese Erleichterung am Sterbebett ihres Vaters zu spüren. Aber zwei Jahre später hatte sie von ihrer Mutter erfahren, dass es ihr genauso gegangen war. Marie hatte sie nie gefragt.

Mit jedem weiteren Foto, das sie betrachtete, wurde sie sicherer. Aber ein Detail fehlte ihr. Sie zog die Fotos auseinander, um sie zu vergrößern, und sah noch einmal genau hin. Aber das Detail war auf den Fotos nicht zu erkennen. Dadurch würde sie jedoch ihre eigene Kette jederzeit wiedererkennen und dieses Detail konnte man nur erfühlen.

»Auf den Fotos sieht man nicht alles.«

Richard nickte.

»Um ganz sicher zu gehen, müsste ich es sehen«, sagte sie nachdrücklich.

»Es ist zurzeit in der Asservatenkammer, am besten rufen Sie meinen Kollegen an, sobald Sie wieder in Wien sind, und machen mit ihm einen Termin aus.«

Theres nickte benommen. All die längst verdrängten Erinnerungen und die Angst, sie könnte etwas mit den Morden zu tun haben, ermüdeten sie. Sie hatte auch das Gefühl, wieder schlechter zu sehen.

»Ruhen Sie sich ein bisschen aus und viel Glück beim Arzt morgen.« Richard Schwarz wirkte ehrlich besorgt, deshalb nickte sie und stand auf.

»Bekomme ich eigentlich Polizeischutz in Wien?«

»Solange es keinen massiven Verdacht gibt oder aktuelle Drohungen, die beweisen, dass Sie in Gefahr sind, können wir das nicht anbieten. Dazu fehlen uns einfach die Leute. Haben Sie Angst?«

»Ich bin mir nicht sicher.«

»Wohnen Sie alleine?«

»Nicht immer. Mein Lebensgefährte und ich haben getrennte Wohnungen, wir sind also offiziell nicht zusammengezogen.«

»Dann fragen Sie ihn einfach, ob er für eine Weile bei Ihnen einziehen kann, oder schlafen Sie ein paar Tage bei ihm.«

Theres war schockiert über ihre eigenen Gefühle, als Richard Schwarz diesen Vorschlag einbrachte. Innerlich sträubte sich alles dagegen, mit Benjamin zusammenzuwohnen. Ohne Rückzugsort. Sie wusste, dass Benjamin gern Nägel mit Köpfen machen würde. Sie war es, die sich seit Jahren zierte. Ihre eigenen vier Wände waren ihr einfach zu wichtig. Als kalte

Füße bezeichnete man das wohl umgangssprachlich, aber sie nannte es Unabhängigkeit.

»Es war einfach ein Vorschlag«, schob Richard Schwarz hinterher. Konnte er ihre Gedanken lesen? Entgeistert starrte sie ihn an.

»Ich meine, ich verstehe es natürlich, wenn Sie noch nicht so weit sind.«

»Wir sind ja auch erst neun Jahre zusammen.« Schon beim Aussprechen merkte sie, wie lächerlich das klang.

Auch Richard Schwarz sah überrascht aus. »Nun, Zeit ist relativ«, meinte er, »und ich bin leider wirklich kein Beziehungsexperte.«

Wieso sagte er das? Weil er augenscheinlich eine Fernbeziehung führte? Oder war er geschieden? Ring trug er keinen. Aber anscheinend hatte er zwei Kinder. Das hätte sie ihm nicht zugetraut. In Theres regte sich ein kleiner Funken Neid. Warum war sie selbst so unzulänglich und schaffte es nicht, sesshaft zu werden und eine Familie zu gründen?

Das Wohnmobil machte halt bei einem Feld. Darauf standen ein riesiges Zelt und ein kleineres Beizelt. Mehrere Wohnwagen befanden sich im hinteren Bereich. Mehr sah sie von hier aus nicht. Sie war überrascht. Was wollte Richard Schwarz hier bei einem Zirkus, der augenscheinlich geschlossen war? Und weshalb hatte er während der Fahrt nahezu minütlich auf die Uhr geblickt? Was war so dringend, das seine Anwesenheit hier erforderte? So vieles hätte sie gerne noch gewusst, aber nach allem, was sie bisher erlebt hatte, würde sie sich hüten nachzufragen.

»So, da wären wir.« Richard Schwarz stoppte den Motor und zog die Handbremse. »In der Straße hinter uns ist ein Taxistandplatz. Ich hoffe, Sie haben ein Hotel gebucht. Wie Sie sehen, sind die Übernachtungsmöglichkeiten bei uns begrenzt.« Er hob entschuldigend die Arme.

Theres wollte ihm auf keinen Fall weiter zur Last fallen. »Ich finde schon was. Vielen Dank fürs Mitnehmen.«

Der Namenlose legte den Kopf in ihren Schoß. Sie kraulte ihn zum Abschied.

»Vielleicht versuche ich es lieber auch einmal mit einem Hund«, überlegte sie, bevor sie aus dem Wohnmobil stieg.

44

Sarah

Die Qual war unendlich. Seit Stunden war niemand gekommen und sie sehnte sich nach Schmerzmitteln. Außerdem war ihre Kehle ausgetrocknet.

Ob Ivan und die anderen bereits nach ihr suchten? Ob die Polizei ihnen half? Und Richie? Wusste er schon, dass sie entführt worden war?

Verzweifelt legte sie sich auf die Matratze zurück. Jede Bewegung tat weh.

Auf dem Arm hatte sich ein riesiger Bluterguss gebildet. Zur Taubheit war ein Pochen gekommen.

Verdammt! Bei jeder Belastung schoss ein Schmerz von der Hand direkt bis zum Kopf und ließ sie beinahe ohnmächtig werden.

Jeglicher Stolz fiel von ihr ab.

Wimmernd kauerte sie auf der Matratze und ließ den Tränen freien Lauf. Was nützte es jetzt noch, stark zu sein. Sie konnte ihren Arm nicht benutzen. Womöglich hatte sie durch ihren Versuch, ihn einzurenken, alles noch schlimmer gemacht. Was war, wenn sie es hier raus schaffte und die Ärzte ihren Arm nicht mehr hinbekamen, sodass sie nie wieder auf das Trapez konnte?

Und was war, wenn sie überhaupt nicht mehr hier rauskam?

Was wurde aus Aaron und Alice?

Wer würde sich um sie kümmern?

Sie vertraute Richie, aber als Familienvater konnte sie sich ihn nicht vorstellen, dazu war er zu sehr Eigenbrötler.

Keine einzige Beziehung war bisher gut gegangen. Aber wer war sie schon, um über ihn zu urteilen?

Sie hatte doch den schlimmsten Fehlgriff ihres Lebens mit Oliver gemacht. Ihre Menschenkenntnis war richtig mies. Und ihre medizinischen Kenntnisse waren noch beschissener.

Sie legte sich auf die Seite auf den unverletzten Arm, um den anderen so weit wie möglich zu schonen.

An etwas Schönes denken.

Wenn Sarah als kleines Mädchen verletzt war, dann hieß es, sie solle an etwas Schönes denken, der Schmerz würde schneller vorbeigehen.

Sie schloss die Augen.

Etwas Schönes: *Aaron und Alice essen Zuckerwatte in der ersten Reihe während ihrer Vorstellung. Das Schwingen in der Luft. Von Andrés starken Armen aufgefangen zu werden. Eis essen mit Mama und Papa, leider beide schon tot, aber in ihrem Geist sehr lebendig. Tanzen bis zum Morgengrauen mit Oliver. Bei einem alten Charlie Chaplin Film mit Richie lachen, bis der Bauch brennt.*

Während sie alle schönen Momente ihres Lebens aufrief, um sich von dem Schmerz in ihrem Arm und ihrem Zustand abzulenken, fiel auf einmal ein heller Lichtstrahl auf ihr Gesicht.

Gefolgt von einem Schwall kaltes Wasser.

Schlagartig öffnete sie die Augen.

Die Männer in ihren Kapuzen waren wieder da.

45

München, Zirkus »Diadem«

Schon von Weitem erkannte Richard, dass sich Ivan an seine Ratschläge gehalten hatte. Das Zelt war nicht beleuchtet und niemand war auf dem Areal zu sehen. Dunkel und düster sah es aus und das lag nicht nur am Nebel, der sich über das Feld gelegt hatte. Man spürte förmlich, dass etwas ganz und gar nicht stimmte. Er konnte sich noch gut erinnern, als er zum ersten Mal ein Zirkuszelt betreten hatte. Es mochte ein anderes Zelt in einer anderen Stadt gewesen sein, aber das war nicht wichtig. Es zählten die Menschen im Zelt. Und die waren zum Teil dieselben wie damals. Richard hinterließ tiefe Schuhabdruckspuren, als er durch den Schlamm stapfte.

Anscheinend hatte es erst vor Kurzem geregnet. Wie passend zur Stimmung, die von diesem Platz ausging, der einst der Ort der Freude, des Staunens und des Lachens gewesen war. Eine Stätte der Attraktionen vom Feinsten.

Ein Brüllen kam von rechts. Richard drehte sich lächelnd zum Käfig.

»Schon gut, Zeus«, sagte er besänftigend und schritt auf den Käfig zu. »Ich bin's nur.« Der Tiger verstummte und leckte an der Hand, die Richard durch die Stäbe steckte. »So ist es brav.«

Der Namenlose, der neben ihm her trabte, legte die Ohren an. So eine große Katze hatte er wohl noch nie gesehen.

Neben Zeus regte sich ein zweites schwarz-weiß gestreiftes Bündel. Helena, das Tigerweibchen, öffnete nur kurz ein Auge. Als sie Richard sah, schloss sie dieses wieder und entspannte sich erneut. Zeus trollte sich und legte sich zu ihr.

Richard ging weiter. Der Käfig neben dem Tigerpärchen war leer. Richard erinnerte sich schmerzhaft an Hades, den schwarzen Panther. Über neunzehn Jahre alt war er geworden, ein für Panther stolzes Alter, das sie in freier Wildbahn kaum erreichten.

Richard fand, dass Wildtiere nicht in den Käfig gehörten.

Damit war er nicht alleine, denn das war es auch, was sie später die Existenz kosten sollte. Als das Wildtierverbot für Zirkusse in Österreich eingeführt wurde, freute sich Richard nur heimlich. Denn er merkte natürlich, wie bestürzt seine Zieheltern darüber waren. Die Zahl der Zirkusbesucher nahm kontinuierlich ab, sodass das Geld knapp wurde. Die Tiere speisten zu mancher Zeit sogar besser als die Artisten. An allen Ecken und Kanten wurde gespart. Die Tiere durften nicht mehr auftreten, waren aber noch da und brauchten Futter. Nach und nach wurden alle Tiere nach Deutschland oder in andere Länder verkauft. Vor allem an andere Zirkusfamilien in Deutschland, die bis heute mit Tieren auftreten durften. Dort gab es dieses Gesetz nicht, obwohl die Tierschützer Sturm liefen. Die Kamele und Elefanten waren als Erstes weg. Die Geschwister Hades und Arkadia wurden getrennt, als ein Zoo die Pantherdame erwarb. Ebenso der Wurf von Zeus und Helena. Vier weiße Babytiger. Zwei davon schafften es zu einem Magier, zwei andere wurden von einem Wildtierzoo aufgenommen. Für die alten Tiere interessierte man sich nicht. Und alle taten sich schwer, sie wegzugeben. Aber eines Tages blieb ihnen nichts mehr anderes übrig. Als der Zirkus Diadem in München ein Angebot machte, griffen sie zu. Später hatte sich Sarah genau in diesen Zirkus eingekauft, deshalb waren ihre Tiere nun wieder bei ihr. Auf der gegenüberliegenden Seite standen die Käfige für die Tiere, die der Hauptzirkus schon vor der Fusion besessen hatte. Die Gehege waren teilweise mit Planen abgedeckt.

In zwei Wohnwagen brannte Licht. Schon von Weitem erkannte Richard, dass einer davon Ivans war, der andere gehörte Sarah.

Sarah? Konnte es sein?

Richards Beine wurden wie von selbst schneller. Er rannte durch den Matsch. Der Dreck spritzte bis in sein Gesicht. Mit dem Unterarm wischte er darüber.

»Sarah!«, rief er im Laufen. »Sarah!«

Beim Wohnwagen angekommen riss er die Tür auf und lief hinein. Keuchend sah er in fünf weit aufgerissene Augenpaare.

Keines davon war Sarahs.

46

Damals

Alles ist so anders hier, als ich es gewohnt bin. Sarah hält meine rechte Hand und ihre Mutter meine linke. Über ein Jahr bin ich im Spital gewesen. Meine Schritte sind noch etwas steif. Die Narben jucken. Sarah hat mir eine Kappe geschenkt, mit der ich meinen Kopf bedecken kann. Noch nie bin ich in einem Zirkus gewesen. Ich weiß nicht einmal, was das bedeutet.

Gemeinsam gehen wir über die große Wiese. Ich kenne sie. Normalerweise steht hier nichts. Die Jungen aus der Nachbarschaft spielen hier jeden Tag nach der Schule Fußball. Aber nicht heute. Heute stehen sie mit großen Augen vor einem Käfig, aus dem ein Brüllen kommt. Als ich vor Schreck zusammenzucke, drückt Sarah meine Hand.

»Keine Sorge«, sagt sie und lächelt mich an. »Gina brüllt nur deshalb so laut, weil sie Angst um ihre Babys hat.«

»Babys?«, frage ich.

»Mama, darf ich Richie gleich die Babys zeigen?«

Ihre Mutter nickt. Sarah zieht an meinem Arm.

Stolpernd laufe ich hinter ihr her. Sie öffnet einen Vorhang zu einem kleineren Zelt. Darin befinden sich verschiedene Boxen. Sie öffnet eine davon und winkt mich zu sich.

In der Box liegen drei flauschig weiße Tiere. Sie blinzeln ins Licht. Vorsichtig greift Sarah nach einem.

»Magst du es halten?«

»Was ist das? Ein Kätzchen?«

»Sozusagen.« Sie legt mir das Bündel in die Arme.

»Es ist ein Tigerbaby«, erklärt sie mir. Als ich das Wort »Tiger« höre, bin ich versucht, das Tier fallen zu lassen. Tiger sind doch diese großen Raubtiere aus dem Buch, aus dem Mama mir manchmal vorgelesen hat.

»Keine Angst«, beruhigt mich Sarah, die mein Zögern bemerkt hat. »Sie sind noch ganz neu. Wenn sie beißen, tut das noch gar nicht weh. Schau!« Sie zeigt mir ein paar rote Punkte auf ihrem Unterarm und kichert.

»Warum sind sie hier und nicht bei ihrer Mama?«

»Hier ist es wärmer als im Käfig draußen. Außerdem kann der Tierarzt sie hier besser untersuchen.«

»Wer füttert sie?«

»Natürlich ihre Mama«, sagt sie ernst und schaut mich an, als wäre ich dumm. »Sind ja Säugetiere. Komm mit, wir haben viele Tiere. Auch einen Papagei, der kann sprechen.«

»Viele Tiere«, flüstere ich leise. Ich denke an meinen Wunsch mit dem Hund. Wie sehr ich mir einen kleinen wuscheligen Welpen gewünscht habe. Und jetzt darf ich bei Sarah wohnen, mit ganz vielen Tieren. Ein Paradies. Ich drücke den Käfer in meiner Hosentasche. Ich glaube, er hat mir Glück gebracht.

Sarah führt mich durch das ganze Areal und zeigt mir alles. Im großen Zelt staune ich, wie hoch es ist. »Gerade proben die Artisten«, erklärt mir Sarah. Hoch oben schwingen zwei Frauen auf Schaukeln und lassen sich im Schwingen fallen, aber ein Mann mit vielen Muskeln fängt sie immer wieder auf.

Darunter laufen Elefanten im Kreis zu einer seltsamen Musik. Außerhalb des runden Platzes, der voller Sand ist, steht ein Mann. Sein Oberkörper ist nackt. Er schleudert Stäbe in die

Luft und fängt sie wieder auf. Eine Frau wirft ihm immer mehr Stäbe zu, die er alle durch die Luft wirbelt.

Mir würde schwindelig werden.

Auf einmal klopft mir jemand auf die Schulter. Ich drehe mich um und blicke in ein weiß geschminktes Gesicht mit roter Nase und rotem breiten Mund. Ein Clown, schießt es mir durch den Kopf. Ich habe schon einmal einen gesehen. Im Spital ist jede Woche einer vorbeigekommen und hat versucht, mich zum Lachen zu bringen. Kein einziges Mal hat er es geschafft.

Der Clown in der Manege wedelt mit den Armen und holt eine Münze hinter meinem Ohr hervor. Ein Zauberclown also.

Ich kichere.

Er legt mir die Münze in die Hand und winkt, dann fällt er um und rollt sich über den Boden. Dabei macht er komische Geräusche.

Sarah zieht mich schon weiter.

Im Eck steht ein Mann, der dicke Bücher zerreißt und mir bekannt vorkommt. Waren es seine Arme, die mich damals aus der Küche getragen haben? Bevor ich noch fragen kann, warum er die Bücher kaputt macht, stehe ich mit Sarah schon vor einer Frau, die an einer Maschine lehnt und mit einem Holzstöckchen darin kreist. Nur wenige Sekunden später überreicht sie mir das Stöckchen. Darauf sitzt eine rosa Wolke wie ein großer Wattebausch.

Verdutzt starre ich das Objekt an, nicht wissend, was ich damit machen soll. Also streiche ich mit den Fingern darüber. Es ist weich. Wie Watte eben ist.

»Magst du keine Zuckerwatte?«, fragt Sarah, als wir weitergehen.

»Zuckerwatte?«

Sie zeigt auf die rosa Wolke auf dem Stöckchen. Gleichzeitig greift sie mit Zeigefinger und Daumen hinein und zieht einen Teil heraus, den steckt sie sich sofort in den Mund.

»Das kann man essen?«, frage ich überrascht.

»Klar, was denkst du denn?«, antwortet sie und nimmt sich gleich noch eine Portion. Ich versenke mein Gesicht in der Watte und lecke daran. Es schmeckt herrlich süß.

Noch nie habe ich so etwas gegessen. Als Sarah das nächste Mal zu mir herüberschaut, ist das Stöckchen leer.

Sie lacht und hüpft auf einen Stein rauf und wieder runter.

Und in dem Moment sehe ich ihn.

Einen ganz in Schwarz gekleideten Mann mit einer Maske und einem Umhang ebenfalls in Schwarz. Seine Kleidung glitzert. Er hält einen Reifen, der soeben Feuer fängt.

Ich halte den Atem an. Der Mann streckt seinen Arm aus und hält ihn in den Reifen. Sofort erlischt das Feuer.

Danach greift er wieder in den Reifen und zieht etwas daraus hervor. Ich bin geplättet. Wie kann er aus dem Loch in einem Reifen Tücher hervorziehen? Dann wickelt er die Tücher um den Reifen und bläst drauf. Ich zucke zusammen, als der Reifen mit lautem Zischen wieder Feuer fängt. Der Mann bläst erneut drauf und klatscht in die Hände. Anstatt des Reifens hält er nun einen Blumenstrauß in der Hand. All das geschieht mit weichen fließenden Bewegungen. Es ist fast so, als würde er tanzen. Die Art, wie er diese Dinge präsentiert, lässt alles leicht aussehen.

Unsere Blicke treffen sich. Er schaut mir tief in die Augen. In meinem Nacken kribbelt es. Mit einer flinken Bewegung rafft er den Umhang um sich und stampft mit einem Fuß auf.

Ich höre ihn laut lachen, dann verschwindet er plötzlich. Zurück bleibt nur noch eine Rauchwolke.

»Wer … wer … war das?«, stammle ich.

»Das war unser Mister Domino!«, ruft Sarah fröhlich aus.

»Mister Domino«, wiederhole ich ehrfürchtig.

Ich habe zum ersten Mal endlich eine Antwort auf die Frage, die mir von den Erwachsenen so oft gestellt wurde. Was ich werden möchte, wenn ich groß bin.

Hier und jetzt habe ich nur einen Wunsch.

So zu sein wie er.

Mister Domino.

47

München

Erschrocken blickten die Frauen ihn an. Jede einzelne hielt irgendeine Art von Waffe in den Händen. Vom simplen Küchenmesser bis zur Axt war alles dabei, was ein Zirkushaushalt hergab.

»Gott, Richie!«, fand Luise die Sprache als Erste wieder. »Du hast uns erschreckt.«

»Das sehe ich«, grummelte er. »Aber ich habe doch Ivan Bescheid gegeben, dass ich heute komme.« Enttäuschung machte sich in ihm breit. Die Frauen in diesem Wohnwagen hatten Angst. Sarah war also noch nicht zurück. Und Oliver vermutlich auch nicht. Und wo steckten eigentlich die Männer? Sie würden doch nicht seine Ratschläge in den Wind geschossen haben und alleine nach Sarah suchen? Was nicht nur unmöglich zu bewerkstelligen war, sondern auch gefährlich sein konnte.

»Wo ist Ivan?«, fragte er deshalb.

»Drüben in seinem Wagen«, antwortete Luise. »Mit den anderen Männern«, schloss sie.

Richard fiel ein Stein vom Herzen. Ivan hatte sich also komplett an seine Anweisungen gehalten. Bis auf eine Sache. »Wieso ist niemand bei euch Frauen zum Schutz?«

Luise lachte. »Sie haben ja mich.« Sie richtete sich in ihrer ganzen Herrlichkeit auf. »Hast du mich schon vergessen, Richie?«

Luise war mindestens genauso stark wie ein Mann, wenn nicht stärker. Mit ihren beinahe zwei Metern Körpergröße und Schuhgröße siebenundvierzig überragte sie alle anderen Artisten.

Natürlich auch Richard, obwohl er mit seinen eins vierundneunzig nicht gerade zu den Kleinsten gehörte. Die Schuhgröße kam ihr bei ihrer Art der Vorstellung zugute. Luise war Antipodistin, das bedeutete, sie balancierte und jonglierte Tische, Stühle, Holzblöcke und andere schwere Sachen mit den Füßen, während sie auf einer Art Schrägpolster lag. Es gab nicht viele Artisten in Europa, die diese Kunst beherrschten.

»Wie du weißt, haben viele von uns kein leichtes Leben gehabt, mich eingeschlossen. Das härtet ab.«

Richard wusste das natürlich. Luise war in ihrer Jugend aufgrund der ständigen Hänseleien in der Schule und einer durch ihre Größe verhinderten Ballettkarriere von zu Hause ausgerissen und hatte sich einer Straßengang aus Kleinkriminellen und Drogendealern angeschlossen. Damals war sie ganz tief in den Sumpf gerutscht.

Eines Tages hatte man sie zusammengeschlagen vor einer Bar gefunden und in die Ausnüchterungszelle gebracht. Das war der erste Schritt in ein neues Leben. Am Vortag war sie bei einem Einbruch dabei gewesen, das brachte ihr einige Jahre Jugendknast ein. In ihrer Wohngruppe wurde sie zur Anführerin. Als sie rauskam, war sie ein anderer Mensch. Stärker, selbstbewusster und noch gelenkiger. Eine, die ihre zweite Chance sinnvoller zu nutzen gedachte. Im Gefängnis hatte sie täglich weitergeübt. Wenn sie schon keine Ballerina werden sollte, dann Akrobatin.

In der kleinen Küchenzeile pfiff es. Luise holte den Teekessel vom Herd und füllte das Wasser in die bereits vorbereitete Kanne. Auf dem Tisch standen schon mehrere Tassen vor den Frauen und Mädchen.

»Warum habt ihr gerade Sarahs Wohnwagen genommen?«

»Was denkst du?« Amüsiert schaute sie ihn an. »Wenn die Typen wiederkommen, dann erwarten wir sie schon.«

»Ist in Olivers Wohnwagen auch jemand?«

»Nein, der ist doch viel zu klein, außerdem komplett auseinandergenommen.« Sie lächelte. »Mein Wohnwagen ist zum Schlafen da, wir wechseln uns ab.«

Anscheinend hatte Ivan die Sache besser im Griff, als Richard gedacht hatte. Was zur Hölle tat er hier in München? Brauchten sie ihn überhaupt?

Soweit er sehen konnte, hatten die Artisten alles perfekt organisiert. Wenn sie auch sehr ängstlich aussahen, zumindest die Frauen und Mädchen in diesem Wohnwagen.

»Magst du auch einen Tee?« Luise hielt ihm eine Tasse hin. »Bevor du zu den Männern rübergehst.«

Richard nahm die Tasse mit der dampfenden Flüssigkeit bejahend an.

»Es hat jetzt drei Tage geregnet.« Sie rieb ihre Finger aneinander. »Die Feuchtigkeit spürt man hier in allen Knochen. Ich habe gestern sogar den Heizlüfter aufgedreht.«

Als alter Zirkushase verstand Richard natürlich, was sie meinte. Darum war für einen Wanderzirkus im Winter meist Schließzeit. Man konnte das Zelt nicht richtig warmhalten. In ganz kalten Wintern hatten sie sogar in billigen Hotels eingecheckt, weil es im Wohnwagen grausam wurde. Da teilten sie sich zu fünft ein Doppelzimmer, was öfter von den Betreibern abgelehnt wurde. Heutzutage war es da schon leichter.

Der Zirkus Diadem besaß ein festes Zirkustheater, wo im Winter die Vorstellungen stattfanden. Darin waren mehrere Wohnungen für Artisten angelegt. Dennoch, die meisten älteren Artisten fühlten sich nur in ihren Wohnwagen zu Hause. Die Jungen, die heutzutage oft einem anderen zusätzlichen Job nachgingen, nahmen die Wohnungsmöglichkeit gerne an. Sarah würde sich wohl nie von ihrem Wagen trennen. Genauso wie Richard es sich nicht vorstellen konnte, sein Wohnmobil gegen ein normales Auto auszutauschen. Was brauchte er schon? Nur widerwillig hatte er damals das Angebot der Polizeischule akzeptiert, während der Ausbildung in der Kaserne zu wohnen. Da sie zu dritt in einem kleinen Raum hausten, besaß das Ganze dann doch eher Zirkusfeeling. Später fragte man ihn, ob er nicht eine der Gemeindewohnungen haben wollte. Er hatte sie tatsächlich genommen. Ein seriöser Wohnsitz für einen seriösen Polizisten. Es war auch gar nicht so schlecht. Im Innenhof konnte er sein Wohnmobil parken. Und er hatte endlich eine fixe Adresse für seine Post. Doch in den warmen Sommernächten zog es ihn in den Innenhof. Der Hausmeisterin des Gebäudes war das Wohnmobil im Hof von Anfang an ein Dorn im Auge gewesen. Mitten in der Nacht wurde er einmal von Kollegen der Streife geweckt und nach draußen bugsiert. Die Xanthippe, Frau Huber, stand teuflisch grinsend mit den Händen in den Hüften gestützt daneben.

»Ich hab Ihnen ja gesagt, dass Sie da nicht schlafen dürfen!«, kreischte sie herum. Als einer der Kollegen ihn erkannte, gab es für Frau Huber eine Überraschung der Sonderklasse.

Der Kollege visierte Frau Huber streng an und sagte: »Gnädige Frau, warum rufen Sie die Polizei, wenn die Polizei eh bei Ihnen im Hof schläft?«

Er konnte sich noch gut an den verdatterten Blick von Frau Huber erinnern. Doch die Kollegen setzten noch einen drauf, als sie ihr erklärten, dass auf einem privaten Innenhofparkplatz sehr wohl im Wohnmobil geschlafen werden dürfe, zumal Richard für den Parkplatz auch noch zusätzliche Gebühren zahlte.

Frau Huber trollte sich in jener Nacht rasch von dannen. Aber es blieb trotzdem eher unangenehm, wenn sie sich begegneten. Nein, Sesshaftigkeit war nicht wirklich etwas für ihn. Nachdem er sich mittlerweile sicher war, dass er nie Frau und Kind haben würde, sah er auch keinen Bedarf dafür, sich mit der Sesshaftigkeit anzufreunden. Nicht in diesem Leben.

Schweigsam saßen sie nun auf der Eckbank von Sarahs Wohnwagen und schlürften den Tee. Alle sahen Richard mit einer Mischung aus Trauer und Mitleid an. Genauso, wie sie es getan hatten, als er das erste Mal in den Zirkus kam. Obwohl er nicht der Einzige war, der hier anders war. Und das war es, was ihn von Anfang an getröstet hatte und warum er sich hier wohlfühlte.

Er leerte den letzten Schluck in den Rachen und stand auf. Er war nicht wegen Tee und Keksen gekommen.

»Es wird heute noch ein bisschen turbulent werden. Macht euch keine Sorgen, sondern bleibt hier im Wagen. Kann ich den Hund kurz hierlassen?«

Luise nickte.

Richard blickte sich um. »Alice ist nicht hier?«

»Alice und Aaron sind in meinem Wagen, sie schlafen schon«, antwortete Luise.

»Tatsächlich?« Er konnte sich nicht vorstellen, dass die Kinder ein Auge zubekamen, in Anbetracht dessen, dass beide Eltern spurlos verschwunden waren.

»Natürlich kannst du rüberschauen«, bot Luise an, als könne sie seine Gedanken lesen. Sie umarmte ihn kurz und drückte ihm einen Kuss auf die Wange, bevor er den Wohnwagen verließ.

Vorsichtig öffnete er die Tür von Luises Wohnwagen. Verschiedene Atemgeräusche empfingen ihn und ein leises Schnarchen. Im Lichtschimmer, der von draußen durch die dünnen Vorhänge hereinfiel, konnte er die Zirkusleute gut unterscheiden. Jetzt, am späten Nachmittag, schliefen hier vor allem Kinder. Richard erspähte Aarons Köpfchen und beugte sich über ihn. Der Vierjährige hielt seinen Stoffhasen Obelix im Arm und schlief tief und fest. Er war wohl zu klein, um die Tragweite des Geschehens zu erfassen. Neben ihm lagen zwei andere Kleinkinder. Aus dem hinteren Bereich hörte er ein leises Schluchzen. Richard schlich zum anderen Bett. Es war im Essbereich. Dort konnte man die Essbänke zu einem Bett umfunktionieren, wenn man den Klapptisch hochklappte. Gleich erkannte er, wer hier weinte. Es war Alice, die augenscheinlich nicht schlafen konnte. Vorsichtig setzte sich Richard an die Kante des Bankbetts. Mit den Fingern strich er ihr Haar zurück. »Alice, Schätzchen«, flüsterte er.

»Onkel Richie!« Das Mädchen fuhr abrupt hoch, schlang die Arme um seinen Hals und schluchzte an seiner Brust weiter.

Tröstend streichelte er ihr Haar und redete beruhigend auf sie ein. »Shhhh. Ist ja alles gut.«

Das andere Mädchen blinzelte, schloss aber rasch wieder die Augen und schlief weiter.

»Onkel Richie?« Mit den kleinen Fäusten wischte sie sich über die Augen.

»Ja, mein Mäuschen.« Er drückte ihr ein Taschentuch über das Näschen. Sofort schnupfte sie hinein. Richard faltete das Taschentuch und drückte es ihr in die Hand.

»Weißt du, wo Mama ist?«

Es brach Richard das Herz, in ihre großen puppenhaften Augen zu sehen und sie anlügen zu müssen.

»Mama wird bald wieder da sein.«

»Holst du sie zurück?«

»Natürlich, Schätzchen.«

»Weißt du, ich glaube, sie ist weggelaufen, weil ich böse war.«

Sie schluchzte noch einmal auf. »Ich hab mit ihr geschimpft, Onkel Richie.« Wieder flossen die Tränen.

»Mäuschen, glaub mir, das ist alles nicht deine Schuld.«

»Wirklich?«

»Ganz großes Indianerehrenwort.«

»Aaron meint, sie ist Papa suchen gegangen.«

Richard schluckte den Kloß in seinem Hals hinunter. Was sollte er Alice bloß sagen? Er wusste ja selbst kaum was. Und das Ultimatum rückte unaufhaltsam näher. Morgen war Freitag und er hatte keine Ahnung, wie er Sarah zurückbekommen sollte.

»Vielleicht hat Aaron ja recht, Mäuschen.« Er trocknete ihr Gesicht mit seinem Hemdzipfel und drückte ihr einen Kuss auf die Stirn. »Und jetzt versuch, ein bisschen zu schlafen.«

Alice nickte und legte sich wieder hin.

»Bleibst du hier, Onkel Richie?« Sie drückte seine Hand.

»Natürlich, Mäuschen.« Richard blieb noch eine Weile bei ihr sitzen, bis sich ihre Hand lockerte. Als er wenige Minuten später regelmäßige Atemzüge von ihr vernahm, drückte er ihr einen Kuss auf die Stirn, schlich sich wieder aus dem Wohnwagen, rief Albert Steiner an und teilte ihm mit, dass er in München war und ihn sprechen wollte.

»Wir wollten heute Nachmittag sowieso noch einmal zum Zirkus fahren. Einige Sachverhalte sind uns seltsam vorgekommen.«

»Dann kommt gleich, ich bin hier und warte auf euch. Morgen ist Freitag. Das Ultimatum läuft ab! Wir müssen unbedingt besprechen, wie wir vorgehen.«

»Natürlich.«

»Übrigens, du hast recht. Es gibt nichts über Oliver. Ich hab alles durchsucht, sogar alte Geburtenbücher, die online abrufbar sind.«

»Ja, freilich, ich hab auch blöd geschaut, als ich nichts über ihn gefunden habe. Ich hab eine Abteilung darauf angesetzt, die arbeiten schon dran. Aber zuerst kümmern wir uns um Sarah. Ich komm mit meiner Truppe in einer halben Stunde raus auf euren Platz.«

Richard sah auf die Uhr, bejahte, bedankte sich und legte auf. Draußen wurde es langsam unangenehm, denn es hatte wieder zu nieseln begonnen. Ein kalter Wind blies dazu. Die Eisheiligen erwiesen ihrem Namen alle Ehre. Richard stellte den Jackenkragen auf und legte einen Zahn zu.

In Ivans Wohnwagen flackerte es im Fenster. Während er näher kam, hörte er gedämpfte Stimmen.

Als er eintrat, fiel ihm Ivan direkt in die Arme.

»Ich hab mich schon gewundert, wo du bleibst«, rief er zur Begrüßung. »Es ist doch fünf Stunden her, seit wir telefoniert haben.«

»Ich wurde aufgehalten von einer Zeugin im Fall, den ich gerade bearbeite.«

»Die Leichen in den Parks?«

»Du weißt davon?«

»Euer Mörder hat es sogar in die BILD geschafft.«

Die Frage, warum Ivan die BILD las, verkniff er sich.

Er wedelte schon mit der Zeitung vor seinem Gesicht herum. Richard nahm sie ihm ab und las.

Der Ziegengehege-Schlitzer schlägt wieder zu!

Allein dieser Titel ließ ihm die Haare zu Berge stehen. Richard reichte Ivan die Zeitung zurück. »Der Ziegengehege-Schlitzer? Echt jetzt?«

»Wie würdest du ihn nennen?«, fragte Ivan stirnrunzelnd.

Okay, Ivan fand den Artikel anscheinend besser als er. Egal. Namen für Mörder zu entwerfen, die man noch gar nicht kannte, hielt Richard für bedenklich. Man stempelte den Mörder damit ab. Das konnte zu zweierlei führen: Entweder versuchte der Mörder ab sofort, in dieses von der Presse gemalte Bild von ihm zu passen, oder aber er fühlte sich beleidigt sowie in seiner Ehre gekränkt und wandte ein anderes Schema an. Diese Variante war besonders für die laufenden Ermittlungen gefährlich. Wenn ein Muster geändert wurde, dann musste man von vorne anfangen. Und das wäre fatal.

Unter anderem deshalb achtete man normalerweise darauf, dass die Presse so wenig wie möglich über die Taten erfuhr. Leider sickerte manchmal etwas durch. Nur selten spürte man die Lücke auf.

Ivan steckte den Artikel in eine Kiste. Auch hier in diesem Wohnwagen versuchte man anscheinend, nüchtern zu bleiben. Statt auf Tee in Porzellantassen verließen sich die Männer auf Kaffee in Pappbechern.

Richard graute vor dem, das er jetzt tun musste. Aber er hatte keine Wahl. Es war an der Zeit, dass sie alle es erfuhren. Richard verkabelte sein Smartphone mit dem kleinen Flachbildschirm an der Wand.

»Danke übrigens«, sagte Ivan. »Gestern waren die Bullen da und haben alles durchsucht und jeden von uns einzeln befragt. Als ob wir irgendetwas wüssten, aber Hauptsache ist, dass die Polizei wirklich etwas tut.«

»Ich weiß. Das muss sie auch. Es ist schließlich Gefahr im Verzug.« Richard war schon etwas flau im Magen.

»Was soll das heißen?« Ivan zog die Stirn kraus.

»Ich zeige euch jetzt etwas«, erwiderte Richard statt einer Antwort.

Alle schauten gebannt auf den Bildschirm.

»Setz dich, Ivan«, bat Richard.

»Ich steh lieber.« Ivan lehnte sich auf der anderen Seite gegen den Wohnwagenvorbau.

»Glaub mir.« Nachdrücklich drückte Richard ihn auf die einzige freie Ecke der Bank. »Es ist besser, wenn du jetzt sitzt.«

Irgendetwas musste Ivan in Richards Augen wahrgenommen haben, denn er setzte sich anstandslos hin.

Richard blickte noch einmal in die Runde, um sicherzugehen, dass alle auf den Bildschirm schauten, und war gleichzeitig beruhigt, dass alle Kinder im Schlafwagen waren. Richard hockte sich auf den Boden mit dem Rücken zum Bildschirm. Dabei konnte er genau die Reaktionen der anderen auf den Film beobachten.

Schon bei den ersten Sekunden entgleisten ihnen allen die Gesichtszüge. Gleichzeitig war teilweise erschrecktes Aufstöhnen zu hören. Zwei der Artisten wandten sich komplett ab. André, Sarahs Partner am Trapez, verließ sogar den Wohnwagen. Richards Aufmerksamkeit war auf Ivan gerichtet.

Dieser saß in Schockstarre, die Augen weit geöffnet, den Mund ebenfalls, und fixierte das Treiben am Bildschirm. Als der Film abgelaufen war, blieb er in dieser Haltung sitzen und verlangte nur: »Wiederholen!«

Richard drückte auf »Restart«. Und dann wieder. Und wieder. Fassungslos verließen einige der Männer den Wohnwagen. Ivan verharrte auf seinem Platz und glotzte. Nach der fünften Wiederholung setzte sich Richard auf den frei gewordenen Platz neben Ivan und drückte seinen Oberarm.

»Ich habe mir das Video letzte Nacht hundertmal angesehen. Ich habe nichts gefunden, was ich verwenden kann.«

Ivan nickte, schaute Richard einen Sekundenbruchteil an und gab ihm eine schallende Ohrfeige.

48

Verblüfft hielt sich dieser die brennende Wange. Nur eine Sekunde später klatschte eine weitere Ohrfeige auf seine andere Wange, auf der er nichts spürte.

»Wie konntest du nur?«, brüllte ihn Ivan an. Eine weitere Ohrfeige fuhr auf Richard nieder.

Richard bekam Ivans Hände zu fassen und hielt sie fest.

»Was soll das?«

»Das frag ich dich!«, schrie Ivan zurück. »Wieso hast du mir gestern das Video nicht geschickt? Wir hätten davon erfahren sollen! Wieso zum Henker hast du das für dich behalten?«

Ja, warum eigentlich? Um sie nicht zu verunsichern? Das waren sie sowieso gewesen. Um sie nicht zu ängstigen? Auch das waren sie bereits gewesen.

Was, verdammt noch mal, hatte er sich dabei gedacht, dieses Video für sich zu behalten? Auch wenn das nicht die ganze Wahrheit war. Der Polizei in München hatte er es geschickt. Natürlich. Aber er hatte seinen Freunden, die auch Sarahs Freunde waren, nicht die ganze Wahrheit verraten. Dass Sarah wirklich in Gefahr war, dass sie festgehalten und geschlagen wurde und was auch immer noch. Zum ersten Mal wurde ihm klar, dass er falsch gehandelt hatte. Und er war nicht einmal sicher, warum.

»Es tut mir leid«, entschuldigte er sich und meinte es auch so.

»Ach! *On eschjo iswinjajetsa*!« Ivan boxte ihm in den Bauch. »Es tut dir leid?«, sagte er noch einmal lauter auf Deutsch und sprang auf. Es folgten ein paar regionale Perlen russischer Schimpftiraden. Dabei trat er gegen den Küchenkasten und schlug gegen den Kühlschrank. Dann griff er mit beiden Händen in sein volles Haar und versenkte sein Gesicht in den Händen. »Oh Gott!« Es war nur noch ein Flüstern. »Sarah.«

Ein Schluchzen entwich ihm. Jetzt war es an Richard, schockiert zu sein. An keinen einzigen Moment konnte er sich erinnern, an dem er Ivan jemals weinen gesehen hatte. Seine ehrliche Betroffenheit erschütterte ihn bis ins Mark. Was hatte er getan?

»Und wir hocken hier einfach rum«, flüsterte Ivan weiter. »Und sitzen es aus?«

»Darum bin ich da.« Richard stand auf und legte seinen Arm um Ivans Schultern. »Ich hab es satt, es auszusitzen und darauf zu bauen, dass die Münchner Kollegen es schon deichseln werden. Es wird Zeit, dass wir uns darum kümmern. Ich hab meinen Freund, Kommissar Albert Steiner, sofort nach dem Erhalt des Videos und des Anrufs kontaktiert. Die Münchner Polizei ist seither dran. Nicht, dass du denkst, ich hab nur Däumchen gedreht.«

Dann erzählte er Ivan alles, was die Entführer am Telefon gesagt hatten und was er mit Albert Steiner besprochen hatte. Auch die Sache mit Oliver und seiner offiziellen Nichtexistenz, was bei Ivan große Verwunderung hervorrief.

»Wie konnte er dann einen Bachelor machen, wenn es ihn gar nicht gibt?«

»Ich will ja niemandem etwas unterstellen, aber mittlerweile bezweifle ich, dass Oliver überhaupt jemals auf der Uni war.«

»Aber er hat uns doch sein Diplom gezeigt beim Einstellungsgespräch seinerzeit.«

»Und ich hab mich damals tatsächlich gewundert, wieso jemand mit einem Bachelor in Betriebswirtschaft als Mädchen für alles beim Zirkus anheuert und sonst in der Bar arbeitet.«

»Viele Akademiker sind arbeitslos.«

»Das schon, wie auch immer, um Oliver kümmern wir uns später, jetzt denken wir an Sarah. Kommissar Steiner ist mit seinem Trupp bald hier.«

»Die Polizei kommt schon wieder her?«

»Hast du ein Problem damit?«

Ivan wischte sich mit den Handrücken die Tränen von den Wangen und nickte. »Sorry, dass ich so emotional bin. Keine Ahnung, was die Polizei bisher getan hat. Es wird Zeit, dass wir uns Sarah zurückholen!«, rief er derart voller Inbrunst, dass es schon fast kitschig klang.

»Ich muss dir nur ein Geständnis machen«, gab Richard zu.

»Noch eines?«, knurrte Ivan. »Ich weiß nicht, ob ich heute noch so einen Schock vertrage.«

Richard schüttelte den Kopf. »Ich habe einfach keine Ahnung, wo wir anfangen sollen.«

Ivan musterte ihn, während er die Ärmel seines Karohemdes umkrempelte, und sagte überraschenderweise: »Dafür weiß ich das. Wir gehen dahin, wo die Polizei garantiert noch nicht war.«

49

Sarah

Der gleißende Lichtstrahl, der auf ihr Gesicht fiel, brannte in ihren Augen. Grob wurde sie hochgezogen.

Einer der Typen erwischte ihren schmerzhaften Arm und zerrte daran. Ein stechender Schmerz und ein Knacken folgten.

Sie schrie. »Der ist ausgekugelt, du Idiot!«, kreischte sie. Es war ihr egal, wenn er sie danach schlug.

»Ausgerenkt?«

Sie legten sie auf den Tisch und fesselten ihre Knöchel an die Tischbeine.

Der Größere der beiden schloss die Tür. »Dann werden wir die Schulter wieder einrenken«, beschloss er.

Was wollte er tun? Aber das hatte sie doch schon versucht. Schlauer als sie selbst dürften die beiden auch nicht sein.

Der andere zuckte die Achseln. »Warum denn?«

»Sie soll doch am Leben bleiben«, flüsterte sein Kumpan ihm zu.

Hatte sie eben richtig gehört? Sie durften sie nicht töten? Ihre Glieder entspannten sich merklich. Das war zwar noch keine Entwarnung, denn wer wusste schon, was diese Typen als Nächstes mit ihr vorhatten. Aber dieser eine Satz gab ihr etwas, das sie in den letzten Stunden nicht mehr gehabt hatte: Hoffnung. Egal, was kam, sie würde es überstehen. Überleben.

»Los, stell dich hinter sie«, forderte der Mann mit der sonoren tiefen Stimme, die sie unter anderen Umständen schön gefunden hätte, den Kleinen auf. »Sorg dafür, dass sie ruhig bleibt und nicht zuckt.«

»Du weißt, was du tust?«, hakte Sarah nach.

Sofort beschenkte er sie mit einer schallenden Ohrfeige. »Rede erst, wenn du gefragt wirst. Klar?«

Sarah nickte.

»Ich wollte aber gerade dasselbe fragen«, ertönte es hinter ihrem Kopf.

»Soll ich dir auch eine auflegen?«

»Ich mein ja nur ... In ›Grey's Anatomy‹ haben sie ja auch mal eine Schulter eingerenkt.«

»Wir sind nicht in einer beschissenen Krankenhausserie. Das hier ist das reale Leben, in dem ich zufällig Sanitäter war.«

»Davon weiß ich ja gar nichts.« Der Kleine klang ehrlich überrascht.

»Geht dich auch nichts an.«

Der Sanitäter setzte sich auf Sarahs Rumpf, ihr blieb fast die Luft weg, dann nahm er den Arm und hielt ihn in einem Neunzig-Grad-Winkel fest und stabil mit beiden Händen.

Durch seine Sturmhaube konnte Sarah seine Augen erkennen. Er fixierte sie einige Sekunden. »Also, ich zähle jetzt bis drei, dann renke ich deine Schulter ein.«

Sarah nickte.

»Ja, das sagen sie bei ›Grey's Anatomy‹ auch immer und dann …«, fing der Kleine hinter ihr wieder von der Serie an.

»Halt endlich dein Maul!«, unterbrach der angebliche Sanitäter ihn. »Wie lang muss ich dich noch ertragen?«, murmelte er zu sich selbst. »Also. Bereit?«

Die Frage war wohl an sie beide gerichtet. Der Typ hinter ihr bejahte.

Sarah nickte nur und schluckte den sauren Mageninhalt hinunter, der sich seinen Weg durch ihre Kehle bahnte. Sie atmete tief ein.

Der Sanitäter zählte: »Eins …«, und begann gleich an ihrem Arm zu ziehen, während er ihren Oberkörper fixierte.

»Zwei …«

Langsam zerrte er weiterhin fest am Arm.

Klack! Ein enormer Schmerz, der sie beinahe ohnmächtig werden ließ, riss durch ihren ganzen Arm bis hinein in den Kopf und in die Brust, doch sie spürte, wie die Gelenkkugel einrastete.

»Hey, es war noch gar nicht drei!«, beschwerte sich der Kleine von hinten.

Der Sanitäter sah Sarah tief in die Augen. Sie wirkten nicht ganz so bedrohlich, sondern seltsamerweise wärmer und weicher. Konnte es sein, dass der Sanitäter nicht ganz freiwillig hier war?

»In so einem Fall ist das Überraschungsmoment auf unserer Seite«, stellte er fest.

»Du wirst es zwar nicht hören wollen«, mischte sich der Kleine ein, »aber genau das sagen sie in ›Grey's‹ …«

»Sehr richtig!«, unterbrach der andere ihn. »Ich will das nicht hören!«

Daraufhin verstummte der Kleine und sagte gar nichts mehr.

Der Sanitäter untersuchte den Arm, der sich erfreulicherweise wieder besser bewegen ließ, sich aber noch taub anfühlte.

»Du bleibst hier und passt auf!«, herrschte er den Kleinen an und verschwand.

Sarah richtete sich vom Tisch auf und setzte sich auf den Stuhl.

Der Aufpasser setzte sich auf den Tisch. »Kennst du ›Grey's Anatomy‹?«

Sie blickte ihn verachtungsvoll an. »Das sehe ich genau wie dein Kumpel, es interessiert mich nicht.«

»Ich versteh das nicht. Ist eine super Serie.«

»Bring mir einen Fernseher herein, dann können wir ja einen DVD-Abend machen«, sagte sie sarkastisch.

Ganz kurz registrierte sie ein Blitzen in seinen Augen, das ihr zeigte, dass er es einige Sekunden lang wirklich in Betracht zog. Das war auf jeden Fall die dümmere Version eines Entführers.

Sarah kannte die Serie wirklich nicht. Vom Hören ja, aber sie hatte neben all ihren Verpflichtungen schlichtweg keine Zeit, durch die Kanäle zu zappen. Wenn sie nicht probte oder Vorstellungen gab, dann verkaufte sie Karten, aktualisierte die Website, beantwortete Mails oder nähte Kostüme. Und dazwischen versuchte sie, so gut es ging, sich um Aaron und Alice zu kümmern und sie zu unterrichten, was alleine schon ein Fulltime-Job gewesen wäre.

Keine Zeit, um sich fiktive Menschen in fiktiven Welten anzusehen. Sie hatte genug reales Leben, das gelebt werden musste, und da waren viele Menschen, für die sie Verantwortung trug. Nicht nur ihre Kinder, sondern die ganze Zirkusfamilie war von ihr abhängig und davon, dass der Zirkus lief, deshalb musste Sarah einfach da sein. Der Einzige, dem sie noch neben ihrem Pflegebruder zutraute, den Zirkus in ihrer Abwesenheit zu führen, war Ivan.

Aber von Buchhaltung hatte der auch keine Ahnung.

Und die würde sie nie wieder abgeben. An niemanden!

Die letzten Ereignisse hatten ihr sehr deutlich bewiesen, dass sie nur sich selbst vertrauen konnte, was die Finanzen anging.

Die Tür öffnete sich wieder. Der Sanitäter kam mit einem großen Glas Wasser und einem Teller herein. Beides stellte er auf den Tisch neben ihr, nachdem er den Kleinen unsanft heruntergeschubst hatte.

»Ich hab nicht gesagt, dass du aufstehen sollst, bevor ich den Arm richtig fixiert habe«, sagte er im Anschluss ruppig zu ihr.

Auf dem Teller lag neben einem Sandwich, das genauso aussah wie das gestrige, ein Blisterstreifen mit Mexalen.

»Hier!« Er reichte ihr die Tabletten. »Gegen die Schmerzen, außerdem ist es entzündungshemmend.«

Sarah schaute ihn überrascht an.

»Aber nimm nicht alle auf einmal«, fügte er hinzu. »Nur etwa alle vier Stunden eine Tablette.«

Er fixierte ihren Arm mit einer Bandage und legte ihn formschön in ein Dreieckstuch.

»Und wie weiß ich, wann vier Stunden um sind?«, fragte Sarah, als er fertig war.

Er deutete auf den Kleinen. »Er wird alle vier Stunden nach dir sehen.«

»Spinnst du?«, erwiderte der Kleine und bohrte mit dem Zeigefinger in die Brust des Sanitäters. »Ich bin doch kein Babysitter.«

»Aber du liebst doch diese Serie.« Er sah ihn von oben herab an. »Also ist Krankenschwester zu sein dein heimlicher Traum. Den kannst du jetzt leben.« Damit verließ er den Raum.

»Ich bin schließlich keine Frau. Wenn, dann will ich Arzt sein!«, grölte der Kleinere ihm hinterher, seufzte und lief ebenfalls aus dem Raum.

Sarah hörte nur noch, wie der Schlüssel sich im Schloss drehte, dann war sie wieder allein.

50

INTERMEZZO

Du kannst nicht mehr aufhören.

Nicht mit dem Drachentöten.

Nicht mit dem realen Töten.

Du suchst Hilfe bei deinem Meister. Doch er ist nicht da.

Seit Tagen schreibst du ihn an.

Er ist wie vom Erdboden verschluckt. Meister Karmino meldet sich auch nicht bei dir.

Beim letzten Clanwar hat er nicht mitgemacht.

Mit angezogenen Knien sitzt du auf dem Schreibtischsessel und wippst vor und zurück.

Deine Fingernägel sind blutig vom Kauen.

Wo ist er? Hat er gesehen, was du getan hast?

Ist er stolz auf dich?

Du möchtest wissen, warum es dir nicht ausreicht.

Warum es dich nicht befriedigt. Und am wichtigsten, ob du bereit bist für das große Finale. Für das eigentliche Ziel: Sie!

Nur einer kann dir dabei helfen.

Du steigst in das Spiel ein und suchst das ganze Land nach ihm ab. Doch nichts als verbrannte Erde.

Staub im Staub.

Der Drache hat deine Siedlung in Asche verwandelt. Du hast ihn nicht rechtzeitig angegriffen. Die Gegner haben alle deine Ressourcen geplündert.

Ärger steigt in dir auf.

So viel Arbeit. So viele Stunden. Nur weil du ins reale Leben gefallen bist, hast du nun hier versagt.

Dein Volk ins Unglück gestürzt. Musst fast alles neu aufbauen.

Du fragst im Chatraum nach Meister Karmino, doch niemand hat von ihm gelesen. Und dann siehst du es.

Er ist nicht mehr im Clan. Einfach verschwunden.

Das kann nicht sein.

Unmöglich! Er hätte dir doch Bescheid gegeben.

Ihr seid unzertrennlich. Ingame.

Real Life bist du ihm noch nie begegnet.

Du weißt nicht, wie er aussieht, du kennst nur seine Taten, die er dir im privaten Chat gestanden hat.

Du wolltest auch so sein: stark und unerschrocken. Wie der Drachentöter, der du im Spiel bist. Aber im wahren Leben kannst du keinen Avatar für dich leben lassen. Im realen Leben musst du selbst kämpfen.

Er hat das gewusst.

Dir hat er gesagt, dass du dich nur befreien kannst, wenn du das Tier in dir loslässt.

Versprochen hat er dir, es würde dann vorbei sein.

Mit den Träumen, mit den Zwängen, mit der Sucht nach dem Spiel, mit dem Hass auf deinen Körper und mit dem Gefühl, nicht hier in diese Welt zu gehören.

Du willst das Fenster schließen und aussteigen.

Die Sucht müsste besiegt sein, du hast alles getan, was er dir geraten hat.

Aber die Augen des Drachen leuchten und das Tier in dir drin wird unruhig. Bäumt sich auf. Will spielen. Auch seine Augen leuchten.

Du hast nur zwei Möglichkeiten.

Einem von beidem musst du nachgeben. Dem Tier in dir oder der Sucht.

Du willst nicht schon wieder blutbefleckt auf dem Boden liegen.

Angestrengt starrst du auf den Bildschirm.

Deine Hände kribbeln. Ein Chatfenster geht auf.

Hallo Thorwill. Clanwar geht gleich los. Du bist doch dabei. Oder?

Sie brauchen dich. Du siehst dir den Gegner an. Stark ist er. Den Clan im Stich zu lassen kommt nicht infrage. Sonst kicken sie dich am Ende noch raus. Und was sollst du dann tun, ohne deine Familie?

Natürlich, schreibst du und bereitest dich vor.

Heute wirst du wieder töten.

Aber kein reales Blut wird an deinen Händen kleben.

Du setzt die Kopfhörer auf und rutschst näher an den Bildschirm ran.

Du hast dich entschieden.

Für die Sucht!

51

Sarah

Benommen döste sie auf der Matratze. Die Schmerzmittel wirkten. Sie hatte sich nicht ganz an die Anweisungen des Sanitäters gehalten und gleich zwei Tabletten genommen. Aber nicht mehr, da sie unbedingt nüchtern bleiben wollte.

Sich zuzudröhnen könnte gefährlich werden.

Zeit hatte hier keine Bedeutung. Sie wusste nicht, ob der Kleine sich an die Anweisungen hielt, sie alle vier Stunden zu besuchen. Seitdem der Sanitäter ihren Arm verbunden hatte, war niemand mehr hier gewesen.

Sie hatte das Sandwich in sich reingeschlungen wie einer ihrer Tiger das Fleisch. Erfrischend war das Wasser durch ihre brennende Kehle gelaufen.

Jetzt war ihr kalt. Die Hose lag feucht und klamm über der Sessellehne. Nur den Slip hatte sie wieder angezogen, Gott sei Dank bevor die Kerle gekommen waren.

Interessanterweise hatten sie sich über ihre nackten Beine gar nicht lustig gemacht. Hatten sie diese überhaupt bemerkt?

Ihre Angst, sie würden ihr mehr antun, war anscheinend unbegründet gewesen.

Und was sollte das bedeuten, dass sie am Leben bleiben musste?

Wer war der Auftraggeber der Kerle?

Wie sollte sie das herausfinden?

Sie hatte die beiden noch nie gesehen. Sarah merkte sich Stimmen sehr gut. Und keiner der beiden hatte eine ihr vertraute Stimme. Die Gesichter hatte sie noch nicht gesehen, weil sie Sturmhauben trugen, aber die Augen.

Auch diese kamen ihr in beiden Fällen nicht bekannt vor. Und es waren definitiv nicht dieselben Typen, die sie im Zirkus aufgesucht und im Kartenhäuschen brüskiert hatten.

Es war zum Verzweifeln. Was zum Henker hatte Oliver mit diesen Typen zu schaffen gehabt?

Wie auf Kommando hörte sie das Klicken im Schloss.

Herein kam, anders als erwartet, der Sanitäter.

Er schloss die Tür wieder hinter sich ab und setzte sich auf den einzigen Stuhl im Raum.

Wo war der Kleine? Sollte nicht er nach ihr sehen?

»Steh auf«, befahl der Sanitäter streng.

Benommen richtete sie sich auf.

»Komm näher!«

Seine Augen wirkten nicht mehr sanft, sondern bedrohlich.

Irgendetwas stimmte nicht.

Sie ging näher an ihn ran, aber nicht so nah, dass er sie berühren konnte.

Eine Zeit lang musterte er sie.

»Du hast schöne Beine.« Er sagte das ganz ohne Emotionen in der Stimme.

Auf einmal fühlte sie sich nackt und verletzlich.

»Die Hose ist nass.« Sie wollte zu keiner Zeit so wirken, als wollte sie sich den Männern absichtlich so zeigen.

»Wie auch immer.« Er beugte sich vor. »Ich war nett zu dir.« Er zeigte auf ihre Armschlinge und gleich darauf auf den Tablettenstreifen. »Jetzt ist es an der Zeit, dass du nett zu mir bist.«

Was wollte er von ihr?

»Niemals!«, schrie sie.

Er lachte. »Sachte!« Amüsiert glitzerten seine Augen. Er verschränkte die Arme, streckte die Beine aus und lehnte sich gemütlich zurück.

»Du weißt doch noch gar nicht, was ich von dir will.«

»Das ist mir egal, du kriegst es so oder so nicht.«

»Wenn ich du wäre, würde ich mir das gut überlegen.«

Er zog die Beine wieder an. »Schließlich stehe nur ich zwischen dir und deiner Freiheit.«

Also war er der Boss? Das kam ihr jetzt seltsam vor. Vorher hatte der Kleine so geredet, als gäbe es jemanden, von dem sie Befehle annahmen.

Sarah legte den zweiten Arm schützend um ihre Brust. Was sollte sie tun? Klug musste sie nun vorgehen, keinesfalls durfte sie den Sanitäter verärgern.

»Du darfst mir nichts tun«, erinnerte sie ihn an das Dogma, das sie vorher gehört hatte.

»Glaubst du?« Er stützte die Arme auf die Knie. »Soweit ich weiß, hab ich bei dir alle Freiheiten.«

Jetzt wurde ihr doch mulmig. »Aber vorhin ...« Ihre Stimme versagte.

»Komm näher«, sagte er erneut. Als sie zwei Schritte gegangen war, berührten ihre Beine seine Knie. Mit den Händen fuhr er sanft die Innenseiten ihrer Oberschenkel entlang. Extrem langsam. Er genoss es sichtlich. Sarahs Knie fingen an zu zittern.

»Setz dich«, befahl er und zog sie auf seinen Schoß. Als sie sich setzte, fiel ihr auf, dass er sehr gut roch. Ein teures Parfum, schoss es durch ihren Kopf. Wie völlig daneben in dieser Situation, darüber nachzudenken, nach welchem Parfum ihr Entführer roch. Absolut undenkbar.

Er umarmte sie, drückte sein Gesicht in die Kuhle zwischen ihren Brüsten und atmete lange ein. Obwohl sie auf ihm saß, waren ihre Köpfe fast auf gleicher Höhe.

Eine Weile passierte gar nichts. Er sah sie nur an.

Für ihr Empfinden dauerte das ewig.

Innerlich war sie angespannt wie ein Bogen, bevor jemand den Pfeil abschoss. Sie konnte einfach nicht abschätzen, was als Nächstes kam.

Noch einmal roch er übertrieben laut und lang an ihr. Dann lehnte er sich zurück und betrachtete sie. »Alles darf ich mit dir tun. Alles, was du dir vorstellen kannst. Und alles, was jenseits deiner Vorstellungskraft liegt.«

Dann beugte er sich ganz dicht an ihr Ohr und flüsterte.

»Ich darf dich nur nicht töten.«

52

München

Ivan reichte Richard ein Coolpack, der packte es sich auf die narbenfreie Gesichtshälfte.

»Tut mir leid, Mann, aber ich bin echt wütend auf dich.«

Richard sagte nichts. Vermutlich hätte er im umgekehrten Fall genauso reagiert.

»Wieso hast du das verschwiegen?«

»Die Münchner Polizei weiß doch Bescheid.«

»Toll. Hauptsache, die Bullen haben es gesehen!«

Ivan schien extrem verletzt zu sein.

»Die sogenannten Bullen sind wichtig und haben alles getan, was in ihrer Macht steht. Ich wollte nicht, dass ihr hier in Panik geratet. Falls Sarah wiederaufgetaucht wäre, wäre das auch nicht notwendig gewesen, und sowohl Albert als auch ich hielten es für denkbar, dass sie Sarah irgendwo rausschmeißen.«

»Panik haben wir ohnehin schon geschoben! Was denkst du denn?«

»Aber da wart ihr in einer gewissen Weise noch beruhigter.«

»Beruhigt? Sag, in was für einer Welt lebst du eigentlich gerade? Sarah ist verschwunden, nachdem sie ein Schlägertrupp in die Mangel genommen hat. Oliver hat sich zwei Tage vorher in Luft aufgelöst. Da sollten wir beruhigt sein? Spinnst du?«

»Ivan, es tut mir leid. Ich wollte keinen Irrtum begehen.«

»Das war aber ein Fehler!«

»Bei Entführungen muss man aufpassen, dass man die Kidnapper nicht verärgert.«

»Genau deshalb hast du das Video der Polizei zukommen lassen? Sagte der Typ nicht, dass du genau das nicht tun sollst?«

»Nein, die wissen, dass ich bei der Polizei bin, das haben sie erwähnt. Ich denke, sie wollten sogar, dass ich den Polizeiapparat nutze, denn mit ihren Mitteln haben sie Oliver bisher nicht aufspüren können.«

»Sie haben Sarah, das reicht mir.«

»Ivan, ich weiß, du magst Sarah genauso wie ich.«

»Nein! Ich mag sie nicht! Nicht so wie du!«

»Nicht? Ich dachte, du bist auch so etwas wie ihr Bruder.«

»Gar nichts weißt du, Richie! Nichts!«

Jetzt stand Richard wirklich auf dem Schlauch.

»Ich will dir ja nicht zu nahetreten, aber ich hatte nie das Gefühl, dass du Sarah nicht leiden kannst.«

»Du checkst es nicht, oder?«

»Was denn, Herrgott noch mal?«

»Weißt du, ich dachte immer, du bist der große Menschenkenner.«

»Hab ich nie behauptet.«

»Du hast uns das Video nicht gezeigt, weil du meintest, es würde uns verstören.«

»Ich wollte auch nicht, dass die Kleinen das mitkriegen.«

»Glaubst du, wir hätten so etwas vor den Kindern angesehen?«

»Was hätte es eigentlich geändert, wenn ich dir gestern das Video geschickt hätte?«

»Alles! Wir hätten nicht einfach nur dagesessen und Wache geschoben. Wir hätten alle Hebel in Bewegung gesetzt, um sie zu finden.«

»Und warum sitzen wir dann jetzt immer noch da?«

»Du sagst es. Komm mit! Wir nehmen uns jetzt Oliver vor.«

»Oliver ist hier?«

»Nein, Sackgesicht! Natürlich nicht. Ich meinte seine Sachen. Ich schlag seinen Wohnwagen zu Brei – und seine Wohnung, bis ich etwas gefunden hab, das uns zu Sarahs Entführer führt.«

»Warte mal! Oliver hat seine Wohnung noch?«

»Hat mir einer aus der Bar gestern gesteckt.«

»Ich dachte, die hat er schon vor Jahren aufgegeben, weil er doch jetzt bei Sarah wohnt.«

»Tja, falsch gedacht. Offensichtlich hat er sein Rückzugsgebiet behalten.«

»Wusste Sarah davon?«

»Wo denkst du hin? Bis vor wenigen Stunden wusste ich nicht einmal etwas davon.« Ivan kaute mit finsterer Miene auf seinem Daumennagel. »Und bevor du fragst. Ja, ich bin sofort hin. Hab ewig geklopft, niemand hat aufgemacht. Bis die Nachbarin kam und mir mitteilte, Oliver sei seit einer Woche schon nicht mehr da gewesen.«

»Da müssen wir hin und die Bude aufbrechen.«

»Genau das hab ich jetzt vor.« Und schon war er zur Tür raus. Draußen regnete es nun wesentlich stärker.

»Warte, Ivan, wir machen das zusammen mit der Münchner Polizei.« Und die fuhr gerade vor. Richard stellte Albert und Ivan einander vor. Albert Steiner hatte seinen Partner Tobias Kehrer mit und einen zweiten Wagen mit zwei weiteren Kollegen. Sie beratschlagten, was sie als Nächstes zu tun hatten. Richard überließ Albert das Kommando, denn er war hier nicht dienstlich unterwegs, was er auch nicht gedurft hätte. Selbst wenn er in München zuständig gewesen wäre, galt er in diesem Fall als befangen und hätte nicht offiziell mitermitteln dürfen.

Die beiden jungen Beamten waren am Vortag dazu eingeteilt worden, die Artisten nacheinander zu befragen. Das war so üblich. Oft genug verheimlichten Menschen etwas voreinander. Warum sollte der Feind nicht im eigenen Haus sein? Oliver hatte sich vielleicht mit dem einen oder anderen etwas mehr angefreundet und ihm etwas erzählt. Die Beamten hätten das herausfinden müssen. Leider waren alle Befragungen ergebnislos geblieben. Auch Sarahs Wohnwagen war durchsucht worden, da sie wissentlich Opfer eines Verbrechens war. Natürlich hatte sich eine Kollegin ihrer Sachen angenommen, wie in solch einem Fall üblich, und mit zwei Zeugen. Nachdem für Oliver kein indizierter Tatbestand vorlag und kein Hinweis auf ein Verbrechen seinerseits, hatten sie für seinen Wagen keinen Durchsuchungsbeschluss erhalten. Es gab in Deutschland strenge Gesetzesregelungen für Hausdurchsuchungen. Das war in Österreich nicht anders, wie Richard wusste.

Er ließ sich trotzdem nicht davon abbringen, selbst einmal nachzusehen. Als Zirkusdirektor, Bruder von Sarah und zukünftiger Schwager, nicht als Polizist. Oliver hatte ein kleines Wohnmobil, besser gesagt einen umgebauten alten VW-Bus, da er ja nicht permanent mit dem Wanderzirkus herumfuhr, sondern meist in München blieb.

Als Ivan und Richard bei Olivers Bully ankamen, waren sie bereits patschnass.

»Wenn wir in dem Saustall etwas entdecken, dann gebührt uns eine Medaille«, verkündete Richard, als er die Tür aufriss.

Ivan grunzte nur zur Bestätigung. Ob es hier immer schon ausgesehen hatte wie Sau, oder ob die Entführer hier so ein Durcheinander veranstaltet hatten, als sie diese ominöse Tasche gesucht hatten, wusste er nicht. Er war in den Jahren kein einziges Mal in Olivers Wohnwagen gewesen, fiel ihm jetzt auf. Es war auch nicht notwendig gewesen. Richard war froh gewesen, wenn er Oliver aus dem Weg gehen konnte. Und wieder ärgerte er sich, dass er ihn nicht schon früher durch das System gejagt hatte.

Eine Suspendierung wäre es wert gewesen, hätte er dadurch Sarah diesen ganzen Mist ersparen können. Und mehr wäre ihm sicher nicht passiert. Den Job hätte er nicht verloren, weil er die Daten nicht weitergegeben hätte. Aber es nutzte ihm jetzt nichts mehr, darüber nachzudenken.

Geschehen war geschehen. Oder besser gesagt: Nicht geschehen war nicht geschehen.

Ivan trampelte schon durch den Wagen, Richard watete in die andere Richtung durch den Müll. Und es lag tatsächlich jede Menge Abfall im Wagen.

»Jetzt wissen wir, warum der Drecksack immer zugesperrt hat und niemanden zu sich einlud«, kommentierte Ivan abfällig das Chaos.

»Hat er nie?« Richard war das nicht aufgefallen, aber er wäre einer Einladung von Oliver ohnehin nicht gefolgt.

»Würde ich es sonst sagen?«, schnaufte Ivan. »Was für ein Müll hier überall!«, rief er vom Wohnbereich aus.

»Hier drüben dito, aber vieles wurde von den Typen, die Sarah geschlagen haben, bestimmt durcheinandergebracht«, vermutete Richard und nahm die Handschuhe aus der Jacke, die er zufällig immer noch bei sich trug. Hier würde er ohne Schutz nichts auch nur anfassen.

Angeekelt hob er in der Küchenzeile eine Pfanne hoch, die völlig verkrustet war. Sofort flohen ein paar Schaben, die es sich darunter gemütlich gemacht hatten. Richard sprang weg. Wie peinlich vor der Münchner Polizei, so etwas konnte den Ruf der Zirkusleute schädigen.

»*Der'mo poganoje*!«, wütete Ivan zur selben Zeit im Wohnbereich.

»Was ist, Ivan?«

Wenn Ivan besonders aufgeregt war, dann sprach er grundsätzlich Russisch. Fluchen hatte ihn Richard bisher sowieso ausschließlich in seiner Landessprache gehört.

»*Krysa*!«

»Ivan, ich versteh kein Russisch.«

»Eine Ratte!«

»Widerlich! Hier ist auch alles voller Ungeziefer.«

»Diese Viecher vermehren sich doch wie irre!«

»Anzunehmen!«

»Dann nehmen sie auch unsere Wagen bald in Besitz.«

»Ich würde sie jedenfalls ab sofort gut verschließen. Hier im Küchenbereich ist alles voller Kakerlaken, Maden und Käfer.«

»*Otvratitel'no*!«

»Das kannst du laut sagen!«, stimmte ihm Richard zu, ohne zu wissen, was Ivan von sich gegeben hatte.

Richard war total erschrocken. Auch wenn er nie viel von Oliver gehalten hatte, das hier erschütterte ihn. War er womöglich psychisch krank? War Richard sein Verhalten deshalb all die Jahre so merkwürdig vorgekommen? Das war doch nicht normal? Und wie konnte er das vor Sarah verbergen?

Vielleicht hätte er Hilfe gebraucht, aber niemand hatte es bemerkt.

Richard verließ den Wohnwagen. Er brauchte jetzt frische Luft. Außerdem konnte er sich nicht vorstellen, sich irgendwo in Olivers Chaoswagen hinzusetzen. Sie würden sich hier durcharbeiten müssen.

Egal, wie lange es dauerte und auf welche abscheulichen Dinge sie hier stoßen würden.

53

INTERMEZZO

Madame Butterfly singt sich gerade zu Tode. Die Platte eiert schon und hat Kratzer, die zwischendurch für Stolpern sorgen. Aber das stört dich nicht. Du kennst die Oper auswendig. Und du denkst an die Stunden, in denen deine Mutter diese Arie im Badezimmer vor sich hin trällerte.

Musik war ihre große Liebe. Vor allem die Oper. Diese Klänge wurden auch deine große Liebe. Doch eine große Karriere bei den Philharmonikern blieb dir verwehrt. Also hast du in kleinen Big Bands gespielt.

Du und das Saxofon.

Deine Mutter hat es dir gekauft. Damals. Und du hast es gehütet wie deinen Augapfel. Sie selbst hat Gitarre gespielt.

Und das wundervoll. Stundenlang hast du bei ihr gesessen und ihr zugesehen und zugehört. Und erst ihre Stimme!

Damals schon hattest du große Schuldgefühle.

Du warst schuld, dass ihr in dieser kleinen Wohnung hausen musstet. Du warst der Grund, dass sie nie ihren Traum leben konnte. Du warst ihr Klotz am Bein. Vielleicht wurde sie deshalb auch krank. Jedenfalls gabst du dir auch dafür die Schuld.

Sie ließ es dich nie spüren, aber du hast sie gehört, in der Nacht, wenn sie sich in den Schlaf geweint hat. Sie war nicht glücklich, aber sie tat alles, um dich glücklich zu machen.

Und du konntest es ihr nie zurückzahlen. Zu kurz war die Zeit mit ihr. Du hörst Madame Butterfly und in deinem Bauch krampft sich alles zusammen.

So sehr vermisst du sie.

Ihre Augen, ihre Hände, ihr Haar, ihre Stimme, ihr Lachen.

Alles in dieser Wohnung erinnert dich an sie, denn du hast sie gekauft, als du genug Geld gespart hattest. Du wolltest wieder bei ihr sein. Hier in diesen Wänden lebt ihr Geist weiter. Da bist du ganz sicher.

Deshalb lässt du jeden Tag das Wasser in die Badewanne und spielst ihre Lieblingsopern.

Stellst dir vor, wie sie dich mit dem Schwamm abschrubbt und dabei singt.

Stellst dir vor, wie sie nach dir ins nur noch lauwarme Wasser gleitet und weitersingt. Während du schon im Bett liegst und ihr beim Einschlafen zuhörst.

Die Musik ist aus. Vorsichtig hebst du die Nadel von Mutters Plattenspieler hoch und wechselst die Platte. La Bohème von Giacomo Puccini tönt jetzt durch die Wohnung. Welche Ironie, ist doch Mutter an derselben Krankheit gestorben wie Mimi, die Hauptfigur.

Du legst dich auf die Couch und lässt die ersten Klänge auf dich wirken. Dein ganzer Körper bebt und dein Atem gleicht sich der Musik an. Alles in dir ist erfüllt mit Musik.

Wie sehr wünschst du dir, diese Töne könnten alles heilen. Auch deine Sucht und dein Verlangen. Wenn Melodien das Tier in dir vertreiben könnten.

Nur weil Musik dir so viel bedeutet hat und dich dieser Anhänger an deine Mutter und ihre Gitarre erinnert hat, hast du ihn an jenem Tag mitgenommen.

Später hat dich der Anhänger nur noch an diese impertinente Person erinnert, der er gehört.

Und die du hasst.

Sie wird für alles bezahlen, was sie dir angetan hat. Bald.

54

München

Sie begannen mit der Grundreinigung, wie Richard es nannte. Ivan hielt einen Müllsack und Richard beförderte alles rein, was auf jeden Fall in die Kategorie Müll fiel. Alte Pizzaschachteln genauso wie angebissene Sandwiches oder längst nicht mehr aktuelle Zeitungen und Zeitschriften. So legten sie mit der Zeit eine Schneise frei, durch die sie überall hingelangen konnten.

Als er im Schlafkabinenbereich ankam, erkannte er endlich einen Teil der Wahrheit. Auf dem Nachtkästchen befanden sich zwei alte Bankkarten in weißem Staub. Dass es sich hier nicht um Zucker oder Mehl handelte, war ihm auf den ersten Blick klar.

»*Shit.* Ivan, kommst du mal?«

Ivan stapfte herein. Sein Gesicht war hochrot durch die Anstrengungen.

Richard zeigte auf das Nachtkästchen.

»Hast du jemals etwas bemerkt?«

»Wovon?« Ivan sah hier anscheinend nur Bankkarten auf Staub.

»Dass Oliver Drogen genommen hat.«

»Was?« Er sah ehrlich bestürzt aus. »Er hat doch ganz gesund ausgesehen.«

»Meines Erachtens liegt hier Kokain, Ivan.«

»Er hat gekokst?«

»Sieht ganz so aus.«

»Hätte Sarah das nicht bemerkt?«

»Nicht unbedingt. Es gibt Menschen, die koksen jahrelang, und niemand bemerkt es.«

»Aber fallen einem davon nicht die Zähne aus und irgendwann die Nase ab?«

»Äußerlicher Verfall ist vor allem bei Crystal Meth der Fall, da geht das rapide – und bei langjährigem Speedball- und Crack-Konsum. Es stimmt schon, wenn du ein halbes Leben lang sehr stark kokst oder Crack konsumierst, bekommst du massive Probleme mit den Zähnen, aber das ist dann vermutlich dein geringstes Problem. Mit einem halbwegs geregelten reinen Kokainkonsum kann man lange leben, ohne dass es sich äußerlich niederschlägt. Die meisten koksen nur etwa fünfmal im Jahr, lediglich ein Zehntel nimmt es öfter als einmal die Woche. Da ist die Psyche eher das Problem.«

Richard dachte noch einmal an das Chaos im Wohnwagen. Und setzte nach. »Was bei langjährigem Kokainmissbrauch sehr häufig vorkommt, ist das Entwickeln einer Psychose.«

»Du meinst, Oliver ist irgendwie schizo?« Ivan nickte. »Das wäre zumindest eine Erklärung für diese Scheiße hier.«

»Es muss nicht unbedingt Schizophrenie sein.« Hatte Sarah ihm nicht erzählt, dass Oliver oft tagelang nicht aus dem Bett kam, dann aber wieder nächtelang nicht schlief und irgendwelche Pläne schmiedete? Richard sah auf die Uhr.

Es war schon spät. Heute würde er Theres nicht mehr anrufen. Aber er würde sie kontaktieren. Sie hatte sicher mehr Ahnung von diesen Störungen als er und konnte ihm möglicherweise helfen, Oliver aufzufinden. Aber seine mögliche substanzinduzierte Psychose war nicht das einzige Problem, das

Oliver hatte. Es steckte mehr dahinter. Und das mussten sie als Erstes herausfinden.

»Das ist ein Sumpf«, stöhnte Ivan und kratzte sich am Bart. »Oliver dürfte ganz tief in der Scheiße stecken.«

»Und das vermutlich schon eine ganze Weile«, stimmte Richard ihm zu. Es wäre ihm völlig egal, wenn nicht seine Schwester mit drinstecken würde und er durch sein Verhalten nicht nur sie, sondern den ganzen Zirkus in Gefahr gebracht hatte.

»Machen wir weiter.«

Ivan nickte und ging wieder raus.

Richard setzte sich auf das Bett und räumte das Kästchen komplett aus. Jeden einzelnen Zettel drehte er um. Wenn Oliver drogensüchtig war, dann musste es hier irgendwo ein Versteck geben. Oder hatte er alles bei sich? Wollte er ursprünglich gar nicht länger weg sein? Wohin war er gegangen und warum war sein Handy tot? Richard hatte mehrmals versucht, ihn zu erreichen, aber es sprang nicht einmal die Mailbox an, somit konnte er keine Nachricht hinterlassen. Sarah hatte es davor auch mehrmals versucht, ohne Erfolg.

Dann kam Richard eine Idee, an die er bisher überhaupt nicht gedacht hatte. Taten sie ihm unrecht?

War Oliver selbst in Gefahr?

Fakt war, dass er Dreck am Stecken hatte. Die Frage war: Mit wem hatte er sich eingelassen? Womöglich waren die Typen vom Video eine Sache, aber vielleicht hatte Oliver noch größere Probleme, die mit der Entführung gar nichts zu tun hatten. Wie Richard es drehte und wendete, er brauchte mehr Informationen.

Nach einer Weile lagen Richard und Ivan erschöpft und frustriert auf der Bank im Essbereich. Richard überlegte. Aus seiner Zeit beim Drogendezernat wusste er, dass Drogendealer oder auch einfach Junkies geschickte Verstecke für ihre Sachen hatten, die sonst keiner sehen sollte. Es war gut, einen Perspektivwechsel zu machen. Rücklings auf der Bank liegend begutachtete er jeden einzelnen Zentimeter an der Wohnwagendecke. Nichts wies auf einen Schaden hin. Mit der Hand tastete er rund um sich alles ab und klopfte gegen die Wände. Er rollte sich von der Bank und prüfte, ob der Bodenbelag irgendwo abziehbar war. Er kroch am gesamten Boden entlang durch alle Bereiche. Nichts.

Ivan beobachtete ihn. »Was machst du, Richard?«

»Ich suche sein Drogenversteck.«

»Wir haben in alle Schränke und Laden geschaut.«

»Hätten wir die Drogen in einer Lade oder einem Schrank entdeckt, wäre das kein Versteck.«

»Das klingt logisch.« Er setzte sich auf. »Also, nach was suchen wir?«

»Drogenbesteck, Crackpfeifen, Spritzen, Tabletten. Beutel mit Pulver, kristallinem Inhalt oder Steinen.«

»Steine?«

»Ja, Crack kommt in Form von kleinen Steinen daher. Es ist eine Mischung aus Kokain und Natriumhydrogencarbonat. Das wird in einer Pfeife geraucht, alternativ mit einer Plastikflasche. Es wirkt binnen Sekunden, macht auch total schnell abhängig, weil es sofort wirkt, aber nur knapp bis zu fünfzehn Minuten lang.«

»Dann braucht man wieder was?«

»Ja, hier kommt man anders als mit reinem Kokain ganz schnell in eine Dauerkonsumschleife hinein, weil es ja nicht teuer ist, aber man kauft sich auch rasch die nächste Ladung, da es eben nicht lange wirkt.«

Ivan stand auf und ging mit einem neuen Müllsack zurück in den Wohnbereich, um dort weiterzuarbeiten. Richard klopfte auf der anderen Seite die Wände ab und durchsuchte die Schränke noch einmal auf geheime Fächer. Im kleinen

Badezimmer forschte Richard nach den üblichen Verstecken, die er bereits kannte, unter dem Waschtisch, im Spülkasten oder hinter der Toilettenabdeckung. Oliver hatte einen Container in seinen Bully eingebaut, wo das ganze kleine Bad inklusive Toilette auch gleichzeitig eine Dusche war. Richard hatte in seinem kleinen Zweimannwohnmobil ein ähnliches Bad. Das führte normalerweise dazu, dass rundherum alles nass wurde. Der Boden war deshalb eine Art komplette Duschtasse. Als Richard das Badezimmer betrat, war es komplett trocken. Die Dusche sah völlig unbenutzt aus, ebenso der Duschkopf. Nur auf der Toilette und am Waschbecken fanden sich Gebrauchsspuren. Natürlich duschten auch andere Artisten lieber im Gemeinschaftshaus statt im eigenen Bereich und Oliver wohnte die meiste Zeit in Sarahs Wohnung oder eben in seiner kleinen, die er anscheinend nie aufgegeben hatte, das musste also noch lange nichts heißen. Aber als er auf die Tasse trat, gab diese eigenartig nach, und am Rand der Duschtasse, wo diese an die Wand verbaut worden war, bemerkte Richard eine Rille. Kniend drückte er den Spalt auf. Der halbe Duschboden ließ sich hochheben. Darunter fand Richard zwei Plastiktüten.

»Heureka!«, rief er aus.

Ein Schrei aus dem Wohnbereich zur selben Zeit ließ Richard zusammenfahren. Ivan flüchtete aus dem Wohnwagen. »*Wsjo, bol'she ne mogu!*«

Richard rannte ihm hinterher. »Was ist los? Noch eine Ratte?«

Ivan schien noch Zeit zu brauchen, um sich von dem Anblick zu erholen, und zeigte nur in Richtung Wohnbereich des VW-Busses. Richard hatte ja schon vieles gesehen und war hartgesottener. Er ging wieder in den Wagen zurück, stieg über Chipstüten und leere Pizzakartons. Watete zwischen Papier und alten Sandwichresten zu der Stelle, an der Ivan wie von einer Tarantel gestochen davongelaufen war.

Zwischen einem Zierpolster und einem Buch lag das Corpus Delicti. Jetzt war auch Richard klar, warum sich Ivan so aufgeregt hatte. Ein Bündel Frauenkleidung befand sich dort. Der Stoff wies Blutflecken auf. Was zum Teufel war mit Oliver los?

Um Aufklärung in diesem Fall zu erhalten, half nur, auf Oliver zu warten oder ihn zu finden.

Richard rief zu Ivan: »Bringst du mir bitte mehrere Mülltüten und eine Papiertüte für die Kleidung? Plastik zerstört die DNA. Und hol mir mal den Steiner und seinen Kollegen rein.«

Ivan bejahte.

Um den Rest würde sich jetzt doch die Spurensicherung kümmern müssen. Durch den Fund der Kleidung und der Drogensachen würden sie jetzt bestimmt einen richterlichen Beschluss erhalten.

Nach einer Weile steckte Ivan seinen Kopf durch das Fenster herein. »Der Steiner hat gesagt, ich darf den Wagen nicht mehr betreten. Was hast du gefunden?«

»Das werden wir gleich sehen!« Richard stand auf. Mit den Plastiktüten in der Hand ging er hinaus. Vor dem Bus standen zwei Klapptische und mehrere Stühle. Sie setzten sich und Richard leerte den Inhalt beider Tüten gleichzeitig auf einen der Klapptische.

»*Bozhe…*«, flüsterte Ivan und war danach für eine kurze Zeit sogar komplett sprachlos.

55

Sarah

»Und?«, fragte er, »was würdest du nun alles für mich tun?«

»Alles, worum du mich bittest«, antwortete sie und betonte das letzte Wort besonders.

In seinen Augen erkannte sie ein überraschtes Funkeln. Kleine Fältchen bildeten sich an den Augenwinkeln. Lachte er über sie?

»Das klingt ganz nach meinem Geschmack«, sagte er. Ihre Nasen berührten einander. »Dann … b.i.t.t.e … ich dich jetzt um etwas«, sagte er mit einem sarkastischen Unterton.

Sarah hielt den Atem an. Sie war auf alles gefasst. Würde er Sex von ihr wollen und wenn ja, welche Art von Sex?

Lange schwieg er, visierte sie nur an. Dann, ohne Vorwarnung, warf er sie von sich und sprang auf.

»Denkst du wirklich, dass du in der Position bist, Wünsche zu äußern?« Er schüttelte sich und rieb seine Hände, als wollte er sich waschen. Ekelte er sich vor ihr?

Am Boden sitzend blickte sie irritiert zu ihm auf. Mit der Schuhspitze trat er nach ihr. »Du kleine Nutte. Wolltest mich tatsächlich anmachen.«

Nein. Sie wollte nur überleben.

»Bin gespannt, was Oliver dazu sagen wird, wenn ich ihm das erzähle.«

Es hörte sich an, als wären sie alte Kumpels. Oliver kannte dieses Ekel? »Er wird dir nicht glauben«, meinte sie, bemerkte aber sofort, wie wenig überzeugend es aus ihrem Mund kam.

»Das werden wir dann sehen.«

»Wann denn?«

Er zog sie am gesunden Arm hoch.

»Sobald du mir sagst, wo die Tasche ist.«

Jetzt ging das wieder los. Sie hatte keine Ahnung, welche Tasche er meinte und was er damit wollte.

»Frag doch Oliver!«, schrie sie ihn an, spuckte ihm auf die Sturmhaube und riss sich von ihm los.

Rasch nahm sie die Jeans vom Stuhl und schlüpfte hinein. Am Bund war sie noch nass, aber das nahm sie dafür in Kauf, nicht mehr halb nackt vor diesem Kretin stehen zu müssen. Als sie den Zippverschluss schließen wollte, schoss seine Faust vor und boxte ihr in den Bauch.

»Siehst du Oliver hier irgendwo?« Er breitete die Arme aus.

Sie zog es vor zu schweigen.

»Dein verdammter Verlobter!« Wütend stampfte er mit dem Fuß auf und gab dem Stuhl einen Tritt, der sofort umkippte.

»Was für eine Scheiße!« Jetzt trat er gegen den Tisch.

»Sag mir, wo die Tasche ist«, verlangte er erneut. »Oder erzähl mir, wohin dieser Mistkerl sich abgesetzt hat.«

»Glaub mir, wenn ich ihn je wiedersehe, bring ich ihn selbst um!«, schrie sie zurück.

Der Sanitäter stutzte. Dann lachte er schallend. Hörte gar nicht mehr auf damit. Was sollte das jetzt wieder? Sarah bemerkte, dass sie das wirklich ernst gemeint hatte. Eine unbändige Wut auf ihren Verlobten machte sich in ihr breit. Alles, wofür sie einstand, hatte er verraten und verkauft. Ihre Familie hatte er in Gefahr gebracht. Ihre Kinder waren nun ohne

Mutter und Vater. Was zum Teufel hatte er sich dabei gedacht? Und in dem Moment fiel es ihr wie Schuppen von den Augen. Vermutlich hatte er gar nicht gedacht.

Sie wollte es nicht wahrhaben. Es hatte in den Jahren so viele Anzeichen dafür gegeben. Sie war blind vor Liebe gewesen und vielleicht hatte sie auch dieses Faible für Männer mit einem dunklen Touch. Sarah sollte sich nichts mehr vormachen. Sie stand auf Bad Boys. Und genau das wurde ihr diesmal zum Verhängnis. Aber genau das könnte sie auch retten, überlegte sie und beobachtete den Sanitäter, der lachend wieder aus dem Raum gegangen war. Als sie auf ihm gesessen hatte, hatte sie gespürt, dass sie ihn keineswegs kalt ließ. Vermutlich hatte er sie deshalb wütend von sich geschleudert, denn wenn der Sanitäter etwas ganz bestimmt nicht zeigen wollen würde, war es Schwäche.

Aber genau das würde Sarah nun ausnutzen, sie musste einen Plan ausarbeiten.

Bis er wiederkam.

Zeit hatte sie ja genug.

Denn alles, was bisher geschehen war, zeigte ihr, dass die Entführer eines definitiv nicht durften.

Sie töten.

56

München

Richard machte eine Bestandsaufnahme. Auf dem Tisch lag allerhand Zeug, das eher für einen Drogendealer als einen reinen Drogenkonsumenten üblich war. Ein Paket mit mindestens 250 Gramm Kokain in Reinform und drei Säckchen mit Crack. Daneben wirkten das kleine Häufchen Cannabis und die paar Tabletten geradezu unschuldig. Nebst den Drogen waren auch Aufkochzeug, zwei Pfeifen, Folien und dergleichen dabei. Der ganze Kram war in einer Tüte zusammengepackt gewesen. Geld war keines darunter. All das hier hatte Richard erwartet, wenn auch in einer kleineren Menge. Aber der Inhalt der zweiten Tüte überraschte ihn dann doch. Darin fand er nämlich einen Führerschein und einen Reisepass, ausgestellt auf einen Alexander Muck – mit dem Lichtbild von Oliver.

»Also heißt er jetzt Alexander Muck?«, fragte Ivan verdattert.

»Sieht ganz so aus«, bekräftigte Richard, der die Dokumente genau untersuchte, sie aber auf den ersten Blick als echt identifizierte. Genauso wie die Schulzeugnisse mit demselben Namen und eine Lohnsteuerkarte von einem Elektriker, bei dem Oliver alias Alexander anscheinend eine Lehre gemacht hatte. Ein Abschlusszeugnis fand er nicht, aber das angebliche Bachelor-Diplom unter dem Namen Oliver Kainrath. Bei genauerer

Betrachtung erkannte Richard, dass es sich um eine Fälschung handelte. In der Tüte waren auch Schecks und eine Heftmappe mit verschiedenen Unterlagen polizeilicher und gerichtlicher Natur. Außerdem Anwaltsbriefe. Alexander Muck hatte laut all diesen Unterlagen schon einiges an kriminellen Delikten begangen und sogar zwei Jahre eingesessen. Das war schwer zu verdauen.

»Meine Sarah war die ganze Zeit mit diesem Typen zusammen«, stieß Ivan resigniert aus. »Unglaublich!«

»Unsere Sarah«, berichtigte Richard ihn.

Wenige Minuten später stießen die Münchner Beamten zu ihnen. Der Kommissar trocknete mit einem Stofftaschentuch sein verschwitztes Gesicht und keuchte. Sein Herz schien sich seit dem Marathon damals nicht mehr vollständig erholt zu haben. Richard zeigte auf das Sammelsurium auf dem Tisch.

»Na hui«, zischte Albert Steiner, und sein Kollege pfiff durch die Zähne. »Wo hast du das gefunden?«

»Unter der Duschtasse im Bad«, antwortete Richard wahrheitsgemäß und zeigte auf den VW-Bus.

»Ich hab schon angerufen, der Beschluss wurde bereits mündlich genehmigt, schriftlich kommt er noch, die Spurensicherung ist unterwegs. Hast du die blutige Kleidung drinnen gelassen?«

Richard nickte. »Liegt gleich auf der Sitzbank im Wohnbereich.«

Albert Steiner und sein Kollege setzten sich ebenfalls. Gemeinsam gingen sie die Dokumente durch und forderten auch von der Dienststelle Informationen über Alexander Muck an. »Kein Wunder, dass wir nichts über ihn entdeckt haben«, sagte Albert Steiner.

»Er hat tatsächlich eine falsche Identität angenommen.«

»Laut dieser Geburtsurkunde stammt er aus der ehemaligen DDR.«

»Noch Jahrzehnte nach dem Mauerfall war die Arbeitslosigkeit doppelt so hoch wie im Westen und das Einkommen derjenigen, die Arbeit hatten, wesentlich geringer. Viele Familien lebten unter dem Existenzminimum und Jugendliche hatten kaum Perspektiven.«

»War Oliver einer davon?«

Albert Steiner bekam eine Nachricht auf seinem Handy.

»Da ist die Akte Muck. Ganz schön umfangreich. Die genaue Geschichte kennen wir ja noch nicht, aber wenn jemand mit vierzehn schon so viele Vorstrafen wegen Ladendiebstahl und Autoknacken hat, dann kommt das nicht von ungefähr. Ich schick sie dir weiter.«

»Gut. Demnach hat er also mit dem Untertauchen Erfahrung. Wie sollen wir ihn dann finden?«

»Was, wenn er schon wieder einen neuen Namen hat?«, überlegte Ivan laut.

»Wir sind nicht in einem Film. In der Realität geht das nicht so schnell. Oliver ist nicht Matt Damon.«

»Wer weiß, wenn er einen guten Draht zur Unterwelt hat?«, sinnierte Albert Steiner. »Momentan würde ich nichts ausschließen, aber auch nicht den Teufel an die Wand malen.«

»Ich nehm das jetzt alles mit. Das wird eine lange Nacht. Die Spurensicherung wird hier noch lange arbeiten. Die blutige Kleidung hat Vorrang und wird gleich eingeschickt. Ich ruf dich dann morgen früh wieder an.«

Erst morgen früh? Das bedeutete, Sarah war eine weitere Nacht bei den Entführern? Was musste sie alles dort durchmachen?

»Zeit ist Geld. Geht das nicht schneller?«

»Richard, du bist selbst bei der Polizei, manchmal mahlen die Mühlen langsam und Analysen dauern ihre Zeit. Du weißt aber, dass ich in der Zwischenzeit alles tun werde, was ich tun kann.«

Richard nickte.

»Aber Oliver hat noch eine Wohnung. Wart ihr dort schon?«

Albert Steiner runzelte die Stirn. »Wir waren in der Wohnung von Sarah, da hat er doch mit ihr zusammengelebt, oder?«

»Das dachten wir alle. Aber er hat seine eigene Wohnung, die von früher hatte er anscheinend nie aufgegeben.«

»Woher wisst ihr das?«

»Der Barmann vom ›Chest & Clams‹ hat es mir gestern gesagt«, antwortete Ivan wahrheitsgemäß. »Keiner hat das gewusst.«

»Und wieso weiß der Barmann das?«

»Das werden wir schon noch herausfinden.«

Kommissar Albert Steiner stand auf. »Gebt mir bitte die Adresse. Ich ruf das SEK an. Sie sollen gleich ausrücken und auch zur Wohnung fahren.«

»Gut, Ivan und ich fahren mit, Albert. Ist das okay?«

Albert Steiner wand sich ein bisschen. »Tut mir leid, Richard, aber erstens bist du kein Münchner Kriminalbeamter und zweitens ohnehin befangen. Ich darf dich offiziell nicht mitnehmen.«

»Aber ich muss was tun können! Morgen ist Freitag! Das weißt du doch!«

»Ich informiere dich sofort, wenn wir da waren! «

Richard hätte sich am liebsten in den Kofferraum des Dienstwagens gelegt. Gleichzeitig wusste er, wie irrational das war. Sie waren eben in keinem actionlastigen B-Movie, sondern in der Realität.

»Aber du rufst mich sofort an!«

»Sicher!«, bestätigte Albert Steiner. »Also dann auf Wiedersehen, die Herren, und gönnen Sie sich a bisserl Schlaf.«

Schlaf? Wie sollte Richard jetzt an Schlaf denken? Er verstand Alberts Einwände. Wäre es umgekehrt, würde er Albert in Wien auch nicht zu einem Einsatz mitnehmen, der seine Familie betraf. In der Zwischenzeit konnte Richard allerdings nicht einfach Däumchen drehen.

Der Namenlose jaulte neben ihm auf, um auf sich aufmerksam zu machen. Nachdem er ihn wieder aus dem Wohnwagen von Luise abgeholt hatte, hatte er die ganze Zeit brav seine Runden gedreht und an jedem Käfig lange geschnuppert. Nun war ihm offensichtlich langweilig.

»Ja, genau! Wir werden hier nicht tatenlos rumstehen!«, entschied Richard. Und er wusste auch genau, wohin er wollte. Zu dem einzigen Menschen, der anscheinend wusste, dass Oliver noch seine Wohnung hatte. So jemand wusste doch bestimmt noch mehr. »Ivan? Meinst du nicht, dass wir uns auf den Schock einen Drink verdient haben?«

»Wir müssen nüchtern bleiben.« Ivan seufzte. Als er Richards Gesichtsausdruck sah, verstand er. »Ach, sooo einen Drink. Klar. Lass uns gehen.«

57

Das »Chest & Clams«, übersetzt »Schatztruhe und Venusmuscheln«, lag nur zehn Minuten Fußweg vom Zirkusplatz entfernt.

Es war viel los im Lokal, das keinen einzigen Ruhetag hatte. Bis weit nach Mitternacht wurden hier warme Speisen serviert. Diese beschränkten sich, wie der Name schon sagte, vorwiegend auf Muscheln, Fisch, frittierte Shrimps sowie andere Meeresfrüchte, Snacks und Beilagen wie Zwiebelringe. Das Essen wurde als Fingerfood in kleinen Körbchen mit diversen Soßen angerichtet. Von außen sah das Haus aus wie eine Schatzkiste und der Eingang war der Deckel, auf dem eine große Muschel klebte. Hier wurde auch noch Musik aus einer original Jukebox gespielt. Das Mobiliar war alten Piratenschiffen nachempfunden. Das Innere des Lokals war vorwiegend in dunklem Holz gehalten. Vergilbte Fotos an den Wänden und maritime Ziergegenstände wie Schiffsruder, Kompass und Nebelhorn auf den Regalen vervollständigten den Piratenlook. Die Getränke trugen so klangvolle Namen wie »Hook's Punch«, »Sparrow's Dreams« oder »Caribbean Splash«. Die Betreiber hatten sich auch sehr witziges Beiwerk einfallen lassen. »Hook's Punch« kam zum Beispiel in einem gläsernen Flachmann zum Tisch, »Sparrow's Dreams« in einem kleinen

Rumfass aus Zinn, »Caribbean Splash« stilgerecht in einer halben Kokosnuss auf einem Bananenblatt. Das Essen war sensationell gut und auch die Drinks suchten ihresgleichen. Durch das ganze liebevoll arrangierte Drumherum fühlte sich einfach jeder wohl. Es gab große Tische für riesige Runden und auch kleine Tische in Nischen für diejenigen, die gern unter sich bleiben wollten, sowie zwei gesonderte Stuben, die man für diverse Festivitäten mieten konnte. Das führte allerdings auch dazu, dass hier in der Piratenschenke, wie die Einheimischen das Lokal gern nannten, Geschäfte jeglicher Art getätigt wurden. Piratensachen eben. Das »Chest & Clams« zog die Unterwelt magisch an. Türsteher gab es keinen, der Betreiber rühmte sich damit, dass jeder Einlass erhielt, egal, welcher Status, welche Hautfarbe oder welche Herkunft. Das Lokal war demnach wie eine Insel für alle möglichen Menschen. Leute, die sich im normalen Leben niemals begegnet wären oder sich befreundet hätten, speisten hier Schulter an Schulter miteinander und hatten Spaß. Seltsamerweise war es in den Jahren des Betriebs erst zweimal zu Ausschreitungen in Form von Schlägereien gekommen, die aber beide Male glimpflich ausgegangen waren. Die Piratenschenke war ein Platz der Unantastbarkeit. Hier zeigten sich sogar die dunkelsten Schwergewichte handzahm und schmissen ihre Token in die Jukebox oder in den Flipper.

Ivan und Richard setzten sich an die Bar, die die Form einer Venusmuschel hatte. Die Hockerauflagen waren gepolsterte Goldmünzen. Richard wunderte sich immer wieder darüber, wie sorgsam jedes kleinste Detail auf das Lokal abgestimmt war. Die Uniform der Kellner war natürlich ein Piratenkostüm. Sowohl für die Männer als auch für die Frauen, die in tief dekolletierten Piratenkleidern eine tolle Figur machten.

Der Barmann kannte Richard und Ivan und begrüßte sie erfreut. »Na, Richard, heute gar nicht auf Mördersuche in Wien?«

Wenn er wüsste! Ball flach halten und nicht gleich mit der Tür ins Haus fallen hatten sie im Vorfeld miteinander ausgemacht. Man sah Ivan aber an, dass er am liebsten sofort mit den Neuigkeiten herausgeplatzt wäre. Richard legte ihm die Hand auf den Unterarm, um ihn zu besänftigen.

»Was darf es denn sein?«, erkundigte sich der Barmann und blickte sichtlich irritiert auf Richards Hand.

Sie bestellten zwei Cocktails, allerdings in der Mocktail-Version, also ohne Alkohol. Ivan hatte in diesem Fall natürlich recht. Sie mussten so nüchtern und munter wie möglich bleiben. Darum hatte Richard einen Muntermacher-Mocktail namens »Captain's Adrenalinschock« für beide geordert, dessen Basis ein starker Espresso war.

Richard sah sich um. Einige winkten ihm zu. Seit Jahren waren die Zirkusleute Stammgäste, wenn sie in der Nähe ihre Zelte aufschlugen. Die Route war jedes Jahr gleich.

Als der Barmann gerade an der anderen Seite zu tun hatte, stupste Ivan ihn an. »Wie willst du ihn fragen?«

Richard hatte noch keinen genauen Plan. Der Barmann plauderte vielleicht bei anderen Gästen etwas aus. Lieber würde er jemand Verschwiegenen ausquetschen, vorzugsweise einen aus der sogenannten Unterwelt. Denn genau damit durfte sich Oliver ja eingelassen haben. Ob nur als Kunde, galt es noch herausfinden. Aber es war sehr wahrscheinlich, dass Oliver auch dealte. Die Drogen, die sie gefunden hatten, waren viel zu viel für den Eigenbedarf. Und jeder Dealer hatte einen Boss, an den er die Knete schlussendlich abliefern musste. Wenn er es nicht tat, dann war die Kacke am Dampfen. Richard war fast sicher, dass genau so ein Umstand nun eingetreten war. Alles passte zusammen. Die Frage nach der Tasche, der Schlägertrupp, die Entführung eines Druckmittels, in diesem Fall Sarah. Solche Druckmittel wurden nur ganz selten ermordet. Man brauchte sie nämlich lebend. Und selbst die gefürchtetsten Drogenbosse vermieden unnötige Morde. Damit wurden sie viel zu schnell in den Fokus gerückt. Bei einem Mord an einer Unschuldigen, das wussten auch sie, wurde viel mehr Polizei aufgefahren. Der Boss wurde zwar nur sehr selten gefasst, aber es würde ihn mehrere Monate kosten, eine neue Dealergang zu rekrutieren und auszubilden. Ein Gräuel, den man in solchen Kreisen gern vermied. Zumindest hier in Europa. Dass es in Mexiko und anderen südamerikanischen Ländern komplett anders aussah, wusste er.

Sarahs Entführer würden nicht so dämlich sein, sie vorzeitig umzubringen, bevor sie hatten, was sie wollten – und das waren diese ominöse Tasche und Oliver, oder zumindest eines von beiden. Aber sie konnten sie foltern und ihr Körperteile abhacken. Richard brach der Schweiß aus, als er sich vorstellte, wie die Post ihm ein Päckchen mit Sarahs Zehen oder Fingern brachte. Aber genau so gingen solche Banden doch vor? Und das nicht bloß in Filmen. Nur noch wenige Stunden und der Donnerstag war vorbei. Der Freitag wirkte auf ihn wie die Bedrohung schlechthin. Und immer noch verfügte er weder über einen Plan noch über Hinweise. Es war zum Verrücktwerden.

Soweit er erkennen konnte, war bislang niemand Zwielichtiges hier.

Ivan blickte auf den Billardtisch am Ende des großen Raums. »Wann hast du zuletzt gespielt?«

Das musste Ewigkeiten her sein. Der Tisch war unbesetzt. Nur bei der Dartscheibe stand ein Pulk von Leuten. Richard erkannte auch sofort, warum. Ein großes Plakat kündigte den heutigen Wettbewerb an, der anscheinend schon im Gange war. Jetzt sah er auch, dass auf einem Regal Pokale und andere Preise lagen, die für das Turnier von lokalen Spendern gestiftet worden waren. Unter lautem Grölen der Zuschauer warfen vorwiegend Männer die Pfeile. Ganz hinten konnte er Julie erkennen, die ihn ebenfalls gerade erblickte und herüberwinkte.

Von Julie hatte er seinen allerersten Kuss erhalten. Damals waren sie beide erst am Beginn ihrer Pubertät gewesen und hatten ein bisschen experimentiert. Julie war von der Zirkuswelt immer schon begeistert gewesen und fand sein entstelltes Gesicht interessant, wie sie selbst sagte. Es hatte sich nie mehr zwischen ihnen beiden entwickelt als eine gute Freundschaft. Jeden Mai sahen sie sich, wenn der Zirkus hier fünf Wochen Station machte, bevor er weiterzog. Mittlerweile war sie als Lehrerin in einer Grundschule tätig, verheiratet und Mutter von vier entzückenden Bälgern. Und sie wohnte immer noch in derselben Arbeitersiedlung, in der sie aufgewachsen war.

Julie war eine der Konstanten in Richards Vagabundenleben gewesen. Er konnte sich darauf verlassen, dass sie bereits beim Zeltaufbau winkend am Platz stand. Damals alleine, in den letzten Jahren mit Kind und Kegel. Mit dem Drink in der Hand schlenderte er auf Julie zu.

»Na, hoffst du auf einen Pokal?«

»Ich hoffe nicht, ich will ihn«, sagte sie mit einem Grinsen. Das war Julie, wie er sie kannte. Ein Mädchen zum Pferdestehlen. Jeans und das Karohemd offen über einem einfachen T-Shirt – das war ihr bevorzugter Look. Richard fuhr ihr spielerisch über den blonden Pixie-Cut.

»Die werden auch immer kürzer.«

Sie lachte. »Jetzt ist es aber genug, meint mein Mann. Kürzer geht es ohnehin nicht mehr.«

Richard fiel doch noch eine Steigerungsform ein.

»Wenn du nicht aussehen willst wie GI Jane, dann nicht.«

Er schmunzelte. Selbst so ein abrasierter Kopf würde Julie stehen. Der Grund dafür waren ihre großen puppenhaften Augen mit den langen Wimpern und die zarten Gesichtskonturen. Auf ihre burschikose Art und Weise war sie wirklich hübsch. Dazu hatte sie Humor und das Herz am rechten Fleck, eine Kombination, die man heutzutage immer seltener antraf.

Richard beobachtete Julie, als sie dran war. Mit Präzision platzierte sie ihre Pfeile dreimal im Innenring bei der Zwanzig und hatte somit die Runde gewonnen. Er machte sich keine Sorgen, dass Julie dieses Jahr nicht ihr achtes Turnier in Folge für sich beanspruchen würde.

Die Runde klatschte, einer klopfte ihr freundschaftlich auf die Schulter. Früher hätte sie wohl einen Klaps auf den Po von ihm kassiert, aber seit #metoo traute sich das keiner mehr, aus Angst vor einer Anzeige wegen sexueller Belästigung.

Richard winkte Ivan zum Billardtisch. Als sie mitten in der Partie waren, öffnete sich die Tür. Herein traten drei Männer, die Richard sofort auffielen. Je mehr er sie beobachtete, umso sicherer war er sich, dass diese Männer genau die Sorte Männer waren, die zwielichtige Geschäfte betreiben würden. Richard warf Ivan einen Blick zu und deutete mit dem Kopf auf die Männer, die ganz nach hinten in eine der Nischen gingen, die durch einen Vorhang vom Rest der Bar abgetrennt war, was ihn noch mehr in seiner Vermutung bestätigte, dass seine erste Eingebung richtig war.

Gleich nach wenigen Minuten steuerte auch schon ein zaundürrer Typ auf diese Nische zu. Er kratzte sich die ganze Zeit am Arm. Typische Entzugserscheinungen. Es dauerte nur wenige Sekunden, bis er wieder auftauchte und sofort auf der Toilette verschwand. Richard beobachtete weiter. Nacheinander gingen eine Frau im Minirock und hohen Schaftstiefeln, zwei ältere Typen in Lederjacken und ein jüngerer Mann mit einem Meter langen Dreadlocks in die Nische. Die Frau und der Dreadlocks-Typ verschwanden ebenfalls sofort danach in der Toilette. Die Lederjacken-Heinis hingegen setzten sich an die Bar und tranken ein Bier. Vermutlich Zwischendealer. Der gute Dealer war selbst nicht süchtig. Die beiden sahen auch für Richard völlig clean aus. Der Dreadlocks-Typ wankte nach draußen. Seine Pupillen waren groß wie Wagenräder. Die Frau im Mini stöckelte an ihm vorbei zur Dartscheibe.

Richard hielt sie kurz am Ellenbogen fest. »Sie haben da was.« Er zeigte auf ihre Nase und reichte ihr ein Taschentuch.

Sie bedankte sich und wischte das Blut ab, das aus einem ihrer Nasenlöcher floss.

Er hatte nun genug Beweise, was in der Nische los war.

Um keine unnötige Aufmerksamkeit zu erregen, spielte er mit Ivan das Match fertig und schlenderte dann gemütlich mit ihm nach hinten zu den Typen. Im Augenwinkel registrierte er deutlich, dass einer der Männer eine Plastiktüte unter dem Tisch zum anderen schob. Eindeutiger ging es nicht mehr.

»Wünsch uns Glück«, raunte Richard Ivan zu. »Und noch etwas: Ich rede, du hörst nur zu.«

Ivan nickte.

»Und egal, was ich auch immer sage, vertrau mir bitte.«

Ein erneutes Nicken.

Richard hakte die Daumen in die Gürtelschlaufen, stolzierte lässig zum Tisch und setzte sich einfach den drei Typen gegenüber, die ihn sofort ernst musterten.

»Du bleibst da stehen, Ivan«, herrschte er seinen Freund ruppig an, als wäre er sein Mitarbeiter, was ja in einer gewissen Art und Weise auch stimmte, bloß würde er unter normalen Umständen nie so mit ihm sprechen. Aber der Auftritt wirkte. Bei einem der Typen entspannte sich der Gesichtsausdruck sofort. Die anderen lehnten sich zurück.

»Wer bist du und was willst du? Und was ist mit deinem Gesicht passiert. Hast du dich abgefackelt?«, fragte der Typ in der Mitte: bullig, Tattoos an den muskulösen Oberarmen, Karabinerkette um den Hals. Beim Sprechen entblößte er eine Reihe ebenmäßiger Zähne, wobei auf den zwei oberen Vorderzähnen und den vier Eckzähnen Brillis blinkten. Beinahe schon zu viel Klischee.

Richard setzte sich breitbeinig hin und seinen dunkelsten Gangsterblick auf. »Ich bin der Martin. Mein Gesicht geht nur mich etwas an. Und ich hab gehört, ihr habt, was ich brauche.«

»Und was soll das sein?«

»Bisschen was hiervon und bisschen was davon.«

»Willst du in deine eigene Tasche verdienen oder was?«

Richard zuckte die Achseln. »Ist nicht so leicht, Mann. Hab meinen Job verloren.« Er hielt sich den Zeigefinger gegen die Nase und schnupfte auf.

»Mann, wie doof muss man sein, dass der Chef drauf kommt, wenn man drückt.«

»Ich drück nicht.«

»Zeig deine Arme.«

Gehorsam krempelte Richard seine Hemdsärmel auf.

Der Brilli-Typ, anscheinend der Boss, begutachtete sie. »Hosen und Socken auch.«

Richard verstand die Bitte. Viele Drogensüchtige, die nicht wollten, dass man die Stichstellen gleich sah, spritzten in die Füße oder Beine. Diese waren meist bedeckt, auch im Sommer, so fiel es den Menschen in ihrem Umfeld oft lange Zeit nicht auf, dass sie süchtig waren. Der Boss schickte einen der Handlanger unter den Tisch, um Richards Beine zu inspizieren. Es war ihm sichtlich unangenehm und Richard musste insgeheim schmunzeln, denn er hatte seit seiner Abreise in Wien keine Zeit gehabt zu duschen und die Socken zu wechseln. Aber in diesem Fall war es bestimmt von Vorteil, wenn er wie aus dem Gully gezogen roch. Außerdem hatte er eine blau angeschwollene Wange von den Prügeln, die er von Ivan bezogen hatte. Das wirkte sicher alles sehr stimmig auf die Jungs ihm gegenüber. Als der Handlanger sich wieder setzte, nahm er doch tatsächlich ein Erfrischungstuch vom Brett auf dem Tisch und wischte sich damit übertrieben lange die Finger ab, dabei stierte er ihn finster an.

»Sauber«, sagte er zu seinem Boss.

»Gut«, erwiderte dieser. »Ich arbeite nicht mit Drückern. Das ist eine meiner Regeln. Drücker sind undiszipliniert.«

»Wer sagt denn, dass ich mit Ihnen arbeiten will?«

»Du willst meinen Stoff verkaufen? Das läuft nur mit mir zusammen oder gar nicht.«

»Ich bin gern unabhängig. Und wenn es geht, mach ich lieber was anderes.«

»Dann hättest du nicht zu mir kommen sollen. Jeder weiß, wie ich arbeite.«

Richard runzelte die Stirn und zappelte mit den Beinen, wie es ungeduldige Junkies machten.

»Hör zu, ich brauch eigentlich selber was. Und ich bin blank.«

»Dann musst du erst recht etwas dafür tun.«

»Ich bin aber nur bis morgen in der Stadt.«

»Es gibt da eine Junkie-Nutte, die mir noch Geld schuldet.«

»Und was hat das mit mir zu tun?«

»Du wirst mir das Geld bringen«, er schaute zu Ivan, »oder du schickst ihn stattdessen. Russen sind gut. Er ist doch Russe?«

Richard ignorierte die letzten Sätze. Ivan war alles andere als ein Schlägertyp.

»Aber ich habe ja gar nichts mit Junkies zu tun und mit Nutten will ich noch weniger zu tun haben.«

»Wenn du für mich arbeitest, hast du mit allem zu tun, was hier läuft. *Capisce*?«

»Wir sind ein Team«, fügte der andere bejahend hinzu und wischte weiter seine Hände sauber. Wie lang wollte er diese Prozedur noch durchziehen?

»Okay, ich sag jetzt mal so. Eigentlich brauch ich bloß ein paar Infos.«

Der Typ zeigte auf seine Stirn. »Steht da ›Auskunft‹ drauf? Verschwende nicht meine Zeit und zisch ab!«

»Gut, wenn ich das mit der Nutte mache, darf ich dir dann drei Fragen stellen?«

»Der Kerl macht mich irre«, flüsterte er seinem Kumpel zu. »Der kommt auch aus dem Zirkus nebenan.«

»Wie bitte?«

Zu Richard gewandt fragte er. »Ihr seid aus dem Zirkus? Wollt ihr mich verarschen?«

»Ja und nein.«

Der Drogenboss legte die Stirn in Falten. »Soll ich jetzt raten? Mit deinem Gesicht bist du sicher die Ur-Attraktion als Gesicht des Teufels. Und der Russe kann wahrscheinlich einen Handstand und dabei mit den Füßen jonglieren.«

Er lachte laut und hielt sich den Bauch dabei. Ein Knopf seines Hemds sprang ab und gab den Blick auf einen Pulk Brusthaare frei.

Richard beugte sich vor und riss an seinen Brusthaaren. Gleichzeitig griff er ihn mit der rechten Hand im Nacken und zog ihn so über den Tisch.

»Hör zu, du Kretin! Ich hab keine Angst vor dir. Beleidigen lass ich mich nicht! Ich brauch Infos. Und zwar heute noch!«

Der Drogenboss musterte ihn mit zusammengekniffenen Augen. »Dir ist schon klar, dass ich gerade mit einer Waffe auf dich ziele.«

»Ist mir scheißegal. Blas mir ruhig meine Nüsse weg. Aber ich bleib hier sitzen, bis du mir meine Infos gibst.«

»Und wenn ich keine habe?«

»Dann wirst du jemanden kennen, der Antworten hat. Davon bin ich überzeugt!«

»Ich mach das nur, wenn du das mit der Nutte erledigst.«

Richards Gesicht war so nah an seinem, dass er dessen fauligen Atem riechen konnte. Lang hielt er das ohnehin nicht mehr aus.

»*Deal or no deal?*«, fragte der Drogenboss und bleckte seine Zähne.

Richard ließ ihn abrupt los, lehnte sich zurück und verschränkte die Arme. »Zuerst die Antworten, dann kümmere ich mich um die Nutte.«

»Du hast Mumm! Das gefällt mir! Ist selten heutzutage. Bist du sicher, dass du nicht bei mir einsteigen willst?«

»Lass die Spielchen!«

»Hol uns Bier, Carlos«, wies er seinen Kumpel an, der sofort verschwand, dann wandte er sich wieder an Richard. »Was willst du wissen?«

58

»Also, wie gesagt. Ich hab Oliver zuletzt vor einer Woche gesehen«, antwortete der Drogenboss auf Richards letzte Frage. In den letzten fünfzehn Minuten hatte er einiges von ihm erfahren. Oliver war anscheinend seit Jahren als Dealer unterwegs und im Untergrund bekannt wie ein bunter Hund. »Er schuldet aber nicht nur mir Geld, sondern auch noch anderen Banden«, fuhr der Drogenboss fort. »Soweit ich weiß, hat er auch mit einem Kredithai zu tun, der ihm bereits seinen Schlägertrupp auf den Hals gehetzt hat.«

Also waren das die Typen, die Sarah im Kartenhäuschen erwischt hatten. Und wer waren dann die Entführer?

»Kennst du alle, bei denen er Schulden hat?«, bohrte Richard. »Ist da einer dabei, der jemanden entführen würde?«

Der Drogenboss lachte. »Also, wenn Oliver ordentlich Geld schuldet … dann würden viele Banden so einiges tun, um das wiederzubekommen.«

»Du auch?«

Statt einer Antwort wedelte der Drogenboss mit der Hand. »Und jetzt mach Platz, wir erwarten noch jemanden. Ich hab dir alles erzählt, was ich weiß. Hier ist die Adresse der Nutte. Bring mir morgen die drei Riesen. Ich hör mich in der

Zwischenzeit um. Wenn ich noch was rausfinde, sag ich es dir morgen. Gleicher Ort, gleiche Zeit!«

Richard stand gehorsam auf. Hier war er definitiv erst mal fertig. Er reichte ihm die Hand.

Der Boss sah abfällig drauf. »Hau ab, bevor ich es mir anders überlege.«

Gut, also kein Handschlag. Das würde er sich merken.

Als sie wieder an der Bar saßen, bestellte Ivan einen Wodka, den schien er zu brauchen, und Richard sagte nichts dagegen.

»Kurz hab ich geglaubt, wir sind tot.«

»Tot?«

»Du hast es nicht gesehen, aber von dort, wo ich stand, habe ich genau beobachtet, wie der Boss eine Waffe zwischen den Beinen gehalten hat. Sie war die ganze Zeit auf dich gerichtet.«

»Aber die hätten doch nie hier drin damit geschossen.«

»Keine Ahnung. Also in den Filmen …«

»Wir sind hier in keinem dieser Filme. Ich hab dir doch schon einmal gesagt, dass die meisten Filme nichts mit der Realität zu tun haben.«

»Gerade eben war das schon so wie in einem Film. Wir sind quasi undercover oder so.«

»Nicht wirklich. Der wusste doch, dass wir aus dem Zirkus kommen.«

»Wir hatten Glück, dass er nicht wusste, dass du eigentlich auch Bulle bist.«

Da hatte er recht. Ivan kippte den Wodka hinunter wie Wasser, aber auf Russisch hieß Wodka auch nichts anderes als »Wässerchen«. Und Wasser sollte man bekanntlich reichlich trinken.

Der Barmann kam wieder rüber. »Was habt ihr denn mit denen dort drüben seit Neuestem zu schaffen?«, wollte er wissen.

»Wir haben nur geredet.«

»Sicher?«

Richard nickte. Was tangierte den das?

»Also mich geht es ja nichts an«, fing der Barmann an. Wie recht er hatte. »Aber mit diesen Kerlen ist nicht gut Kirschen essen.«

»So? Was weißt du denn über die?«

»Alles Mögliche, ich bin hier jeden Tag seit über zwanzig Jahren, wie du weißt.«

»Und die sind auch dauernd da?«

»Zweimal die Woche seit zwölf Jahren, wie die Küchenuhr.«

»Und war mal etwas Besonderes?«

»Sie halten sich hier immer sehr brav bedeckt, aber nur hier drinnen.« Der Barkeeper füllte die Schüssel mit den Nüssen auf.

»Was meinst du damit?«

»Ich würde jedenfalls aufpassen. Es sind schon Leute, die auch nur mit ihnen reden wollten, draußen auf dem Parkplatz zusammengeschlagen worden.«

»Warum das denn?« Richard griff in die Schale und leerte sich eine Handvoll Nüsse in den Mund.

»Das musst du die Typen fragen, ich sag ja nur, man sollte sich mit denen nicht einlassen.«

»Wir lassen uns eh nicht ein.«

»Richard, ich hab euch gesehen. Du weißt, ich verpfeif meine Stammkunden nie. Ich will euch nur warnen. Ich mag euch. Deshalb möchte ich nicht, dass euch was passiert.«

»Ich bin Bulle. Mir wird schon nichts passieren.«

»Das hat Oliver auch behauptet.«

»Wie oft hast du ihn hier mit denen gesehen?« Noch einmal bediente sich Richard an der Schale mit den Nüssen.

»Jede Woche. Also, seit er hier nicht mehr arbeitet. Es sei denn, der Zirkus ist in der Stadt«, er pausierte, »dann kommt er nur was trinken, nur diese Woche war er gar nicht da, seltsamerweise.«

»Und warum war er nicht da?«

»Wenn ich das wüsste! Er war am Samstag vor einer Woche hier und da war er schon sehr komisch.« Der Barkeeper nahm den Sack mit den Nüssen und füllte erneut nach. »Hat mehr getrunken als je zuvor. Ich musste ihm die Getränke streichen. Er hätte sich sonst unter den Tisch gesoffen. Hab ihn nach Hause gefahren. Ist ja nicht weit. Er hat da hinten auf der Bank gepennt, bis ich geschlossen hab.«

»Hat er gesagt, warum er so schlecht drauf war?«

»Nichts, das irgendeinen Sinn ergibt.«

»Verrate mir einfach alles, was er geäußert hat«, verlangte Richard und zückte seinen Notizblock.

»Hey, hey, hey! Was wird das? Sag mal, bist du in offizieller Funktion hier?«

Richard steckte den Notizblock gleich wieder ein. »Nicht so laut, ich will die Typen da drüben doch nicht verärgern.«

»Also hab ich recht. Ich hab mich schon gewundert, was du mit den Dreien zu tun hast.«

»Okay, hör zu, Jörg, ich bin zwar nicht als offizieller Ermittler hier in München, aber ich habe Ermittlungen einleiten lassen, die gerade am Laufen sind, und versuche zu helfen, wo ich kann, denn erstens ist Oliver verschwunden.«

»Wie bitte? Wohin?«

»Wenn wir das wüssten, würden wie hier nicht alles ausschöpfen. Alles, was du weißt, hörst oder sonst wie mitbekommen hast, musst du jetzt rauslassen. Es geht um Leben und Tod, denn zweitens ist Sarah in Gefahr.«

»Was, Sarah auch? Ist sie auch …?«

»Verschwunden. Und bei ihr wissen wir, dass sie entführt wurde und dass es mit Oliver zusammenhängt, denn, wie wir mittlerweile herausbekommen haben, hat der ordentlich Dreck am Stecken, und das nicht zu knapp. Aber mach bitte einfach unauffällig deine Arbeit weiter, während wir reden. Es soll so aussehen wie immer, klar?«

Der Barmann nickte, drehte sich kurz um und holte ein Geschirrtuch. Damit polierte er Gläser, als wäre nichts gewesen.

»Jörg, denk genau nach. Was ist das Letzte, was du von Oliver weißt, fang einfach bei dem Tag an, an dem du ihn zuletzt gesehen hast.«

»Also, zuerst muss ich euch sagen, dass Oliver gar nicht sein richtiger Name ist.«

3. AKT

Schuld und Sühne

»Wer schuldig ist, muss Buße tun.«

59

München

»Also, Oliver Kainrath heißt eigentlich Alexander Muck.«

»Das wissen wir schon«, sagten Ivan und Richard im Chor.

Der Barmann hob eine Augenbraue. »Echt? Ihr Bullen seid doch besser als euer Ruf. Wie schon gesagt«, sammelte sich Jörg, »Alex war seltsam. Hat den ganzen Abend hier drüben im Eck gesessen«, er zeigte auf eine Bank, »und hat Trübsal geblasen und gesoffen.«

»Hat er mit jemandem geredet?«

»Nur mit mir, und Julie war kurz bei ihm drüben.«

»Julie?«

»Ja, sie haben circa eine Viertelstunde miteinander geredet.«

Dann würde Richard auch mit Julie noch einmal sprechen müssen. Klar, dass sie ihn auch kannte. Julie besuchte den Zirkus ja immer mehrmals hintereinander, wenn sie Station machten. Da fiel Richard ein, dass Sarah Oliver alias Alexander auch hier kennengelernt hatte, als er hinter der Bar stand.

Die Lebensgeschichte von Oliver war nie wirklich ein Thema zwischen Richard und Sarah gewesen. Aber sie hatte sich immer wieder beschwert, dass Oliver nichts aus seiner Vergangenheit preisgeben wollte. Anscheinend gab es jemanden, dem er sehr wohl etwas erzählt hatte. Wie so oft, bei Frauen wusste der Friseur alles, bei Männern eben der Barkeeper.

»Alexander stammt aus einer der reichsten Familien Berlins.«

So wie Richard Oliver kannte, hatte er an ihm überhaupt nichts Adeliges oder Vermögendes festgestellt. Im Gegenteil, sein Benehmen war unter aller Sau. Er rülpste öffentlich, sprach mit vollem Mund und furzte ungeniert. Im Zirkus störte sich niemand dran, aber wie wollte er so in der feinen Gesellschaft bestehen? »Hat er dir das erzählt?«, fragte er deshalb ungläubig.

Der Barkeeper schüttelte den Kopf. »Drüben kannte die Familie jeder. Auch ich natürlich. Ich bin ebenfalls in der DDR aufgewachsen. Deshalb hab ich Oliver damals auch eingestellt, weil ich Mitleid hatte. Und weil ich weiß, wie es ist, aus dem Osten zu kommen und quasi vor dem Nichts zu stehen.«

Richard nickte. Gleich und gleich verstand sich eben.

»Das mit seiner Familie war ein Riesenskandal damals Ende der Achtziger, ziemlich gleich nach dem Mauerfall.«

Jetzt verstand Richard noch weniger. »Was für ein Skandal?«

Der Barkeeper beugte sich vor und flüsterte. »Das hat seinerzeit in allen Zeitungen gestanden. Der Vater hat sich als Betrüger entpuppt. Hat mit der Stasi gemeinsame Sache gemacht und so Zeug. Genaueres weiß ich nicht, ich war damals selbst noch ein Kind. Jedenfalls war nach dem Fall der Mauer alles anders.«

»Hat Oliver das mitbekommen?«

»Er hat die Auswirkungen gespürt. Vandalen haben das Familienauto besprüht und das Haus mit Eiern beworfen. In der noblen Schule, wo er vorher war, haben sie ihn ordentlich gehänselt. Schließlich mussten sie aus der Villa raus und in einen Plattenbau umziehen. In der neuen Schule haben sie ihn wieder gemobbt, weil er die Nase so hoch trug. Er passte einfach nirgendwo mehr dazu.«

Das war sehr interessant, denn das erklärte, warum er aus seiner Vergangenheit so ein großes Rätsel gemacht hatte.

»Was ist mit seinen El

»Kurz vor der Verur

Mutter und Sohn stande

wurden gepfändet. Die

keinen Beruf gelernt hat

nach der Schule den

geheiratet. Sie hat schl

fangen. Wurde schwer

Sie lebten schließlich

kein Geld mehr da fü

»Hat sich niema

»Die Stütze schon, aber

nicht annehmen, ging auch nie zur Tafel. Dar

die Frau Doktor.«

»Und das Jugendamt?«

»Die sind natürlich vorbeigekommen, aber wenn sie da waren, hat der Oliver erzählt, dass alles okay sei. Dabei hat er den gesamten Haushalt alleine gemacht. Geputzt, gekocht und Sachen repariert. Nebenbei ist er zur Schule gegangen, die Hauptschule hat er mit Ach und Krach fertig bekommen. Und dann ist es passiert. Um das finanzielle Loch zu stopfen, ist er abgerutscht, wie so viele damals. Es gab kaum Perspektiven, ganz viele Menschen waren arbeitslos und für Jugendliche gab es kaum Lehrstellen.«

»Wir haben herausgefunden, dass er mit vierzehn schon zahlreiche Ladendiebstähle hinter sich hatte«, sagte Richard.

Der Barmann nickte. »Zuerst waren es die üblichen kleinen Delikte: Ladendiebstahl, Autoknacken, Handtaschen klauen, so was eben. Er wurde oft aufgegriffen. Aber er war halt minderjährig und die Sachen, die er gestohlen hatte, waren keine Unsummen wert, sondern Dinge, die jeder einfach brauchte. Vom Brot bis zur Seife. Autos hat er nur geknackt, wenn volle Einkaufssäcke drin waren, und er hat auch nur die en hat er nicht angerührt. Damals noch retten können. Damit er nicht ber es war niemand da.«

du eigentlich die ganzen Details?«

alles erzählt. Schließlich hat er acht Jahre hier standen und, ehrlich gesagt, selbst nicht wenig aber ich hab darüber hinweggesehen, solange er seine macht hat, weil ich eben wusste, wie schwer er es hatte.«

ar er da schon auf Drogen und brauchte dafür Geld?«

Der Barmann nickte. »Ja, er hat gerade zwei Jahre hier ge- rbeitet, da ist es mir zum ersten Mal aufgefallen. Grundsätzlich konnte er seine Sucht aber sehr gut verbergen. Besser gesagt: Seine Süchte. Es sind nicht nur Substanzmittel, von denen er nicht loskommt.«

Richard verstand. Oliver war also eine Suchtpersönlichkeit. Konnte so jemand einer Sucht nicht nachgehen, dann kompensierte er das mit einer anderen leichter verfügbaren.

»Eines Tages, nachdem er vier Wochen Urlaub genommen hatte, kehrte er verändert zurück. Er war gepflegt und gut gekleidet. Ich hab ihn gefragt, ob er die Kurve gekriegt hat. Er hat genickt und gemeint, dass es ihm super ginge und dass er clean wäre. Er hat auch gut ausgesehen und ich war froh, dass er den Urlaub für eine Entziehungskur genutzt hat. Er hatte seinen Namen geändert, damit er wieder von vorne anfangen konnte. Er meinte, die Behörden hätten ihm dabei geholfen. Er wollte jetzt Betriebswirtschaft studieren und hätte sich eingeschrieben. Ich hab ihm das alles geglaubt. Leider habe ich später gemerkt, woher sein Geldfluss wirklich gekommen ist.«

»Drogen«, murmelte Richard.

»Ja, er war vom Konsumenten zum Dealer geworden. Vermutlich ein guter, die Auftraggeber waren anscheinend zufrieden, denn die treffen sich hier seit Jahren mit ihm.«

»Du hast all die Zeit danach weggesehen?«

»Er war mir ans Herz gewachsen wie ein Bruder und ich hab die Hoffnung nie aufgegeben, dass er es schafft. Und als er sich in Sarah verliebte, hab ich gehofft, sie wäre Anreiz genug, von allem loszukommen. Ich hab mich wohl geirrt.«

»Ich mach dir keinen Vorwurf. Aber was sagt denn der Besitzer des ›Chest & Clams‹ dazu?«

Jörg stellte das Glas auf den Tresen, warf das Geschirrtuch über die Schulter und lachte.

»Der Besitzer redet doch gerade mit euch darüber.«

»Dir gehört der Laden?«, fragte Richard überrascht. »Warum stehst du dann jede Nacht hinter dem Tresen?«

»Weil mir das Spaß macht. Und so hab ich mein Baby immer im Blick.«

»Welches Baby?«

»Na, das Lokal.«

»Sorry, aber ich glaube, ich hab wirklich zu wenig geschlafen in letzter Zeit. Also, wenn dir der Laden gehört, bist du aber auch verantwortlich für alles, was hier passiert.«

»Worauf willst du hinaus?«

»Gar nichts«, wiegelte Richard schnell ab und meinte es auch so. Er würde dem netten Kerl nicht sein Geschäft ruinieren. Aber eines wollte er gern noch wissen. »Hat dir Oliv…, ich meine Alexander, erzählt, warum er letztes Mal so schlecht drauf war?«

»Nur angedeutet. Er hat gejammert, dass er diesmal ordentlich Mist gebaut habe und da nicht mehr so glimpflich rauskäme. Er wirkte verzweifelt und meinte, er wüsste nicht mehr weiter.«

Das war alles? Damit konnte Richard nicht viel anfangen. Jörg schien seine Gedanken zu lesen. »Vielleicht hat er Julie mehr erzählt. Die beiden waren ja mal ganz dicke, wenn ihr versteht, was ich meine.«

Julie und Alexander waren Freunde? Das überraschte Richard sehr. Aber er verstand den Wink und konnte mit einem Seitenblick zur Dartscheibe auch erkennen, dass sie noch im Lokal war.

»Das Turnier ist gleich aus. Ich wette, sie hat wieder gewonnen, dann bleibt sie meistens länger. Du solltest halt mit ihr reden, bevor sie auf ihren Sieg trinkt. Die Verlierer laden sie nämlich jedes Jahr ein und ihr Mann holt sie dann meistens kurz vor der Sperrstunde ab.«

Eigentlich sollte der Ehemann hier sein und ihr beim Gewinnen zusehen, aber Richard erinnerte sich daran, dass das jüngste Kind noch sehr klein war, deshalb musste der Vater zu Hause bleiben, um aufzupassen.

Ivan gähnte. »Brauchst du mich noch?«

»Nein, Ivan, leg dich aufs Ohr, es ist besser, wenn ich mit Julie alleine rede.«

»Falls es etwas Neues gibt oder ich helfen kann, weck mich auf.«

Richard nickte zwar, aber er würde Ivan sicher nicht wecken, zumindest nicht die nächsten vier Stunden, denn er sah extrem übermüdet aus. Vermutlich hatte er seit Olivers Verschwinden schon nicht mehr richtig geschlafen und somit zwei Nächte weniger als Richard, der sich noch überraschend fit fühlte. Aber er war Vierundzwanzig-Stunden-Schichten und noch mehr gewöhnt. Der Vorteil, wenn man sich derart übermüdet ins Bett packte, war natürlich, dass man sofort wegkippte. Etwas, das Richard im Normalfall einfach nicht gelingen wollte. Auch blieb er in solchen Nächten weitgehend von Albträumen verschont.

Von der Dartscheibe ertönte lautes Kreischen: Es war Julie, die mit geröteten Wangen ihren Pokal in die Höhe hielt. Sah so aus, als müsste Richard sich beeilen, wenn er der Erste sein wollte, der ihr einen Drink spendierte.

60

München

Richard schritt zügig hinüber, umarmte Julie von hinten und wirbelte sie einmal um die Achse, dann warf er sie über seine Schulter. Unter schallendem Gelächter ließ sie sich von ihm zu einem Tisch tragen. Dort setzte er sie behutsam ab. Sie hatte Schweißperlen auf der Stirn und kräuselte ihre Stupsnase.

»Sag mal, Richie, wenn das jetzt mein Florian gesehen hätte, dann würde er sich mit dir duellieren.«

»Ich hab mein Laserschwert leider nicht dabei. Aber ich wollte der Erste sein, der dir einen Drink spendiert, denn ich hab nicht so viel Zeit, um abzuwarten, bis die da hinten …«, er zeigte auf den Pulk an grölenden Männern, »… alle durch sind.«

Jörg brachte zwei Gläser und stellte sie ab. »Ich hab auch schon bestellt.«

»Das seh ich«, sagte Julie lächelnd und nippte am Drink. »Gin Fizz, du weißt es also noch.«

»Glaubst du, ich vergesse so etwas über die Jahre? Nur weil ich jetzt seltener vor Ort bin?«

»Also, warum wolltest du so dringend etwas mit mir trinken? Ich mag eine Arbeitertussi sein, aber ich bin nicht doof. Was hast du auf dem Herzen?«

Julie war eine Menschenkennerin, oder sollte er sagen, Männerkennerin. Ihr konnte man nichts vormachen, sie durchschaute einfach alles.

»Du hast recht. Den Gin Fizz habe ich dir aus eigennützigen Gründen spendiert. Ich brauche deine Hilfe.«

»Der große Mister Domino braucht die Hilfe der kleinen Julie. Ist das dein Ernst? Wobei sollte ich dir helfen? Brauchst du eine neue Assistentin?« Sie lachte, doch verstummte sofort, als sie seinen angespannten Blick bemerkte. »Ist etwas passiert?«

»Ja, ich mach es kurz. Sarah ist entführt worden und Oliver hängt mit großer Sicherheit mit drin. Da ich gerade von Jörg gehört habe, dass du die Letzte warst, die mit Oliver geredet hat, bevor er verschwunden ist, muss ich dringend mit dir sprechen.«

Vor Schreck hatte sie sich die Hand über den Mund gelegt. Ihre Augen spiegelten ihren Schock wider. »Wieso entführt? Mein Gott!«

»Sie suchen Oliver und eine Tasche mit Geld.«

»Eine blaue Sporttasche?«

»Weißt du etwas über diese Tasche?«

»Die hat Oliver dabeigehabt, als er hier war. So eine Tasche, in die man seine Fitnessklamotten reinsteckt, mit Zusatzfach unten für die Schuhe oder nasse Klamotten. Ich hab ihn gefragt, ob er im Studio war, und er hat gesagt, dass er beim Krafttraining gewesen und danach gleich hierhergekommen sei, um was zu essen.«

»Krafttraining? Das hast du ihm abgenommen?« Oliver alias Alexander war ein zaundürrer Typ, vermutlich durch die jahrelange Drogensucht. Dass er ins Studio ging, hätte Richard keine Sekunde lang geglaubt.

»Na ja.« Julie biss sich auf die Unterlippe. »Er hat gemeint, er möchte sich für die Hochzeit mit Sarah trimmen, damit er nicht mehr wie ein Junge aussieht, sondern wie ein Mann. So wie du, hat er gesagt.«

»Er will aussehen wie ich? Hat er mich schon einmal richtig angeschaut?«

Julie sagte nichts.

Richard lugte auf die Uhr und überschlug die Zeit, die Sarah jetzt in den Fängen der Entführer war. Es war bald Mitternacht. Freitag! Freitag, schallte es laut in seinem Kopf.

»Die Zeit drängt. Sag mir, warum er so niedergeschlagen war.«

»Er hat Mist gebaut. Er hat das Geld, das er beim Dealen gemacht hat, beim Poker verspielt. Dann hat er sich von einem Kredithai Geld geliehen, um den Drogenboss auszuzahlen. Aber leider hat er noch alte Spielschulden, die er vergessen hat. An dem Tag, an dem er mit der Tasche hier war, waren die Schuldeneintreiber bei ihm und haben ihm gedroht. Und ja, er hat auch ein Veilchen gehabt. Er hat erzählt, er wolle ein für alle Mal aufhören und alles vorher noch zurechtbiegen – für Sarah. Er will sie nicht heiraten, bevor das alles vorbei ist.«

»Er ist also kurz zuvor von den Schuldeneintreibern zusammengeschlagen und bedroht worden?«

Julie nickte.

Und dann war er abgehauen. Für Richard war das ein schlüssiger Grund.

»Julie, weißt du, was in der Tasche war?«

Sie polierte mit ihrem Zeigefinger die Tischfläche. »Ich will ihn nicht verraten.«

»Was meinst du damit?«

»Um der alten Zeiten willen hab ich versprochen, nichts zu verraten, damit er alles in Ruhe erledigen kann, außerdem sagt er sonst allen die Wahrheit, wenn ich es nicht für mich behalte.«

»Julie, du vertraust mir doch, oder? Über alles, was du mir hier mitteilst, das dir schaden könnte, werde ich den Mantel des Schweigens ausbreiten.«

»An dir ist ein Dichter verloren gegangen«, kommentierte Julie seine Aussage. »Es waren Sportklamotten in der Tasche, aber nur, um etwas abzudecken.«

»Was abzudecken?«

Julie schüttelte den Kopf und wollte aufstehen, doch Richard drückte sie auf den Stuhl zurück. »Sag mir zuerst, was Oliver gegen dich in der Hand hat. Wenn das draußen ist, fürchtest du dich vielleicht nicht mehr, mir den Rest zu berichten.«

Sie seufzte, dann beugte sie sich vor und flüsterte. »Er ist der Vater von meinem Jan.«

Richard glaubte, sich verhört zu haben. »Er ist der Vater deines ersten Kindes? Du und er, ihr habt …«

»Wir waren zusammen, bevor er Sarah kennenlernte. Ich hab ihn geliebt. Aber er mich anscheinend nicht so wie ich ihn. Als er Sarah traf, war ich von einem Tag auf den anderen Luft für ihn. Dann hab ich bemerkt, dass ich schwanger bin. Er hat mir Geld gegeben für die Abtreibung, aber das wollte ich nicht. Dem Florian hab ich schon in der Grundschule gefallen und ich fand ihn auch nett. Das war meine Chance. Die hab ich ergriffen. Oliver weiß, dass es sein Kind ist. Aber Florian nicht. Er glaubt bis heute, Jan sei ein Frühchen.«

»Okay, ich urteile nicht über dich. Du machst dir sicher jeden Tag selbst Vorwürfe. Glaub mir, Oliver wird es niemandem verraten, denn damit würde er alles riskieren, was er noch hat. Und wenn ich auch nicht viel von ihm halte, so ist mir eines in dem ganzen Durcheinander klar geworden: Ich glaube, dass er Sarah wirklich liebt. Das zerstört er sich nicht.«

Wenn es nicht schon kaputt war, dachte er, aber das war jetzt irrelevant.

Richards Handy klingelte. Albert Steiner war dran.

»Wir sind mit dem SEK eingedrungen und haben alles gesichert. Die Wohnung ist leer. Oliver ist nicht da.«

»Sonst irgendwas?«

»Jede Menge Drogen, und eine Tussi lag auf der Couch, total zugedröhnt und blutverschmiert.«

»Eine Tussi?« Wenn Oliver Sarah auch noch betrog, dann war aber Schluss mit lustig.

»Ja, eine Obdachlose. Angeblich hat Oliver sie bei sich wohnen lassen, nachdem sie am Bahnhof von ein paar Halbstarken zusammengeschlagen und vergewaltigt worden war. Sie trägt seine Klamotten. Möglicherweise sind die blutigen Kleidungsstücke, die wir im VW-Bus gefunden haben, von ihr. Frag mich jetzt nicht, ob es da eine Beziehung gab, ich glaub es jedenfalls nicht. Die ist auf Crystal und ich muss dir ja nicht beschreiben, wie man da aussieht.«

»Konntet ihr die blutige Kleidung identifizieren?«

»Noch nicht, es ist schließlich Nacht und wir haben das erst eingeschickt. Und die Frau ist so zu, dass sie selbst nicht mehr weiß, wie ihre Sachen ausgesehen haben.«

»Okay, und jetzt?«

»Jetzt können wir nur warten, ob sich die Entführer wieder bei dir melden. Anhand des Videos haben wir leider nicht herausfinden können, wo sie festgehalten wird. Wir haben es zusätzlich zu einer Spezialabteilung geschickt, die sind jetzt dran. Die letzte Telefonverbindung von Sarahs Handy konnten wir checken, die hat uns zu einem Feld geführt. Das Smartphone haben wir im Feld gefunden, wir sind mit den Hunden gegangen, aber die Spur hat sich bei der Hauptstraße verlaufen. Sie kann überall sein, Richard.«

»Spuren?«

»Nichts. War alles abgewischt, SIM-Karte weg und zusätzlich noch auseinandergenommen und einfach weggeschmissen halt.«

»Danke, Albert.«

»Richard, lad dir die App bitte runter, falls du sie nicht hast, um das Gespräch aufzuzeichnen, wenn die Kerle wieder anrufen.«

»Das war das Erste, was ich in Wien gemacht hab, nachdem wir von der Leiche weggefahren sind.«

»Sehr gut. Dann hoffen wir das Beste. Tschüss.«

Richard verabschiedete sich und wandte sich wieder an Julie.

»Also, sagst du mir jetzt, was in der Tasche war? Hundertfünfzigtausend Euro vielleicht?«

Sie schüttelte den Kopf. »Nein, die Tasche war voller Crack, das er über die letzten Jahre kleinweis von seinen Fuhren für die Drogenbosse abgezweigt hat. Das wurde nie bemerkt, weil er einfach für die Einzeldosis mehr verlangte, als der Boss gesagt hat. Das Zeug wollte er so schnell wie möglich verkaufen, um die Pokerheinis auszuzahlen. Und danach wollte er mit allen Geschäften Schluss machen und auch mit dem Spielen.«

»Und hat er auch gesagt, wie er das schaffen will?«

Sie zuckte mit den Achseln. »Hab ich nicht gefragt.«

»Julie, dann hab ich nur noch eine Frage: Wo will er die Drogen verkaufen?«

Wenn er die letzten Tage in München gewesen wäre, hätten die Kollegen ihn längst aufgetrieben. Sie kannten schließlich die wichtigsten Drogenumschlagplätze.

»In Frankfurt«, antwortete Julie leise. Klar, in der Crack-Hochburg Deutschlands. Nirgendwo war der Crack-Konsum höher als dort. So dumm war der Kerl dann doch nicht.

Richard trank aus und wollte schon aufstehen, da hielt ihn diesmal Julie am Ärmel fest.

»Aber«, flüsterte sie. »Er ist seit zwei Stunden wieder in München.«

»Woher weißt du das?«

»Oliver hat mich angerufen. Er wäre in Frankfurt fast erwischt worden und ist jetzt wieder hier, wo er seine Stammkunden hat, und vertickt den Rest. Es soll nicht mehr viel da sein, er hat es fast geschafft. Das hat er zumindest behauptet.«

»Und wo verkauft er seine Ware?«

»Hinter dem Bahnhof …«, flüsterte Julie monoton und zählte anschließend mehrere Plätze auf.

Mehr brauchte Richard nicht zu hören. Sofort sprang er auf und hechtete in die Nacht hinaus.

61

München

Richard riss Ivan aus dem Schlaf und brachte ihn auf den neuesten Stand.

»Wir können nicht warten, bis der Albert morgen wieder im Dienst ist. Wir müssen Oliver heute Nacht noch finden.«

Gemeinsam beschlossen sie, Titan, André und zwei weitere Artisten zu wecken und mit ihnen auf die Suche zu gehen. Von Julie hatte er drei Plätze erfahren, an denen Oliver vorhatte, seine Ware zu verkaufen. Zuerst überlegten sie, sich in zwei Gruppen aufzuteilen, aber im Endeffekt beschlossen sie zusammenzubleiben. Sie mussten davon ausgehen, dass Oliver versuchen würde zu fliehen. Und es würde teilweise an Plätze gehen, die sogar die Polizei weitgehend mied.

»Julie hat gesagt, er ist entweder am Königsplatz, im Herzog-Wilhelm-Park zwischen Sendlinger Tor und Stachus und dann gibt's eine dritte Möglichkeit, die wir hoffentlich nicht mehr anvisieren müssen.«

»Alles klar, wo fangen wir an?«

»An seinem Lieblingsplatz, laut Julie. Dem Königsplatz.«

Mit zwei Autos fuhren sie bis zu einer Straße in der Nähe des Platzes.

»Jetzt teilen wir uns auf. Jeder geht auf eine Seite des Platzes, haltet eure Handys bereit, wer ihn sieht, behält ihn im Auge und informiert uns. Klar?«

Alle Männer stimmten zu und schwärmten kurz darauf aus. Richard zog die Kapuze seines Sweaters über den Kopf und schlenderte am Rand des Platzes entlang. Es dauerte nicht lange und er wurde von einem Typen angesprochen. Jung war er und sehr ausgemergelt. »Magst du mich?«

Richard verneinte und erklärte dem Stricher, dass er auf Frauen stand.

Der Stricher zuckte die Schultern. »Hast du wenigstens eine Kippe?«

»Sorry, ich rauch nicht.«

»Echt jetzt? Und was tust du hier?«

»Pass auf, ich geb dir fünf Euro, wenn du mir eine Frage beantwortest.«

»Bist du ein Bulle?«

»Ist das wichtig?«

»Solange du mir nichts tust, ist mir das egal. Aber ich brauch mehr als fünf Euro.«

Richard legte ihm zwanzig Euro in die Hand, die der Stricher sofort einsteckte. »Was willst du denn wissen? Ich kann dir sagen, wo es heiße Bräute gibt. Ganz billig.«

»Nein, danke«, lehnte Richard ab und zog ein Foto von Oliver und Sarah hervor. »Hast du den Typen neben der Frau heute gesehen?«

»Heiße Schnecke!« Er pfiff anerkennend durch die Zähne. »Jetzt versteh ich, warum du keine Bräute willst. Der Typ daneben ist total bekannt bei uns. Das ist Oliver.«

»Richtig. Ich wollt nicht wissen, ob du ihn kennst, das ist mir mittlerweile klar. Hast du ihn heute schon gesehen?«

Der Stricher nickte. »Yep, Mann, der war vor ein paar Stunden da, da war es schon finster. Ich hab leider zu wenig

Geld mitgehabt. Seine Preise sind ordentlich nach oben gegangen. Keine Ahnung, wieso.«

Richard wusste natürlich, warum Oliver momentan alles noch teurer verkaufte. »Du sagst mir doch die Wahrheit. Oder?«

»Wenn du mir einen Zehner drauflegst, schwör ich sogar auf meine Großmutter.«

Richard verstand den Wink mit dem Zaunpfahl und kramte noch einen Schein raus.

Der Stricher grinste. »Ich hab dich nicht angelogen. Warst du schon mal in den Katakomben?«

Richard schüttelte den Kopf.

»Ich würd es dort probieren. Niemand kennt die Katakomben so gut wie der Oliver. Wir anderen verirren uns ja ab und an, wenn wir drauf sind, aber er nie.«

Richard hatte nur von den Katakomben gelesen, sie lagen unter dem Münchner Hauptbahnhof und waren streng gesehen keine Katakomben, also keine alten Friedhöfe wie in Wien, sondern ein wirres enges unterirdisches Gängesystem, durch das die Versorgungsleitungen des Hauptbahnhofs liefen. Ein Eingang war der Lieferanteneingang des Bahnhofs; es gab auch Zugänge über die Tiefgaragen. Er hoffte inständig, dass sie ihn dort nicht suchen mussten. Zuerst würde er es im Herzog-Wilhelm-Park versuchen.

Der Stricher sah ihn immer noch interessiert an. »Also, wenn du jemanden brauchst, der dich durchführt: Für einen Zwanziger kannst du mit mir rechnen.«

Diese Junkies. Fanden stets Mittel und Wege, um an Geld zu kommen.

»Ich bin noch die ganze Nacht hier. Außer es findet sich ein Sugardaddy, der mich mit heimnimmt.« Er grinste. Richard erkannte, dass der Drogenkonsum bei dem Jungen schon deutliche Spuren hinterlassen hatte. Sein Gebiss sah katastrophal aus. Bald würden sich weniger Freier für ihn interessieren, denn eine neue und frischere Generation war schon verfügbar. Irgendwie tat ihm der Junge leid und möglicherweise war sein Angebot gar nicht schlecht.

»Vielleicht komm ich darauf zurück.«

Ivan war mit André mittlerweile schon zurück von seinem Rundgang.

»Nichts, Richie. André und ich haben ein paar Nutten gefragt, die haben ihn vor Stunden gesehen, aber das war's.«

»Dito hier.«

Der Stricher grinste Ivan an, doch noch bevor er den Mund aufmachen konnte, stoppte ihn Ivan mit einem äußerst bestimmten »*Njet! Spasibo!*«.

Der Stricher hob beschwichtigend die Hände. »Alles klar, ich leg mich nicht mit der Russenmafia an.«

Ivan runzelte die Stirn und guckte Richard an, der nur die Schultern hob. Sollte der Stricher doch glauben, dass er es mit der Mafia zu tun hatte. Besser, als wenn er draufkam, dass genau das Gegenteil der Fall war.

Als die anderen Artisten ergebnislos um die Ecke bogen, beschlossen sie, im Park ihr Glück zu versuchen. Der beliebte Junkieplatz war zwischen Sendlinger Tor und Stachus.

Leider war das Ergebnis dort genauso unbefriedigend. Man hatte Oliver gesehen, aber es war schon etwas länger her. Er hatte also seine Lieblingsplätze abgegrast. Was, wenn er längst alles verkauft hatte? Mist! Richard sammelte seine Bande zusammen und gab klein bei.

»Es hilft nichts, wir müssen doch nach unten. Ich habe gehofft, dass es uns erspart bleibt.«

»Wovon redest du?«

»Ich rede von einem Ort jenseits eurer Vorstellungskraft.«

»Die Hölle?«

»So kann man es auch ausdrücken. Aber zuerst fahren wir noch einmal zurück zum Königsplatz.«

62

»Kommt«, sagte der Stricher und winkte sie zu einer Metalltür, auf der »Lieferanteneingang« stand. »Da geht es rein. Es gibt noch andere Wege von der Tiefgarage aus, aber da könnte man uns sehen. Hier ist es in der Nacht sicherer. Die Lieferanten schauen schon seit Jahren weg oder grüßen uns sogar.«

Ivan und die anderen Artisten zögerten, als der Stricher die Tür öffnete. Auch Richard war das alles nicht geheuer. Aber er rief sich in Erinnerung, für wen er das tat.

»Wir tun das für Sarah, Jungs«, erinnerte Richard die anderen.

Ivan nickte. »Für Sarah«, stimmten er und die anderen mit ein.

Der Stricher schüttelte lachend den Kopf. »Zuerst dachte ich, ihr seid von der Russenmafia, aber ihr benehmt euch wie solche Sektenheinis.«

Ivan riss den Stricher am Kragen. »Pass auf, was du sagst. Oder ich hetz Titan auf dich.«

»Ist das dein Hund?« Der Stricher zeigte auf den Namenlosen, der neben ihnen her hechelte.

Ivan hingegen deutete auf Hans, der Stricher schluckte und verstummte angesichts des Muskelpakets.

»Also, wollt ihr nun da rein oder nicht?«

Von wollen konnte keine Rede sein, aber sie mussten. Der Stricher, von dem Richard keinen Namen wusste, ging voraus. Anfangs war es noch nicht so schlimm, doch bald kamen sie wirklich bei den sogenannten Drogen-Katakomben Münchens an. Es waren sehr enge Gänge, über ihnen verliefen Rohre und Kabel. Generatoren hingen an den Wänden. Die Gänge waren nur spärlich bis gar nicht beleuchtet. Richard leuchtete mit seiner Handytaschenlampe. Sie bogen zweimal ab und sofort schlug ihnen ein Gestank nach Urin, Kot und Erbrochenem entgegen. Widerlich. Am Betonboden verlief am Rand eine tiefere Rille, in der sich allerlei Dreck sammelte. Vor allem Spritzen, Drogenbesteck und provisorische Crackpfeifen aus alten Plastikflaschen. Im Gang saß ein Junkiepärchen und spritzte sich gegenseitig mit derselben Spritze. Sie drifteten sofort weg. Ein Mädchen mit strähnigen Haaren und blutverkrusteten Lippen wankte ihnen entgegen. Als sie Titan bemerkte, drückte sie sich an die Wand. Der Gestank wurde von Mal zu Mal schlimmer, der Schmutz auch.

»Hier sterben öfter Junkies, die Leichen liegen dann ewig rum, weil niemand sich darum kümmert«, berichtete der Stricher. »Eine Freundin von mir ist hier krepiert, weil ihre Freundin, mit der sie zusammen gedrückt hat, im High den Ausgang nicht mehr gefunden hat und so die Ambulanz nicht rechtzeitig holen konnte. Handyempfang ist hier auch nicht immer gut.«

Richard verstand jetzt, warum sogar die Polizei diesen Ort mied. Es war wie in einem Labyrinth. Die Türen in den Gängen waren verschlossen und mit Hinweisschildern versehen, dass es gefährlich sei, sie zu öffnen. »Es gibt nicht mehr viele Ausgänge. Die meisten sind verriegelt. Man muss sich echt auskennen, ist sogar im nüchternen Zustand schwierig.«

Richard nickte. Er konnte sehen, dass es Ivan überhaupt nicht gut ging. Er wusste, dass er an Klaustrophobie litt, deshalb auch in keine Aufzüge stieg und noch nie geflogen war. Richard wunderte sich bisweilen, dass er es im Wohnwagen aushielt. Aber vermutlich deshalb, weil er dort jederzeit rauskonnte. Sie passierten eine weitere Metalltür. Ganz hinten im Gang unter einer flackernden Glühbirne befand sich eine Gestalt. Richard erkannte sofort, um wen es sich handelte.

Er eilte auf ihn zu. Bleich lag er neben mehreren Spritzen, Kanülen und Alufolienresten. In der Hand hielt er eine kleine Wasserflasche, aus der es rauchte. Auf Ansprache reagierte er nicht. »Oliver!«, brüllte Richard ihn an und klatschte ihm auf die Wange. Keine Reaktion. Mensch, hatte der sich jetzt den goldenen Schuss verpasst? Richard konnte keine Einstiche an den Armen erkennen. Die Flasche! Crack. Verdammt! Noch einmal rief er und versuchte es mit dem richtigen Namen. »Alex? Kannst du mich hören?«

Ein leises Röcheln war die Antwort.

»Keine Sorge, in zehn Minuten ist der wieder fit«, meinte der Stricher hinter ihm.

Richard tastete Olivers Arm ab und konnte einen Puls fühlen. »Okay, Jungs, er lebt.«

»Unkraut vergeht nicht«, murmelte Titan, nahm Oliver hoch und trug ihn durch die Gänge wieder zum Ausgang.

Draußen nahm der Stricher seine Bezahlung entgegen. Richard legte noch einen Zwanziger drauf. Der Bub strahlte ihn an. »Wenn du wieder mal was brauchst, dann frag einfach nach Tino. Mich kennt hier jeder.«

»Alles klar, danke, Tino.«

Sie packten Oliver ein und fuhren zum Zirkus. Dort banden sie ihn mitten in der finsteren Manege an einen Stuhl.

Ivan ging nach draußen und kam mit einem Eimer wieder.

Richard nickte.

Ivan leerte den Eimer mit dem kalten Wasser über Oliver aus.

Sofort riss dieser die Augen auf und schrie: »Hey! Teufel! Spinnt ihr?«

»Aus der Unterwelt haben wir dich gerade geholt«, antwortete Richard, »also sei dankbar.«

»Warum bin ich gefesselt?«

»Damit du nicht wieder abhaust!«

»Ich hab das für Sarah getan.«

»So? Du hast das für Sarah getan? War ihre Entführung auch eingeplant?«

Sein Gesicht fiel quasi in sich zusammen. »Wie bitte?«

»Sarah wurde entführt und rate mal, wie wir sie wiederbekommen?«

»Das Geld. Ich brauch nur noch einen Tag! Dann hab ich das ganze Geld beisammen«, gab er kleinlaut von sich.

»Das ist ein Tag zu lang! Morgen läuft das Ultimatum aus. Außerdem brauchen wir kein Geld. Wir haben ja dich.«

»Ihr wollt mich denen ausliefern?«

»Ich hab vorhin telefoniert, der Deal steht.«

Richard hatte nicht angerufen, sondern der Entführer hatte ihn kontaktiert, kurz bevor sie am Zirkus angekommen waren. Es war wieder dieselbe Stimme. Er hatte ihn gefragt, ob er endlich das Geld habe. Richard war froh, als er antworten konnte, dass er stattdessen Oliver gefunden hätte und ihn so schnell wie möglich ausliefern würde. Also hatten sie bereits in einer Stunde einen Termin außerhalb von München auf einem stillgelegten Fabrikgelände ausgemacht. Richard hatte das ganze Gespräch aufgezeichnet und würde es später an Albert Steiner zur Auswertung schicken. Er wollte nicht, dass sein Plan in Gefahr geriet. Auch wenn er wusste, dass er sich hier auf gefährliches Terrain begab. Er handelte diesmal nicht als Polizist, sondern als Bruder und Onkel. Da galten andere Regeln.

Nach der Ankunft am Zirkus war Richard sofort zu Sarahs Wohnwagen gelaufen. Er bewahrte bei ihr einen Kasten mit seinen privaten Sachen auf. Ein Depot, falls er nur für einen Tag nach München flog oder im Notfall. Dort hatte er auch eine Tasche gebunkert mit allerlei technischen Spielereien. Eine davon würde sich jetzt als nützlich erweisen.

»Da mach ich nicht mit!«, schrie Oliver.

»Ich dachte, du liebst Sarah.«

»Aber die Typen bringen mich um, wenn die erfahren, dass ich nicht das ganze Geld habe!«

»Das ist mir verdammt noch mal egal!«, brüllte Richard zurück und verpasste ihm einen Kinnhaken. Dann nahm er die vorbereiteten Dinge in die Hand und ein Wasserglas. »Du wirst mitmachen, weil du das hier schlucken wirst.«

»Was ist das?«, fragte er und versuchte, in Richards Handfläche zu schauen, was der zu verhindern wusste.

»Beruhigungstabletten. Wenn du aufwachst, wird alles vorbei sein.«

Auf das Kommando von Richard drückte Ivan Oliver die Wangen zusammen, sodass Richard die Tabletten und einen weiteren kleinen Gegenstand in seinen Rachen fallen lassen konnte, dann schüttete er Wasser hinterher. »Schluck!«

Oliver blieb nichts anderes übrig, als zu tun, was Richard befahl.

Ivan kontrollierte seinen Mundraum und nickte Richard zu.

»Na dann, lasst uns zum Übergabeort fahren!«

63

Sarah

Die Schmerzen waren mittlerweile halbwegs erträglich, das lag aber bestimmt nur an den Tabletten. Sie spürte deutlich ein Pochen in der Schulter. Noch einmal hatte sie versucht, auf das Fenstersims zu gelangen, aber da war es zu früh gewesen. Jetzt wollte sie es erneut angehen. Der Kleine war gerade hier gewesen und hatte ihr mitgeteilt, dass vier Stunden vorbei seien. Dann war er sofort wieder gegangen. Es würde dauern, bis erneut jemand zu ihr kam. Die Zeit musste sie nutzen. Das halbe Sandwich war noch da, und das war von ihr auch so gewollt. Sie verpackte es wieder in der Folie, steckte es in den Bund der Jeans und schob Tisch und Sessel zum Fenster. Dann stellte sie den Sessel auf den Tisch. Als sie auf dem Sessel auf den Zehenspitzen stand, erreichten ihre Fingerspitzen gerade so die Kante, aber nicht genug, um sich richtig festzukrallen. Es half nichts. Sie würde springen müssen, und sie hatte keine endlosen Versuche, denn es war anzunehmen, dass der Sessel beim Sprung wegrutschen würde. Sie lockerte ihre Finger und machte ein paar Fingerübungen. Mit den Handinnenflächen rieb sie über die Mauer. Das musste statt des Magnesiumpuders helfen. Dann holte sie tief Luft, zählte bis drei und sprang. Mit den Fingern krallte sie sich ans Sims und zog sich hoch. Dann legte sie die

Unterarme auf den Mauervorsprung. Sie erkannte sofort, dass sie hier nicht herauskonnte, denn das Fenster war von außen vergittert. Also Plan B: Mit dem gesunden Arm stützte sie sich auf, während sie das Sandwich aus dem Hosenbund holte. Sie wickelte es aus, klappte es auf und nahm mit der Fingerspitze Ketchup von der Wurst. Damit schrieb sie »Hilfe« auf das Fenster, natürlich in Spiegelschrift, damit Leute, die eventuell draußen vorbeigingen, es lesen konnten. Ketchup war aus, aber mit Mayonnaise schrieb sie noch darunter »Entführ«, leider fehlte für das »t« Mayonnaise. Aber das musste reichen. Sie wusste ja nicht einmal, wo sie war und ob draußen überhaupt eine Straße lag, wo Leute vorbeikamen. Aber sie durfte nichts unversucht lassen. Sie steckte die Sandwichreste wieder in ihren Hosenbund und spähte nach unten. Der Sessel war, wie erwartet, vom Tisch gefallen, aber das machte nichts, sie war größere Sprünge gewohnt. Sie ließ sich einfach fallen und federte mit den Beinen den Sprung ab. Der Tisch hielt. Sie krabbelte runter und stellte alles wieder an seinen Ursprungsort zurück. Sie verputzte das alte Sandwich, spülte mit Wasser nach und nahm noch zwei Mexalen. Rasch legte sie sich auf die Matratze und rollte sich ein. Lange währte die Ruhe nicht. Der Sanitäter polterte lautstark herein.

»Mir reicht es jetzt! Mir dauert das alles zu lang. Ich nehm mir jetzt einfach, was ich brauch!«

Benommen sah Sarah zu ihm auf. Er versuchte, sie hochzuziehen, aber Sarah blieb wie Blei auf dem Bett liegen. Sie hatte es mit den Tabletten wohl übertrieben. Der Sanitäter grinste teuflisch. »Gut, dann bist du wohl bereit!«

Sarah hörte, wie seine Gürtelschnalle aufklappte. Seine Hose fiel zu Boden. Sie fühlte einen Würgereiz in ihrer Kehle. Er würde doch nicht jetzt loslegen? Schon spürte sie sein Gewicht auf ihr. Alle Glieder verspannten sich. Fest presste sie die Beine zusammen und wandte sich von ihm ab. Sie würde es ihm schwer machen. So schwer wie möglich. Er sabberte ihr Ohr voll. »Du blöde Schlampe! Glaubst du, du bist stark genug?«

»Du blöder Sack!«, rief sie zurück. »Glaubst du, du bist potent genug?«

Kurz stutzte er. Dann lachte er schallend, während er seine Hände unter ihr Shirt schob. Scheiße! Das war eine Situation, in der sie sich wünschte, größer zu sein als ein Meter vierundfünfzig. Und vor allem kräftiger. Mit dem Knie drückte er ihre Beine auseinander und nestelte an ihrer Jeans. Als er den Bund öffnete, stutzte er und führte einen Finger zu seiner Nase. »Ketchup?«

Hoffentlich kam er nicht drauf, was sie damit gemacht hatte. »Hat dir niemand beigebracht, Servietten zu benutzen?«

Er grinste wieder und fuhr fort.

Sarah spürte bereits einen Finger in ihrem Slip, als die Tür aufsprang und der Kleine hereinpreschte. »Hey!«, rief er und lief auf sie zu. Würde er sie retten? Und warum?

Der Sanitäter blieb noch auf ihr sitzen und starrte seinen Kumpel entgeistert an. »Sag mal! Spinnst du? Was fällt dir ein, mich zu stören?«

Der Kleine hielt ihm ein Smartphone hin. »Der Boss will dich sprechen. Dringend!«

»Verdammt!«, stieß der Sanitäter aus, stand auf und zog sich seine Hose wieder an. Er nahm das Handy entgegen.

Sarah war fast am Wegdriften, so erschöpft war sie.

»Ein Austausch? Heute noch?«, hörte sie den Sanitäter sagen, dann fielen ihr die Augen zu.

64

Ausserhalb Münchens

Eine Stunde später

Am verlassenen Fabrikgelände angekommen sah Richard sich vom Auto aus um. Er hatte den Namenlosen und die anderen Artisten im Zirkus gelassen, nur Ivan und Titan zur Übergabe von Oliver mitgenommen. Dieser lag benommen auf dem Rücksitz. Richard hatte kein Mitleid mit dem notorischen Schwindler. Da musste er jetzt durch. All die Jahre hatte er die ganze Familie belogen und betrogen und dadurch vor allem Sarah in Gefahr gebracht. Ivan und er stiegen aus. Titan blieb bei Oliver sitzen. Auf Richards Zeichen würde er mit ihm aus dem Wagen kommen. Aber natürlich nur, wenn Richard Sarah in Sicherheit wusste. Er setzte sich auf die Motorhaube und rieb mit Daumen und Zeigefinger über seine geschlossenen Augenlider, um die Müdigkeit zu vertreiben. Vorhin bei der Suche nach Oliver hatte er einen regelrechten Adrenalinschub gehabt. Jetzt dämmerte es bereits und Richard hatte zwei Nächte nicht oder kaum geschlafen. Ein Blick auf das Display bestätigte ihm, dass die Übergabe in fünf Minuten stattfinden sollte. Gerade wollte er das Handy wieder einstecken, da vibrierte es in seiner Hand. Er hatte es extra so eingestellt, damit er während der Übergabe nicht durch ein Klingeln gestört wurde.

Da weit und breit niemand zu sehen war, beschloss er ranzugehen.

Paul war am Apparat.

»Richie, ich hab eben mit Theres Lend telefoniert, sie hat mir den Namen eines Patienten verraten, über den sie mit dir schon geredet hat.«

»Und hast du ihn durchgecheckt?«

»Ja, er ist vor einem halben Jahr aus dem Gefängnis entlassen worden und hat sich dort innerhalb der Wohngruppen auch vorbildlich verhalten. Nach der Entlassung hat er sich gleich beim Verein ›Neustart‹ gemeldet, die ihm bei der Resozialisierung geholfen haben. Er hat von ihnen eine Wohnung erhalten und in der Werkstätte gearbeitet, während er einen Job gesucht hat.«

»Also kann er nicht der Mörder sein? Willst du das damit sagen?«

»Leider nicht auszuschließen. Denn seltsamerweise ist er vor zwei Monaten nach Cancún geflogen. Dem Verein hat er erzählt, er würde Urlaub machen. Mit dem Flughafen hab ich es abgeklärt, er ist definitiv eingestiegen und abgeflogen.«

»Wann kam er wieder zurück?«

»Genau das ist es ja. Es gibt Hinweise bis Mérida, aber ab da verliert sich die Spur. Entweder ist er noch irgendwo in Mexiko oder woanders in Zentralamerika …«, Paul brach ab.

»… oder er ist nicht nach Österreich zurückgeflogen, sondern auf anderem Wege wieder ins Land gekommen«, beendete Richard den Satz.

»Genau das wollte ich auch sagen. Wir haben alle Flüge gecheckt, auch in unseren Nachbarländern, nirgendwo ist ein Justus Föhr angekommen. Auch kein Bahnticket wurde unter seinem Namen ausgestellt.«

»Sollte er also der Mörder sein, wovon Theres überzeugt ist, dann wäre er mit dem Auto über die Grenze.«

»Oder er ist unter falschem Namen abgetaucht.«

»Dann könnte er überall sein.«

Richard sah Bewegung hinter den Fenstern der Fabrik. Eine Tür ging auf.

»Paul, ich muss Schluss machen, ich melde mich wieder. Schau dir einstweilen alle anderen von der Liste genau an. Womöglich verrennt sich Theres ja in etwas.«

»Ja, das denk ich mir die ganze Zeit. Der Safranek war es übrigens sicher nicht. Wir haben die Bestätigung vom Laufhaus, in dem er die ganze Nacht war. Sonst weist auch nichts auf ihn hin. Die Schürfwunden rühren vermutlich daher, dass er seine Frau und Kinder wiederholt geschlagen hatte. Ein Arsch ist er auf jeden Fall, aber nicht unser gesuchter Mörder.«

Es schien, als würden sie in lauter Sackgassen geraten.

»Und, Richard?«, begann Paul noch einmal.

»Bin noch dran.«

»Doktor Emily McSand hat angerufen, ihr ist wieder eingefallen, an wen sie die Leiche erinnert hat. Außerdem hat sie alle Analysen zum zweiten Fall abgeschlossen und ist auf etwas gestoßen. Du sollst dich bitte bei ihr melden. Wann bist du denn wieder da?«, hörte Richard noch, bevor er den Anruf rasch beendete.

Vier Männer kamen gerade durch die Fabriktür. Zwei gingen voran, in der Hand zwei Pistolen auf Richard und Ivan gerichtet. Zwei weitere Typen schleiften Sarah zwischen sich her, die benommen aussah. Vermutlich hatten sie sie unter Drogen gesetzt, aber sie lebte, das war die Hauptsache. Wenn sie auch komplett ramponiert war. Ihr Gesicht war grün, blau und angeschwollen. Einer ihrer Arme steckte in einer Schlinge und war zusätzlich einbandagiert. Augenblicklich wunderte er sich darüber, dass sie Sarah verarztet hatten, was sich aber mit seiner ständigen Vermutung schließlich deckte, dass sie nie vorhatten, sie zu töten. Langsam kam die Truppe näher. Richards Telefon klingelte.

»Wo ist Oliver?«, blaffte der Entführerboss in den Hörer. »Ich kann ihn nirgendwo entdecken.«

Niemand aus der Gruppe ihm gegenüber telefonierte. Also musste der Boss zwar in der Nähe sein, aber nicht direkt dabei. Aus den Augenwinkeln blinzelte Richard zum Fabrikgebäude, er meinte, einen Schatten bei einem der Fenster gesehen zu haben.

»Wir haben ihn im Auto«, erklärte Richard ihm, »haben ihm Beruhigungspillen gegeben. Sie können sich vorstellen, dass er nicht freiwillig mit uns gefahren ist. Er meinte, Sie würden ihn töten. Werden Sie ihn töten?«

Der Boss beantwortete die Frage nicht. »Tu jetzt genau das, was ich sage. Du holst Oliver aus dem Auto und gehst auf meine Leute zu. Dann übergibst du Oliver, danach bekommst du Sarah.«

»So läuft das nicht«, widersprach Richard. »Erst Sarah, dann Oliver!«

»Und so läuft das bei mir nicht!«

»Dann fahren wir wieder.« Richard war sich darüber im Klaren, dass er sich hier auf gefährliches Terrain wagte. Andererseits wusste er auch, dass der Boss Oliver unbedingt haben wollte, denn er glaubte nach wie vor, dass dieser hundertfünfzigtausend Euro bei sich hatte. Dass dem nicht so war, wusste Richard. Aber der Boss nicht. Mit Sarah hingegen konnte er nicht wirklich viel anfangen.

»Gut, ein Vorschlag. Wir machen es parallel!«

»Wie stellen Sie sich das genau vor?«, hakte Richard nach.

»Du und der Muskelheini, ihr geht mit Oliver vor und ich schicke meine Leute mit Sarah. Dann übergeben wir gleichzeitig. Keine Tricks!«

»Hört sich gut an. Nur eines stört mich. Ihre Leute richten die ganze Zeit Waffen auf uns.«

»Hast du die Münchner Polizei informiert?«, kam gleich eine Gegenfrage.

»Natürlich nicht, oder sehen Sie sonst irgendjemanden? Ich bin der einzige Bulle hier.«

»Warte kurz.«

Richard hörte es auf der anderen Seite klingeln. Einer der Typen ging an das Handy, hörte zu und nickte dann. Danach kam er auf Richard zu. »Untersuchen!«, verlangte er.

Richard ließ sich bereitwillig auf Waffen überprüfen, Ivan ebenso. Danach musste Titan aus dem Wagen aussteigen und sich ebenfalls durchchecken lassen. Der Typ ging zurück zu seiner Gruppe und telefonierte wieder. Nachdem er aufgelegt hatte, steckte er das Handy ein und sagte etwas, das Richard nicht hören konnte. Einer nach dem anderen schmiss seine Waffe in hohem Bogen auf den Rasen. Zahlreiche Messer und zwei Taser flogen hinterher.

Richard hielt sein Handy wieder ans Ohr.

»Bist du bereit, Bulle?«

»Wenn Sie bereit sind, bin ich es auch.«

Richard und Titan zerrten Oliver aus dem Wagen, der immer noch schlief. Ivan sprang einstweilen auf den Fahrersitz. Schließlich wollten sie danach so rasch wie möglich weg von hier. Möglichst bevor Oliver aufwachte und den Entführern erklärte, dass er das ganze Geld verspielt hatte. Außerdem hatte Richard noch ein Ass im Ärmel, für das er ebenso schnell wegmusste.

»Okay«, ertönte es aus dem Handy, das Richard nun auf Lautsprechermodus gestellt hatte. »Losgehen!«

Beide Dreiergruppen setzten sich gleichzeitig in Bewegung. Einen Schritt vor den anderen. Während sie sich näherten, hob

Sarah den Kopf. Als sie Richard sah, begannen ihre Augen regelrecht zu leuchten. Wärme überflutete Richard.

Noch ein Schritt. Ein weiterer und er konnte den Gestank riechen, der von Sarah ausging. Sie standen genau voreinander. Sarahs Blick fiel auf Oliver und Richard konnte von ihren Augen vieles ablesen: Besorgnis, Verachtung bis hin zu Enttäuschung, aber ein Funken Liebe war auch in ihrem Blick.

»Ich zähle jetzt.« Die Stimme des Bosses wehte über den Parkplatz. »Bei ›drei‹ gleichzeitige Übergabe.«

Anspannung machte sich auf beiden Seiten breit. Niemand sagte etwas. Vier Augenpaare stierten einander an. Dann ging alles rasch. Die Typen warfen Sarah zu Titan. Richard schleuderte den schlafenden Oliver zu den Typen. Ivan hob Sarah hoch und lief mit ihr zum Wagen. Richard hechtete hinterher. Als er sich umblickte, sah er, dass die Typen gerade ihre Waffen aufhoben und mit Oliver in der Fabrik verschwanden. Ivan hatte den Wagen schon gestartet, als Richard die Beifahrertür aufmachte. Kaum saß er auf dem Sitz, brauste Ivan schon los, bevor Richard die Tür ganz geschlossen hatte.

Ivan drehte das Navigationsgerät auf, in das Richard vorher bereits die Adresse des LKA München eingegeben hatte.

Richard rief Albert an, der bereits seit einer halben Stunde im Dienst war, und kündigte sein Kommen an. Beim LKA drückte Richard Sarah einen schnellen Kuss auf die Stirn. »Wir sehen uns gleich!« Er gab Ivan die Anweisung, sofort mit Sarah in die Notfallambulanz zu fahren. Er würde mit dem Taxi nachkommen.

Rasch hastete er die Treppen zu Albert Steiners Büro hoch.

Dieser erwartete ihn schon, ließ ihn ein und schloss die Tür hinter sich.

Richard reichte Albert ein Gerät.

»Was ist das, Richard?«

»Verurteile mich nicht, aber ich habe Oliver gegen Sarah ausgetauscht.«

»Wie bitte? Ohne das mit mir abzusprechen?«

»Es musste schnell gehen und du warst nicht im Dienst. Und jemand anderem vertraue ich nicht.«

»Aber du darfst doch nicht eigenmächtig handeln! Du bist hier gar nicht zuständig.« Albert Steiners Gesicht lief rot an.

»Ich hab das auch gar nicht dienstlich gemacht. Es war eine private Angelegenheit.«

»Warum bist du dann da?«

»Hast du Lust, eine kriminelle Bande zu knacken?«

»Damit?«

Irritiert schaute Steiner auf das kleine schwarze Kästchen.

»Ich hab Oliver, beziehungsweise Alexander, einen Sender schlucken lassen. Ich war mir sicher, dass sie ihn durchsuchen werden, aber bestimmt nicht röntgen. Damit findet ihr ihn, und wo er ist, sind auch die Typen.«

»Du bist verrückt!« Aber Albert lächelte dabei breit.

»Los, ihr dürft keine Zeit verlieren. Das Schlafmittel, das ich ihm gegeben habe, wird nicht mehr lange halten. Sobald er aufwacht, riskieren wir, dass er den Leuten sagt, dass er das Geld nicht hat. Im schlimmsten Fall werfen sie ihn irgendwo raus und ihr erwischt die Typen nie.«

»Oder er geht aufs Klo, dann erwischen wir sie auch nicht«, grummelte Albert. »Okay, ich fordere gleich einen Einsatztrupp an. Kommst du mit?«

Richard schüttelte den Kopf. »Das ist dein Terrain!«, bekräftigte er mit sarkastischem Unterton.

Albert wedelte mit dem Gerät. »Das war dir doch bisher egal.«

»Wenn du mich erreichen willst, ich bin ab sofort in der Schwabinger Klinik bei Sarah! Viel Glück, Albert!«

65

Wien, LKA

Freitagmittag vor der Asservatenkammer

Wie versprochen hatte sich Chefinspektor Paul Marek an diesem Morgen bei Theres in München gemeldet, damit sie mit ihm in die Asservatenkammer gehen konnte, um die Kette zu begutachten, die im Rachen des ersten Opfers gefunden worden war. Gleich nachdem sie den Flughafen Wien-Schwechat erreicht hatte, war sie direkt mit dem Zug nach Wien zum LKA gefahren.

Wie in einem Krimi war diese Kammer tatsächlich ein fensterloser Raum im Kellergeschoss. Manchmal standen sich Fiktion und Wirklichkeit eben näher, als man dachte.

Der Chefinspektor ging voraus. Im Gegensatz zum schweigsamen Richard Schwarz redete er anscheinend gerne. Typisch Südländer. Theres fragte sich, wie Schwarz das jeden Tag aushielt, obwohl Paul Marek bei all dem durchaus eloquenten Gerede eine sehr charmante Art besaß. Aber vermutlich ergänzten sie sich deshalb so gut, weil sie grundverschieden waren. Theres hatte auf dem Weg zur Kammer schon erfahren, dass dieser Marek Familie und einen riesigen Freundeskreis hatte. Zudem sah er wirklich teuflisch gut aus.

Vor der Asservatenkammer roch es etwas abgestanden. Sie durften nicht hineingehen, aber Theres konnte von draußen einiges erkennen. Zahlreiche Metallregale standen in mehreren Reihen im Raum. Auf ihnen lagen Plastiktüten oder standen Kartons, die beschriftet waren. Vermutlich waren auch in ihnen Plastiktüten mit Gegenständen. Ein Fundus der Extraklasse.

»Bleiben diese Sachen für immer hier?«

»Auf jeden Fall bis die Ermittlungen in den Fällen, wozu sie gehören, abgeschlossen sind, meist aber für ewig.«

»Dann platzt hier ja bald alles aus den Nähten.«

»Nein, es darf immer wieder Material entsorgt werden, zum Beispiel Drogen.«

»Entsorgt?«

»Es wird vernichtet.«

Irgendwie schade um viele Sachen. Wieso veranstaltete man nicht einmal im Jahr einen Flohmarkt? So wie am Flughafen mit den gestrandeten Koffern. Also nicht für die Drogen, sondern die zahlreichen anderen Dinge, die hier rumstanden. Theres konnte beispielsweise viele Laptops erkennen. Andererseits sah sie auch ein, dass ein Flohmarkt mit Dingen, die vielleicht einem Opfer oder einem Täter gehört hatten, grenzwertig sein würde. Was für eine Klientel so ein Markt anzog, konnte sie sich bildhaft vorstellen.

Am Schalter meldete Chefinspektor Paul Marek sich an und gab dem Mitarbeiter dort Bescheid, was er brauchte. Theres wartete einstweilen auf einem der Stühle, die davor neben einem Tisch abgestellt waren.

Zielsicher fand der Mitarbeiter der Asservatenkammer den Karton mit den Sachen vom vorliegenden Fall und wuchtete ihn auf den Tresen vor den Chefinspektor.

Dann ging dieser mit Theres zusammen in einen vorgelagerten Büroraum und öffnete den Karton.

Fein säuberlich nahm er jede einzelne Tüte heraus. Theres konnte eine Tüte mit einem Slip erkennen, verschiedene

Tüten, die für sie quasi leer aussahen und vermutlich Fasern oder Haarmaterial enthielten. Ein Sack mit Erde kam zum Vorschein, einer mit einer Kondomhülle und so ging es weiter, bis endlich die Tüte mit dem Gegenstand auftauchte, wegen dem Theres hier war.

Die Kette mit dem Plektrum ihres Vaters. Chefinspektor Marek reichte Theres ein paar Einweghandschuhe, die sie sofort anzog. Dann schüttete er das Objekt in ihre behandschuhte Hand.

Theres wankte, als sie es betrachtete.

Chefinspektor Marek reagierte prompt, schob ihr einen Stuhl zu und hielt sie an einem Arm fest, bis sie sicher auf ihm saß.

Sie drehte und wendete das Schmuckstück. Die Kette selbst bestand aus einer alten Gitarrensaite, die versilbert worden war. Im Mittelpunkt des Kleinods stand allerdings der Anhänger. Ein Plektrum aus Büffelhorn, schwarz wie Onyx, das silbern eingefasst worden war. Im Licht schimmerte es. Es war eindeutig die Kette ihres Vaters, die ihr vor zwei Jahren entwendet worden war. Als sie vorsichtig darüber strich, erkannte sie das an den kleinen Schäden im Material, die für das Auge nahezu unsichtbar waren, die man aber fühlen konnte. Auch die abgewetzten Stellen des Notenschlüssels auf dem Plektrum waren so, wie sie sie in Erinnerung hatte. Genauso wie eine Stelle an der Gitarrensaite, wo das Silber nicht eben aufgetragen worden war.

Vater hatte die Kette immer getragen. Das Plektrum war ein Geschenk seines eigenen Vaters gewesen, zusammen mit seiner ersten Gitarre, die zuvor seinem Vater gehört hatte. Daher stammte auch die Saite, die er später versilbern ließ und als Kette zum Anhänger benutzte. Nicht grundlos handelte es sich dabei um die A-Saite. Theres' Großvater hieß nämlich Anton.

Selbst konnte sie sich nicht mehr an ihn erinnern, denn das alles passierte vor ihrer Geburt. Ihr Großvater lebte zu dem Zeitpunkt schon nicht mehr. Sie kannte die Geschichten nur vom Hörensagen. Genau wie die Erzählungen darüber, dass die

Gitarre schließlich kaputtgegangen war und ihrem Vater nur noch die Saiten und das Plektrum blieben. Ein Stück Holz aus dem Gitarrenboden hatte er zu einem Tablett umgebaut, auf dem er seine Pfeifensammlung ordnete.

Theres hatte von ihrem Vater ebenfalls Gitarre spielen gelernt. Das waren Sternstunden als Kind gewesen, wenn ihr Vater mit ihr zusammengesessen, gespielt und gesungen hatte. Eine Woche bevor er gestorben war hatte er die Kette von seinem Hals genommen und sie ihr in die Hand gelegt. Sie hatte es nie fertiggebracht, sie selbst um den Hals zu tragen. Insofern hatte sie sie nur als Talisman in der Geldbörse deponiert gehabt.

Von dort war sie irgendwann verschwunden.

Theres nickte. »Das ist meine Kette.«

»Sind Sie sicher?«, hakte Chefinspektor Marek nach.

»Ganz sicher«, beharrte sie und nickte erneut. »Das ist die Kette, die ich seit zwei Jahren vermisse.«

Der Chefinspektor reichte ihr das Säckchen. »Gut. Legen Sie das wieder hier rein, bitte.«

»Ich dachte, ich darf sie wieder mitnehmen.«

»Leider nein. Sie ist ein Beweisstück und darf während der laufenden Ermittlungen nicht herausgegeben werden.«

»Aber sie gehört mir!«, rief sie aus und war gleichzeitig schockiert darüber, wie laut sie jammerte.

Der Beamte blieb gelassen. »Das ist mir klar, aber trotzdem dürfen Sie das Schmuckstück nicht mitnehmen.« Er blieb dabei.

Theres ließ das nicht gelten.

»Haben Sie es nicht schon nach Spuren untersucht?«

»Natürlich, und auf Fingerabdrücke. Letztere haben wir nicht gefunden und DNA-Spuren waren nur vom Opfer drauf und noch welche unbekannter Art.«

Logisch. »Das sind vermutlich dann meine oder die meines Vaters.«

»Möglich, könnten aber auch welche vom Mörder drauf sein.«

Sie musste dem Chefinspektor recht geben, dennoch verstand sie eines nicht.

»Wozu muss die Kette jetzt noch hierbleiben, wenn Sie schon alles getestet haben?«

»Das hat mehrere Gründe.« Irgendwie bewunderte sie ihn, dass er so ruhig blieb, wo sie ihn doch die ganze Zeit ankeifte. Aber das gehörte zum Job eines Kriminalbeamten.

»Zum einen könnten Sie selbst jetzt tatverdächtig sein, da es Ihr Gegenstand ist«, erklärte er, und Theres meinte, sich verhört zu haben.

»Wie bitte?«

»Zum jetzigen Zeitpunkt können wir nichts ausschließen.«

Sie winkte ab. »Ich? Eine Mörderin? Jetzt hören Sie aber auf!«

Der Chefinspektor hob und senkte die Schultern. Dann sprach er weiter. »Zum anderen wird der Gegenstand natürlich im Zuge der laufenden Ermittlungen weiterhin benötigt. Etwa, wenn es zu einer Gerichtsverhandlung kommt. Bis alles abgeschlossen ist, darf nichts aus diesem Karton nach draußen. Danach können Sie einen Antrag auf Aushändigung Ihres Gegenstands stellen.«

Natürlich verstand sie das einerseits, trotzdem wollte sie nicht aufgeben.

»Aber es ist das Einzige, das ich von meinem Vater habe«, versuchte sie es jetzt etwas weinerlicher und sah ihn treuherzig an. Womöglich hätte diese Tour bei Richard Schwarz gezogen, doch der Chefinspektor blieb hart.

»Ich verstehe das, Frau Lend, aber das ist in diesem Fall egal. Und wenn es Millionen wert wäre, ich dürfte es Ihnen nicht aushändigen.«

»Es ist viel wert, aber nicht mit Geld aufzuwiegen.«

»Sie müssen mit mir mitkommen ins Büro.«

»Weil ich verdächtig bin?«

Er stritt es weder ab noch bejahte er es.

»Sie sind eine wichtige Zeugin geworden, weil die Tat, egal, in welche Richtung, anscheinend auf jeden Fall mit Ihnen verbunden ist. Und somit auch der Täter.«

Das klang verständlich, aber Theres hatte nicht gedacht, dass das alles für sie solche Umstände bedeuten würde. »Wird das länger dauern?«

»Davon können Sie ausgehen.«

Theres blickte auf die Uhr. »Ich habe heute noch Patienten.«

»Dann kommen Sie später wieder her und schließen Sie die Praxis in der Zeit. Vielleicht können Sie Termine verschieben, es wird sicher einige Zeit dauern. Und, Frau Doktor Lend? Verlassen Sie die Stadt bitte auf keinen Fall!«

Sie sah ihn empört an.

»Jetzt hören Sie aber endlich auf. Ich habe niemanden umgebracht.«

»Könnten Sie bitte auch eine Liste mit allen Patienten von damals erstellen?«, ergänzte der Chefinspektor.

Der Auftrag verwirrte Theres. »Aber greift hier nicht der Datenschutz?«

»Natürlich haben Sie ein Aussageverweigerungsrecht, was Ihre Patienten angeht, aber Sie können in einem Fall wie diesem von der Verschwiegenheitspflicht entbunden werden. Ich habe das schon beantragt. Wir werden auch nicht von Ihnen verlangen, alles über Ihre Patienten zu verraten.« Paul Marek schüttelte den Kopf. »Vorerst reicht es, wenn Sie alle Namen und Geburtsdaten der Patienten aufschreiben, mit denen Sie Kontakt hatten, als der Gegenstand verschwunden ist. Es ist sehr wichtig, dass Sie niemanden vergessen. Sehr hilfreich wäre, wenn Sie diejenigen, die im Gefängnis sitzen, die schon auffällig geworden sind und diejenigen mit ausgesprochenen Gewaltfantasien markieren könnten. Wir gleichen das dann später ab.«

Sie notierte es sich auf ihrem Kalender. »Ich habe alles aufgezeichnet. Da fällt niemand durch das Raster.«

»Ausgezeichnet. Das wäre schon eine große Hilfe. Und eins noch: Ich soll Ihnen von Richard Schwarz ausrichten, dass Sie den Drohbrief raussuchen sollen. Bringen Sie mir diesen morgen bitte mit, wenn Sie ihn bis dahin finden.«

»Mach ich. Bekomme ich jetzt eigentlich Polizeischutz?«

»Weil die Kette Ihnen gehört?«

»Es ist doch klar, dass der Mörder nur an den anderen übt und ich eigentlich der Anstoß seines Hasses bin.«

»Wieso ist das klar?«

»Warum hätte er sonst die Kette in den Rachen des ersten Opfers schieben sollen?«

»Das wissen wir nicht. Der Mörder könnte die Kette gefunden haben. Zum gegenwärtigen Zeitpunkt haben wir lediglich Hinweise, aber keine konkreten Verdachtsmomente.«

Oh doch, wenn die Polizei keine hatte, Theres hatte sie. Sie wurde immer sicherer, dass es sich bei dem Mörder um Justus Föhr handelte. Wer sonst sollte sie derart hassen? Und wer sonst von ihren Patienten hatte schon auf diese Art und Weise gemordet? Ihr fiel keiner ein. Natürlich hatte sie es mit Schwerverbrechern zu tun, aber niemand anders hatte die Frauen genau so umgebracht wie Justus. Und außer ihm war niemand Theres in den letzten Jahren derart nah gekommen, dass er über die Kette Bescheid gewusst hätte.

Nur Justus wusste, was sie ihr bedeutete. Sie dumme Nuss hatte sich dazu hinreißen lassen, es ihm zu erzählen, als er sie danach gefragt hatte.

Die Kette war aus ihrer Tasche gefallen.

Justus hatte sie damals aufgehoben und ihr gegeben. »Interessante Kette«, hatte er gesagt, und sie musste ihm zustimmen. Was hatte sie damals geritten, ihm zu erzählen, was für eine Art Kette es war? Justus war fasziniert davon gewesen und hatte ihr sogar erklärt, er würde selbst Gitarre spielen. Wahrscheinlich eine Lüge.

Widerwillig packte Theres die Kette zurück in den durchsichtigen Plastiksack.

Chefinspektor Paul Marek nahm den Sack entgegen und verstaute alles wieder im Karton. Als er den Karton wegtrug, deutete er mit dem Kopf auf einen Eimer.

»Die Handschuhe können Sie dort hineinwerfen.«

Theres tat es und wusch sich am Waschbecken, das daneben an der Wand hing, die Hände. Sie schrubbte mit Seife, als könnte sie ihr Versagen damit abwaschen. Es war ihre Schuld, dass die Kette in dieser Tüte lag. Nicht, weil sie die Frauen ermordet hatte, sondern weil sie so dämlich gewesen war, sich die Kette abnehmen zu lassen. Einer der Gründe, warum die Kette ins Visier von Justus geraten war, war ihre Unfähigkeit gewesen zu erkennen, wer wirklich vor ihr saß.

Kein unschuldiger Junge, der im Affekt seine Mutter umgebracht hatte und das bereute.

Kein Junge, der es verdient hatte, noch einmal von vorne anzufangen.

Kein Junge, dem sie die Freiheit hätte ermöglichen sollen.

Sondern ein eiskalter Mörder.

Theres zog die Softshelljacke enger um sich.

Er würde sie holen. Letztendlich ging es um sie.

Das wurde ihr hier und jetzt komplett klar.

Ihre Tage waren gezählt.

Ihre Knie zitterten, als sie sich vom Landeskriminalamt entfernte.

66

München, Klinik Schwabing

Freitagnachmittag

Richard saß neben dem Bett und hielt Sarahs Hand. Ihre Schulter hatte operiert werden müssen, im Gelenk war etwas gebrochen gewesen. Sonst war ihr erstaunlicherweise nicht viel passiert. Zumindest körperlich. Keine weiteren Brüche, keine inneren Verletzungen. Die Klinik hatte sie genau untersucht. Die Schwellungen und Blutergüsse, die sich über den ganzen Körper erstreckten, würden verheilen. Sarahs Körper war stark, dank des vielen Trainings, und würde sich rasch erholen, prophezeiten die Ärzte.

Ivan saß auf dem Sessel in einer Ecke des Raums, hatte den Kopf an die Wand gelehnt und schnarchte. An derselben Stelle hatte Richard ein Nickerchen gemacht, als Sarah im OP war, während Ivan nervös den Gang auf und ab gelaufen war. Als Sarah wohlbehalten aus dem OP zurückgekommen war, fiel jegliche Anspannung von ihm ab und er dämmerte binnen Sekunden weg.

Die Finger in seiner Hand bewegten sich. Vorsichtig strich er ihr mit seiner anderen Hand eine Haarsträhne aus dem Gesicht, als sie die Augen öffnete.

»Richie«, sagte sie mit belegter Stimme. »Wie geht's Aaron und Alice?« Sie hustete. Sofort reichte er ihr das Glas Wasser, das die Krankenschwestern vor einer Weile vorsorglich auf den Nachttisch gestellt hatten.

»Sie kommen gleich.«

Dankbar trank sie ein paar Schlucke und gab ihm das Glas zurück. Dann versuchte sie ein Lächeln, zuckte aber zusammen und beließ es dabei.

»Du bist noch ziemlich lädiert.« Er streichelte ihren Kopf.

»Mach ich dir jetzt Konkurrenz?«, fragte sie ironisch.

»Ich kann dir ja mein Kostüm leihen«, sagte er und grinste.

Sie lachte. »Autsch.« Sarah blickte sich im Raum um. »War Ivan auch die ganze Zeit hier?«

»Logisch. Wir haben dich nie aus den Augen gelassen.«

Sarah hob die Augenbrauen anlässlich der Tatsache, dass Ivan schlief.

»Mindestens einer von uns war immer wach. André ist grad was essen«, ergänzte er lächelnd.

»Du hast mich gerettet. Hast du meine Ketchup-Nachricht gesehen?«

Irritiert hob er eine Augenbraue. »Ketchup-Nachricht? Ich glaube, das Narkosemittel wirkt noch.«

»Ich hab was auf das Fenster geschrieben.«

Richard runzelte die Stirn.

Sarah seufzte. »Egal. Nicht so wichtig. Wo ist Oliver?«

Ernsthaft? Das wollte sie wirklich wissen? »Oliver heißt Alexander und hat dich jahrelang belogen.«

»Dass er mich angeschwindelt hat, ist mir schon lange klar. Aber wo ist er? Habt ihr ihn bei den Schlägertypen gelassen?«

Richard schüttelte den Kopf. Vor drei Stunden hatte sich Albert Steiner bei ihm gemeldet. Dank des GPS-Senders hatten sie die Kerle aufgreifen können, die schon unterwegs Richtung Frankreich gewesen waren. Der Boss war nicht dabei, das hatte der Abgleich des Stimmenprogramms ergeben. Das war bedauerlich, aber leider nicht zu ändern und eigentlich gang und gäbe, dass immer nur die kleinen Fische gefasst wurden.

»Er ist jetzt in U-Haft. Hat sich einiges angesammelt bei deinem Verlobten. Ich nehme an, so schnell wird er nicht mehr nach Hause kommen.«

Sarahs Augen füllten sich mit Tränen.

»Wichtig ist, dass du dich jetzt erholst, damit du für Aaron und Alice da sein kannst«, sagte Richard.

»Und wir sind da«, erklang Luises Stimme von der Tür. Richard hatte sie vor einer Stunde angerufen.

Im Arm hielt sie Aaron. Alice lief sofort weinend auf Sarahs Bett zu. »Mami! Mami!«

Richard stand auf, um den Kindern und Luise Platz zu machen.

»Na, meine Mäuse? Habt ihr mich vermisst?«

Beide kuschelten sich links und rechts von Sarah an.

Plötzlich hüpfte ein Fellbündel herein, stürmte auf das Bett zu und stützte sich mit den Vorderpfoten auf Sarahs Bett ab. Aaron und Alice lachten wie verrückt und kraulten seinen Kopf.

»Und wer ist das jetzt?«, fragte Sarah lächelnd, die den Namenlosen natürlich noch nie gesehen hatte.

»Er hat noch keinen Namen«, antwortete Richard, »aber das könnt ihr ja ändern.« Er zwinkerte Alice und Aaron zu.

»Au ja! Mama, machst du mit?«

»Klar, erzählt mir, was er alles kann, und vielleicht fällt uns dann etwas ein, das auf ihn passt.«

Alice hopste vom Bett und sprang auf Richard zu. Er hob sie hoch und umarmte sie. Ihre Beine schlangen sich um seine Hüften und ihr kleines Näschen drückte sich an seine Wange, die ob der ganzen Freude nun auch feucht war.

»Danke, Onkel Richie, dass du Mama wieder zurückgebracht hast.«

»Was ich verspreche, das halte ich auch, Mäuschen.«

Sie drückte ihm einen Kuss auf die Wange. »Jetzt musst du auch nicht mehr weinen, Onkel Richie, alles ist gut.«

Er kam nicht umhin zu schmunzeln. Alice hatte es auf den Punkt gebracht.

Richard beugte sich über das Bett, streichelte Aaron übers Haar und drückte Sarah einen Kuss auf die Stirn. »Ich schau nachher wieder rein.«

Der Namenlose bellte, bewegte sich aber nicht vom Fleck.

Sarah nickte und drückte die Kinder an sich. Bevor Richard rausging, weckte er noch Ivan.

Dann wählte er Emily McSands Nummer. Sie hob sofort ab.

»Sorry, Emily, ich bin in München.«

»Ja, das hat mir Paul schon verraten.«

»Er hat auch gesagt, ich soll mich bei dir melden. Du hast Neuigkeiten bezüglich der Fälle für uns?«

»Das ist richtig. Mir ist eingefallen, wo ich so eine Leiche schon einmal gesehen habe. Und auch warum es mir entfallen ist. Ich hab sie nämlich nie obduziert, deshalb hat mein Gedächtnis mir hier einen Streich gespielt.«

»Wenn du sie nicht auf dem Tisch hattest, wieso konntest du dich erinnern?«

»Ich hab einen Vortrag an der Uni über den Fall gehört, da wurden auch die Fotos gezeigt. Es handelte sich um einen Siebzehnjährigen, der seine Mutter umgebracht hat.«

»Justus Föhr?«

»Du weißt schon davon? Dann ahnst du sicher mittlerweile auch, was das Muster bedeutet.«

Richard erinnerte sich, dass Paul etwas hatte anklingen lassen, als er zuletzt mit ihm telefoniert hatte. Aber in all der Aufregung um Sarah hatte er nicht mehr daran gedacht, ihn zurückzurufen.

»Nein, weißt du es?«

»Ja. Föhr hat ein Online-Rollenspiel gespielt – irgendetwas mit Drachen. Das Muster entsteht im Spiel durch die Drachenkrallen. Achtmal fünf Krallen, jeweils zwei parallel gesetzt.«

Jetzt wusste Richard auch auf einmal, warum ihm selbst das Muster bekannt vorgekommen war. Vor Jahren hatte er verschiedenste Spiele ausprobiert. Auch dieses Spiel musste dabei gewesen sein. »Und, hast du das Muster verglichen?«

»Ja, es ist das gleiche Muster, das auch bei den Prostituiertenmorden verwendet wurde.«

»Dann hatte Doktor Lend recht. Justus Föhr ist der Mörder.«

»Keine Ahnung, aber ein weiteres Detail könnte dir helfen.«

»Mach es nicht so spannend!«

»Beim zweiten Opfer haben wir in ihrer Hand ein paar Haare gefunden, die nicht vom Opfer selbst stammen. Wir haben sie analysiert. Es waren chemisch vorbehandelte Haare mit einem Keratintropfen am Ende.«

»Was bedeutet das?«

»Es waren Extensions. Die werden mit einem Keratinbonding an das eigene Haar geklebt. Die Haare waren zwar echt, aber sind meist aus Indien und werden so vorbehandelt, dass sie europäischem Haar gleichen.«

»Also hatte sich Justus Föhr verkleidet?«

»Das glaub ich nicht. Du weißt ja, ich habe ein fotografisches Gedächtnis. Damals haben sie auch über den Mörder geredet und ein Bild gezeigt. Und dieser Justus hatte gar keine Haare, also auch keine Wimpern oder Augenbrauen. Soweit ich mich erinnern kann, sind ihm die alle mit vierzehn ausgefallen, durch eine Autoimmunkrankheit.«

»Deshalb die Perücke.«

»Nein, Richard, das ist keine Perücke. Für Extensions braucht man eigenes Haar, sonst kann man sie nicht verwenden.«

»Bist du dir sicher?«

»Mit solchen Sachen kenn ich mich aus. Außerdem war ja noch ein falscher Fingernagel in einer Stichwunde, der nicht dem Opfer gehörte. Er ist von der Machart und dem Material her identisch mit dem Fingernagelstück, das beim ersten Tatort aufgetaucht ist. Auch die Farbe stimmt. Kein Sperma, wieder nur Holzreste in der Vagina.«

»Was glaubst du, Emily?«

»Also, wenn mich nicht alles täuscht, dann hast du damals recht gehabt. Ich werde nie wieder vorschnell von einem männlichen Mörder ausgehen.«

»Du meinst, es handelt sich um eine Mörderin?«

»Sagen wir so, ich schließe es nicht mehr aus. Aber den Rest musst du herausfinden. Ich hab euch alle Fakten per Mail geschickt.«

Richard bedankte sich und verabschiedete sich von Emily. Dann buchte er für Sonntagabend online einen Flug nach Wien.

67

Wien, Mauer

Sonntag

Theres konnte wieder nicht schlafen. Die letzten Stunden waren ein einziges Grauen gewesen. Als sie von München nach Hause gekommen war, hatte sie sofort einen Schlosser angerufen. Sie hatte alle Schlösser ausgewechselt und zusätzlich einen Sicherheitsbalken einbauen lassen.

Danach hatte sie bei einer Alarmanlagen-Firma angerufen und darum gebeten, man möge sofort herkommen und eine Anlage installieren. Doch leider war der frühestmögliche Termin erst in zwei Wochen. Sie hatte sämtliche Firmen angerufen, aber keine davon hatte sofort Zeit. Außerdem erklärte man ihr, dass sie die Genehmigung des Vermieters für eine Anlage bräuchte, da ja Kabel verlegt werden mussten.

Es würde mindestens drei Tage dauern, die Wohnung zu sichern. Es brauchte spezielle Sicherungen und Verdrahtungen an den Fenstern sowie an der Balkontür und der Haustür, plus Bewegungsmelder und am besten noch eine Kamera mit Display innen, auf dem sie erkennen konnte, wer draußen stand. Theres fühlte sich nicht mehr sicher.

Benjamin hatte einen schwierigen Fall und schlief diese Woche nicht bei ihr. Das war ansonsten normal, sie war es gewohnt und hatte früher diese freie Zeit sogar geliebt, aber jetzt fühlte sie sich einfach unwohl und überlegte, ob sie nicht doch zu ihrer Mutter ziehen sollte, bis die Alarmanlage eingebaut war. Ein Hund wäre vielleicht wirklich eine gute Idee. So einen, wie Richard Schwarz ihn hatte. Der würde sie hüten und bellen, wenn ihr jemand zu nahe kam. Aber Benjamin mochte Hunde genauso wenig wie Katzen. Sie seufzte. Aber sie hatte ja die neuen Schlösser. Wenn sie in der Nacht die Fenster nie gekippt stehen ließ und den Riegel vorschob, was sollte schon geschehen, schalt sie sich selbst. Aber ihr anderes Ich hatte anscheinend kein Vertrauen. Wieso auch?

Sie hatte einen Schwerverbrecher positiv begutachtet. Ihretwegen war er wieder in Freiheit. Und ihretwegen waren Frauen gestorben. Wie sollte sie mit dieser Schuld leben?

Wie sollte sie das je vergessen?

Sie ertrug es nicht. Bilder in ihrem Kopf von Justus während der Therapie tauchten auf. Krampfhaft versuchte sie, darin ein Bild zu finden, das ihr zeigte, wann und wie er an den Plektrum-Anhänger gekommen war.

Sie wusste es nicht.

Theres kontrollierte noch einmal alle Schlösser und Fenster. Anschließend kochte sie sich einen Tee und setzte sich an ihre Patientenakten. Es half nichts; wenn sie nicht schlafen konnte, dann konnte sie eben nicht.

Der Augenarzt in München hatte nur das Gleiche runtergeleiert wie Doktor Ehrlich. Und das sollte eine Koryphäe sein? Dafür war sie extra nach München gefahren? Wie dämlich von ihr zu glauben, dieser Arzt könne ihr helfen! Die steckten doch alle unter einer Decke. Wurden sicher auch von der Pharmaindustrie bezahlt. Diese doofen Augentropfen und Tabletten, die sie täglich nehmen sollte! Keiner wusste, ob die wirklich halfen. Mit den Fingerspitzen massierte sie ihre Schläfen. Vielleicht sollte sie sich von einem alternativen Heiler beraten lassen. Wenn Theres Husten hatte, trank sie auch Thymiantee und holte keine Mittel aus der Apotheke. Sie hatte endgültig die Nase voll von den Göttern in Weiß.

Als sie gerade aufstehen wollte, um die leere Tasse in die Küche zu tragen, läutete das Handy. Seltsam – um drei Uhr früh.

Theres' erste Eingebung war, dass mit ihrer Familie irgendetwas passiert war. Aber als sie das Display kontrollierte, erblickte sie nur eine ihr unbekannte Nummer.

Möglicherweise rief sie aber auch ein Patient an. Es kam vor, dass Patienten sie mitten in der Nacht kontaktierten, weil sie in eine Krise geraten waren. Ihr persönlich war lieber, die Patienten hatten ihre Handynummer für Notfälle, als dass sich einer das Leben nahm, weil er sie nicht hatte erreichen können. Niemanden zum Reden zu haben war in so einer Situation oft das letzte Tüpfelchen auf dem i.

Theres hob ab.

Zuerst hörte sie nur leises Atmen. Gott, nicht so einer schon wieder!

Doch dann sagte der Mann am Apparat etwas. »Kannst du nicht schlafen, Theres?«

Ihr wurde schwindelig, sie stützte sich am Küchentresen ab.

»Kannst du mich sehen, Theres?«, fügte die Stimme hinzu.

Doch bevor sie etwas erwidern konnte, knackte es in der Leitung. Was zum Teufel …

Ihre Hände zitterten, als sie auf Wiederwahl ging. Doch es tutete. »Kein Anschluss unter dieser Nummer.«

Verdammt!

Die Stimme kam ihr bekannt vor, doch sie hatte zu wenig gehört, um sicher zu sein, ob es Justus oder ein anderer Patient war. Aber egal, um wen es sich handelte, er hatte gefragt, ob sie ihn sehen könne, dann musste er hier in der Nähe sein.

Theres löschte alle Lichter. Vorsichtig ging sie zum Fenster und spähte hinaus. Eine Gestalt stand an der Straßenecke und blickte zu ihr hoch. Die Gestalt befand sich im Schatten der Straßenbeleuchtung, hatte einen blauen Schal um Nase und Mund gewickelt und eine Mütze auf. Sie konnte das Gesicht nicht erkennen. Theres wich weg vom Fenster und atmete tief durch.

Ich sehe dich.

Als sie erneut hinaussah, war die Straße leer.

68

Wien, LKA

Montagvormittag

Theres war schon immer pünktlich gewesen. Im Gegensatz zu ihren Klassenkollegen war sie stets schon eine halbe Stunde vor Schulbeginn im Gebäude, zu jedem Unitermin war sie vor der Zeit anwesend gewesen. Auch private Verabredungen plante sie auf die Minute genau.

Und jetzt stand sie ebenfalls zehn Minuten früher vor dem Büro als ausgemacht. Zaghaft klopfte sie an.

Als sie nichts hörte, klopfte sie erneut und öffnete die Tür einen Spalt.

Chefinspektor Paul Marek stand am Fenster und telefonierte. Als er sie sah, winkte er sie herein und zeigte auf einen Stuhl.

Wenige Minuten später setzte er sich ihr gegenüber.

»So, Frau Lend, haben Sie die Liste für mich?«

Theres reichte ihm eine Heftmappe mit mehreren Blättern, auf denen sie sämtliche Namen und Geburtsdaten ihrer Patienten notiert hatte. Genauso, wie es verlangt worden war. Daneben hatte sie auch die notwendigen Markierungen angebracht. Der Chefinspektor legte sie auf seinen Schreibtisch und sichtete sie.

»Wo ist Inspektor Schwarz?«, wollte Theres wissen und blickte sich um. »Ist er noch in München?«

»Nein, er ist seit gestern zurück und wird in zwei Stunden wieder seinen Dienst antreten.«

Enttäuschung machte sich in Theres breit. Sie vermisste den raubeinigen Kerl schon das ganze Wochenende und vor allem auch den Hund. Die letzten zwei Tage war Theres alleine gewesen, denn Benjamin war mit seinen Kumpels auf Segeltour.

»Gut, also alle mit einem Rautezeichen hinter dem Namen sind was?«, riss Chefinspektor Marek sie aus den Gedanken.

»Inhaftiert.«

»Und die Namen mit den roten Ausrufezeichen?«

»Hochgradig verhaltensauffällig beziehungsweise Patienten mit massiven Gewaltfantasien.«

»Dann werden wir die zuerst durchchecken. Mayer, Schmidt, Land, Steinschlag, Vosicky, Waldner, Grauer, Belith, März ...«, las er vor und tippte sie gleichzeitig ein.

»Ich denke, ich habe einen Fehler gemacht, indem ich einen gewissen Namen nicht herausgerückt habe.«

»Einer ist nicht auf der Liste?«

»Doch, er ist auf der Liste. Ich bin ja mit Ihrem Kollegen nach München gefahren. Dabei habe ich ihm erzählt, ich hätte einen Verdacht, wer der Mörder sein könnte, aber ich habe ihm den Namen nicht verraten.«

»Das war privater Natur, das heute ist eine offizielle Einvernahme, deshalb sollten Sie jetzt wenigstens ehrlich sein und alles sagen, was uns weiterhelfen könnte.«

»Genau das hab ich vor. Ich kann es nicht verantworten, wenn weitere Frauen sterben.«

Der Chefinspektor rollte mit dem Sessel zum Computer. Als Nächstes las er ihr ihre Rechte vor und fragte die üblichen

Daten ab. Dann forderte er sie auf, ihm zu erzählen, was sie Richard damals alles anvertraut hatte, und schrieb alles mit. Die ganze lange und traurige Geschichte ihres Versagens. Als sie geendet hatte, zückte der Chefinspektor die Liste, die sie angefertigt hatte.

»Gut, dann müssen Sie mir jetzt einfach nur noch das sagen, was Sie meinem Kollegen verschwiegen haben. Wie heißt der Mann?«

Sie räusperte sich. »Justus Föhr.«

Auf der dritten Seite der Liste entdeckte er den Namen, allerdings ohne Markierung dahinter. »Dank Ihres Gutachtens ist Föhr also frei. Wissen Sie noch, wie lange das her ist?«

»Sechs Monate.«

»Haben Sie ihn seither gesehen? Macht er noch eine Therapie bei Ihnen?«

»Nein, ich habe ihn seit dem Gutachten nicht mehr gesehen. Aber ich glaube, er hat mich vor Kurzem angerufen.«

»Warum sollte er das tun?«

»Ich weiß es nicht. Er hat mich am Telefon gefragt, ob ich nicht schlafen könne. Und ich war tatsächlich wach. Es war mitten in der Nacht.«

»Also war er in der Nähe?«

»Ich hab aus dem Fenster geschaut und da stand jemand an der Straßenecke. Ich bin mir nicht sicher, aber es könnte Föhr gewesen sein.«

»Aber genau haben Sie ihn nicht erkannt.«

Sie schüttelte den Kopf. »Da war ein Schal um Mund und Nase und er hatte eine Mütze auf, ich konnte nicht viel ausmachen. Nein. Sicher kann ich mir nicht sein.«

Auf sein Verlangen hin nannte sie ihm noch den genauen Tag und die Uhrzeit.

»Und wieso glauben Sie, dass Föhr der Mörder der beiden Frauen sein könnte?«

»Er hat seine Mutter exakt auf die gleiche Weise ermordet. Stichwunden nach dem Drachenpfotenmuster, mit einer Strumpfhose zusätzlich gewürgt und das alles, während er auf ihrem Kopf saß und ihr Gesicht in den Teppich drückte.«

Chefinspektor Paul Marek beugte sich vor. »Drachenpfotenmuster?«

»Ja, das ist aus einem alten PC-Spiel, das er unentwegt gespielt hat. Eines der ersten Multiplayer-Rollenspiele. Der Drache hinterlässt acht Abdrücke, wenn er angreift. Also eher Schnittstichwunden von seinen Krallen. Achtmal fünf Stichwunden waren im Rücken seiner Mutter, genauso gesetzt, als wäre es der Drache gewesen.«

Der Beamte durchforstete die Akte. Er blätterte hin und her und guckte in verschiedene Klarsichthüllen. Dann hellte sich sein Gesicht auf, er entnahm einer Hülle einen kleinen Stapel Fotos. »Sehen Sie sich das bitte an.«

Theres blickte auf die Fotos. »Sind die von den Opfern?«

Paul Marek bejahte. »Exakt. Sie sehen etwas unterschiedlich aus, weil beim ersten Opfer die Stichwunden zum Tod geführt haben und beim anderen Opfer sind die Wunden erst post mortem entstanden.«

»Aber die Ausrichtung ist nahezu identisch. Und das Muster.«

»Komisch. Mein Kollege war sich auch sehr sicher, dass das ein Muster ist, aber ich hab es nicht so aufgefasst.«

Theres nahm einen Whiteboard-Stift aus ihrer Tasche. »Ich zeig es Ihnen.«

Mit dem Stift zeichnete sie um jeweils fünf Stichwunden eine Pfote. Das wiederholte sie achtmal. Immer zwei der Pfotenabdrücke waren parallel zueinander.

»Jetzt seh ich es auch. Es wirkte nur wie willkürlich gesetzt, aber das ist es nicht. Bei beiden Opfern sind die Stiche nahezu identisch angebracht.«

»Vielleicht vergleichen Sie diese Bilder mit den Fotos von dem Mord an seiner Mutter.«

»Das werde ich auf jeden Fall machen. Sie haben mir schon sehr weitergeholfen und ich denke, wir haben alles besprochen. Nur eines noch. Könnte Föhr auch an Ihre Kette gelangt sein?«

Theres erzählte dem Chefinspektor von damals, als Föhr zum ersten Mal diese Kette gesehen hatte.

Danach fiel ihm noch etwas ein: »Frau Lend, wissen Sie, ob es noch Patienten gibt, die dieses Spiel spielen?«

»Ja, mehr als man glaubt. Von allen weiß ich es natürlich nicht.«

»Bitte markieren Sie mir die infrage kommenden Namen auf der Liste. Möglicherweise finden wir darunter jemanden, der uns Näheres über das Spiel sagen kann.«

Theres tat, was er ihr aufgetragen hatte. Während sie nachdachte und die Namen anstrich, war der Chefinspektor in seinen Computer vertieft. Als sie fertig war, reichte sie ihm die Liste wieder zurück.

»Okay. Land, Steinschlag, Waldner, Grauer, Belith, Föhr und März haben außerdem die rote Markierung. Einer von diesen müsste es sein. Für mich ist es nicht zwingend Föhr.«

»Aber ich hab Ihnen doch gesagt …«, begann Theres.

»Das ist irrelevant«, unterbrach er sie. »Ich checke auf jeden Fall alle Namen! Sagen Sie mir noch, ob Justus Föhr Linkshänder ist.«

Theres kaute auf ihrem Daumennagel und überlegte. »Ja, ich glaube schon.« In ihrem Geiste sah sie, wie Föhr schrieb. »Er ist Linkshänder, aber das sind andere Patienten auch. Belith, Grauer und Steinschlag zum Beispiel.«

»Gut, ich werde alle durchgehen.«

Theres erwiderte nichts mehr und stand auf. Als sie schon an der Tür war, kam ihr eine Idee: »Vielleicht benötigen Sie das noch. Justus Föhr nennt sich im Spiel ›Meister Karmino‹.«

69

INTERMEZZO

Der Meister ist weg. Nicht mehr im Forum, nicht mehr im Spiel, nicht mehr in Österreich. Du hast eine kurze Nachricht von ihm erhalten, dass du ihm nicht mehr schreiben sollst. Dass er sich vielleicht wieder bei dir melden wird. Er ist enttäuscht von dir. Du hast nicht nur die Drachen nicht alle getötet, sondern auch nicht die Person, auf die es ankommt. Der Meister will nicht länger dein Meister sein. In der Nachricht steht, dass er einen anderen Schüler hat. Einen, der keine Angst davor hat, das Tier in sich freizulassen. Einen, der Katzen häuten kann, ohne mit der Wimper zu zucken. Einen, der keine Reue und keine Schuld kennt. Du bist auch enttäuscht. Von ihm. Und von dir.

Der Drache flattert über den Bildschirm. Seine roten Augen funkeln dich an. Sein Schwanz zerstört gerade deine Festung. Die Mauerstücke bröckeln herab. Aus dem Maul spuckt er eine Feuerfontäne auf deine Soldaten. Asche. Schon wieder.

Du drückst auf den ESC-Knopf. Steigst aus. Du hast genug von diesem Spiel. Genug von den Drachen, genug von den anderen Clanmitgliedern, die keine Ahnung haben, was es heißt, wirklich jeden Tag zu fighten. Mit dem Bösen in dir.

Das Tier, das sich freikämpfen will. Tag für Tag. Jede Stunde ein Stück mehr.

Der Bildschirm wird schwarz. Vorbei.

Deine Augen fallen auf die Spiegelung am Bildschirm. Das bist du. Das Böse hat sich nach außen gestülpt. Wie ein Geschwür hat es dich von innen verdorben. Und jetzt ist es sichtbar.

Es muss ein Ende haben. Aber vorher will das Tier noch einmal Blut lecken.

Du wirst keine Drachen mehr töten.

Aber der Meister wird stolz auf dich sein.

Denn heute tötest du sie!

Die Frau, die sein Leben und auch dein Leben vergiftet hat.

Heute ist ein guter Tag, um zu sterben.

Du schaust auf die Pinnwand. Ein Foto neben dem anderen ist fein säuberlich angepinnt. Darauf lacht sie. Das Lachen wird ihr noch vergehen. Du nimmst einen dicken schwarzen Filzstift und löschst sie aus. Ein Foto nach dem anderen streichst du durch. Du wütest über die Pinnwand und vernichtest sie.

Dann ziehst du deine Rüstung an.

Es wird kein Entkommen geben.

Du hast alles bedacht. Das Messer steckt in deiner Gürtelschnalle. Diesmal hast du auch Kabelbinder mit. Und eine Strumpfhose. Der Slip in deiner Tasche wird sie zum Schweigen bringen.

Als du aus der Tür trittst, weißt du, dass du deine Wohnung nie wieder sehen wirst. Denn du willst ihm folgen. Dem Meister. Aber dafür musst du ihm ein Geschenk erbringen.

Heute tötest du keinen Drachen.

Du bist der Drache!

70

Wien, LKA

Montagnachmittag

Richard war seit Sonntagabend wieder in Wien. Er hatte bewusst noch einige Zeit in München verbracht. Außerdem hatte er Freitagnacht auch die Sache mit der Junkienutte erledigt und wie vereinbart die drei Riesen beim Drogenboss abgegeben. Dafür hatte er die Frau gar nicht töten müssen. Was der Drogenboss nicht wusste, war, dass Richard auf die nur fünfhundert Euro, die er von der Junkiefrau erhalten hatte, den Rest selbst drauflegte – in Absprache mit Albert Steiner. Der Drogenboss würde deshalb keine lange Freude an dem Geld haben, denn Albert würde die Bande noch diese Woche hopsnehmen.

Die letzten Stunden hatte sich Richard mit Paul über alle Neuigkeiten ausgetauscht und sie hatten weitere Hinweise gemeinsam abgecheckt. Paul erzählte im Gegenzug vom Treffen mit Theres und zeigte Richard auch die Liste.

Stanislaus Safranek war angeklagt worden. Seine Frau hatte Hilfe erhalten und konnte im Haus bleiben. Die Nachbarn unterstützten sie tatkräftig. Dem kleinen Eminem ging es wieder gut, der Arm war gebrochen und im Spital fachgerecht eingegipst worden. Das Jugendamt würde die Familie wöchentlich besuchen, außerdem wurde ihnen eine Familienhelferin von der Caritas angeboten. Angeblich hatte Waltraud Safranek alle Angebote dankend angenommen.

Die Sitte hatte in der Zwischenzeit sämtliche Prostituierten in der Gegend befragt und vor einem Mörder gewarnt. Sie wurden instruiert, nur noch zu zweit auf die Straße zu gehen, in kein Auto mehr einzusteigen und Freier nicht in Parks zu beglücken, bis der Mörder gefasst worden war. Ob sie sich daran hielten, konnte man leider nicht nachprüfen.

Das erste Opfer blieb unbekannt. Auch in weiterer Folge gingen keine Vermisstenmeldungen ein, niemand aus dem Rotlichtmilieu wollte sie gekannt haben. Beim zweiten Opfer waren sie fündig geworden. Die Mutter des Opfers hatte im rumänischen Aninoasa, der ärmsten Stadt der EU, eine Vermisstenmeldung aufgegeben, nachdem ihre Tochter eines Abends nicht mehr nach Hause gekommen war. Eine Tragik, die viele Familien durchmachten, im Glauben, einen Weg aus der Armut zu finden. Laut der Mutter hatte ihre Tochter Arjona Rusu zuletzt mit einem Mann gesprochen, der ihr einen Job als Kellnerin in Deutschland in Aussicht gestellt hatte. Ob sie sich je mit ihm getroffen hatte, wusste die Mutter nicht. Und würde es auch nie erfahren. Die Leiche wurde nach Rumänien überstellt.

»Leopold Böckinger hatte übrigens zur mutmaßlichen Tatzeit Sex in seinem Schlafzimmer.«

»Deshalb hat er genau gewusst, wann der Schrei war?«

»Yep.« Paul nickte. »Er ist nur deshalb so lange nicht damit rausgerückt, weil es sich um eine Nachbarin handelt. Prekäres Detail am Rande: Sie ist verheiratet.«

»Tja. Alter schützt vor Torheit nicht«, grub Richard eine alte Weisheit aus. »Also, dieser Föhr ist vermutlich auch eine Sackgasse, oder?«

»Fahndung ist jedenfalls raus, aber noch haben wir ihn nicht gefunden. Schon seltsam, warum taucht einer unter, der gerade aus der Haft entlassen wurde, also für sein Verbrechen ohnehin schon die Strafe abgesessen hat?«

Richard fand das auch komisch. Irgendetwas hatte dieser Föhr noch zu verbergen.

»Der Fingernagel, die falschen Haare, wir können nicht mehr davon ausgehen, dass es sich hier um einen Mann handelt. Lass uns die Liste noch einmal durchgehen. Welche Frauen kommen in Betracht?«

»Das ist das Problem. Theres Lend arbeitet fast ausschließlich mit männlichen Patienten. Die paar Frauen sind alle nicht auffällig und ich habe sie schon durchleuchtet. Teilweise auch befragt. Keine von ihnen hatte falsche Fingernägel oder falsche Haare.«

»Hier. Zwei der Patienten waren intersexuell.« Richard zeigte auf die Namen. »Belith und März. Belith ist zudem Linkshänder.«

»Hab ich schon befragt. Sie haben beide ein wasserdichtes Alibi für beide Tage.«

»Vielleicht weiß Theres noch etwas über sie.«

Am besten rief Richard Theres selbst an, um sie zu fragen. Er wählte ihre Handynummer, aber sie hob nicht ab. Er versuchte es auf dem Festnetz ihrer Praxis, auch da meldete sich niemand. Zuletzt rief er ihren Lebensgefährten, den Staatsanwalt, an, der gerade auf Segeltörn war und ihnen erklärte, dass Theres zurzeit einen Termin im Gefängnis hätte. Richard suchte die Nummer raus und rief an. Der Mann vom Empfang erklärte, dass Theres noch gar nicht da wäre und sie ebenfalls versucht hätten, sie zu erreichen, denn normalerweise sei sie überpünktlich.

»Paul, da stimmt was nicht. Theres ist nirgendwo erreichbar. Ich hab ein schlechtes Gefühl.«

»Vielleicht ist ihr was passiert?«

»Genau daran denk ich ja.«

»Ich meine, irgendetwas Normales, Fuß verstaucht oder so, beim Arzt schaltet man ja das Handy ab.«

»Du bist ein hoffnungsloser Optimist. Da draußen läuft ein Mörder rum, der ihre Kette in das erste Opfer gelegt hat.«

Noch einmal wählte er ihre Nummer. Im selben Moment erreichte ihn eine WhatsApp-Nachricht. »Grau«, stand auf dem Bildschirm, mehr nicht.

71

Wien, Mauer

Theres hatte ihren Schreibtisch aufgeräumt und schloss den Zippverschluss ihrer Handtasche, das Handy hielt sie in der Hand, da sie auf dem Weg zur Straßenbahn noch ihre Nachrichten kontrollieren würde. WhatsApp war geöffnet. Der letzte Patient war vor einer halben Stunde gegangen, aber sie hatte noch einen Termin im Gefängnis. Gerade nahm sie ihre Jacke vom Haken, als es klopfte. Sie hatte sich sicher verhört, denn sie erwartete niemanden mehr. Sie legte die Jacke über ihren Unterarm, denn heute war es warm, sie würde sie nicht brauchen. Rasch tauschte sie die Birkenstocks gegen ihre Pumps. Es klopfte abermals, diesmal lauter und gleich dreimal. Wer konnte das sein?

Sie seufzte und sagte: »Herein!«

Ihr Handy klingelte, aber Theres hob nicht ab. Auf dem Display stand »Richard Schwarz«. Ihr Herz machte einen Satz. Sie würde ihn nach ihrem Termin im Gefängnis zurückrufen.

Die Tür ging auf. Die Gestalt, die im Türrahmen lehnte, war auffallend groß und hielt ihre Hände hinter dem Oberkörper verschränkt. Die langen blonden Haare und die hochhackigen Pumps waren das zweite Merkmal, was Theres auffiel. War das eine ihrer Patientinnen? Die Frau trug ein rotes Abendkleid mit tiefem Dekolleté, der Busen verschwand jedoch darin.

»Kann ich Ihnen helfen?«, fragte Theres.

»Das hättest du können.« Die Stimme war überraschenderweise tief. Theres war kurz irritiert, dann betrachtete sie das Gesicht genauer. Am Kinn zeigten sich Bartstoppeln. Der Mund war schief mit Lippenstift umrahmt. Auf der Nase bemerkte sie in dem Augenblick das Muttermal, das sie so gut aus zahlreichen Sitzungen kannte. Die Frau öffnete nun ihre Hände, in der Linken hielt sie ein Messer, in der anderen etwas, das aussah wie eine Strumpfhose.

Theres versuchte, ruhig zu bleiben. Das war nicht Justus. Sie hatte sich schon wieder geirrt. Sie musste Richard Schwarz irgendwie benachrichtigen. Unter dem Tisch suchte sie ihn unter den Kontakten. Dabei verwickelte sie den Mörder in ein Gespräch, um ihn abzulenken.

»Das Kleid steht Ihnen wirklich gut.«

Der Mann stutzte für einen Augenblick.

Das war ihre Chance. Hastig öffnete sie das Fenster im Handy und schrieb Richard Schwarz eine Nachricht.

Doch der Mann hatte sich schnell wieder gefangen und hechtete zum Tisch.

Sie schaffte es gerade noch, das Wort »GRAU« abzuschicken, bevor Walter Grauer ihr das Handy aus der Hand schlug. »Du Schlampe!«

Er hob das Handy auf, schaltete es aus, legte es auf den Tisch und zerschlug mit dem Locher das Display. Danach warf er es in den Müll. Klack!

Fieberhaft überlegte Theres, wie sie Zeit schinden konnte.

»Herr Grauer, das ist aber ein schönes Kleid, das Sie da anhaben.«

»Ach ja?«, fragte er. »Sie wollten doch gar nicht, dass ich Kleider trage!«

»Das habe ich Ihnen nie verboten.«

»Lügnerin!«, fuhr er sie an. »Wieso steht dann im Gutachten was anderes?« Mit einem Satz war er bei ihr und hielt sie fest. Speicheltropfen landeten auf ihrem Gesicht, als er sie weiter anschrie: »Sag es mir! Du hast das Tier in mir losgelassen!«

Walter Grauer war zu ihr gekommen, damit sie ein Gutachten schrieb, das ihm eine Geschlechtsumwandlung genehmigte. Es war nicht das erste Mal gewesen, dass jemand mit dieser Bitte in ihrer Praxis auftauchte. Ohne Therapienachweis ging hier allerdings nichts. Walter Grauer hatte sie anfangs bestechen wollen, damit sie das Gutachten einfach schrieb, ohne dass er die Therapie wahrnahm. Das hatte sie abgelehnt, wie vier andere Therapeuten auch, bei denen er schon gewesen war, wie sie später erfuhr. Irgendetwas hielt ihn jedoch davon ab weiterzusuchen. Also kam er zweimal die Woche zu ihr. Im Laufe der Gespräche stellte Theres allerdings fest, dass es sich bei ihrem Gegenüber keineswegs um einen Menschen handelte, der im falschen Körper geboren worden war, sondern um einen psychisch sehr schwer gestörten Mann, der sein Geschlecht für all seine Fehler und Versäumnisse verantwortlich machte und der seinem Geschlecht auch die Schuld an seinen Gewaltfantasien gab. Echte transsexuelle Menschen hingegen waren sehr sensibel und sanft. Sie neigten eher zu Depressionen, solange sie nicht so leben konnten, wie sie es innerlich fühlten. Doch Theres war klar, dass Walter Grauer nicht transsexuell war und laut medizinischen Unterlagen auch nicht intersexuell, sondern dass seine zutiefst gestörte narzisstische Persönlichkeit Schuld suchte.

»Haben Sie all diese Frauen umgebracht?«

»Das waren keine Frauen, das waren Schlampen, so wie du!«

»Sie hatten Ihnen nichts getan«, röchelte Theres, weil Walter Grauer ihr eine Strumpfhose um den Hals wickelte.

»Doch, sie haben das Tier in mir erweckt. Mich zum Drachen gemacht!« Er zückte das Messer und hielt es ihr an die Wange. »Jetzt ist Schluss mit dem Gelaber!«

Theres vermochte gar nichts mehr zu sagen. Nur heisere Krächzer drangen aus ihrer Kehle. Würde er sie hier umbringen? Er hatte die anderen Frauen doch in einem Park ermordet. Justus und seine Mutter fielen ihr ein. Sie starrte auf den Parkettboden. Kein Hochflorteppich. Walter Grauer hob sie hoch. Der Mann war nicht nur groß, sondern auch stark.

Schnaufend trug er sie hinaus. Mist! Wo brachte er sie hin?

Sie hatte doch einen Termin? Sie konnte nur hoffen, dass Richard die Nachricht verstanden hatte, denn wenn nicht, würde sie noch heute sterben.

72

Wien, LKA

»Was soll das bedeuten?« Richard zeigte Paul die Nachricht auf dem Handy. Was wollte sie Richard damit mitteilen? Hieß das, dass sie nichts mehr sah? Alles war grau?

Richard überlegte, aber Paul, der die ganze Zeit seinen Kopf über der Liste hatte, schrie auf einmal auf: »Grauer!«

»Grauer?«

»Hier steht: Grauer, Walter. Das ist außerdem einer, der dieses Drachenspiel spielt und Gewaltfantasien hat.«

»Außerdem ist er Linkshänder. Aber er ist weder eine Frau noch ...« Richard brach ab und überlegte laut. »Wieso hat sie den Namen nicht zu Ende geschrieben?«

Die Frage blieb wie eine Unheilswolke im Raum hängen. Nur Sekundenbruchteile später rannten beide Beamten zur Tür hinaus. Im Rauslaufen gab Richard im Büro nebenan noch Bescheid, dass sie das Handy von Theres Lend orten sollten. Er erhoffte sich zwar nicht viel davon, aber man durfte nichts unversucht lassen. Während Paul den Dienstwagen fuhr, suchte Richard Walter Grauers Adresse im System. Er sagte sie Paul an. Es ging in den 16. Wiener Gemeindebezirk in die Thaliastraße. Sie klopften mehrmals an seine Wohnungstür und läuteten Sturm. Niemand machte auf. Es half nichts. Sie mussten rein.

Paul lief zur Hausmeisterin, die mit einem Reserveschlüssel öffnete. Die Wohnung war penibel aufgeräumt. Sie gingen einen Raum nach dem anderen durch. Nichts war besonders auffällig. Aber als sie die letzte Tür öffneten, wussten sie, dass Theres in Gefahr war. In der Mitte des komplett abgedunkelten Raumes standen mehrere Tische, auf denen einige Computer thronten. Alle Bildschirme waren kaputt geschlagen.

Aber am schlimmsten in dem ganzen Chaos war eine Pinnwand. Auf dieser Wand klebten Hunderte Fotos von Theres Lend. Alle waren mit schwarzem Marker durchgestrichen. Daneben pappten Zeitungsausschnitte der Morde. Richard hatte nun Gewissheit. Nicht Justus Föhr war der Mörder, sondern Walter Grauer. Und sein Ziel waren nicht die Prostituierten gewesen. Sein Hass galt Theres. Sein Ziel war sie.

Während sie zurück zum Dienstwagen liefen, kontaktierte Richard sofort die WEGA, die Wiener Einsatzgruppe Alarmabteilung, und erklärte ihnen eilig die Situation. Er gab ihnen beide Adressen durch, wo sich Theres befinden könnte. Die der Wohnung in Mauer und die der Praxis etwa zehn Minuten entfernt von ihrer Wohnung. Richard selbst beschloss, mit Paul in die Praxis zu fahren, denn dass sie zwischen den Praxisterminen und ihrem Termin in der Justizanstalt Göllersdorf nach Hause gefahren war, hielt er zwar für möglich, aber unwahrscheinlich. Für den Fall, dass sie doch zu Hause war, fuhren zwei WEGA-Trupps los, einer zu ihrer Wohnung und einer zur Praxis.

Richard überlegte. Was er immer noch nicht verstand, war die Tatsache, warum beim zweiten Tatort diese Haare und der Fingernagel gefunden wurden. Genauso merkwürdig wie das Stück Fingernagel beim ersten Mord, was Emily auf den Gedanken gebracht hatte, dass es sich um eine Mörderin handeln könnte. Walter Grauer war definitiv keine Frau. Er war sechsundvierzig Jahre alt, eins sechsundneunzig groß und muskulös, war seit ein paar Jahren geschieden und seit Kurzem arbeitslos. Vorher hatte er bei einer der Fertighausfirmen, deren Muster in der WIG standen, gearbeitet – eine Verbindung zum ersten Tatort. Seine Ex-Frau hatte das Sorgerecht für beide Kinder. Ansonsten sah alles an ihm unauffällig und geradezu bieder aus. Er stammte aus gutem Hause. Es gab in der ganzen Familie keine Vorstrafen. Walter Grauers Vater war bei einem Chemieunfall gestorben, als er noch ein Kleinkind war. Seine Mutter war Jahre später an Tuberkulose gestorben, danach war er bei der Nachbarin aufgewachsen. Das Jugendamt hatte nie etwas mit ihm zu tun gehabt. Wie war aus diesem Mann ein zweifacher Mörder geworden? Was war passiert? Und wieso hatte Theres seinen Hass auf sich gezogen?

Im Dienstwagen hatte sich das große Schweigen ausgebreitet. Paul fuhr konzentriert. Richard dachte nach. Laut Navi waren es noch etwa vierzehn Minuten, als die WEGA Richard zurückrief. Der zweite Trupp war bei Theres in der Wohnung und hatte sie gesichert. Sie war leer. Keine Spur von Theres oder Grauer oder irgendjemandem, auch keine Zeichen eines Kampfes oder dergleichen. Der Kollege von der WEGA teilte ihm mit, dass keine Zeichen von einem Wohnungsaufbruch existieren würden.

Er rief den Kollegen vom Büro nebenan an und fragte ihn, ob er bei der Handyortung Erfolg gehabt hatte. Der Kollege konnte das Gebiet eingrenzen. Als Richard sich das ansah, erkannte er, dass sich die Praxis in diesem Umkreis befand. Möglich wäre natürlich immer noch, dass nur noch das Handy in ihrer Praxis lag.

Aber daran wollte Richard im Moment gar nicht denken.

Als Paul vor dem Haus einparkte, fuhren bereits mehrere WEGA-Einsatzwagen vor. Gemeinsam stimmten sie rasch ab, wie sie vorgehen würden. Für eine umfangreiche

Einsatzbesprechung war allerdings keine Zeit. Hier war Gefahr im Verzug.

Während Paul draußen mit den Einsatzkräften alle Fluchtmöglichkeiten absperrte, lief Richard hinter den anderen WEGA-Kollegen her zur Praxis.

Doch die war leer. Mist!

Hinter dem Schreibtisch war ein Sessel umgefallen. Ein verbogener Locher lag am Boden. Im Mülleimer fand sich Theres' Handy mit zersplittertem Display. Er erkannte es sofort, denn auf ihm war ein Anhänger mit einer Gitarre, genauso einen Charm hatte Theres auch an ihrem Armband.

Walter Grauer musste sie verschleppt haben. Die Parks, fiel ihm siedend heiß ein.

»Teilt euch auf!«, rief er der WEGA zu. »Sucht alle Parks in der Nähe ab! Möglicherweise hat er sie in einen verschleppt.«

Die Truppe reagierte sofort und schwärmte aus. Wenige Minuten, nachdem die WEGA weg war, steckte Paul den Kopf zur Tür rein. »Wieso sind die wieder verschwunden?« Er überblickte den Raum und gab sich selbst die Antwort: »Sie ist nicht mehr hier. Oh Gott!«

Richard sah neben dem Müllkübel einen grünen Faden liegen. Er hob ihn hoch und zwirbelte ihn in seinen Händen. Theres hatte diese Angewohnheit, Fäden aus ihren Shirts und Pullis zu ziehen. Als er Richtung Tür schritt, fand er noch einen Faden. Und im Gang vor der Tür noch ein kleines Stück.

»Paul?«

»Yep!«

»Schau mal raus, was fällt dir auf?«

»Keine Ahnung.«

»Es ist noch helllichter Tag, Paul!«, sagte er.

»Ruf schnell die WEGA an, sie sollen ein paar Leute noch mal zurückschicken. Ich glaube, der Modus Operandi richtete sich heute nach dem Föhr-Mord.«

»Keine Parks?«

»Ich bin sicher, sie sind noch im Gebäude!«

»Und wo?«

Richard hielt Paul die Fadenstücke vor das Gesicht. »Irgendetwas sagt mir, dass wir nur denen hier folgen müssen.«

»Wie Hänsel und Gretel«, schloss Paul und griff zum Smartphone.

73

Während sie den Fäden folgten, fiel Richard ein Geruch auf. »Paul, riechst du das?«

»Rauch!«, rief Paul aus.

Richard und Paul legten einen Zahn zu. Hinter ihnen tauchten die Kollegen von der WEGA mit dem Hermann auf, das war der interne Spitzname für den Rammbock. Es ging hinunter in den Keller. Vorbei an mehreren Türen, unter einer quoll Rauch heraus. Auf der dazugehörigen Tür stand »Heizraum«. Dahinter hörte er jemanden husten.

Der Zugriff ging rasant vonstatten. Die Tür war rasch aufgebrochen, drinnen war eine blondhaarige Frau in einem roten Abendkleid gerade dabei, Theres mit einem Messer zu malträtieren. Die Frau thronte auf dem Rücken von Theres, die halb nackt mit einer Strumpfhose um den Hals auf einem Stück Hochflorteppich dalag. Gerade stach die Blondine ein weiteres Mal zu, als die Männer von der WEGA sie von Theres wegrissen und überwältigten. Richard hatte nur Augen für Theres, die in einer Blutlache lag und kaum noch atmete. Der Rauch war beißend. Walter Grauer hatte den Ofen geöffnet und schon einige Kleidungsstücke von Theres hineingeworfen.

Schnell war Richard bei Theres und lockerte die Strumpfhose um ihren Hals, aus den Stichwunden floss Blut.

»Wir brauchen einen Krankenwagen! Und sofort raus hier!«, brüllte er zu Paul, der eben zur Tür hereinkam. Richard hörte Paul telefonieren, während er, so gut es ging, die Wunden abdrückte und sie gleichzeitig mit dem anderen Arm irgendwie aus dem Raum schleifte. Die ganze Zeit redete er auf Theres ein, die unter ihm erstickt schluchzte und flach atmete.

»Die Fäden?«

Richard nickte. »Ich hab Ihre Spur gefunden, ja.«

Mit einem Stoßseufzer schloss sie die Augen.

Als sich Richard zur Tür umdrehte, fiel sein Blick auf die Mörderin, die von zwei WEGA-Beamten festgehalten wurde. Die Perücke saß schief, im Dekolleté war kein Busen zu sehen. Auf den Beinen konnte er Haare unter den Strümpfen erkennen sowie Bartstoppeln am Kinn.

»Walter Grauer?«, fragte er in den Raum hinein.

Die Blondine starrte Richard mit großen Augen an und murmelte: »Sie? Sie sollten doch gar nicht hier sein!«

»Was meinen Sie damit?«, fragte Richard irritiert.

Doch die Blondine verstummte und schüttelte den Kopf. Eine Haarsträhne löste sich dabei und fiel lautlos auf den Boden.

»Herr Grauer?«

Keine Antwort.

Aber Theres unter ihm nickte mit geschlossenen Augen.

Jetzt passte tatsächlich auf einmal alles zusammen.

74

München

Zwei Wochen später

Die Musik startete, der Lichtkegel wanderte durch die Manege, bis er mit einem finalen Trommelschlag Richard einfing. Vor den Augen aller löste er eines der Seile, schwang sich wie D'Artagnan elegant und geschmeidig in die Mitte der Manege, wo er beinahe lautlos aufsetzte. Mister Domino war wieder da! Tosender Applaus und Jubelrufe setzten ein. Die Frauen seines Fanklubs in der ersten Reihe sprangen von ihren Sitzen. Andere traten mit ihren Schuhen fest auf die Holzplanken, um ihm Beifall zu zollen, als Richard sich zum letzten Mal verbeugte.

In der ersten Reihe saß Sarah und klatschte mit, so gut es ging. Ihre Augen strahlten dabei wie schon lange nicht mehr. Links von ihr saß Ivan mit Aaron im Arm, rechts daneben Alice. Zu ihren Füßen lag der Namenlose, der nun »Cracker« hieß. Ivan war stets mit einem beschützenden Seitenblick bei Sarah. Und als Richard das durch seine Maske sah, begriff er endlich. Ivan liebte Sarah. Nicht wie Richard, nicht wie ein Bruder. Sondern wie ein Mann eine Frau liebte.

Er wünschte Ivan wirklich, dass diese Liebe irgendwann erwidert werden würde, aber Sarah hing leider noch an Oliver

– der jetzt auch im Zirkus nur noch Alexander hieß. Sie hielt trotz allem zu ihm und würde ihn weiterhin im Gefängnis besuchen. Richard konnte nichts dagegen tun und würde es ihr auch nicht ausreden. Sie hatte genug mitgemacht und musste selbst damit klarkommen, dass ihr Verlobter sie all die Jahre angelogen hatte. Zumindest eines dürfte die Wahrheit gewesen sein: Alexander liebte Sarah auf seine verquere Art.

Walter Grauer wartete in U-Haft auf seine Verhandlung. Richard hatte ihn noch einmal gefragt, was er mit seiner letzten Aussage gemeint hatte, doch der Mörder redete mit niemandem außer seinem Anwalt. Theres war rechtzeitig ins Krankenhaus eingeliefert und sofort operiert worden. Die acht Stichwunden ließen sich gut nähen, keine inneren Organe waren verletzt worden. Dennoch hätte sie an dem Tag sterben können, wären sie nicht zeitnah eingetroffen.

Der alte Böckinger hatte seine Affäre mit der verheirateten Nachbarin beendet und kümmerte sich nun rührend um die schwangere Waltraud Safranek und ihre Kinder. Mehrfach hatte er Termine bei diversen Behörden mit ihr zusammen wahrgenommen und für sie ausgesagt, auf ihre Kinder aufgepasst und ihr geholfen, einen Job zu finden. Durch diesen Umstand wurde Böckinger richtig handzahm, was vermutlich daran lag, dass er nach dem Tod seiner Frau und dem Beginn seiner Pension endlich wieder eine Aufgabe und sozialen Anschluss an eine Familie hatte. Stanislaus Safranek hatte auf seinen eigenen Wunsch hin im Maßregelvollzug Favoriten mit einer Therapie angefangen.

Richard hatte sich gleich nach Abschluss des Falls zwei Wochen Urlaub genommen und war sofort nach München gefahren, um in Sarahs Abwesenheit die Geschäfte zu übernehmen und den Zirkus wieder zu eröffnen. Sarah war vor drei Tagen aus dem Krankenhaus entlassen worden und zum ersten Mal bei ihrer Familie. Und sie genoss es sichtlich.

Alles war gut. Nur eines nicht. Dadurch, dass Richard so eingespannt gewesen war, konnte er sich am Ende doch nicht mit dem pensionierten Kriminalbeamten treffen, der damals dabei gewesen war, als seine Mutter gefunden worden war. Aber das würde er bald nachholen. Gleich morgen würde er wieder nach Wien fahren und die Spur des Mörders seiner Mutter weiterverfolgen.

Die Menge applaudierte und Richard holte nach und nach alle anderen Artisten zu sich in die Manege. Sie hielten sich an den Händen und verbeugten sich gemeinsam. Zum Schluss bat er Sarah dazu, die mit Tränen in den Augen seine Hand umklammerte.

Heute war ein guter Tag. Gute Tage sollte man feiern und genießen.

Und genau das würde Richard tun.

Epilog

Seit zwei Tagen war Theres nun wieder zu Hause. Ihre äußerlichen Verletzungen waren einigermaßen verheilt. Sie war erleichtert darüber, dass sie sich mit ihrem Gutachten über Justus Föhr nicht geirrt hatte. Die Alarmanlage war mittlerweile installiert, aber Theres fühlte sich ohnehin wieder sicher. Außerdem wich ihr Benjamin nicht von der Seite, seit er sie aus dem Spital abgeholt hatte, und war vorübergehend bei ihr eingezogen. Über ihre seelischen Torturen hatte sie heute zum ersten Mal mit einer Kollegin gesprochen. Über ihre Schuldgefühle, über ihre Angst, wieder Fehler zu machen, über Vertrauen in das eigene Können. Die Sache mit der Diagnose würde sie erst nächste Woche anschneiden, aber sie musste sich endlich der Krankheit stellen und allem, das damit zusammenhängen würde. Ihre Zukunftspläne hatten sich geändert. Ihr graute jetzt schon davor, die Beziehung mit Benjamin zu beenden, vor allem, da er sich sogar freigenommen hatte und sich rührend um sie kümmerte. Aber sie wollte ihm bei seinen Träumen nicht im Weg stehen. Sie konnte sich in ihrer Situation nicht vorstellen, Kinder zu bekommen, schon gar nicht jetzt, da sie die Diagnose noch gar nicht richtig verarbeitet hatte. Und sie wollte Benjamin auch nicht auf etwas warten lassen, das sich vielleicht niemals ändern würde. Sein Kinderwunsch war sehr stark, das wusste sie schon lange, ihrer war nie sehr ausgeprägt gewesen und seit der Diagnose komplett verblasst. Schmunzelnd erinnerte sie sich an ihre Aussage im LKA, dass sie es mit einem Hund versuchen wollte. So einer, wie ihn Richard Schwarz hatte, würde ihr schon gefallen. Je mehr sie darüber nachdachte, umso sicherer war sie, dass das genau das Richtige sein würde. Darum saß sie jetzt am Computer und recherchierte über Assistenzhunde für Behinderte. Sie hoffte, sie könnte einen dieser Hunde schon bald zu sich nehmen, bevor sie erblindete, wusste aber nicht, ob das möglich wäre. Doch schon auf der zweiten Seite traf sie beinahe der Schlag. Dass ein Assistenzhund derart teuer war, hatte sie nicht im Entferntesten geahnt. Zwischen sechzehntausend und fünfundzwanzigtausend Euro waren keine Lappalie, die man einfach so hinblätterte. Die Krankenkasse zahlte nichts dazu. Auf einer Seite fand sie Sponsoren, die zumindest zweitausend Euro zuschossen. Allerdings lediglich für finanziell stark bedürftige Menschen. In diese Kategorie fiel sie definitiv nicht. Noch nicht. Das bedeutete, dass sie ein Sparbuch einrichten müsste, auf das sie in den nächsten Jahren so viel wie möglich einzahlen würde, um rechtzeitig den Betrag flüssig zu haben. Gleichzeitig bat sie per E-Mail um einen Termin, um sich genau zu informieren. Interessiert scrollte sie durch die Geschichten auf der Website. Es waren sehr schöne Geschichten dabei, aber Theres übersah nicht die Tragik hinter all diesen Paarungen. Es handelte sich um schwerkranke und behinderte Kinder oder Erwachsene. Sie klickte gerade auf die Seite, auf der die Hunderassen vorgestellt wurden, als das Telefon klingelte. Ohne auf das Display zu sehen, hob sie ab.

»Lassen dich deine Augen im Stich, Theres?«, sagte eine bekannte Männerstimme am anderen Ende der Leitung. War das Justus Föhr? Im Hintergrund war Stimmengewirr zu hören und ausländische Gesprächsfetzen. Wieso wusste er über ihre Augen Bescheid?

»Justus?«, flüsterte sie.

»Du hast es nicht gesehen.«

Was meinte er? Was hatte sie nicht gesehen? Ihre Hände zitterten. Warum rief er sie an? Sie hatte sich doch geirrt, er war gar nicht der Mörder der Frauen gewesen. Schließlich hatten sie Walter Grauer festgenommen, der auch geständig gewesen war. Ihre Zunge klebte am Gaumen fest, sie vermochte nichts zu sagen, wusste auch nicht, was sie antworten sollte. Was hatte sie nicht gesehen?

Die Antwort kam prompt und erschütterte sie bis ins Mark.

»Du hast nicht gesehen, was für ein Mensch ich wirklich bin.«

FORTSETZUNG FOLGT …

Nachwort der Autorin

Die Idee zur vorliegenden Serie existiert schon seit vielen Jahren. Die Figur von Richard Schwarz ist irgendwann mitten in der Nacht aufgetaucht und ließ mich nicht mehr los. Das Zirkus-Setting nahm er quasi einfach so mit. Die Geschichte des armen Jungen, der den Mord an seiner Mutter mitansehen musste, sich dabei auch noch schwer verletzte und von Zirkusleuten aufgenommen wurde, riss mich oft aus dem Schlaf. Nach und nach gewann der Plot an Kontur. Mir sind Richard und Theres ans Herz gewachsen, deshalb habe ich mich sehr gefreut, dass meine Agentin die Geschichte ebenfalls mitreißend fand.

Realismus ist eines meiner Markenzeichen. Auch in dieser Serie vermische ich Fakt mit Fiktion.

Das Überthema, weil es auch Richards Hintergrundgeschichte bildet, ist das große Zirkussterben in Österreich seit dem Wildtierverbot, das am 1. Januar 2005 durch das Tierschutzgesetz in Kraft trat. Als aktive Tierschützerin begrüße ich natürlich solche Gesetze. Die meisten Zirkusfamilien mussten dadurch allerdings aufgeben, verkaufen oder auswandern. Faktisch blieb von damals nur noch ein einziger rein österreichischer Zirkus, bei dem ich auch recherchieren durfte, dem Land erhalten.

Es handelt sich um den »Circus Pikard«, der von der Familie Schneller geführt wird.

Zum Wildtierverbot in Österreich kommt noch etwas Entscheidendes dazu, das einem Zirkus das Überleben erschwert. Zirkuskünstler zählen in Österreich und Deutschland nicht als Künstler und gelten somit nicht als förderungswürdig. Insofern gibt es keine Kultursubventionen. Musikern, Tänzern und Schauspielern wird generell ein künstlerischer Anspruch zugebilligt, Akrobaten nicht. Dem Varieté und dem Musical geht es in Deutschland nicht anders. Auch sie werden nicht subventioniert. Viele Artisten halten sich daher mit mehreren Jobs über Wasser, machen beispielsweise Corporate Events und Dinnershows oder nehmen eben einen Nebenjob an.

Weltweit hingegen ist die zeitgenössische Zirkuskunst im Aufwind. Ob in Deutschland, Belgien, Serbien, Tschechien, Amerika oder Japan: Zirkus liegt im Trend und die Anzahl der Produktionen steigt, die sich dieses Trends annehmen und Zirkus in Theatern zeigen. Weg vom Zelt also, hin zum Theater. In Brüssel gibt es dazu auch ein breites Ausbildungsangebot vom Jugendzirkus bis zur Hochschulausbildung. Eine weitere gute Nachricht, die Österreich betrifft, ist die Eröffnung der Zirkushalle in Dornbirn am 16. Februar 2018 und die Einweihung des Salzburger Zirkuszentrums mit Zirkusschule am 11. August 2018. Finnland hat hingegen wieder das Problem, dass es tolle Förderungen für die Zirkusschulen gibt, aber keine Orte zum Spielen, was in Österreich auch Mangelware ist.

Eine Möglichkeit, das zu ändern, wäre, die österreichischen Theater und Festivals für zeitgenössische Zirkuskunst zu öffnen.

Denn eines ist unumstritten. Die Menschen lieben den Zirkus nach wie vor. Er lädt zum Staunen, Lachen und Träumen ein.

Die Gerichtsmedizin ist übrigens wirklich in der Sensengasse in Wien, das klingt zwar skurril, ist aber nicht ausgedacht.

Das Lokal »Chest & Clams« gibt es leider nicht oder noch nicht. Es wurde komplett von mir erfunden. Ich würde mich aber irrsinnig freuen, wenn es Realität werden würde. Sollte also jemand ein Lokal dieser Art planen und einen Mitstreiter suchen, kann er sich gerne bei mir melden. Auch die Cocktails sind meine Erfindung. Das Rezept für »Hook's Punch« und den Muntermachercocktail »Captain's Adrenalinschock« findet ihr auf meiner Website.

Traurige Realität sind allerdings die Katakomben in München. Ein unterirdisches Gängesystem unter dem Münchner Bahnhofsplatz, in dem viele Drogensüchtige sich ihren Schuss setzen, manchmal den letzten. Einige leben sogar permanent dort. Die Recherchen in den Katakomben waren vor allem traurig und haben einen schalen Beigeschmack hinterlassen. Doch in München gibt es so gut wie keine Drogenkonsumräume für Drogensüchtige wie in anderen Städten, damit die süchtigen Menschen unter hygienischen Bedingungen und mit medizinischem Personal im Hintergrund konsumieren können. Nicht jeder Süchtige schafft den Entzug. Vielen bleibt somit nur der Untergrund.

Apropos Sucht. In diesem Buch schreibe ich von einer weiteren, nämlich der Spielsucht.

Auch an dieser Sucht kann man im Extremfall sterben. Ein Vierundzwanzigjähriger in Shanghai etwa starb, nachdem er neunzehn Stunden lang bei World of Warcraft online war. 2012 hat ein Teenager in Taiwan vierzig Stunden ohne Unterbrechung Diablo 3 gespielt, bevor er tot umfiel. Anfang 2017 starb eine Fünfunddreißigjährige in Virginia Beach bei einem World-of-Tanks-Marathon. Einer Erhebung zufolge spielen in Deutschland vierunddreißig Millionen Menschen Computer oder Videospiele, das sind sechsundvierzig Prozent der Bevölkerung. Vor allem sogenannte MMORPGs, also »Massively Multiplayer Online Role-Playing Games«, haben enormes Suchtpotenzial. Fünfundsiebzig Prozent der Betroffenen sind Jugendliche meist männlichen Geschlechts. Spielstunden von fünfzig bis sogar neunzig Stunden in der Woche sind keine Seltenheit. Die Spieler werden nicht nur zeitlich, sondern auch psychisch völlig vereinnahmt. Vor allem durch das eingebaute Belohnungssystem neigt man dazu, immer öfter und länger zu spielen, besonders, wenn man hier auch einen Monatsbeitrag zahlen muss. Bei diesen Spielen schließen sich zudem die Spieler auch zu Klubs, Clans oder Gilden zusammen. Sie treffen sich zu festen Terminen, um gemeinsam zu spielen, etwa wenn ein Krieg mit anderen Klubs ansteht. Das alles kann zu einem enormen Gruppendruck führen.

Zu Recherchezwecken habe ich in den letzten zwei Jahren viele dieser Spiele ausprobiert und an dem einen oder anderen auch Gefallen gefunden. Ich habe zwei der Apps auf meinem Smartphone belassen und spiele nach wie vor, wenn ich Lust und vor allem Zeit habe. Solange der Alltag nicht darunter leidet, ist es ein schöner Zeitvertreib. Sobald man aber keine Lust mehr auf Arbeit, Freunde oder Familie hat, sollte man darüber nachdenken, ob man dem Spiel nicht bereits zu viel Raum im Leben gegeben hat. Im Anhang finden Sie interessante und hilfreiche Links und Adressen zum Thema.

Es ist mir ein Anliegen, darauf hinzuweisen, dass Gewalt, in welcher Form auch immer, kein Kavaliersdelikt ist. Waltraud Safraneks Familie ist leider kein bedauerliches Einzelschicksal. Die Fakten sind erschütternd: Jede dritte Frau in Österreich wird seit ihrem fünfzehnten Lebensjahr sexuell belästigt, jede fünfte Frau ist körperlicher und/oder sexueller Gewalt ausgesetzt. Allein im Jahr 2018 gab es in Österreich einundvierzig Morde an Frauen (im Vergleich zum Jahr 2014, in dem neunzehn Frauen ermordet wurden, handelt es sich hierbei also um mehr als das Doppelte). Monatlich werden also drei Frauen ermordet. Die überwiegende Anzahl der Täter kommt aus dem engen Beziehungs- oder Familienkreis. 2017 wurden 8 755 Betretungsverbote von der Polizei verhängt. 18 860 Opfer von familiärer Gewalt wurden im selben Jahr von Gewaltschutzzentren und Interventionsstellen betreut. Dreiundachtzig Prozent der Klienten und Klientinnen waren Frauen und Mädchen. Achtundachtzig Prozent der Täter/innen sind männlich. 2018 waren insgesamt 2 250 Frauen und 2 287 Kinder in den österreichischen Frauenhäusern untergebracht. Auch in Deutschland steigen in den letzten Jahren die Fälle von häuslicher Gewalt rapide an. Hier stirbt statistisch jeden zweiten bis dritten Tag eine Frau durch die Hand ihres Partners oder Ex-Partners. Die Zahl der Fälle von häuslicher Gewalt liegt im sechsstelligen Bereich. Im Anhang finden Sie hier ebenfalls Anlaufstellen, an die Sie sich wenden können.

Einige Schauplätze in meinem Buch sind real, wie das LKA in Wien, andere wiederum fiktiv, wie der Augenarzt, den Sie an besagter Stelle vergeblich suchen werden. Handlungen und Personen sind natürlich fiktiv, auch wenn es mich freuen würde, wenn Richie mal anklopfen würde, um mit mir einen Kaffee zu trinken. Natürlich würde ich auch einen gefüllten Fressnapf für Cracker bereithalten.

Danksagung

Nach über zwei Jahren darf ich endlich wieder einmal eine Danksagung schreiben.

Das vorliegende Buch ist ein echtes Herzensprojekt, umso mehr freue ich mich darüber, dass viele Menschen es von Anfang an genauso liebten und es unterstützt haben.

Allen voran meine lieben Agentinnen Lianne Kolf und Simone Hasselmann, die sich für die Serie eingesetzt haben und sie an diesen wunderbaren Verlag vermittelt haben, dem mein Dank gleich als Nächstes gilt.

Vielen Dank an Jenny Brodski von Amazon Publishing, die sofort von Richard, Theres und dem Setting begeistert war und quasi die Patenschaft für die Serie übernommen hat. Sie ist meine wichtige Ansprechpartnerin, die auch nach zwei Stunden Telefonat immer noch mit Elan und dem einen oder anderen Scherz auf den Lippen zuhört und mit mir zusammen für alles Lösungen findet. Mit so einer Partnerin an der Seite macht das Schreiben doppelt Spaß.

Ein Riesenlob und ein Dankeschön geht an meinen tollen Lektor Kanut Kirches, der nicht nur extrem schnell, sondern auch sehr effizient ist. Darüber hinaus spart er neben begründeter Kritik auch nicht mit Lob und schafft es so, dass die Motivation beim Überarbeiten immer sehr hoch bleibt.

Vielen Dank an meine zweite Lektorin Gaby Hoffmann, die mit viel Liebe zum Detail das Manuskript noch einmal redigiert, geschliffen, das Kapiteldurcheinander entwirrt und mich mit ihren Fragen beschäftigt hat sowie an Claudia Schumann, die die letzten Fehlerchen korrigiert hat. ☺

Ein Dank geht auch an das Cover-Design und Marketingteam von Amazon Publishing. Ihr macht einen tollen Job.

Ich freue mich schon auf weitere Zusammenarbeit mit allen Obengenannten.

Ein Riesendankeschön habe ich für Alexander Schneller vom Circus Pikard, der heuer sein dreißigjähriges Jubiläum mit einer atemberaubenden neuen Show feiert. Hier durfte ich recherchieren. Alexander Schneller hat mir zudem sehr geduldig alle meine Fragen zum Zirkus und dem Alltag der Artisten beantwortet. Ohne ihn hätte ich dieses Buch nicht so authentisch schreiben können. Zudem ist er ein begnadeter Jongleur, dem ich stundenlang zusehen kann. Sehr beeindruckt war ich darüber, wie liebevoll Alexander Schneller und sein Team mit den Tieren umgeht. Bei einer Vorstellung wollte eine der Ziegen ihre Kunststücke nicht zeigen und wurde auch nicht dazu gedrängt. Als Tierschützerin hat mich das sehr gefreut. Auch konnte ich mich von der artgerechten Haltung überzeugen.

Alexander Schneller ist ein Zirkusdirektor, dem man anmerkt, wie sehr er Zirkus lebt und liebt. Voller Enthusiasmus erstellt er zusammen mit seiner Mutter Elisabeth Schneller, seiner Schwester, der Antipodistin Romana Schneller, und dem Team jedes Jahr wieder eine atemberaubende bis zauberhafte Show mit vielen liebevollen Details. Sollten Sie also irgendwann das Glück haben, dass der Circus Pikard in Ihrer Nähe ist, dann kann ich Ihnen nur empfehlen, eine Karte zu kaufen. Sie werden es nicht bereuen!

Danke an mein persönliches Team vom inneren Kreis. Hier an erster Stelle wie immer mein Ehemann Günter, der dieses Buch mehrmals in verschiedenen Stadien gelesen hat und unermüdlich alle meine Fragen zur polizeilichen Ermittlungsarbeit beantwortet. Danke an meine Tochter Emily für den schönen Namen von Sarahs Tochter Alice. Und an Angelina vom Vődkå Klub für den Hundenamen. Er passt perfekt.

Vielen Dank an Maja, die meine seit der Schulzeit schon verstaubten Russischkenntnisse aufgefrischt und meine Sätze somit auf Hochglanz poliert hat.

Danke an Conny Kelz für die Antworten auf medizinische Fachfragen sowie die Frage, ob ein Hund mit ins Krankenhaus darf.

Danke an Magister Eva Gruber für ihr psychologisches Fachwissen.

Vielen Dank an Nico Stecher für einen Einblick in die wundersame Welt von World of Warcraft und was die Faszination dafür ausmacht.

Danke an all die wunderbaren Menschen aus dem Second Life, dank derer es diese tollen interaktiven LIVE-Lesungen und jede Menge andere Kulturveranstaltungen gibt, hier besonders Thorsten Küper, Joey Schäfers, Buktom Bloch, Clairdelalunachevalier und Tanja Kasten. Vielen Dank an Thorsten Küper und meine wunderbare Kollegin Petra K. Gungl für das Leihen ihrer Stimmen für meine interaktiven Live-Hörspiellesungen im Second Life!

Ihr haucht meinen Figuren wunderbar Leben ein.

Immer wieder danke auch an O2, du weißt längst, warum.

Danke an meine weiteren unermüdlichen Testleser/innen Martina Szep, Michael Szep, Veronika A. Grager, Gloria Wind, Katharina Arnold, die das Manuskript (und Exposé) in verschiedenen Stadien gelesen und kommentiert haben. Michael Wind wird nicht müde, stundenlang mit mir zu plotten, zu planen, die Charaktere von allen Seiten zu beleuchten und mit konstruktiver Kritik sowie Lösungsvorschlägen zu helfen.

Danke an alle Freunde, Kollegen und Kolleginnen, die mich motivieren und unterstützen, hier vor allem: Claudia Rossbacher, Ilona Mayer-Zach, Klaudia Blasl, Sabina Naber, Reini Kleindl, Nina Kramlinger, Heike Gellert und Sam Madwar sowie meine Schwestern Conny und Gloria.

Danke an Heike Dewald, Thomas Jessen, Jackie Hechmati, Markus Leshem, Iris Wilke, Sasija Neumann, Roland Reis, Tina Mönke und Ina Nicolai, dass ihr euch bereit erklärt habt, als einer der Ersten das fertige Buch vorab zu lesen und mir Feedback zu geben. Ich hoffe, ihr bleibt mir gewogen.

Ich danke allen Medien, Rezensent/innen und Blogger/innen, die meine Bücher besprechen und weiterempfehlen, sowie allen engagierten Buchhändler/innen und Büchereimitarbeitern, die meine Bücher empfehlen, auf den Tischen oder Regalen positionieren und so tolle Lesungen organisieren. Ich komme immer wieder gerne vorbei!

Und zu guter Letzt möchte ich mich natürlich wieder bei all meinen Leser/innen bedanken, die mit meinen Figuren mitfühlen, mitfiebern, mitlachen, mitzittern, mitfürchten oder mitweinen. Letztlich habe ich es euch zu verdanken, dass ich meinen Kindheitstraum jeden Tag aufs Neue leben darf.

Vielen Dank auch für eure Geduld, dass es manchmal länger dauert, bis neuer Lesestoff nachkommt. Bei dieser Serie werdet ihr nicht lange auf den zweiten Band warten müssen. Versprochen!

Wenn ihr wissen wollt, wann es mit Richard und Theres weitergeht, Fragen zum Buch habt oder einfach mit mir plaudern wollt, schaut auf meiner Webseite vorbei, besucht mich auf Facebook oder folgt mir auf Instagram und Twitter. Ich freue mich über jeden Einzelnen von euch und über euer Feedback. Traut euch! Kommt zu einer meiner Veranstaltungen, zur Buchmesse oder schreibt mir eine E-Mail an jbw@jennifer-b-wind.com. Ich antworte garantiert persönlich. ☺

Bis bald!
Eure
Jennifer B. Wind, Februar 2019